등원하세요,
공작님!

SCARLET ROMANCE STORY

등원하세요, 공작님!

루미아리아 장편 소설

CONTENTS

3월, 씨앗의 이야기   - 7

4월, 새싹의 이야기   - 65

5월, 성장의 이야기   - 122

6월, 햇살의 이야기   - 175

7월, 뿌리의 이야기   - 220

8월, 빗물의 이야기   - 263

9월, 마디의 이야기   - 304

10월, 풀잎의 이야기   - 342

11월, 봉오리의 이야기   - 384

12월, 꽃의 이야기   - 424

작가 후기   - 461

3월
씨앗의 이야기

"이런 보육 시설의 시녀 따위 그만둬."

보육원에 들어서는 공작님의 첫마디는 항상 같았다. 물론 이어지는 말도.

"퇴직금은 넉넉히 챙겨 주라 하겠다."

보육원 시녀인 로미는 그의 말에 대답할 필요성이 느껴지지 않았다. 그녀의 관심은 오로지 그의 손을 잡고 등원한 작은 소녀에게 향할 뿐이었다.

"좋은 아침이야, 아루!"

"안녕하시어요, 로미 씨."

아루는 스커트 자락을 살짝 들어 올려 우아하게 인사했다. 과연 고위 귀족 가문의 아이답다. 작은 행동 하나하나가 평범한 아이들과는 달랐다. 로미와 아루가 상냥한 아침 인사를 주고받는 동안에도 공작님은 포기하지 않고 두 사람을 향해 끊임없이 중얼거렸다.

"……모두 제대로 들어라! 이 나라의 공작이신 내가 이야기하고 있으니!"

안테 디안 공작. 어디에서도 무시받는 일이 절대 없는 행정부의 수장. 황제의 수족.

그러나 로미는 그의 지위를 신경 쓰지 않았다. 애초에 이곳은 황제의 명으로 그 어떤 작위도 인정되지 않는 특별한 공간이었다. 이곳에서 *그*가 지닌 공작이라는 신분은 어린이 청소 반장보다도 권위가 떨어졌다. 그는 철저한 무시 속에서도 지지 않고 다음과 같이 선언하곤 했다.

"이런 보육 시설 따위 내가 문 닫게 해 주지."

물론, 매일같이 똑같은 그의 협박은 아이들에게조차 통하지 않았다. 그의 딸은 방긋 웃으며, 그의 옷자락을 잡아당겼다.

"아버님, 이제 가방을 주시어요."

아루의 말이 떨어지기가 무섭게 그는 무릎을 굽히고 앉았다. 손에 들고 있던 노란색 가방을 아루의 어깨에 예쁘게 둘러 주며 그것이 삐뚤어지지 않았는지 몇 번이나 꼼꼼하게 점검했다. 마지막으로 혹여 가방의 줄이 꼬인 곳이 있지는 않은지 확인하면서도 그는 낮은 목소리로 로미에게 경고했다.

"하루라도 빨리 다른 일자리를 알아보는 것이 좋을 거다."

"아버님, 로미 씨에게 가정 보육 서류를 주시어요."

그는 서류 가방에서 깔끔하게 정리된 파일을 꺼내 로미에게 건넸다. 아이들이 보육 시설에서 집으로 돌아간 뒤 식사나 잠자리 혹은 건강 등에 다른 문제는 없었는지, 어떤 대화를 나누었는지 정리해 놓은 서류였다. 물론 그는 서류를 건네는 짧은 순간에도 중요한 말을 하는 것을 잊지 않았다.

"이곳은 일 년 안에 문을 닫을 테니까."

로미는 그가 작성해 온 서류를 눈으로 훑어보았다. 그의 서류는 항상 다른 부모의 본보기가 되었다. 식사에 관해선 아루가 무엇을 얼마나 먹었는지 전부 정리되어 있었고 생활면에서는 어떤 이야기를 나누었고 무엇에 관심을 보였는지, 잠들기 전에 읽은 책과 자리에 누워 잠이 들 때까지 얼마의 시간이 걸렸는지 꼼꼼하게 적혀 있었다. 아루의 시녀들이 보고하는 내용을 잘 정리하여 작성해 준 것이다. 정말이지 훌륭한 부모라며 로미는 고개를 끄덕였다.

"담당 교수님께 전달해 드리겠습니다."

"알았지?"

"예?"

느닷없는 그의 물음에 로미는 의아한 표정을 지으며 고개를 들었다. 아무래도 그가 혼신을 바쳐 완성한 퇴사 협박은 그녀에게 제대로 들리지도 않은 모양이었다. 안테는 한숨을 깊이 내쉬며 회색빛 머리카락을 긁적였다.

"됐다."

로미는 이제야 그의 모습을 제대로 바라보게 되었다. 밤샘 업무 후 저택으로 돌아가 아루를 데리고 바로 나온 모양이었다. 태양 빛에 푸석푸석 바래 버린 것 같은 회색 머리카락, 뻑뻑한지 겨우겨우 끔벅이는 눈, 지저분하게 드문드문 삐져나온 턱수염, 구겨진 셔츠깃. 거기에다 가까이 다가가면 분명히 담배 냄새가 가득할 것 같은 모습이었다.

누가 보아도 열심히 제 몫의 일을 해내기 위해 애쓰는 사람의 모습을 한 안테가 로미는 싫지 않았다. 오히려 그 와중에 알뜰살뜰 딸까지 챙기는 모습이 존경스럽다고 생각했다.

그녀의 시선을 느꼈는지 그는 인상을 찌푸렸다. 그런 노골적인 표정에도 로미는 방긋 웃을 뿐이었지만.

"내일, 다시 이야기하지."

다시 이야기할 것이 무엇인지 묻지도 않은 채, 로미는 허리를 깊이 숙여 인사했다.

"네, 안녕히 다녀오세요."

로미의 곁에 서 있던 아루도 다시 스커트 자락을 잡아 우아하게 그를 배웅했다.

"아버님, 안녕히 다녀오시어요."

상냥한 두 여성의 인사를 받았거늘, 안테는 그저 무성의하게 대충 손을 들었다 놓을 뿐이었다. 피곤한 눈을 비비며, 유리문을 열고 나서자마자 절로 담배에 손이 갔다. 한숨과 섞여 공기 속으로 흩어지는 담배 연기 모양이 그의 마음과 닮은 것 같았다.

아루는 유리문 너머로 보이는 안테의 뒷모습을 마지막까지 착실하게 배웅했다. 그가 완전히 보이지 않게 된 이후에야 신발장에 구두를 집어넣은 후, 아름다운 장미 자수로 꾸민 실내용 신발로 갈아신었다.

비슷하게 도착한 친구들과 함께 교실로 향하던 아루는 잠시 발걸음을 멈추었다. 문득 돌아본 곳에는 로미가 다른 부모님께 깊이 허리를 숙여 인사를 건네고 있었다. 아루의 작은 발이 다시 로미에게로 향했다. 작은 여자아이의 손이 로미의 옷자락을 꼬옥 잡아당겼고, 로미는 상냥한 얼굴로 아루를 바라보았다.

"무슨 일이니, 아루?"

"저기, 로미 씨."

아루는 걱정이 한가득 묻어 있는 얼굴로 조심스럽게 입을 열었다.

"아버님은 로미 씨가 좋아서 어쩔 줄 모르는 것뿐이어요."

아루는 손을 모아 간절한 표정을 지었다.

"그러니까, 아버님을 잘 돌보아 주시어요."

세상이 변했다. 노동의 가치가 증명되면서, 곧 작위가 없는 이들도 부를 쌓을 수 있게 되었다. 누군가에게는 살기 좋은 세상이, 그리고 또 누군가에게는 고귀한 신분의 벽을 지키기 위해 아등바등해야 하는 지옥 같은 세상이 되었다.

그러나 세상은 또 한 발짝 변화를 향해 나아갔다.

오직 남성의 것으로 여겨졌던 직업이라는 개념이 이제 여성들에게도 평등하게 주어지기 시작한 것이다. 여성의 사회 진출, 그것은 그 어떤 변화보다도 많은 사회적 제도의 변화를 촉구했다.

많은 사람의 요구에 대응하여 살 만한 국가로 만들어 가는 것은 곧, 이 나라를 이끌어 가는 황제의 일이었다. 그의 책상에는 다양한 탄원서와 온갖 교육학자들이 보내온 논문 등이 난잡하게 어질러져 있었다.

'일단, 행정부를 주축으로 국가 보육 시설을 시범 운영……'

황제의 제안에 안테의 얼굴은 단숨에 일그러졌다. 황제의 일 처리는 언제나 이런 식이었다. 귀찮고 손이 많이 가는 것은 일단 행정부로 미루고 보는 것이다. 그러나 안테는 더는 일을 받고 싶은 마음이 없었다. 황제의 손과 발이 되는 충성심은 아름다운 것이나,

지금은 눈 밑이 시커멓게 되도록 일하는 부하들과의 의리가 더 중했다. 결혼하고도 아이를 만들 시간이 없다고 눈물 흘리는 그들에게 보육 시설 프로젝트를 맡으라고 어떻게 말한단 말인가!

거절하리라. 그는 굳게 마음먹었다.

'공작.'

'안 합니다.'

'자네 딸이자 나의 미래의 며느리를 입학시키게.'

'입학도, 결혼도 거절합니다.'

'최고의 교수를 준비해 주지.'

'저는 지금 명을 거절하는 중입니다. 분명히 지난번에도 일을 떠맡기시면서 앞으로 세 번 거절권을 준다고 약조하셨습니다.'

'공작.'

황제는 고민했다. 오랜만에 공작이 단단히 마음먹은 모양이다. 그러나 황제에게 있어서 그의 반항은 주기적으로 돌아오는 연례행사에 불과한 일이다. 그의 기분을 살살 풀어서 가만가만 이야기를 하면, 마음이 약한 공작은 또 넙죽 일을 받아들일 것이다.

잠시 후, 황제의 집무실에서 나오는 안테의 손에는 보육원 프로젝트의 서류가 들려 있었다. 일이 더 늘었다고 부하들에게 어떻게 말해야 할까. 얇은 서류가 그저 무겁게만 느껴졌다.

'저기, 오랜만에 회식이라도 하면 어떨까?'

안테는 사비로 부하들에게 고기와 술을 사 주었다. 본인도 아슬아슬하게 이성을 잃을 때까지 술을 마신 뒤에야 겨우 알 수 없는 용기가 생겨났다. 그제야 앞뒤가 맞지 않는 말로 어쨌든 새로운 일을 더 맡게 되었다고 고백할 수 있었다.

안테는 부하들을 위해 작은 계획을 세웠다.

임시 운영이라는 정당한 이유로 인원을 엄격히 제한했고, 나라에서 정한 기준에 따라서 입학을 허가하도록 했다. 물론 이 '기준'을 증명하기 위해 다양한 서류가 요구된 것은 당연했다.

　일단 한 부모 가정일 경우 나라에서 발급한 서류만 있다면 누구보다도 우선권을 주었다. 하지만 그 서류는 오직 오전 9시부터 오후 4시 사이에 기관을 직접 방문해야만 발급받을 수 있었다. 평범하게 일을 하는 사람이라면, 아마 서류를 준비하기조차 쉽지 않을 것이다.

　2순위인 맞벌이 가정은 양쪽 부모가 모두 일을 하고 있다는 증명 서류를 준비해야 했다. 그러나 모든 일자리가 체계적인 서류 양식을 갖추고 있는 것은 아니었다. 작은 회사일수록 그런 일을 처리할 담당 직원조차 존재하지 않았다.

　그러나 운이 좋아 서류들을 준비했다고 하더라도, 고비는 그다음이었다. 아이의 나이를 증명하기 위한 출생 신고 서류와 위생적인 단체 생활을 위한 의사의 건강확인서를 함께 제출해야만 했다.

　출생 신고 서류는 본래 출산을 담당했던 의사만이 쓸 수 있었다. 그러니 해당 의사가 일을 그만두거나 하여, 연락이 닿지 않으면 서류를 받을 수 없었다.

　의사의 건강확인서는 비교적 쉽게 구할 수 있었다. 다만, 부모가 하루 일을 쉬고 온종일 아이와 함께 병원에서 보낼 수 있다면 말이다.

　안테는 잘 만들어진 서류의 목록을 바라보며 흐뭇하게 미소 지었다. 서류 하나하나가 참 정당하면서 귀찮기 짝이 없었다. 그러나 안심할 수는 없었다. 마지막 수단으로 그는 가능한 한 보육원의 홍보에는 힘을 기울이지 않았다.

입학 서류는 복잡하고, 제대로 아는 사람도 없는 곳에 누가 입학원서를 넣겠는가? 아이를 보내고자 하는 사람이 아무도 없다면, 보육원 사업은 시작도 전에 완벽하게 망하는 것이 아닌가. 공작은 회심의 미소를 지었다.

그런데 이러한 노력에도 불구하고 눈 깜짝할 사이에 정원이 다 채워졌다.

공작은 머리를 쥐어뜯었다. 적은 내부에 있다더니 알고 보니 행정부 안에도 일하는 여성이 많은 탓이었다. 그녀들 사이에서 소문은 무서울 정도로 빨리 퍼져 나갔다.

게다가 모든 입학원서에는 그 복잡한 서류들도 완벽하게 첨부되어 있었다. 2년 전쯤에 일하는 사람들이 어디서도 원하는 서류를 신청할 수 있도록 '서류 우편 신청'을 시작한 것이 화근이었다. 서류 발급 절차를 간소화한 것이 이렇게 부메랑이 되어 돌아오다니! 그냥 복잡하고 까다롭게 두었어야 했는데!

정원이 채워졌으니 안테는 이제 개원을 준비해야 했다. 보육원 주변에 교수들의 거처를 마련하고, 그들과 면담하여 필요한 도구를 사는 일부터, 일손을 거드는 시녀를 뽑는 일까지 모두 그의 손을 거쳤다.

그렇게 날씨가 좋은 어느 3월. 행정부 산하의 보육원이 무사히 개원하게 되었다. 공작은 울며 겨자 먹기로 사랑하는 딸까지 그곳에 보내야 했다. 가능하면 보내고 싶지 않았지만, 황제의 명도 있었고 한 부모 가정이라 우선순위마저 높았다.

안테가 바라는 것은 이제 단 한 가지였다. 어쨌든 향후 1년 동안은 손 가는 일 없이, 조용히 프로젝트가 끝나고, 완전히 종료되는 것. 그러나 이 성가시기 짝이 없는 보육원 사업은 거의 매일같이 안테의 손길을 필요로 했다.

오늘도 그런 듯했다. 아루를 데려다준 후 집무실에 들어선 그는 자신의 책상 위에 일렬로 놓인 기묘한 것을 발견하게 되었다. 그것은……

우유였다.

살균된 유리병에 들어 있는 우유라니, 얼마 만일까? 그 통통한 라인이며, 촌스러운 로고며 안테의 어린 시절과 비교해도 전혀 변한 것이 없는 우유였다.

"이건 뭐지?"

안테는 마침 결재 서류를 꾸역꾸역 들고 들어오는 중급 관리에게 물었다.

"보육원의 긴급 요청입니다."

아, 역시 그 귀찮은 사업. 어쨌든 어린이의 성장에는 우유가 필수였으니, 안테는 '과연!' 이라고 외쳤다. 우유를 사 주는 일쯤이야 얼마든지 지원해 줄 수 있다.

"그러면 이것들을 여기에 둘 것이 아니라 보육원으로 가져다주도록 해라."

"공작님, 송구스럽습니다만 보육원의 요청은 '빈 우유병' 입니다."

"……쓰레기를 뭐에 쓰나?"

"어린이들의 미술 활동에 필요하다고 합니다."

중급 관리는 설명을 마친 후, 쿵 소리와 함께 두꺼운 서류들을 안테의 책상 위로 올려 두었다. 둔탁한 소리가 책상을 울리고, 우유병이 조금 흔들렸다.

안테는 일단 우유병을 하나 집어 들어 벌컥벌컥 마셨다. 주어진 일은 가능한 한 신속하고 정확하게 처리하는 것이 옳았다. 그리고 그는 또 다른 병을 집어 마침 서류를 가져다준 중급 관리에게도 내밀었다.

"빨리 마셔라."

안테가 재촉했지만, 그는 입을 꼭 다물고 도리질을 쳤다.

"저, 저는 우유 알레르기가 있단 말입니다!"

진실을 알 수 없는 변명을 늘어놓으며 그는 뒷걸음질 쳤다. 알레르기라는 말에 안테가 강하게 권하지 않자, 얼른 문을 열고 나가며 미처 전하지 못한 이야기를 하고는 빠르게 도망갔다.

"오늘 점심시간쯤에 가져다 달라고 합니다!"

안테는 시간을 확인했다. 아직 오전 시간이다. 본격적으로 집중할 시간에 이런 귀찮은 일을 처리할 수는 없는 법. 그는 10병의 우유를 바구니에 담아 들었다. 배달 아주머니 같은 모양새가 되었지만, 그는 신경 쓰지 않았다.

무엇이든 일이 되면 부끄러울 것이 없는 법이다. 그는 당당하게 직원들 사이를 누비며 우유를 하나씩 권했다. 좋아서 마신 사람도 있었지만, 성인이 되어서까지 흰 우유를 좋아하는 사람은 흔치 않았기에 어쩔 수 없이 강제로 우유를 마시게 되었다. 다행히 우유는 15분 만에 모두 제거되었다. 공작은 자신의 신속한 대응에 뿌듯해하며 빈 병을 바라보았다.

……우유 자국이 남아 있었다.

"여봐라, 솔! 유리병 닦는 솔은 어디 있나? 솔!"

그는 유리병을 하나하나 뽀각뽀각 닦아 내고, 햇빛에 살짝 말린 후에야 허리를 펼 수 있게 되었다. 유리병이 햇빛에 반짝이고, 아름다운 곡선을 뽐내며 나란히 서 있는 모습이 보기 좋았다.

이 나라의 공작에게 이런 사소한 일을 시키다니, 역시 몹쓸 보육원이다. 하루빨리 문을 닫게 해야겠어.

그는 다시 시계를 보았다. 우유병을 가져다주러 갈 시간이 되었다.

따뜻한 봄 햇살이 시작의 기운을 발하는 3월. 추운 겨울 동안 혹독했던 준비 과정을 거쳐 낡은 회색빛 건물 바로 옆에 새로운 국가 기관이 설립되었다.

이 나라의 공작님보다 어린이 청소 반장의 권력이 더욱 강력한 이곳은 그 어떤 신분 차이도 인정되지 않는 곳. 바로, 어린이들을 위한 보육원이었다. 최고의 교수진과 귀여운 아이들이 시간을 보내는 곳에는 황실에서 파견된 단 한 명의 시녀가 모두의 시중을 담당하고 있었다.

그녀의 이름은 '로미 보'. 로미의 하루는 현관에서 학부모와 아이들을 맞이하는 것으로 시작하여, 청소, 정리와 심부름으로 꼬박 채워졌다.

오늘은 아이들의 미술 활동이 있었다. 안테가 깔끔하게 씻어서 말린 우유병을 가져다준 덕분에 로미의 일이 조금 줄어들었다. 아이들은 작은 손으로 예쁜 모양의 유리병에 사람 모양의 팔과 다리, 그리고 얼굴까지 꼬물꼬물 열심히 꾸며 붙였다.

"다 만들었어요!"

아이들은 뽐내는 얼굴로 칭찬을 기다렸다. 교수와 로미는 아이들의 사이를 오가면서, 온갖 칭찬을 아끼지 않았다. 삐뚤삐뚤해도 제 손으로 끝까지 만들어 낸 것의 가치를 소중하게 여겨 주기를 바랐다.

"열심히 했네. 멋지다."

하지만 모든 아이가 자기 작품에 만족하는 것은 아니었다.

"형편없는 모양이 된 것이어요."

아루는 제 앞에 놓여 있는 작품을 보고 울상을 했다. 말도 잘하고 글도 잘 쓰는 아루이지만 미술에는 영 재주가 없어 보였다.

"아루, 그래도 멋지게 해냈어. 정말 대단해."

아이들의 작품은 교실 뒤편에 올망졸망 놓였다. 모두가 다른 모양과 색으로 만들었지만 한데 모아 두니 알록달록 귀여운 조화가 보기에 좋았다. 아루는 교수들 몰래 자기 작품을 보이지 않는 뒤편으로 살짝 밀어 두었다. 그 모습을 본 로미는 굳이 아루에게 무어라 한마디 하지 않았다.

미술 활동 이후 아이들은 나름대로 열심히 교실을 정리하고 치웠지만, 그 작은 손이 미치지 못한 곳이 훨씬 더 많았다. 결국, 그것을 치우는 일은 아이들이 모두 하원하고 난 뒤 로미의 몫이 되었다.

달이 하늘 위에 동실 떠오른 늦은 시간이 되었다. 보육원은 조용했다. 6세, 7세 아이들이 다니는 곳이니, 모두들 하원하고 그 누구도 이곳에 들어올 이유가 없는 것이었다.

그러나 청소를 하기 위해 교실로 들어가던 로미는 누군가의 부스럭거리는 소리에 깜짝 놀라 고개를 돌렸다. 교실은 어두웠지만, 달빛이 있어 그가 누구인지 알아보는 데는 어려움이 없었다.

"아루 아버님?"

"……로미 씨인가?"

평소라면 아무도 없을 시간인데 보육원에 있는 사람이 둘씩이나. 그것도 같은 시간, 같은 장소에서 마주치고 말았다.

"퇴근 시간은 지났을 텐데? 뭐 하는 거지?"

"……아버님이야말로 그 손에 들고 계신 아루의 작품부터 내려놓으시죠."

그녀의 단호한 말에, 안테는 움찔하며 오늘 낮에 아루가 만들었던 우유병 사람을 내려놓았다.

"다른 손에 들고 있는 가위도 내려놓으시고요."

안테는 풀이 죽어 가위도 내려놓았다. 그는 자그마한 어린이 의자에 몸을 늘어뜨리듯 기대어 아루의 작품을 허망한 눈으로 바라보았다. 로미는 이제 무어라 말하지 않았다. 어째서 그가 야밤에 찾아와 이런 일을 하고 있는지 조금은 짐작할 수 있었다. 한참 만에 그는 입을 열었다.

"아루가 슬퍼했다."

열심히 만들었지만, 친구들처럼 멋지게 만들 수 없었다고. 저택으로 돌아오자마자 유모를 붙잡고 울며불며 서러워했다. 보육원에서는 창피한 마음에 울 수가 없었던 탓에 꾹꾹 눌러두었던 슬픔이 한 번에 폭발한 모양이었다.

아루는 황국의 귀한 공녀님이었고, 그 이전에 안테에게는 단 하나뿐인 자식이었다. 이제는 세상에 없는 그의 부인이 마지막으로 남겨 준 단 하나의 선물이었고, 유일한 삶의 기쁨이며, 열심히 일하게 해 주는 원동력이고, 살아가게 하는 심장이었다.

"그렇다고 아버님께서 아루의 작품에 손을 대면 더욱 슬퍼할 거예요."

어둠에 익숙해진 눈을 따라 로미는 천천히 그에게 다가갔다. 아루의 작품에 향해 있던 그의 시선이 비로소 로미에게로 닿았다.

로미 보. 그가 뽑아서 보육원으로 데려온 황궁의 시녀. 여러 가지로 문제가 많은 시녀라고 들어 옳다구나 하며 당장 고용을 결정했지만, 그녀는 이곳에서 훌륭하게 적응을 하는 모양이었다. 아니, 거의 그녀의 손에 의해 돌아간다 해도 과언이 아니었다.

어쨌든 그녀는 최근 들어 그의 딸이 가장 따르는 타인이었다. 아무리 타인에게 상냥하게 대하지 않는 안테라고 하더라도 딸이 좋아하는 사람이라면 태도가 바뀔 수밖에 없었다.

로미는 안테 앞에 놓여 있는 색종이 조각과 가위를 집어 제자리에 정리해 두었다. 그가 이렇게까지 하는 의도는 알고 있었다. 그저 딸의 작품을 조금 손봐 주고 싶었던 것이리라. 딸의 웃는 얼굴을 찾아 주고 싶었겠지. 그는 제 딸에게는 한없이 상냥한 사람이니까.

로미는 안테 옆자리의 의자를 끌어내 나란히 앉았다. 형편없이 작은 어린이 의자가 몸집이 작은 로미에게는 아직 앉을 만한 의자가 되었다.

"이런 방식은…… 아버님도 아루의 작품을 형편없다 생각했다고 아루에게 전하는 것이 돼요."

로미는 아루의 작품을 책상의 가운데에 끌어다 놓았다.

"아루가 만든 작품에서 마음에 드는 곳을 칭찬해 주세요."

안테는 팔짱을 끼고, 딸이 만든 작품을 천천히 위에서 아래로 훑어보기 시작했다. 몸통 역할을 하는 우유병에는 붉은색 물감을 이용한 하트 모양이 그려져 있었다. 양쪽으로는 길게 뻗은 팔이, 위로는 얼굴이 동그랗게 붙어 있었다. 손가락이 없는 팔은 칭찬할 만한 것이 못 되었다. 그리고 무엇보다 저 얼굴! 표정이 음울해 보였다.

종합하면, 하트 그림 티셔츠를 입은 손가락이 없고, 다리가 없으며, 표정은 음울한 우유병 인간.

"하트를 잘 그렸다."

안테는 수 분이 지난 후에야 처음으로 딸의 미술 작품에서 진정 훌륭하다고 말할 수 있는 부분을 찾아내었다. 로미는 그에게 박수를 쳐 주었다.

"다시 묻지만, 로미 씨는 이 시간까지 여기에서 뭘 하는 거지?"

"약속이 있어서 퇴근했다가, 청소하기 위해 다시 들른 것뿐이에요."

"약속?"

"네, 저녁 식사 약속이……."

어느 정신 빠진 놈이 보육원의 시녀에게 식사 요청을 하는 거지? 그녀가 마주치는 남성 대부분은 이 보육원의 교수로 일하고 있는 그 잘난 교육학자 할아버지들이나 아침마다 아이들을 데리고 오는 행정부의 유부남들뿐이다. 적당한 후보가 떠오르지 않았다.

"누구와?"

그 얼빠진 놈이 누군지 알아야겠다. 유부남이라면 가만두지 않을 테다.

"모리젠 선생님이요."

그 얼빠진 놈이 내 동생이라니! 안테는 고개를 깊이 숙여 이마를 짚었다. 모리젠은 황실 소속의 의료팀이었다. 자신의 친동생이라는 이유 하나로 이 보육 시설에 지원을……, 아니 강제 차출을 당했다.

모리젠은 유부남이 아니다. 약혼녀도 없으니, 두 사람이 함께 외출한다고 하여 그 어떤 도덕적인 문제가 발생되는 것은 아니었다. 하지만, 좋지 않았다. 뭐가 좋지 않은지는 그도 알 수 없었지만 좋지 않은 것만큼은 확실했다.

"일을 팽개치고 놀러 다니면 쓰나."

그저, 뭔가 트집을 잡고 싶은 마음이라는 것은 알았으나, 적당한 핑곗거리가 없었다.

"아침에는 항상 그만두라고 말씀하셨잖아요."

"……그건 아침의 이야기고."

억지라는 것은 알고 있었다. 논리로 무장해 누군가를 무너뜨리는 것은 그의 주 업무 중 하나인데 이런 간단한 사리 판별 하나 못할까.

"지금은 밤이지."

그의 눈동자에 달빛이 깃들었다. 묘한 분위기는 억지스러운 그의 말에도 조금 더 깊은 뜻이 있는 것만 같은 착각이 들게 했다.

안테는 아침보다 밤에 더 빛나는 사람이었다. 로미는 그렇게 생각했다. 태양 밑에서는 어딘가 바래 보이는 회색 머리카락이지만, 달빛을 받으면 은빛을 내며 은은하게 빛난다. 아침에 입고 있던 구김 가득한 옷도 다시 빳빳하게 손질된 정장으로 갈아입었고, 피곤함과 졸음이 가득했던 눈은 날카로운 이성으로 빛이 났다.

"모리젠과는 너무 어울리지 않는 게 좋겠어."

무의식중에 그는 담배를 찾았다. 문득 주변을 인식하고 금방 그만두게 되었지만.

로미는 그의 의중을 짐작해 보려 했으나 곧 그만두었다. 별다른 의중을 마음에 둘 리가 없다. 그저 말하는 것이 곧 전부일 것이다.

그러나 한 가지는 확인해 두고 싶었다.

"그건……. 보육원 사업 담당자의 의견인가요? 그게 아니면 모리젠 선생님 형님의 의견인가요?"

그녀의 질문에 안테는 잠깐 동안 대답할 수 없었다. 잠시 눈동자를 굴려 고민하다 가볍게 툭 내뱉어 대답했다. 마치 아무것도 아니라는 듯.

"……그냥 아루 아버지의 의견이야."

그리고 그리 말하는 것과 동시에 빠르게 깨달았다. 그 대답은 확실하게 틀렸다는 것을.

"아니, 그냥 나의 의견."

안테 디안의 사적인 의견일 뿐이었다. 무엇이든 출처는 정확해야지.

다음 날 아침.

"안녕, 아루."

"안녕하시어요. 로미 씨."

"이런 보육 시설의 시녀 따위 그만둬."

보육원의 문이 열리고 세 사람은 언제나 같은 말로 서로에게 인사를 전했다. 로미는 무릎을 굽혀 아루와 눈높이를 맞추어 주었다. '중요한 말은 눈동자를 바라보며 전달한다.' 그녀의 신념 때문이었다.

"아루, 어제는 아버님께서 아루와 친구들의 작품에 이름표를 만들어 달아 주셨어. 하지만 다른 친구들에게는 비밀이야. 알았지?"

아루의 눈동자가 커다랗게 떠졌다. 그렇지 않아도 예쁜 파란색 눈동자에 환희가 더해지니 귀한 보석이 그녀의 눈동자에 들어 있는 것 같았다. 아루는 몸을 돌려 안테를 꼭 끌어안았다. 안테도 몸을 낮추어 그의 작은 공주를 소중하게 안고 토닥여 주었다.

"하트를 잘 그렸다."

미리 예습한 말을 딸에게 전하는 것도 잊지 않았다. 생각지도 못한 칭찬을 들은 아루의 얼굴이 곧 기쁨으로 빛났다. 그리고 벅차오르는 감정을 그대로 담아 안테의 뺨에 귀여운 입술로 쪽 소리가 나도록 뽀뽀해 주었다.

안테는 아무것도 아닌 한마디가 딸을 진정 기쁘게 할 거라고는 생각조차 하지 못했다. 어제의 슬픔 따위는 전부 잊은 아루의 얼굴을 확인한 그는 비로소 안도의 한숨을 쉴 수 있었다.

그리고 그는 딸에게 향해 있던 고개를 들어 로미를 바라보았다. 오늘이야말로 그녀에게 꼭 전해야 하는 경고의 말이 있었다. 부디 그녀가 똑똑히 새겨 두길 바라며, 그는 한 자 한 자 힘을 주어 말했다.

"이런 보육 시설 따위 내가 문 닫게 해 주지."

로미는 그저 웃음으로 대답했다. 그의 말에 웃는 것은 로미뿐이 아니었다.

그가 늦은 밤까지 열심히 가위질하고, 성심성의껏 아이들의 이름을 적어 내려간 이름표들이 보육원 복도에서 그를 바라보며 함께 웃고 있었다.

보육원의 수업 내용은 매일 변경되지만, 그 전체적인 일정은 비슷했다. 처음에는 일정한 일과에 적응하지 못했던 아이들도 시간

이 흐르면서 자연스럽게 그 흐름을 몸으로 익히기 시작했다. 하지만 점심 식사 후 이어지는 낮잠 시간은 아직도 적응하지 못하는 아이들이 많았다.

어른들에게 낮잠 시간을 준다면 만세를 부르며 즐거워하겠지만, 아이들은 사정이 달랐다. 오전 시간의 놀이로 아직 두근두근하는 심장을 차분하게 진정시킬 수 없었다. 동그란 눈이 깜빡깜빡 이불을 꼭 붙든 손 위에서 빛났고, 문득 다른 친구와 눈이라도 마주치면 키득키득 웃느라 겨우 찾아온 약간의 잠마저 쏙 달아나 버리곤 했다.

교수들은 아이들의 편안한 휴식을 위해, 두꺼운 커튼으로 빛을 막아 두었다. 어둠이 아이들의 들뜬 마음을 잡아먹었고, 순한 아이들은 스스로 잠이 들었다. 로미는 교실을 돌아다니며 잠들기 어려워하는 아이를 토닥여 주기도 하고, 잠버릇이 나쁜 아이의 담요를 다시 예쁘게 덮어 주기도 했다.

그녀는 마지막으로 아루의 반을 슬쩍 둘러보았다. 아이들의 새액새액 숨소리 외에는 아무 소리도 들리지 않았다. 모두 깊이 잠이 든 걸까? 로미가 살포시 미소 지으며 조용히 문을 닫으려고 할 때였다.

"로미 씨……."

그녀를 찾는 작은 목소리가 있었다. 아루였다.

항상 가장 먼저 잠들던 아루가 오늘은 가장 늦게까지 깨어 있는 것은 무슨 까닭일까? 로미는 걱정을 마음속에 그대로 감추어 둔 채 상냥한 얼굴 그대로 아루에게 다가갔다. 아루는 로미의 눈치를 살피며, 작은 손을 꼼지락꼼지락 이불 속에서 꺼내어 내밀었다.

하얗고 말랑거리는 아루의 손.

"잡아 주시어요……."

소곤소곤 전하는 귀엽고 솔직한 한마디.

아루에게 손을 내밀던 로미는 순간 멈칫했다. 제 손이 너무 차가웠다. 아이에게 조금 남아 있는 잠기운마저 달아나게 하는 것은 아닐까? 그녀가 고민하는 동안 작은 손이 먼저 다가와 그녀의 손을 잡아 주었다. 차가웠던 손가락 마디마디로 따뜻한 온기가 퍼져 나갔다.

깊은 잠에 빠진 아이들의 푸우— 푸우— 하는 숨소리가 두 사람 사이로 지나갔다. 부스럭거리는 담요 소리도 함께였다. 깨어 있는 것은 오직 두 사람뿐이라는 실감이 조금 더 깊이 와 닿았다. 두꺼운 커튼을 겨우 뚫고 다가와 준 아스라한 빛에 의지해, 로미와 아루는 서로의 얼굴을 마주 보았다. 아루의 눈동자에 아직 잠기운이 남아 있어 로미는 안도했다.

"어서 자야지……."

로미는 다른 손으로 아루의 머리를 조심스럽게 쓰다듬어 주었다. 아이는 부끄러운 듯 웃었다.

"저기……. 로미 씨 혹시…… 그 자장가를 알고 계시어요?"

"어떤 자장가?"

어린이들을 상대하는 시녀로 발탁되었을 때부터 그녀는 몇 개의 자장가를 외워 두었다. 아루의 질문에 로미의 머릿속에는 자연스럽게 몇 개의 자장가가 떠올랐다. 그녀가 원하는 것은 어느 것일까?

"어머니 나라의 자장가……."

아루의 머리를 다정하게 쓰다듬던 로미의 손길이 잠시 멈추었다.

어린 소녀는 지금 어머니가 그립다는 말을 용기 내어 말해 준 것이었다. 보고 싶은 이가 있다면 떼를 쓰고 훌쩍훌쩍 울어도 좋을 나이. 그러나 이 아이는 그리하지 않았다. 아마 아버지를 배려한 것이리라.

꾹꾹 눌러둔 그리움이 작지 않을 것이거늘, 아이가 바라는 것은 겨우 어렴풋하게 기억에 남은 어머니의 노래였다. 로미는 아이의 소망이 너무나도 소소하여 가슴 아팠다.

그 노래는 로미가 외워 두었던 여러 자장가의 목록에는 없었다. 그 나라는 이미 사라졌고, 그 문자와 언어마저도 이제 과거의 것이 되었으니. 그러나 로미는 분명하게 알고 있는 노래였다. 로미에게도 자장가가 되었던 노래였으므로.

아루의 어머니는 지금은 사라진 나라의 아름다운 공주님이었다. 약소국이었던 그 나라는 평화를 위해서 아름다운 공주를 이 나라 황제에게 보냈으나, 황제는 그녀를 공작인 아루의 아버지에게 보내 버렸다. 언제 망해도 이상하지 않은 나라의 공주를 굳이 황족이 취할 필요성을 느끼지 못했으니까.

온 세상의 모든 사람이 아루의 어머니를 동정했다. 아루를 낳고 2년 만에 세상을 떠난 이후에는 더욱 그러했다. 본국의 부족한 힘이 지켜 내지 못한 아름다운 비운의 공주. 그것이 그녀를 따라다니는 수식어였다.

그리고 그 약소국은 로미의 어머니가 태어난 곳이기도 했다.

"제가 아플 때는 매일같이 울기만 해서, 며칠 동안 제대로 씻지도 드시지도 못하면서도 저를 재우실 때마다 그 노래를 불러 주셨다 들었사와요……."

세상의 평가와는 관계없이 아루는 항상 어머니가 자랑스러웠다. 자신을 키우는 일에 될 수 있으면 유모의 손을 빌리지 않고 직접 해내셨다 들었다. 수천, 수만 번의 애정 어린 키스가 이마에 새겨져 있다고 생각하면 잡히지 않는 그리움도 조금 사그라들었다.

하지만 가끔 그리워지는 음률이 있는 것은 어쩔 수 없는 일이었다. 어렴풋한 기억. 알듯 모를 듯한 그 노래. 지금은 사라져 버려 어디에서도 배울 수 없는 나라의 말로 이루어진 노래.

작은 아이의 커다란 그리움을 어떤 사람이 모른 척할 수 있을까?

로미의 입가가 같은 슬픔으로 파르르 떨려 왔다. 마음과 추억이 노래하는 음을 따라서 간신히 소리를 낼 수 있었다. 언젠가 자신도 어머니한테서 들었던 노래다. 기억하기 위해 노력하지 않아도 입술이 그 가사를 알고 있었다. 로미의 이마에도 남아 있는 어머니의 키스가 그 음을 알려 주었다.

푸우푸우, 같은 박자로 들려오는 아이들의 숨소리, 로미의 기억 속 노래, 아루의 추억 속 어머니. 그 노래를 길잡이 삼아 잠의 요정도 비로소 아루에게 무사히 찾아왔다.

아루가 깊이 잠든 것을 확인하고 나서야, 로미는 조심스럽게 아이의 손을 놓고 이불 속에 넣어 주었다.

그 노래는 로미의 마음에 깊이 숨겨 놓았던 그리움을 깨워 주었다. 그리운 이를 떠올리는 것만으로도 심장이 허공으로 산산이 깨어지는 것 같아서, 로미는 잠시 아루의 곁에서 자신의 심장을 끌어안았다.

"괜찮아."

그녀는 애써 중얼거렸다. 이 노래에 걸린 수많은 이의 그리움이 언제나 함께였다. 그녀와 아루 둘뿐이 아닐 것이다.

　그날 저녁, 안테의 손을 잡고 저택으로 돌아온 아루는 평소보다 조금 더 기분이 좋아 보였다. 그녀는 노래를 흥얼거리며 귀여운 위안 인형 '아리아'의 옷을 갈아입혔다.

　"티 파티가 있으니까, 예쁘게 입는 것이어요. 아리아."

　아루는 인형이 쓰러지지 않도록 주의하며 조심스럽게 의자에 앉혔다. 곧 핑크빛 장난감 티 세트를 챙겨 온 아루는 인형 앞에 차 한 잔을 대접했다. 텅 비어 있는 장난감 찻잔이지만, 이 순간에는 세상에서 가장 달콤한 차가 담긴 예쁜 찻잔이 되었다.

　그리고 아루는 또 다른 찻잔을 꺼내어 대접했다. 인형의 옆에 앉아 있는 또 다른 티 파티의 손님, 안테를 위한 것이었다. 비록 그의 엄지손가락만 한 작은 찻잔이었지만 그는 정중하게 그 잔을 받았다.

　"홍차에 설탕이 필요하시어요?"

　"물론이다."

　앙증맞은 슈거볼과 티스푼이 그의 앞에 놓였다. 안테는 찻잔에 설탕을 넣는 시늉까지 충실하게 이행했다. 두어 번 휘저어 설탕을 녹여 낸 후에는 그 작은 잔을 입가로 가져갔다. 아루의 눈동자가 즐겁게 휘어지는 것이 보여 그도 살짝 웃었다.

　"차 맛이 훌륭하구나."

　"부끄러운 것이어요."

　아루는 제 앞에도 잔을 조심스럽게 놓았다.

　"오늘, 즐거운 일이 있었던 것이어요."

　묻지도 않았는데 먼저 털어놓는 것을 보면 어지간히 이야기하고 싶었던 모양이다. 안테는 딸의 얼굴로 시선을 고정했다.

"낮잠 시간에……."

어머니 나라의 자장가를 들은 것이어요.

아루는 얼른 입을 다물고, 이야기를 멈추었다. 그저 들뜬 마음에, 행복한 충족감에 잠시 잊고 말았다. 그녀의 아버지 역시 같은 그리움을 가지고 있는 사람이라는 것을.

아루가 당황하는 얼굴로 멈칫거리자 안테는 고개를 갸웃하며 그녀의 이어지는 말을 기다렸다.

"낮잠 시간에?"

"아, 아무것도 아닌 것이어요."

"흠?"

그는 잠시 고민했다. 아이와의 간격을 세는 것은 항상 어려운 일이었다. 무엇이든 끝까지 캐묻는 것이 얼마나 좋지 않은 것인지는 알았으나, 이렇게 기뻐하는 일은 함께 나누고 싶었다. 욕심일까.

"무엇이든 즐거운 마음으로 들어 주겠다."

"무엇……이든?"

"그래."

아루는 머뭇거렸다. 즐거운 일을 말하고 싶어 간질간질하는 입이 참지 못하고 미소를 띠는 것은 어쩔 수 없었지만.

"저어."

아루가 겨우 힘들게 첫마디를 뗀 순간, 안테의 팔이 인형 아리아를 툭 치는 바람에 인형이 한쪽으로 힘없이 스르륵 쓰러졌다. 그는 아루의 이야기가 끊길까 걱정이 되어 얼른 인형의 손을 잡아 바로 세워 두었다. 그러나 그의 손이 인형에서 떨어짐과 동시에 다시 중심을 잃고 쓰러지기 시작했다. 그는 별수 없이 말랑말랑한 인형과 다정하게 손을 잡고 아루의 이야기를 듣기로 했다.

"로미 씨께서 어머니의 자장가를 들려주신 것이어요."

"……카르나의?"

"그러셨사와요."

안테는 그녀의 서류에 기입되어 있던 내용을 떠올려 보았다. 분명히 로미의 어머니가 그 나라 출신인 것으로 적혀 있었다.

"행복했사와요."

아루는 두 손으로 심장을 감싸 안았다. 그리하면 아직도 노래의 음률이 심장과 같은 박자로 울려 퍼지는 것만 같았다.

"정말로, 정말로 그랬사와요."

두 볼이 살짝 붉어진 아이의 얼굴은 사랑스러웠다. 제 어머니를 닮아 가는 아이가 즐겁게 웃고 있는 모습은 그의 그리움을 묻을 만큼이나 기쁜 것이었다. 그는 약속한 대로 아루에게 미소를 지어 주었다.

"네가 행복하다고 하여, 나도 좋다."

"……그래도 죄송한 것이어요."

생각해 보면 아루는 단 한 번도 그 앞에서 어머니의 이야기를 꺼낸 적이 없었다. 너무나도 어릴 적에 떠난 사람이라 그립지 않은 것일까 생각했으나 틀린 모양이었다. 아이는 안테의 눈치를 보고 있었다. 그가 그녀를 그리워하는 마음을 자칫 건드릴까 싶어, 그 작은 심장에 큰 그리움을 누르며 참고 참아 왔던 것이었다.

"아루."

"예."

"네가 가진 마음 중에 나를 슬프게 하는 것은 없다."

안테는 잡고 있던 인형의 손을 조금 더 세게 잡았다.

"네 심장에 움직이고, 변하고, 새로 태어나는 그 모두 것에 감사하고 있다."

그것은 그의 아이가 건강하게 자라나고 있다는 증거였다. 싫은 것도 슬픈 것도 아니었다.

"그러니 네가 내게 말하고 싶지 않은 것은 있을 수 있어도, 말할 수 없는 것은 없다."

중요한 이야기를 하다 보니 조금 흥분한 걸까, 어느새 안테는 아루의 인형을 품 안에 꼭 끌어안고 있었다. 그는 민망하여 얼른 인형을 내려놓았다. 그러나 아루가 그런 그를 바라보면서 깔깔거리며 웃기에, 그는 기꺼이 한 번 더 인형을 안아 주었다.

〇〇 ▰ (ᵔ)

저녁이 되면 보육원의 아이들 대부분은 퇴근 후 데리러 온 어머니나 아버지의 손을 잡고 집으로 돌아갔다. 로미는 현관에서 아이들을 배웅하고, 교수들이 부탁한 특별한 전달 사항이 있을 시에는 부모에게 안내하기도 했다.

아이들은 제 물건을 한 번에 전부 챙기는 법이 없었다. 신발을 신다가도 무언가를 잊었다며, 우당탕 다시 들어 왔다가 나가기 일쑤였다. 아예 더 놀다 가겠다며 버티는 아이들도 있어서, 저녁 시간은 언제나 정신없이 빠르게 지나갔다.

그렇게 차례로 아이들을 배웅하다 문득 정신을 차려 보면, 마지막에 남게 되는 아이가 있다. 오늘은 아루였다. 아루는 다른 아이들에 비해서 늦게까지 남는 일이 잦았다. 안테는 항상 바빴고,

달리 데리러 와 줄 어머니가 계시지 않은 탓이었다. 숙부인 모리젠은 이곳 일이 끝나면 바로 황실 병원으로 돌아가서 일해야 했다.

"아루, 책이라도 같이 읽을까?"

지난번 낮잠 시간에 있었던 일 때문일까, 로미는 혼자 남은 아루가 신경 쓰였다. 그러나 아루는 고개를 저었다.

"저는 괜찮사와요. 로미 씨의 일을 하시어요."

평소보다 안테가 조금 더 늦어졌다. 교수들도 모두 퇴근했고, 남아 있는 사람은 로미와 아루 단둘뿐이었다. 아루는 조금 두꺼운 동화책을 꺼내 들었다. 아루가 한 장 한 장 책장을 넘기는 소리를 들으며 로미는 각 교실을 전부 청소했다. 바닥을 쓸고 닦는 것만이 아니었다. 섞여 버린 색연필을 색상별로 예쁘게 놓아 주거나, 위험하게 입을 쫘악 벌리고 있는 가위를 다시 안전한 모습으로 돌려두었다. 다른 종류와 섞인 장난감이 있으면, 그 사이에서 꺼내어 제자리로 돌려보내기도 했다.

딸랑.

현관의 문이 열리는 종소리가 실내를 울렸다. 안테가 집무실에서부터 달려왔는지, 현관에서 헉헉거리는 숨소리가 교실까지 들려왔다. 아루는 책을 든 채로 한달음에 달려 나갔다.

"아버님!"

아루는 달려온 안테를 꼭 끌어안아 주었다. 아루가 조금 조숙할지라도, 아이는 그저 아이였다. 빨리 집으로 돌아가고 싶다고 생각했을 것이 틀림없었다. 안테는 제 일이 바쁘다는 핑계로, 아이를 마지막까지 이곳에 남도록 한 것이 마음에 걸렸다.

"늦어서 미안하다. 어서 돌아가자."

"아니어요. 조금 더 책을 읽다 가고 싶사와요."

그러나 그의 예상과는 달리, 아루는 보육원에 조금 더 머물고 싶어 했다. 아루는 아예 안테의 팔을 끌어 로미가 청소 중인 다른 교실로 그를 밀어 넣었다.

"책에 집중하고 싶으니 여기서 기다려 주시어요."

그러곤 총총 걸어 자신의 교실로 들어가 쿵 하고 문을 닫아 두었다.

안테와 로미만 남아 버린 교실. 갑작스러움에 놀라 문가에 그대로 서 있는 그와 달리 로미는 무척 바빴다. 그저 작게 고개를 숙이며 눈짓에 가까운 인사만을 하고는, 늘어놓은 장난감 사이사이에 낀 먼지들을 닦아 내었다.

슥삭슥삭. 청소 도구가 마찰하는 규칙적인 소리 이외에는 그 어떤 소리도 들리지 않았다. 어색한 기분이 들었는지 안테는 제 쪽에서 무언가 이야기를 꺼내야 하지 않을까 고민했다.

"그러고 보니."

그러나 마땅히 떠오르는 이야기가 없었다. 지금까지 그녀와 대화를 나눌 때는 마땅한 공무가 있었다. 공무? 그래. 뭔가 공적인 것을 물어볼까.

"그러고 보니."

물어볼 만한 공적인 일도 없었다. 그녀가 하는 일은 언제나 서류화 되어서 그에게 매일같이 보고되고 있었다. 안테는 차라리 입을 다물기로 했다. 하긴, 그녀와 특별히 대화하고 싶은 것도 아니었다.

"그러고 보니."

그런 결심에도, 그의 입은 멋대로 움직이며 그녀와의 대화를 재촉했다. 안테는 입이 멋대로 이야기를 끌어가도록 내버려 두기로 했다.

"어제……. 아루에게 노래를 들려주었다더군."

거침없이 바닥을 닦아 나가던 로미의 손이 멈추었다. 아루에게 노래를 들려준 것은 사실이었다. 다만 그 노래가…….

"죄송합니다. 아루 아버님."

이미 사라진 나라에서 구전되었던 자장가. 이 나라의 돈으로 운영하는 보육원에서 들려줄 만한 것은 아니었다. 특히 그 나라와 관련이 깊은 아루에게는 더욱 그러할지도 몰랐다.

로미의 얼굴이 어두워지기 시작하자 안테는 당황했다. 그녀에게 이런 표정을 짓게 하려는 게 아니었다. 그는, 그저 감사하고 싶었다. 하지만 그녀가 오해하니, 어떻게 말해야 할지 몰라서 몇 번이나 입을 열었다가도 곧 다물었다.

결국, 안테는 로미의 손에 들려 있던 청소 도구를 빼앗아 잠시 바닥에 내려 두었다. 여러 가지 자질구레한 일을 하느라 거칠거칠한 시녀의 손끝을 잡아끌어 교실 구석에 있는 건반 악기 앞에 앉혔다.

"내게도 들려주었으면 좋겠다."

로미는 그의 의도를 알 수 없어 머뭇거렸다.

"나도 딸에게 불러 주고 싶을 뿐이야."

그는 회색 머리카락을 긁적였다. 부끄러울 때 나오고 마는 오랜 습관이었다.

그 모습을 바라보던 로미는 안심하고 건반 위로 손을 올렸다. 핑크빛 작은 입술이 사라진 나라의 노래를 추억했다. 정확한 의미는 알 수 없지만, 조용한 음색이 그 가사에 담겨 있는 애정을 느껴지게 했다.

언젠가 그도 분명히 들어 본 노래였다. 아기였던 아루를 안고 그의 부인이 작은 목소리로 들려주던 노래. 그녀를 잃고 아루가 자라면서 완전히 잊었던 그 노래였다.

짧은 노래는 야속할 정도로 빨리 끝난다. 한 번 더 듣고 싶었지만, 그녀에겐 지금 해야 할 일이 있다.

"한 번 들어서는 잘 모르겠군."

거짓말이었다. 자신도 몰래 자연스럽게 나온 거짓말에 잠시 놀랐다. 여전히 그의 입은 멋대로 움직이는 모양이었다. 그는 주변을 둘러보았다. 당연히 아무도 없었다. 머리를 긁적이고 고민하다 결국 그는 겉옷을 벗어 의자에 걸쳐 두었다. 그러고는 셔츠 위에 토끼가 그려진 귀여운 초록색 앞치마를 둘러 입었다.

"조금 더 듣겠다."

로미는 고개를 돌려 그를 바라보았다. 정장에 토끼 앞치마라니. 우스웠다. 게다가 그의 큰 키 덕분에 앞치마는 겨우 허리를 조금 넘어서는 정도밖에 되지 않으니 더욱 어색해 보였다.

저절로 웃음이 나오는 모양새에도 그는 당당했다. 팔을 조금 걷어 올리고 아무렇지도 않은 얼굴로 바닥을 깔끔하게 닦아 내었다. 익숙한 솜씨였다. 로미는 그가 행정부의 소속이라는 것을 기억해 냈다. 그곳은 신분의 높고 낮음에 상관없이 신입 시절 누구나 평등하게 잡부의 일을 맡는 것으로 유명했다. 지금 그의 솜씨를 보니 그 역시 예외는 아니었던 모양이다. 손끝이 어설픈 하녀보다도 훨씬 꼼꼼했다.

"풉……."

"뭐가 그리 웃기나?"

안테는 한 손에 걸레를 든 채, 더없이 엄격한 표정을 짓고 있었다. 그 어울리지 않음에 로미는 참을 수 없이 웃음이 새어 나왔다.

"들려주어라."

간절함이 묻어나는 목소리에 비로소 로미는 웃음을 멈출 수 있었다. 그의 청소 솜씨가 능숙하다는 것은 확실히 알았다. 누군가에게 일을 맡기는 것은 좋아하지 않지만 믿을 만한 사람이라면 이야기는 달랐다.

로미는 안심하고 다시 건반에 손을 올려 연주했다. 이따금 등 뒤로 느껴지는 시선에 왠지 묘한 감정이 일어나는 것은 어째서일까.

안테는 먼지를 닦고, 장난감들의 흐트러진 배열을 모두 바로 맞춰 주었다. 아이들이 사용하는 학용품도 모두 제자리에 있는지 거듭 확인했다.

그리고 종종 고개를 돌려 노래하는 그녀의 뒷모습을 확인했다. 고개를 조금씩 끄덕이며 박자를 맞추는 모습이나, 작은 손가락으로 부지런히 건반을 따라가는 모습이 그의 명석한 두뇌에 확실하게 새겨졌다.

마침이라고 해야 할까. 서서히 노을이 지기 시작했다. 평범하게 양쪽으로 길게 땋아 내린 밧줄 같은 로미의 머리카락이 붉은색으로 물들었다. 박자에 맞춰 흔들리는 작은 어깨에 빛이 내렸다.

이 노을 때문에 공기도 바뀌었음이 틀림없었다. 노랫소리가 마음으로 바로 들어와 심장을 움직이게 했다. 이게 다 노을이 공기의 색을 바꾸고, 노래를 깊은 곳으로 운반하기 때문이다.

몹쓸 노을.

다음 날 아침이 되었다.

"이런 보육 시설의 시녀 따위 그만……."

이제는 보육원의 문을 열면 본능적으로 나오는 말을 내뱉던 안테는 잠시 멈칫했다. 로미는 다른 부모와 대화 중이었다. 열심히 일하는 사람에게 쓸데없는 말을 할 수는 없으니 그는 일단 입을 다물었다.

"아버님, 가방을 주시어요."

오늘도 무릎을 굽혀 아루에게 가방을 메어 주었다. 한 줄로 길게 늘어뜨려 한쪽 어깨에 메는 작은 크로스백이다. 가벼운 가방이고, 아루는 현관에서 교실까지 아주 잠깐 메는 가방이지만, 그는 혹여 작은 어깨에 무리라도 갈까 항상 걱정이었다. 그래서 가방을 메어 줄 때는, 하루는 오른쪽 어깨에 하루는 왼쪽 어깨에 반드시 번갈아 가면서 메어 주었다. 물론 줄이 꼬여 있는 일 따위는 절대로 없었다.

"가정 보육 서류라니 그런 걸 어떻게 다 하나하나 작성해? 그냥 애들 딱 보면 모르겠어? 별일 없잖아? 별 귀찮은 걸 다……. 나 참……."

로미가 있는 곳에서 큰 소리가 들려오니 안테의 고개가 절로 돌아갔다. 그의 부하 중 한 명인 베이 남작이었다. 부인의 뜻에 따라 아이를 보육원에 보내고 있으나, 보육원 정식 설립을 반대하는 안테의 편에 선 자였다. 그는 보육원에서 요청하는 모든 일을 배척하는 강경한 자세로 자기 뜻을 알리기 위해 애를 썼다.

"가정과 보육원의 상세한 정보 공유는 아이들을 위해서라도 꼭 필요한 일이라고 교수님께서 말씀하셨습니다. 귀찮으셔도 반드시 작성을 부탁드립니다."

로미는 나긋나긋하게 설명했다. 그러나 이미 모든 것을 부정적으로만 바라보는 그에게 이런 설명이 먹혀들 리 없었다.

"……아버님."

아루가 도움을 요청하는 듯한 목소리로 안테를 불렀다. 그러나 그 전부터 그의 발은 이미 움직이고 있었다. 그는 깔끔하게 정리된 가정 보육 서류를 보란 듯이 로미 앞에 내밀었다. 서류에서 차악 소리가 나는 것 같았다. 상관인 공작이 나서서 서류를 제출하니 일개 남작은 할 말이 없었다.

"남작은 아이들을 딱 보면 전부 알게 되나? 난 전혀 모르겠던데. 아주 타고나셨군."

안테의 입이 또 멋대로 말을 내뱉었다. 사실 그는 자진해서 서류를 내는 모습만 보여 주려 했다. 그것만으로도 남작의 행패는 멈추게 하고도 남았다. 그러나 어쩐지 불쾌한 목소리에 찌푸려진 인상까지 보태게 되었다. 조금 지나친가? 안테는 제 행동에 조금 당황했다. 시키지도 않은 변명을 마음속으로 되뇌었다.

그, 그러니까 이, 이건! 저놈이 시건방진 얼굴을 하고 내가 고용한 시녀를 노려보고 있던 탓이다. 그러니까 그것뿐이다!

그리 생각하니 마음이 조금 편해졌다. 그러나 그의 입은 거기에서 멈추지 않았다. 이제 그만해도 좋으련만, 마지막까지 베이 남작을 향해 날카로운 말을 쏟아 내는 것이다.

"내 부하 중에서 당일에 처리해야 하는 서류 작업을 이렇게 당당히 미루는 녀석이 있는 줄은 꿈에도 몰랐군."

아무래도 어제부터 입에 다른 사람이 사는 것 같았다. 그는 본래 이렇게 다른 사람의 일에 신이 나서 끼어드는 성격이 아니었다.

"오전 중에 꼼꼼히 작성해서 로미 씨에게 제출하도록."

"예······."

남자이 고개를 숙여 대답하고는 도망치듯 부육원 문을 빠져나갔다. 긴장감이 돌았던 보육원의 현관에 비로소 평화가 돌아왔다.

"아루 아버님······."

안테는 자신을 돌아보는 로미의 눈을 바라보며 잠시 고민했다. 감사의 말을 들으면 뭐라고 대답해야 하지? '이건 아무것도 아니다.' 뭐 그렇게 해야 하나? 아니면 '앞으로도 이런 일이 있으면 나에게 보고해라.' 라고 해야 하나?

어쨌든 그에게는 공이 있었다. 뿌듯한 마음에 어쩐지 양쪽 가슴이 앞으로 쭉 펴지고 저절로 턱이 들렸다.

"아버님."

마침내 그 작은 핑크빛 입술이 움직였다. 안테는 살짝 침을 삼켰다.

"저기, 보육원 안에서는 남작님과 같은 신분이 아니라 서로 '베이 군 아버님' 혹은 '베이 군 어머님' 이런 식으로 불러 주셔야 해요."

"규칙이니까요."라고 덧붙이며 로미는 웃었다.

반면, 그녀가 건넬 감사의 말에 대한 대답을 멋들어지게 준비하고 있던 안테는 양쪽 어깨가 한 번에 바닥으로 추락할 듯 꺼져 버렸다.

"······이런 보육 시설의 시녀 따위 그만둬. 이곳은 일 년 안에 문을 닫을 테니까."

신분이 통하지 않는 이딴 시설 따위 반대할 테다. 행정부에 일을 늘리려는 그 모든 것을 없애 버리겠다.

"그리고 구해 주셔서 감사합니다."

로미는 아주 잠시 허리를 숙여 감사를 표했다. 마침내 들어 올린 얼굴은 여느 때와 같은 친절한 미소를 띠고 있었고, 그녀는 곧 아이들의 손을 잡아 교실로 이끌었다. 안테는 두 눈을 끔뻑이며, 로미의 뒷모습을 물끄러미 바라보았다.

'구해 주다.'

아이들이 보는 동화책의 왕자님한테나 쓰이는 동사가 아닌가. 아무래도 외국인 어머니를 둔 탓에 동사의 쓰임을 제대로 모르는 모양이었다. 저 여자에게 이 나라에서 쓰이는 '구해 주다.'라는 말의 뉘앙스를 제대로 가르쳐 주고 '도와주다.'라는 말을 알려 줘야 할 것 같았다. 그런데도 공작은 어깨가 으쓱해졌다.

오늘 아침 그는 로미를 '구했다.'

해가 뜨기도 전에 출근한 로미는 현관에서 머리가 빙글 도는 것이 느껴졌다. 그러고 보니 어제부터 목이 따끔따끔했고, 오늘은 머릿속에서 누가 시끄러운 악기를 데엥 울리는 것처럼 멍했다.

"로미 씨?"

그녀 다음으로 출근한 모리젠이 그저 멍하게 서 있던 그녀의 정신을 불러 깨웠다. 천천히 고개를 돌린 로미의 얼굴이 붉었다. 어쩐지 그녀가 자신을 보고 얼굴을 붉히는 것만 같은 착각이 들었다. 모리젠은 격렬한 달리기를 시작하려는 심장의 근처를 손으로 쓸어 진정시켰다.

"아, 모리젠 선생님."

항상 빠릿빠릿한 그녀가 이렇게 느릿한 반응을 보이니 귀엽기도 했지만, 한편으로는 좋지 않은 예감이 들었다.

"로미 씨. 실례할게요."

그녀의 이마 위로 그의 손이 올라왔고, 곧 그의 얼굴은 작게 찌푸려졌다. 그러고 보니 그녀의 옷이 무척 얇았다. 3월이라고는 해도 아직 아침저녁으로는 싸늘한데, 어째서 이렇게 입고 다니는 걸까.

"의료실로 가죠."

로미도 제 몸이 좋지 않다는 것을 확실하게 느낀 걸까, 그의 말에 순순히 고개를 끄덕였다. 모리젠은 다소 서두르며 현관문을 열고, 곧장 의료실로 향했다.

아침 공기가 맺힌 의료실은 싸늘했다. 모리젠은 가까이에 있는 아이용 침대 안으로 손을 넣었다. 다행이다. 포근한 이불이 여린 온기를 지켜 준 모양이다.

"로미 씨. 잠깐 누워 계세요."

"저는 약만 먹어도 괜찮은데……."

"어허. 얼른!"

그는 다소 엄격한 표정을 지어 보였다. 비로소 로미가 못 이기는 척 작은 침대 안으로 쏙 들어갔다. 모리젠은 그녀의 몸집이 작아서 다행이라고 생각했다. 작은 아이용 침대도 그녀에겐 그럭저럭 누울 만한 곳이 되어 주었으니까.

모리젠은 이불을 그녀의 턱 바로 밑에까지 끌어 올려 주고는, 잠겨 있는 약장 문을 열었다.

"로미 씨. 아침은 먹었어요?"

빈속에 약을 먹일 수 없어서 확인차 물어본 것이었다. 로미는 작게 고개를 저었다.

"왜요."

"그냥……. 조금 더 쉬고 싶었어요."

"로미 씨는 기숙사에 살고 계시죠?"

로미는 힘없이 고개를 끄덕였다. 그녀가 머무는 기숙사는 하급 시녀들이나 머무는 누추한 곳이었다.

하급 시녀란, 다른 평범한 시녀들과는 달랐다. 보통 시녀에게 궁의 일은 교양과 인맥을 쌓기 위한 우아한 것이지만, 하급 시녀들에게는 처절한 생계의 수단이었다. 주어지는 업무도 일반 시녀와는 달랐다. 신분 제한 구역의 청소, 모두가 꺼리는 까다로운 손님의 시중 등 애매하고 귀찮은 일은 모두 그녀들의 몫이 되었다.

그러나 아무리 성실하게 일해도 그녀들을 향한 시선은 언제나 날카로웠다. 귀족 중에서도 가장 밑바닥의 귀족. 무시받으며 살아가는 각자의 삶이 힘겨워서, 하급 시녀의 기숙사 안에서는 아무리 옆방이라고 해도 가까이 지내는 일이 좀처럼 드물었다. 그러니 로미가 아프다고 하여 누군가가 식사를 챙겨 주거나 돌봐 주는 일은 없었다.

모리젠은 비어 있는 방에서 홀로 아팠을 로미의 모습이 떠올라, 마음이 편치 않았다.

"잠깐 기다려요."

그렇게 말한 모리젠은 곧장 조리실로 달려갔다. 이곳이 보육원이라 다행이었다. 자체적으로 주방 설비를 전부 갖추고 있었고, 건강한 식재료도 넘쳐 났다. 요리사가 출근했다면 무언가 부드러운 요리를 부탁했겠지만, 지금은 아무도 없었다. 모리젠은 과일을 몇 개 꺼내어 작게 잘랐다. 뭔가 요리를 하면 더 좋았겠지만, 일단은 약을 빨리 먹여야 했으니까.

로미는 그가 잘라 온 과일을 천천히 오물오물 잘도 먹었다. 상큼한 기운이 몸에 감도는 것이 기분 좋았을 것이다. 그가 가져온 약까지 전부 다 먹고 로미는 다시 자리에 누웠다.

"전염 가능성이 있으니, 보육원은 쉬는 것이 좋겠습니다."

모리젠은 로미의 이마를 한 번 더 짚으며 걱정스러운 눈길로 그녀를 내려다보았다. 목까지 가지런히 올려 덮은 이불. 열 때문에 붉어진 얼굴과 평소와는 달리 긴장이 풀어진 멍한 눈동자.

예쁘다. 그리 생각이 든 순간에 저도 모르게 당황하여 아무 말이나 내뱉게 되었다.

"아직 3월입니다. 매일 늦은 시간에 퇴근하시면서도 제대로 된 외투 하나 챙겨 입지 않은 로미 씨가 나빴어요."

"그러게 제가 늘 옷을 잘 챙겨 입으시라, 그게 안 되면 따뜻한 차라도 자주 마시라고 이야기하지 않았습니까."라며 모리젠은 잔소리를 멈추지 않았다. 그러나 곧 얼마 지나지 않아, 제 잔소리가 조금은 도가 지나치다는 것을 알았다. 혹여 그녀의 기분이 상하지는 않았을까? 그의 목소리는 금세 수그러들었다.

"빨리 나아야 하니까, 행정부 의료실에 잠시 입원하도록 해요."

그리고 자신이 그동안 당직을 자처하리라 결심했다. 이대로 로미를 시녀들의 단체 기숙사로 돌려보내면, 제대로 된 병간호를 받기 어려운 것은 물론이고 식사도 하지 못할 것이 분명했다.

"입원……이요……?"

로미는 의아해했다. 당연한 반응이었다. 가벼운 감기일 뿐인데…….

"좋은 환경에서 빠른 쾌유를 하시길 바라는 것뿐입니다."

"아……. 네……."

"보육원에서는 단 한 명뿐인 시녀이니까요."

비로소 로미는 이해했다는 듯 '아…….' 소리를 내며 고개를 끄덕였다. 아이들은 쉽게 병에 전염된다. 환자인 로미가 일하러 드나들 수 있을 리 없으니 보육원 담당 의사인 모리젠이 그녀의 빠른 쾌유를 원하는 것은 당연한 일이라고 생각했다.

"아직 아침이라 바람이 차갑습니다. 오후에 행정부 의료실로 옮기실 수 있도록 도와 드릴게요."

"하지만, 아이들이 있는 곳에 더 머물러도 괜찮을까요?"

로미는 열이 올라 멍해지는 자신의 머리보다도 아이들의 건강을 먼저 걱정했다. 한결같은 그녀의 성실함에 모리젠은 깊이 감동하면서도 쓴웃음이 나왔다.

그는 그녀의 침대 주변을 하얀색 커튼으로 둘러쌌다. 아침 햇살이 가려지고 로미의 시야도 전부 가려졌다. 하얀색 공간 안에는 침대에 누워 있는 로미와 바로 옆에 서 있는 모리젠뿐이었다.

"이렇게 계신 것은 저와의 비밀로 하죠."

그의 말대로 이렇게 새하얀 커튼으로 가려진 침대는 아이들의 관심을 끌지 못할 것이다. 보육원 안에는 다양한 색과 형상이 가득했다. 아이들은 자극적인 색을 가진 것에 시선을 돌리느라 바쁠 것이다. 로미는 고개를 끄덕였다. 얇은 천으로 주변을 가려 둔 것만으로도 아늑한 기분이 들어 그녀의 마음도 한결 편안해졌다.

모리젠은 긴 의자를 끌고 와 그녀의 머리맡에 앉았다. 로미와 눈이 마주치자 그는 히죽 웃었다. 로미는 이제야 그의 눈두덩에 시커멓게 내려앉은 피로의 흔적을 알아차렸다. 시선을 내려 보니 가운 사이로 보이는 셔츠도, 어두운색의 바지도 모두 주름이 깊었다.

"어제…… 퇴근 안 하셨어요?"

"네. 해외 사절단에 몇 명 차출당한 덕분에, 손이 모자란다고 해서요."

의사는 항상 부족했다. 그 부족한 인원 중 일부가 국외 일정이라니. 보육원 의사의 손이라도 다시 돌려받아야 할 판국인 모양이었다.

"밤새고, 또 출근하고……."

"이 일을 택하면서 각오한 일이에요. 걱정하지 마세요."

모리젠이 배시시 웃으며 노란 알약을 입에 두어 개 털어 넣었다. 물도 없이 약을 오도독 씹어 먹는 모습이 가히 보기에 좋지는 않아 로미의 얼굴이 찌푸려졌다.

"환자인 제가 할 말은 아니지만, 건강 좀 챙기세요. 선생님."

"저한테 할 이야기인가요? 로미 씨야말로 항상 무리하고 있잖아요. 교수님들이 귀찮아하는 일을 전부 맡아 버리지 않나, 하지 않아도 되는 일까지 전부 혼자서……."

일중독이에요, 라는 말이 목구멍까지 올라왔지만, 꿀꺽하고 침을 삼키며 겨우 내려보낼 수 있었다. 중독이라는 말이 주는 묘한 부정적인 느낌을 굳이 로미에게 붙이고 싶지 않았다.

"하지만, 눈에 보이는 일을 하지 않는 것이 더 이상해요."

아픈 와중에도 일 이야기를 하는 그녀의 눈동자는 흔들리지 않았다.

"이게 제가 일하는 방식이에요."

그녀가 성실하게 일을 하는 것임에도 항상 평가가 좋지 않았던 이유. 필요 이상의 일을 해내는 그녀를 바라보는 다른 이들의 눈길은 좋지 않았다. 그녀와 함께 일하고 싶어 하는 사람보다는 싫어하는 이가 더 많았을 정도로.

입 안의 혀처럼 야들야들하게 굴지도 못하고, 오히려 **뻣뻣한** 자세로 바른 것을 고집하는 사람. 규칙을 소중히 여기며, 그것에 대해 충고하기를 주저하지 않는 사람. 권력자들의 눈짓과 손짓에 따라 능동적으로 대처할 줄 모르는 로미는 몇 번이나 일하는 곳이 바뀌었다. '그녀와 일을 하는 것은 불편하다.' 라는 서류와 함께 내보내지는 일도 잦았다.

많은 하급 시녀들이 요령 없이 일하는 로미와 어울리고 싶어 하지 않아 했고, 로미도 그들과 굳이 교류하고 싶은 마음은 없었다. 서로 가까워지려는 노력이 없었으니, 자연스럽게 로미는 소외를 선택하게 되었다.

"하지만 로미 씨."

모리젠의 대답이 로미를 상념에서 **빠져나오게** 했다. '하지만' 으로 시작한 그의 말이 조금 두려웠다. 다른 시녀들처럼 그녀를 부정하는 말로 이어질지도 모른다. 로미는 마음의 준비를 했다. 누군가에게 부정당하는 것에 익숙해지는 사람은 없었다.

"건강하지 않으면, 로미 씨가 원하는 대로 잔뜩 일할 수 없게 되잖아요."

"네?"

비난이 아니었다.

"로미 씨는 그저 주어진 일을 하는 사람이 아니라, 일의 주인이 되려는 사람이라는 걸 알아요. 뭐, 그런 모습이 저는…… 음, 그런 거지만, 어쨌든."

기분 좋은 온도의 손이 다시 로미의 이마에 닿았다. 중간에 어물어물 넘어간 그의 말이 신경 쓰이기도 했지만, 곧 속눈썹을 쓸어 내리듯 부드럽게 아래로 내려가는 손이 로미의 두 눈을 자연스럽게 감을 수 있게 해 주었다.

"잘 자요."

로미는 이불을 손으로 꼭 쥐었다. 감은 눈 너머로 시선이 느껴졌다.

"잘 먹고, 잘 쉬어요."

느릿하게 이어지는 그의 이야기는 결국, 로미에게 전하는 응원의 말이었다. 나직하고 부드러운 그리고 다정한.

그가 말한 대로 이대로 잠들고 싶었다. 묘하게 긴장이 풀리고 온몸이 기분 좋게 나른해졌다. 행복한 꿈을 꿀 수 있을 것 같은 기분. 하지만 잠들기 전에 잊지 말고 반드시 해야 할 것이 있었다.

"고마워요……."

그녀를 응원해 준 사람에게 이 마음을 전하는 것. 이것은 언제나 최우선 순위의 일이었다. 그녀의 신념대로라면 마땅히 눈을 마주하며 전해야 하는 이야기지만, 모처럼 다정하게 감긴 눈을 다시 뜨고 싶지 않았다.

언젠가, 모리젠의 맑은 눈을 마주하고 다시 한 번 더 이야기하리라 마음먹었다. 당신의 응원이 얼마나 따뜻한 것이었는지, 그녀가 그것에 얼마나 감사하고 있는지를.

모리젠은 로미가 깊은 잠에 빠질 때까지 한참을 하얀색 커튼 안의 행복한 세계에서 머물렀다. 로미의 잠이 든 얼굴을 보고 있으니 그도 연신 하품이 나왔지만 몇 번이나 기지개를 켜며 꾹 눌러 참고 겨우 자리에서 일어났다.

일하다가도 문득, 하얀색 커튼을 바라보고 있으면 웃음이 나왔다. 푸우— 하는 깊은 숨소리가 들리는 것이, 부스럭거리는 이불

소리가 들리는 것이, 모리젠을 한 번 더 웃게 하고 있었다.

◌◌ ▰◀ (⁚)

로미가 병으로 앓아누운 오늘은 보육원에 중요한 행사가 있었다. 부모와 담당 교수 간의 1:1 면담이었다. 지난 한 달간 아이들은 보육원의 적응 프로그램을 무사히 지나왔다. 아이들의 생활에 큰 변화가 생긴 만큼, 이 상담은 부모에게도, 교수에게도 무척이나 중요한 의미가 있었다. 또래와 집단생활을 시작하며 드러난 아이들의 성향이나, 감정적인 변화에 관해서 이야기하고, 앞으로의 방침을 정해 함께 고민하는 소중한 자리였다.

안테의 상담 시간은 퇴근 후로 잡혔다. 그는 유난히 딸에 대한 걱정이 많았다. 상냥한 하녀들의 손을 빌려 그녀를 돌보고 있기는 하지만, 아루는 여전히 어머니의 빈자리를 그리는 것 같았다. 안테는 혹여 그것이 어떤 결여나 상처가 되지 않을까 항상 고민했다.

안테는 전문가와 상담할 수 있는 오늘의 기회를 마음껏 활용하기로 했다. 그는 펜을 들었다. 빈 종이에 묻고 싶은 내용을 정리하기 시작한 것이다.

"그래. 미술이다. 미술 수업은 고약하기 짝이 없다."

종이는 금방 빼곡하게 채워졌다. 그리고 열렬하게 상담 주제를 적어 내려가는 그의 앞에는 어느새 서류의 승인을 기다리는 부하들이 줄지어 서 있었다. 바쁜 일들이 뒤에서 칼을 들고 쫓아오는 것만 같은데, 느긋하게 자녀 상담 고민에 빠진 상관을 바라보는 부하들의 얼굴은 잔뜩 일그러졌다. 특히 베이 남작은 고작 시녀 앞에서 자신에게 망신을 준 상관에 대한 분노가 아직도 사그라지지 않은 상태였다.

"낮잠 시간을 조금 더 줄여 달라고 해야 하나."

보육원에서 낮잠을 길게 자는 탓인지 밤잠에 들기까지의 시간이 길어졌다. 이렇게 늦게 잠이 들어서야 아루가 키가 크지 않을 수도 있으니 그는 애가 탔다.

그리고 이제 부하들도 애가 탔다. 1년 안에 보육원의 문을 닫게 하기로 동맹을 맺은 상관이 변했다. 최근에는 명백히 그들을 배신하는 행보를 보이기 시작했다. 그러나 상관인 그에게 그 누구도 따져 물을 수 없었고, 그저 속만 태울 뿐이었다.

"공작님. 배신하기 없습니다?"

그때였다. 모든 직원의 속이 시원할 정도로 개운하게 따져 묻는 이가 있었다. 그 순간 모든 이는 그 대단한 담력을 가진 자의 얼굴을 확인한 후 '역시나!'라는 표정으로 고개를 끄덕였다.

출세에는 뜻이 없으니, 속 편하게 행정부 바닥에서 뒹굴할 때까지 구르며 철밥통이나 지키는 것만이 인생의 유일한 목적인 남자. 쿠디안 샤샤였다. 그로 말할 것 같으면, 광산을 가진 돈 많은 백작가의 삼남으로 황제 앞에서도 막말할 수 있는 담력과 다수의 생명줄을 가진 남자였다.

"무슨 소리냐. 쿠디안."

안테는 끄적이던 펜을 내려놓았다. '낮잠 시간을 조금 줄여 주셨으면…….'이라고 적힌 문장이 메모의 마지막을 장식했다. 그의 눈길이 만족스럽게 메모를 한 번 훑은 후, 곧 괘씸한 소리를 내뱉는 젊은 관리에게 향했다. 눈빛은 금방 날카로워졌다. 정상적인 생각을 하는 사람들은 쿠디안의 명복을 빌었다.

"입으로만 문을 닫네, 망하네, 말씀하시면서 보육원에 가실 때마다 히죽히죽 웃고 계신 거 아무도 모를 줄 아셨습니까?"

그러나 쿠디안도 행정부의 미친놈이라는 칭호에 부끄럼 없는 남자였다. 공작의 눈에서 살의에 가까운 분노가 쏟아졌으나, 쿠디안은 전혀 눈치채지 못했다. 도리어 쿠디안의 곁을 지키던 다른 직원들이 불안함에 떨어야 했다. 그들은 '우와, 저 미친놈 오늘 또 제대로 한 건 하나 보네.' 입 밖으로 차마 나오지 못한 말을 꿀꺽꿀꺽 삼켜 냈다.

"솔직히 말씀해 보십쇼, 거기 뭐라도 있습니까? 꿀 발라 놓은 사람처럼 홀린 듯 들락거리시는 이유가……."

'거기 뭐라도 있습니까?' 쿠디안의 물음에 안테의 머릿속에 떠오르는 것은 사랑하는 딸, 아루의 얼굴인 것이 마땅했다. 문제는 그 얼굴만 떠오르는 것이 아니라는 것이다. 다른 얼굴도 같이 생각났다. 놀랄 만큼 선명해서 안테는 몇 번 눈을 깜빡였다.

그러니까, 오래된 나무와 같은 색의 머리카락이 있었다. 일할 때는 양쪽으로 가지런히 땋아 내려 수수한 풀빛 리본으로 고정해 두곤 했다. 안테는 그 머리 모양을 볼 때마다 밧줄 같다고 생각하곤 했다. 그리고 하급 시녀라면 누구라도 입는 똑같은 옷. 그 밑으로 항상 열심히 자박자박 걸어 다니는 작은 발, 아무런 장식이 없는 정직한 실내화가 보이는 듯했다.

그리고 어쩐지 부끄러운 마음에 마지막에 떠올리게 되는 얼굴. 깊은 눈동자와 무척이나 따듯한 시선. 귀부인들처럼 창백하게 가꾼 것이 아닌, 건강한 혈색의 피부. 핑크빛으로 물든 양쪽 볼은 항상 바쁘게 움직이는 그녀에게 딱 어울렸다. 안테는 생각에 빠져들고 빠져든다. 코를 생각하니 숨소리가, 입술을 생각하니 목소리가 떠오르는 기억의 연쇄에 정복당하고 말았다.

그리고 아주 한참이 지나고 나서야, 그는 눈앞에 대답을 기다리는 부하들이 있음을 깨달았다.

"……거기엔 아무것도 없다. 죄다 고리타분하고 쾌쾌한 교수들뿐이야."

그렇게 말하면서도 안테의 매서웠던 눈이 사르르 풀려 나갔다. 다른 사람은 공작의 너그러워진 반응에 안도하는지 몰라도 미친놈의 감에는 분명히 잡혔다. 저 얼굴, 저 표정. 분명히 그곳에 그저 꿀이 발라져 있는 것이 아니라 아예 달콤한 꿀단지가 통째로 있는 것이 틀림없다고.

그리고 남자에게 있어 꿀단지라는 것은 분명히.

"여자구먼."

"닥쳐라!"

0.1초 만에 돌아온 즉각적인 부정. 부정의 속도가 빠르고 명확할수록 오히려 진실이라는 것은 누구나 아는 사실이었다.

"……진짜예요?"

되레 놀란 쿠디안이 눈을 동그랗게 뜨며 되물었다.

"대답할 가치도 없군. 보육원 폐쇄의 근거를 정리하러 가는 것뿐이다."

쿠디안은 한 번 더 실험해 보기로 했다.

"여자구먼."

"아니다!"

더욱 빨라진 대답과 극명한 부정어에 결국 모여 있던 부하들 모두 고개를 끄덕이게 되었다.

여자구먼.

퇴근 후, 상담을 위해 보육원에 들른 안테는 현관에서 자신을 맞이하는 사람이 아무도 없자 얼굴이 찌푸려졌다. 자신도 모르게 "어디로 간 건가."라는 말이 나왔다. 이곳은 어린이들을 보호하고 있는 곳이었다. 외부자의 출입을 통제하기 위해서라도 출입을 엄격하게 관리하는 이가 있어야 했다. 덕분에 폐원 서류에 적을 사유가 하나 더 늘어나긴 했지만 어쨌든 보안에 대해 좀 더 신경 쓰라고 말은 해 둬야 할 것 같았다.

"오셨습니까, 아루 아버님."

담당 교수가 느지막이 나와 그를 상담실로 안내했다.

"그…… 시녀……는 어디 갔습니까?"

손님을 맞는 것은 그녀의 일이지, 늙은 교수가 해서는 안 되는 일이다. 그 사소한 차이 하나로 보육원 특유의 발랄함이 전부 사그라들었다.

"서류를 보내 드렸을 텐데요. 오늘부터 병가입니다. 전염성이 있다 보니."

로미가 아프다는 중요한 말은 전혀 듣지 못했다. 전염성이라니 얼마나 대단한 병일까? 그는 걱정되어 자세히 묻고 싶었으나 곧 그만두었다. 제출된 서류를 제대로 확인하지 않은 그의 탓도 있었다.

안테는 책상 위에 쌓여 있던 서류들을 차례로 떠올려 보았다. 부하들은 중요도가 높은 것부터 색으로 분류하여 순서대로 놓아둔다. 아무래도 보육원에서 온 건 무조건 맨 뒤로 빼고 있는 모양이었다. 안테는 보육원에 대한 불만으로 가득했던 부하들의 얼굴을 떠올렸다. 돌아가면 가장 중요하지 않은 서류를 최우선하여 훑어야겠다고 생각하며, 교수의 권유에 따라 소파에 앉았다.

긴 회의를 싫어하는 안테의 성격대로 상담 역시 빠르게 이루어졌다. 이야기 나눠야 할 주제들을 미리 적어 놓은 덕을 톡톡히 보기도 했다.

"미술 수업 시간을 조금 줄여 주셨으면……."

"턱도 없습니다."

아루가 미술 시간에 조금 우울해하는 것은 사실이었다. 교수도 항상 그것에 신경 쓰고 있었다.

"좋은 작품을 보러 함께 미술관에 가 보시는 것도 좋고, 함께 종이에 낙서하면서 노는 시간을 가져 보세요. 아루는 아직 그림이나 모형으로 표현하는 것이 익숙하지 않은 것뿐입니다."

대신 교수는 안테에게 숙제를 안겨 주며 상담 시간을 마쳤다. 교실에서 그를 기다리고 있던 아루와 늦은 하원을 하면서도, 안테는 보육원 의료실을 기웃기웃 살폈다. 불이 꺼져 있으니 아무도 없는 것은 분명한 것 같다. 하긴 병가를 내고 보육원 의료실에 누워 있을 리는 없나…….

아루가 그의 눈길을 눈치채고 얼른 이야기를 꺼냈다. 약간 초점이 어긋나기는 했지만 아주 틀린 것도 아니었다.

"숙부님이라면 행정부 의료실에 가신다고 하셨사와요."

"왜?"

"당직이라 하시었어요."

그의 기억에 의하면 모리젠은 어제도 귀가하지 않았다. 그제도 늦게까지 불려 다니다 겨우 귀가한 것으로 안다. 의사가 적어 귀하다 한들 그들을 과로사시킬 만큼 멍청한 일정을 짜지는 않는다. 안테는 마차에 올라 아루와 함께 저택으로 돌아가면서도 모리젠에 대한 의심이 뭉게뭉게 피어오르는 것은 어쩔 수 없었다.

'저녁 식사 약속이……. 모리젠 선생님…….'

언젠가 로미와 나누었던 대화가 그의 의심에 불을 지폈다. 자신은 보육원 일 이외의 일로 로미를 만나 본 적이 한 번도 없었다. 물론 이제 그녀와 알게 된 지 겨우 한두 달이 지났을 뿐이니 당연하다.

하지만 그것은 모리젠도 같지 않은가?

아니 솔직히 말하면 모리젠보다도 그가 로미를 먼저 알았다. 시녀장의 추천으로 로미의 면접도 그가 직접 보았고, 그의 손으로 보육원을 망하게 하도록 뽑아 넣은 문제투성이 시녀였다. 제 동생이랑 같이 저녁 식사 데이트……. 아니, 데이트는 아니겠지, 아닐 거다. 어쨌든 식사 시간을 함께 가지라고 뽑아 넣은 게 아니었단 말이다!

"아버님."

"데이트는 아니겠지."

"……네?"

안테는 멋대로 움직이는 제 입을 얼른 다물었다. 요즘 그의 입안에는 다른 놈이 사는 것 같았다. 그것도 아주 멍청한 놈! 안테는 자신의 입을 탓하며 무의미한 헛기침 소리를 내었다. 그러나 아무리 마음을 가다듬어도 동그란 눈을 깜빡이는 귀여운 딸의 시선을 마주하기가 어려웠다. 상냥한 아루가 먼저 다른 이야기를 꺼냈다.

"로미 씨가 아파서 보육원에 안 계시니 모든 것이 엉망이 되었사와요."

보육원이 엉망이 된 것은 좋은 일이었다. 안테는 씩 웃었다.

"친구들과 그림을 그리면 로미 씨가 항상 예쁘게 이름표까지 적어서 전시도 해 주시고, 그 주변을 색종이로 예쁘게 꾸며 주셨는데……. 물론 교수님들도 노력하셨지만, 로미 씨만큼 공들여 해 주시지 않으니 예전 같지 않아서……."

"허전하겠구나."

아루가 대답 대신 고개를 끄덕이며 덧붙인다.

"로미 씨는 잡지나 신문에 예쁜 그림이 있으면 싹둑싹둑 오려서 항상 상자에 모아 주셨사와요."

아이들은 자유롭게 그것을 그림에 붙이거나 장난감처럼 가지고 놀았다. 언어 발달을 위한 이야기 주제로도 많이 쓰였으니, 교수들의 수업에 도움이 되기도 했다.

그녀가 없어서 생기는 불편함은 그 외에도 많을 터다. 당장 안테가 보육원에서 나올 때만 해도 깔끔하게 정리되지 않은 손님용 실내화들이 눈에 거슬렸다. 물론 안테가 깔끔하게 착착 정리하고 나왔음은 두말할 필요도 없는 일이지만.

"로미 씨가 보고 싶은 하루였사와요……."

아이의 눈길이 하늘을 향했다. 고 작은 입에서 한숨이 나오는 것이 아팠다.

그날 밤. 아루가 깊이 잠이 든 것을 확인한 안테는 조용히 저택을 나서서 다시 보육원으로 향했다. 당직인 쿠디안이 늦은 밤 아무도 없는 보육원에 들어가는 안테를 이상하게 바라보았으나 신경 쓰지 않았다.

얼마 전에 손수 교실을 청소한 덕분에 그의 계획은 일사천리로 진행되었다. 무엇이 어디에 있는지 정확하게 알고 있으니, 쓸데없이 가위나 색종이 따위를 찾으러 다니는 데 시간을 허비하지 않았다.

할 일은 많았다. 일단 색종이에 그림을 그렸다. 아이들이 좋아하는 것이 뭐가 있지? 그는 딸인 아루가 좋아하는 것들을 머릿속에 나열해 보았다. 딸기, 요정, 공주, 사탕, 날개, 쿠키, 로미. 응?

뭔가 묘한 것이 끼어 있는 것 같았지만, 순서대로 그려 나가기 시작했다. 차례로 그리고 오려서 아이들 그림 주변에 붙여 주고 다시 저택으로 돌아갈 것이다. 그저 그뿐이다.

아루가 부탁했으니까, 허전하다고 했으니까 하는 것뿐이다. 결코, 교수들이 새로운 하급 시녀를 추가 요청하면 어떠냐고 넌지시 이야기한 것이 마음에 걸린 게 아니었다. 로미가 다른 하녀들과 사이가 좋지 않아서 함께 일하는 것을 되레 불편해한다는 것을 그가 신경 쓸 이유는 없었다. 고작해야 시녀다.

"뭐 이렇게 복잡하게 생겨 먹었지."

두 번째인 '요정'부터 그의 손은 몇 번이고 멈추었다. 다 그리고 오려 놓으니 파리 같은 모양새로도 보였지만 적당히 붙여 놓으면 그런 건 아무도 신경 쓰지 않을 것이다.

그리고 그다음, 공주. 공주라. 그의 부인은 정말 공주님이었다. 핏줄도 그러했고 품성에서부터 외모까지 한 나라의 공주로 부끄럽지 않은 여성이었다. 그는 고민 끝에 공주를 상징하는 티아라를 그렸다. 가능한 한 천천히, 그가 기억하는 모양을 그대로 따라가려고 애를 썼다.

한동안은 그녀를 흐릿한 기억으로 만들지 않으려 했다. 세상이 말하는 것만큼 그녀는 불행하게 살지 않았다. 그가 그렇게 두지 않았다. 그러니까 그녀의 상징인 티아라만큼은 잘 그려 주고 싶었다.

쿠키까지 모든 그림을 완성했다. 제일 마지막에 떠오른 이름에 대해서는 왠지 고민이 되었다. 밤색 색종이를 꺼내 밧줄 모양으로 잘랐다. 밑그림도 그리지 않고 다급하게 싹둑싹둑 오린 탓에 조금은 이상했다. 연두색 색종이를 찾아 리본 모양으로 오리고, 밧줄에 달아 주었다. 이 정도로 되었다며, 안테는 고개를 끄덕였다.

아이들의 그림 사이로 그가 그리고 오린 귀여운 색종이들을 오밀조밀 붙여 주었다. 흐린 빛 아래에서 보니 그럭저럭 볼 만한 모양새는 된 것 같았다. 이 정도면 아루와 로미에게 칭찬을 받을 수 있겠지.

……잠깐, 누구한테 뭘 받아?

안테는 머리를 감싸 쥐었다. 회색의 공간에서 살아가다 온갖 총천연색이 난무하는 보육원을 드나들면서 분명히 머리가 어떻게 된 것이 틀림없었다. 그의 입을 지배하던 또 다른 인격이 결국 그의 생각마저 지배하는 것 같은 두려움에 사로잡히게 되었다.

"오, 제법 잘하셨네요."

멀리서 들려오는 소리에 안테는 고개를 돌렸다. 실루엣으로 누구인지 판단하기는 어려웠지만, 목소리나 발랄한 걸음걸이로 그가 누구인지 능히 짐작하고도 남았다.

"쿠디안."

"실례, 당직 중에 심심해서요."

안테가 야밤에 보육원을 들락거리니, 어디 여자라도 숨겨 놓은 건가 싶어서 따라왔건만. 어린이용 의자에 몸을 끼워 앉아 낑낑거리며 가위질을 하는 상관이라니! 풀을 꼼꼼히 바르느라 어둠 속에서 눈을 희번덕거리지 않나, 어디에 붙일지 한 번에 정하지를 못해서 이리저리 대어 보기도 하고, 겨우 붙여 놓고도 그게 후회되는지 손톱 끝으로 살살 긁어내듯 종이를 떼어 내고 안도의 한숨을 쉬는 모습까지. ……아주 숨어서 볼 만한 광경이었다.

쿠디안은 팔짱을 끼고, 아이들의 그림과 안테의 색종이들을 천천히 둘러보았다.

"그런데, 아이들 그림이라고 해서 다 예쁘고 귀여운 건 아니네요. 뭐야? 이 그림은? 꿈도 희망도 없어 보이는 기묘한……. 어라? 왜 노려보세요?"

그건 네놈이 아루의 성스러운 그림에 그 천한 손가락을 대고 있기 때문이지. 안테의 눈매는 더욱 사나워졌다.

"그 그림이 이 중에 가장 우수하다. 이 멍청한 놈."

"공작님은 정말 심미안이라고는 눈곱만큼도 없군요."

"어린이는 칭찬으로 자란다고 했다. 칭찬해라, 이 멍청한 놈."

듣고 보니 그런 말을 어디선가 들은 기억이 났다. 쿠디안은 손끝에 닿은 그림에서 최대한 형상을 알아볼 수 있는 무언가를 찾아보려고 애썼다. 삐뚤삐뚤 죽죽 내려 그은 선 사이로 예쁜 핑크빛의 하트가 눈에 띈다.

"하트를 잘 그렸다……?"

안테는 부하가 긍정적 결과에 도달하자 박수를 쳐 주었다.

"내 딸은 하트 그리기의 달인이다."

쿠디안은 그제야 그의 반응을 이해하고 얼굴을 구겼다. 지금 딸내미 그림 못 그렸다고 해서 이렇게 말꼬리를 물고 늘어진 것이었나?

반면 안테는 뿌듯한 얼굴로 아루의 그림을 바라보았다. 언젠가 로미가 그에게 말했다. '아루가 만든 작품에서 마음에 드는 곳을 칭찬해 주세요.'라고. 로미의 말은 옳았다.

"정말이지 기가 막히게 잘 그린 하트다."

이틀이 지나 로미의 병은 깔끔하게 나았다. 현관에서 그녀의 밝은 미소를 다시 만나게 된 아이들은 그녀를 만나자마자 꼭 안아 주었다. 모두가 입을 모아 그녀가 보고 싶었다 말해 주어 로미는 마음이 따스해졌다. 그녀도 하얀 병실에서 몇 번이나 이 떠들썩한 평화가 그리웠는지 모른다.

"안녕, 아루."

"안녕하시어요. 로미 씨!"

아루는 로미를 발견하자, 곧장 달려가 그 품에 안겼다. 오랜만에 맡는 로미의 향기에 아루는 편안함을 느꼈다.

"많이 반가우면 절로 서로 끌어안게 되는 것이어요."

아루의 말에 옆에 있던 같은 반의 세비와 쥬리도 차례로 로미를 안아 주었다. 모든 아이는 로미를 좋아했고, 반가운 마음이 넘쳐서 어찌해야 할지 모르고 있었으니까.

"아버님은 로미 씨가 반갑지 아니하시어요?"

모두가 한 번씩 서로를 안아 주고 난 이후에, 아루는 안테를 돌아보며 물었다.

"반갑지 않으세요?"

아루의 말이라면 뭐든지 옳다고 주장하는 같은 반 친구 세비도 아루의 말을 따라 하며 안테를 바라보았다.

"반갑지 않으세요?"

세비의 말이라면 뭐든지 들어주는 쌍둥이 쥬리도 같은 말을 하며 안테를 바라보았다. 사심 없이 빛나는 세 아이의 눈동자에 안테는 자신도 모르게 어떤 강한 힘을 느꼈다. 그것은 그를 뒷걸음질 치게 하였다. 손을 더듬어 주머니 속 담배를 절로 찾게 만드는 힘이었다.

"……하, 하, 하루라도 빨리 다른 일자리를 알아보는 게 좋을 거야!"

반쯤 열린 현관에 몸을 걸치고, 뒷걸음질을 치면서 그는 자신도 모를 말을 열심히 말할 뿐이다.

"아파 가면서 일할 만한 곳이 못 된다고! 일 년 안에 여기는……!"

"아루 아버님."

그녀의 차분한 목소리에, 뒷걸음질 치던 그의 발이 멈추었다. 어느새 아이들은 와아— 소리를 내며 교실로 사라진 지 오래였다. 주머니에서 담배 한 개비를 겨우 찾아내 손에 들었다. 익숙한 촉감에 그의 당황도 조금 사그라졌다.

"저 대신 해 주신 거, 맞으시죠?"

로미가 한 발자국씩 가까이 다가왔다. 그가 멀어진 만큼 그녀가 다가오니 거리는 다시 가까워지고 말았다. 그는 어차피 더는 뒷걸음질 칠 수 없다. 그 이상 나가면 밖으로 나가는 것이 될 테니까.

"너무 잘 만들어 주셔서 감탄했어요."

로미는 손을 가지런히 모아 활짝 웃었다. 곡선을 그리는 눈꼬리에 그의 시선이 잡히고 말았다.

"감사합니다."

'많이 반가우면 절로 서로 끌어안게 되는 것이어요.' 라고 아루가 말했기 때문일까 무심코 앞으로 나간 손에…….

……담배다. 담배가 있다. 제길, 담배가 있다. 담배가 주는 현실감은 어마어마했다. 그는 재빠르게 손을 거둬들였다. 그때 어색해진 두 사람 사이로 들려오는 소리가 있었다.

"흐……. 흐……. 에에에에에엣취!"

배 속의 가래부터 끓어오르는 것 같은 어마어마한 기침에 안테
는 깜짝 놀라 뒤를 돌아보았다. 모리젠의 파리한 얼굴이 가장 먼저
시선에 들어왔다.

"모리젠. 너도 감기냐."

"형님……. 안녕……하……."

모리젠은 히죽 웃으며 손을 흔들었다. 의사 놈이 아프면서 뭐가
저리 행복한지 알 수 없었지만.

"병 옮기지 말고 쉬어라."

"로미 씨가 출근했는지 보러 온 것뿐입…… 흐엣취!"

"……그걸 왜 네가 보러 오나?"

"그야 담당 의사니까……. 환자의 상태를……. 엣취!"

그렇게 말하는 모리젠이야말로 정말 환자였다.

"모리젠 선생님! 어머 어떻게 해요!"

안테를 밀쳐 내고 뛰어나온 로미는 모리젠의 이마에 손을 올려
열을 가늠해 보고는 울상을 지었다.

"저랑 초기 증상이 같아요. 어쩜 좋아! 옮았나 봐요……."

졸지에 구석으로 밀려난 안테는 그의 손안에서 구겨진 담배를
입에 물었다. 불은 붙이지 않았지만 익숙한 향이 입 안에 퍼지니
조금 살 것 같았다.

로미는 모리젠 앞에서 울상을 지으며 귀엽게 발을 동동거렸다.
밧줄같이 땋은 머리도 함께 출렁였다. 그 끝에 있는 풀빛 리본을
보고 나니 밤에 힘껏 오려 만든 그의 색종이가 생각이 나면서 묘
한 배신감이 들었다.

"모리젠! 이런 보육 시설에서 일하는 것 따위는 그만둬."

"아픈 사람한테 그게 무슨 말씀이세요!"

로미가 처음으로 안테에게 빽 소리를 질렀다.

"……."

지금, 저 시녀가 감히 이 몸에게 화를 낸 건가? 모리젠 녀석 때문에……? 나는 색종이에 그림도 그리고 가위질도 했는데……? 그는 있지도 않은 꼬리가 축 처진 기분으로 보육원을 나섰다. 드디어 불이 붙은 담배의 맛이 묘했다.

이런 보육 시설 따위 내가 문 닫게 해 주지.

〈진짜 일기는 마음속에 적어 두어요. ── 3월〉

오늘 같은 반 친구인 세비 군이 물감을 대신 짜 주었어요. 저는 '스스로 할 수 있는 일을 다른 사람에게 맡기다니 부끄러운 일이어요!' 라고 말했지만, 세비 군은 웃으면서 대답해 주었습니다.

"하루에 한 번만이라도 아루의 손을 대신하고 싶어."

부끄러운 기분이 들어서 얼굴을 숙였어요. 마음속에서 '어째서? 어째서?' 라는 물음이 마구 올라왔지만 물어볼 수가 없었어요. 그런데 세비 군은 저의 이런 마음속 물음에도 대답해 주었습니다.

"네가 예뻐서 그래."

세비 군이 예쁜 것을 좋아하는 것은 잘 알고 있습니다. 처음 보육원에서 자기소개 할 때에도 그렇게 말했으니까요. 그러니까 세비 군이 예쁘다고 말해 주면 어쩐지 더욱 특별한 기분이 들어요. 다시 생각하는 순간에도 심장이 뛰고 있는 것 같아요. 하지만 부끄러우니까 종이에는 적을 수 없어요. 적을 수 없으니까 언젠가는 이 기억도 어머니에 대한 기억처럼 잊게 될까 두려워져요.

내일도 세비 군은 같은 이야기를 건네줄까요? 잊지 않을 수 있도록, 한 번 더 회상할 수 있도록 해 줄까요? 누군가에게 예쁨을 받는 것이 이렇게 기쁜 일이라면, 사랑하는 나의 아버님도 부디 같은 감정을 느끼실 수 있기를 바라요.

로미 씨도 같은 감정을 느끼실 수 있기를 바라요.

햇살이 반짝하고 안테의 집무실 창문을 두드렸다.

그는 잠시 고개를 돌려 창밖을 보았다. 구름 한 점 없는 하늘에
는 오직 외로운 태양만이 제 빛을 내고 있었다. 안테는 문득 보육
원의 뜰을 떠올렸다. 이렇게 햇살이 좋은 날이면, 로미는 무엇이든
가져다가 뜰에 널곤 했다. 이불이든, 장난감이든, 아이들의 그릇이
든. 햇볕에서 한참이나 그 뜨거움을 머금은 물건은 상냥한 향기가
난다고, 그렇게 말하기도 했다. 분명히 오늘도 무언가를 널고 있을
것이다.

문득 떠오르는 순간이 있었다. 그러니까, 그녀를 만난 지 얼마
되지 않았을 때쯤이었나. 안테는 담배를 챙겨 들고 자리에서 일어
났다. 어차피 그의 펜은 꽤 오래 멈추어 있었다. 그리고 모처럼 떠
오른 과거의 기억을 이대로 흘려보내고 싶지 않았다. 조금만 더,
그곳에 잠겨 있고 싶었다.

'그대는 여기서 뭘 하는 거지?'

'멋대로 교실에 들어올 생각은 없었습니다. 죄송합니다.'

겨울의 끝자락. 안테는 정식으로 개원하지 않은 보육원 교실에서 그녀와 처음으로 마주쳤다. 깊이 고개를 숙이는 그녀의 긴 머리카락이 허공에서 흐드러졌다.

안테는 제 앞에 서 있었던 그녀를 그저 물끄러미 바라보았다. 한참이나 어려 보이는 귀족 아가씨가 보육원에서 시녀 일을 한다고? 그는 분명히 이곳에서 아이들을 능숙하게 돌볼 수 있는 나이 지긋한 하녀를 보내 달라 했다.

'뭔가, 뭔가 착각한 모양이군.'

안테는 그리 중얼거리며 그녀가 내미는 신상 서류를 받아 들었다. 혹시 그녀가 어려 보이는 얼굴을 가진 육아의 베테랑 아주머니가 아닐까 하는 생각도 해 보았다. 그렇다면 얼마든지 그녀를 받아들일 테니. 그러나 서류를 열어 보니 역시 그렇지도 않았다. 보통의 하급 시녀들이 그러하듯, 그저 가난한 귀족가의 흔한 여식일 뿐이었다.

'시녀장에게는 내가 따로 말할 테니 돌아가도 좋다.'

면접을 보기 위해 사람을 불러 놓고 바로 돌아가라고 하는 것도 조금 우습지만, 지금 그녀와 이야기를 더 나누는 것은 시간 낭비나 다름없었다.

'예, 알겠습니다.'

다행히 그녀 역시도 별다른 말 없이 수긍했다. 하긴, 그에게 따로 사족을 붙여서 이야기를 건넬 수 있는 신분도 아니었다. 안테는 고분고분한 시녀의 태도는 마음에 들었다.

'하지만, 저 서랍장은 조금 손보시는 편이 좋겠습니다.'

'뭐?'

생각지 않은 그녀의 사족에 안테는 잠시 놀랐으나, 곧 그녀가 허락도 없이 들어온 이 교실을 꼼꼼하게 들여다보고 있었음을 알아차렸다.

'설명해라.'

'모서리가 날카롭습니다.'

그녀의 설명은 그의 말만큼이나 간결했다. 안테는 미간을 찌푸렸다. 당연한 것이 아닌가? 모서리란 면과 면이 만나는 선이니, 응당 날카로운 것이다. 아이들의 작은 키에 맞춰서 일부러 비싸게 맞춰 온 가구를 지적하니 가히 기분이 좋지는 않았다.

'그것이 무슨 문제라도?'

로미는 작은 발을 옮겨 새로 만들어진 서랍장 근처로 다가갔다. 안테도 흥미가 동한 탓에 별말 없이 그녀의 뒤를 따랐다. 그녀의 하얀 손가락이 느릿하게 나뭇결 사이로 완벽하게 각을 이룬 곳을 따라서 모서리를 쓸어 냈다.

'아이들은 쉽게 흥분하니까요. 인원이 늘어나면 더할 나위 없겠죠. 혹여 이런 곳에.'

그녀의 손이 모서리 끝 날카로운 꼭짓점을 꾹 눌렀다. 하얀 손에 곧 붉은 자국이 생겨났다.

'쉽게 긁히고, 다칠 겁니다. 부위에 따라서는 꽤 위험할 거예요.'

그렇게 말하는 눈동자에 빛이 든 탓일까, 꽤 총명해 보였다. 똑 부러지는 말투와 알기 쉬운 설명이 이어지니 안테는 절로 고개를 끄덕이게 되었다. 어쨌든 그는 생각조차 하지 못한 것이었다.

'그대는 아이들을 많이 다루어 본 모양이군?'

'아뇨, 그저 외국에서 오신 도련님들을 몇 번 시중든 것뿐입니다.'

아이들을 몇 번 다루어 보지 못했는데, 이런 시선을 가질 수 있다는 것은 제법 대단했다. 어쨌든 감사할 일이다. 그렇다고 해서 그녀를 이곳에서 일하게 할 마음이 든 것은 결코 아니었지만.

'고맙다. 그러니까, 저기.'

안테는 그제야 그녀의 나이에 신경을 쓰느라, 이름조차 제대로 보지 않았다는 것을 깨달았다. 그녀가 건넨 서류를 다시 펴 들었다.

'로미 보입니다. 공작님.'

'그래, 로미 보.'

그 이후로 그는 꾸준하게 인력 추가 요청을 넣었다. 아이 서넛은 키워 본 능숙한 하녀로 보내 달라는 것 역시 변하지 않았다. 그러나 돌아오는 이야기는 언제나 거절, 거절뿐이었다. 이유는 간단했다.

보육원의 아이 중에는 귀족도 있는데, 허드렛일만 하는 비천한 하녀에게 돌보게 할 수는 없다는 것이었다. 안테는 돌아 버릴 지경이었다. 아이 여럿을 돌보는 일은 쉽지 않아서 가능하면 많은 육아 경험이 있는 하녀를 쓰고 싶었던 것인데, 이런 말도 안 되는 이유로 도움도 되지 않는 귀족 시녀 아가씨를 데려오게 생겼으니. 안테는 다섯 번째로 하녀 차출을 거절당한 날, 담당 직원을 붙잡고 하소연을 했다.

'세상에 어느 귀족 아가씨가 어린아이들 콧물이나 닦아 주겠나! 자네들도 좀 생각이라는 것을 해 보게.'

'그래서 그 콧물 닦아 준다는 시녀를 보내 드렸더니, 공작님께서 싫다면서 돌려보내지 않으셨습니까! 제발 고집 좀 그만 부려 주세요. 저희도 죽겠습니다. 허가가 안 떨어지는 걸 어찌합니까. 정말 이제 도와 드릴 방법이 없어요.'

방법이 없다는데 어쩌겠는가. 안테는 '버릴 서류'로 구분해 두었던 로미의 신상 정보를 다시 꺼내 들어야 했다. 자세히 읽어 보니, 어디에서도 제대로 적응하지 못했던 시녀였다. 이렇게 참을성 없는 성격이라면, 분명 보육원에도 금방 질려서 도망갈 것이 빤했다.

하지만, 그렇게 보이지는 않았는데.

짧지만 그가 겪었던 그녀에게서 그런 느낌은 없었다. 되려 진득하고 성실한 기운이 깊이 느껴졌다. 제법 신중해 보였고. 잠깐, 그가 그녀를 좋게 보아서 어쩌자는 건가.

'엉망인 시녀가, 엉망으로 돌보아서, 보육원이 엉망이 되면 그것은 또 그것대로 나쁘지 않을지도.'

물론 제 딸이 있는 곳에 그런 엉망인 시녀를 두는 것은 불안한 일이지만, 그걸로 인해 보육원 프로젝트가 조기 종결될 수 있다면 해 볼 만했다. 게다가 어차피 주로 아이들을 교육하는 일은 전문가인 교수들이 담당하게 될 것이다. 시녀가 부족한 모습을 보일수록 교수들만 고생하겠지. 그는 씨익 웃으며 시녀장에게 편지를 썼다. 부디 그 최악의 시녀를 우리에게 보내 주시길.

로미에게는 '보육원의 청결을 지키고, 아이들을 돌보아라.'라는 짧은 명령이 내려졌다. 안테는 그녀의 일에 깊이 관심을 두지 않았다. 개원을 목전에 두고 있으니, 사소한 시녀 따위는 어찌 되어도 좋았다. 다만, 손자국이 가득했던 유리가 맑아졌다든가, 항상 흙투성이였던 현관이 말끔해진 것은 눈에 띄었다. 어딘가에서 상큼한 시트러스 향도 느껴졌다. 어른들을 위해 준비된 실내용 신발에는 예쁜 동물 모양 자수가 새겨졌다는 것도 알았다.

'좋은 시녀를 뽑아 주셨습니다.'

교수들과 진행한 회의의 끝에서 그런 이야기가 나오기도 했다.

'동감입니다. 젊은 시녀 아가씨가 온다고 해서, 공작님이 보육원을 탐탁지 않게 여기셔서 그러신가 싶었는데……'

교수의 이야기에 안테는 살짝 쓰게 웃었다. 민망했던 탓이다. 그녀를 뽑은 것은 교수의 말대로 보육원 프로젝트를 원치 않았기 때문이었으니까.

'그, 그럴 리가 있습니까?'

'이야기를 해 보니 생각보다 아이들에 대해서도 잘 알고 있는 모양이고, 어쨌든 앞으로 같이 일하기에는 좋을 것 같습니다.'

모든 교수가 서로 고개를 끄덕이며 웃고는 자리에서 일어섰다. 안테는 떠나지 않고 그 자리에 그대로 있었다. 홀로 남은 보육원 회의실에서 그는 생각에 빠졌다.

그녀가 좋은 시녀라고? 그녀의 서류를 살펴보면 분명히 최악에 가까운 시녀였다. 능력 없는 사람이 느닷없이 쓸 만한 사람으로 변할 수도 없는 노릇인데, 참 묘한 일이었다. 어쨌든 그는 기록을 숭배하는 사람이었다. 교수들의 이야기를 믿을 수 없다고 생각하며, 제 앞에 놓인 음료를 들이켰다. 나중에서야 알게 된 것이었지만, 그것 역시 로미가 눈치 있게 준비해 둔 것이었다.

그날 이후 안테는 보육원에 갈 때마다 그녀를 시선에 두었다. 그저 일을 어찌하는지 확인하는 것뿐이었다.

로미의 일은 보육원 내부를 쓸고 닦는 데서 그치지 않았다. 아이들이 좋아할 만한 종이꽃 따위를 만들어 벽에 장식해 주었다. 날씨가 좋은 날에는 하얀 천을 머리에 두르고 정원을 가꾸었다. 가끔 흙 사이로 기어 나온 벌레에 깜짝 놀라기도 했지만, 그녀는 길을 따라 작은 돌을 예쁘게 나열하고, 뿌리가 튀어나온 나무에 흙 이불을 단단히 덮어 주었다. 그녀에게 떨어진 명령은 청결을 지키라는 것뿐이었는데, 그녀는 늘 그 이상을 해내고 있었다. 어느샌가 그녀의 손이 닿지 않은 곳을 찾기가 더 어려워졌다.

어째서 이렇게 열렬하게 일을 하는 거지? 서류에는 함께 일하고 싶지 않은 최악의 시녀라고 하지 않았나. 서류와 행동이 일치되지 않는 인간은 불길하다. 혹시 본인이 아닌가 의심을 해 보기도 했지만, 특별히 다른 사람과 맞바꾸어진 정황은 찾을 수 없었다.

이렇게 그가 고민할 때에도 그녀는 몇 번이나 그의 앞을 바삐 지나쳤다. 긴 머리가 성가셨는지, 양쪽으로 길게 땋아 내린 것이 퍽 소녀 같아 귀여웠다. 종종거리는 걸음 때문에 푸른 스커트는 늘 경쾌하게 팔랑거렸다.

로미는 뜰에 새하얀 천을 넓게 펼쳤다. 하얀 천에 반사된 햇살이 곧 그녀의 얼굴을 밝게 채워 갔다. 기분이 좋은 걸까. 얼굴에 미소가 걸렸다. 바닥에 하얀 천이 평평하게 펼쳐지자, 그녀는 나무 바구니에서 오늘 새로 들여온 장난감들을 차례차례 줄지어 세우기 시작했다. 빨강, 노랑, 파랑, 형형색색의 장난감에선 모두 물기가 흘렀다. 깔끔하게 닦아 주었으니, 이제 말리면서 소독이라도 할 모양이다.

그녀는 다양한 색 사이에서 홀로 단조로웠다. 그것이 되레 눈에 띄었다. 안테는 조심스럽게 장난감을 내려놓는 신중한 얼굴을 물끄러미 바라보게 되었다. 촘촘히, 서로 닿지 않게. 어쩐지 도미노라도 세우는 것 같은 긴장감이 흐르는 것이 재미있었다. 장난감이 자리를 잡을 때마다, 그녀의 입술은 동그랗게 모였다. 아마 집중할 때 나오는 습관 같은 것일까.

진심이, 느껴질 수밖에 없었다.

다른 누구를 위해서가 아닌, 그녀 자신이 선택한 일을 즐겁게 하고 있다는 것이 선명하게 전해졌다.

어쩌면······. 그 서류의 내용이 틀렸던 것은 아닐까.

누군가가 그녀를 오해한 것이 아닐까. 오해. 그래, 안테 역시 다양한 오해를 많이 받곤 했다. 귀찮을 정도의 이상주의자, 앞뒤가 꽉 막힌 가혹한 인간이라고. 그와 일하는 방법이 다른 사람일수록 부정적인 시선은 유독 더 심해졌다.

그러나 안테는 언제나 자신을 지지해 주는 사람과 함께였다. 그러니 그런 오해를 받아도 괜찮았다.

그녀의 서류를 다시 상세하게 떠올려 보았다. 그곳에는 부정, 부정의 말뿐이었다. 그 누구 하나 그녀의 꽉 막힌 성실함을 알아주지 않았던 것은 아닐까. 그리 생각하니, 저 어린 아가씨가 어딘가 기특해 보이기도 했다.

이제 모든 장난감이 일광욕할 자리를 잡은 모양이다. 로미는 굽어 있던 허리를 쭉 펴고 자리에서 일어섰다. 그리고 유리 너머로 둘의 시선이 딱 마주쳤다. 안테는 저도 모르게 황급히 고개를 돌렸다. 놀란 심장이 벌떡벌떡 뛰길래, 얼른 발걸음을 옮겨 부정했다.

그날 이후였을까.

안테는 그녀를 볼 때마다, '그만둘 준비를 하라.'는 이야기를 하곤 했다. 별 의미 없이 건네었던 경고의 말에는 어쩐지 약간의 걱정이 스며들게 되었다.

"흐음."

생각의 끝에서 안테는 후, 하며 담배 연기를 내뿜었다. 떠올랐던 부끄러운 기억도 그와 함께 잠시 가려 두었다. 아주 잠시만 되짚어 볼까 싶었던 과거의 기억은 꽤 오랫동안 그의 머릿속을 휘저었다. 그럴 수밖에. 부하들의 눈치를 보느라 보육원에 머무는 시간을 줄일 수밖에 없었으니까.

하지만 역시 인정하고 싶지 않았다. 시녀 하나와 이야기하지 못하는 게 뭐 그리 대수라고 신경을 쓸까. 별일 아니다. 아무것도 아니다. 문득 그가 앉았던 벤치의 옆을 보니, 수북하게 쌓인 꽁초가 산을 이루고 있었다. 그 산은 그녀에 대한 생각이 쌓아 올린 것이었다.

지난번 그녀가 아팠던 이후, 안테는 보육원의 업무 과중을 어떻게든 해결해 주고 싶었다. 그러나 쉬이 그녀에게 '다른 시녀들과 함께 일을 하면 어떨까?'라는 말을 건넬 수가 없었다. 언젠가 지나가는 말로, '혼자 일하는 편이 되레 편하다.'라고 말하는 것을 들은 탓일지도 몰랐다. 여전히 그녀는 항상 바빴다.

"공작님, 공작님!"

날이 풀리니 미친놈은 더욱 신이 나는 모양이다. 멀리서부터 폴짝폴짝 가볍게 뛰어오는 쿠디안의 모양새를 보고 있으니 왠지 화가 났다.

"뭐냐."

앉으라 허락하지도 않았거늘 쿠디안은 친한 척을 하며 안테의 옆자리를 떡하니 차지하고 앉았다. 이 미친놈은 남자를 좋아한다는 소문도 있던데, 지금 나한테 작업을 거는 건가. 안테는 조금 경계하며, 그와 충분한 거리를 두고 앉았다.

"얼핏 들었는데, 조금 위험한 것 같아서 말이죠."

"뭐가?"

쿠디안은 주변을 휙휙 둘러보았다. 그들 가까이에 아무도 없는 것을 재차 확인한 후에 목소리를 낮추어 이야기를 시작했다.

"공작님, 이제 곧 소방점검 시작하죠?"

주기적인 소방점검은 많은 사람이 이용하는 건물에서는 필수적으로 거쳐야 하는 과정이다. 소방점검에서 부적격 판정을 받으면 그것이 개선될 때까지 건물 출입이 강제적으로 통제되기 때문에 모든 건물에서는 이 점검을 위해 대대적인 준비를 해 둔다.

"그래."

"그때 맞춰서 보육원 비상벨을 살짝 건드려서 꺼 두자는 소리를 얼핏 들어서……."

안테가 벤치에서 벌떡 일어났다. 그것이 사실이라면 용서할 수 없는 일이었다. 소방에 관련된 모든 기구는 인명과 관계된다. 그러니 비상벨을 강제로 훼손하는 것은 치안대에 넘겨야 하는 심각한 범죄였다. 아무리 보육원 폐쇄가 행정부의 과제 중 하나라고 하더라도 어디까지나 안전하고 합법적인 방법으로 이루어져야 했다.

"어떤 자식이냐?"

"그게……. 저도 목소리로만 들은 거라 누구인지……. 정말 그렇게 할 거라 생각하지는 않지만……."

그가 설명하는 상황은 다음과 같았다. 쿠디안은 성실히 행정부의 업무를 수행하던 중 뒷골이 터질 것만 같은 위기 상황에 직면했고, 그의 본능은 생존을 위해 옥상 나들이를 선택했다. 마침 햇살이 좋기도 해서 옥상 구석에 숨어 앉아 꾸벅꾸벅 졸며 햇볕을 쬐었다.

"그러니까, 지금 일이 하기 싫어서 땡땡이를 쳤다고 하는 건가?"

"아이참, 공작님. 좀 끝까지 들어 봐요. 여기에서부터 진짜니까."

쿠디안은 봄날의 햇살 아래서 행복한 꿈을 꾸었다. 좋아하는 여자의 얼굴을 무척 가까이에서 바라볼 수 있었다. '땡땡이를 감행한 보람이 느껴져!'라며 스스로를 칭찬하고 있을 때, 다른 땡땡이 무리가 시끄러운 소리로 그의 잠을 방해했다. 그는 분노했다. 나의 금쪽같은 꿈을 방해하다니!

그런데 그들의 이야기가 조금 미묘했다. 소방점검을 이용하여, 보육원의 문을 닫도록 하자니. 진심인지 농담인지 알 수 없는 그들의 계획은 듣는 것만으로도 끔찍했다. 혹은 멍청하거나.

"물론 정말 그 계획을 실행하리라고 생각하지는 않습니다만, 혹시 모르는 일이죠. 진짜 미친놈은 멀쩡한 놈들 사이에서 나옵니다."

쿠디안이 여태껏 해 온 말 중에 가장 설득력이 있는 말이었다. 차라리 이런 개방형 미친놈이 나았다.

"젠장……. 소방점검 일정표는 황제도 못 구한다는데……."

안테는 새로 담배를 꺼내 물었다. 새로운 걱정을 담은 담배의 산이 쌓일 것만 같았다. 소방점검은 건조한 계절이 다가오는 4월에서 5월 사이에 무작위로 정해진 날짜와 시간에 시행한다. 점검관조차 당일 아침까지 자신이 어디를 점검하게 될지 몰랐다.

진정한 불시 소방점검을 구현하기 위해 철저하게 지켜지는 원칙 때문에, 그 어떤 고위직에 있는 사람도 소방점검 일정표를 미리 구할 수는 없었다.

"제 생각입니다만⋯⋯. 오늘이나 내일이 아닐까 싶어요."

쿠디안이 제법 진지한 얼굴로 말했다.

"무슨 근거로?"

"실은 지난 5년간 소방점검 출몰 순서를 되짚어 봤거든요."

"언제?"

"지금요."

"그걸 어떻게 기억하나?"

"⋯⋯그러게요. 제 머리에 그게 왜 있죠?"

도리어 되묻는 그가 왠지 든든해 보였다. 그러고 보니 이 미치
광이 녀석은 대학 시절에도 수석을 놓친 적이 없으며, 채용 시험까
지 수석으로 합격했다던데. 거짓은 아니었던 모양이다.

생각해 보면 그가 살짝 정신이 나가 보이는 것은 당연한 일이었
다. 쓸데없는 것까지 모두 기억할 수 있는 저 머리의 정신 상태가
멀쩡할 리가 없지 않은가. 망각은 축복이라고 했다. 그 은혜를 입
지 못한 그가 지금은 새삼스럽게 다시 보였다. 그 뒤에 광명이 비
치는 것 같기도 했다.

"지난 5년 동안 '새로 생긴 점검처'는 반드시 4월 초에 방문했
습니다. 올해 새로 추가된 곳은 보육원밖에 없으니 이 규칙대로라
면 오늘이나 내일 중에 방문하겠죠."

이른바 '관행' 비슷한 것이 점검에도 생겨나고 있다는 것이다.
예전 같았으면 당장 그 부분을 신고해 일정을 다시 잡기를 권하겠
지만, 지금은 이것만이 소방점검으로 장난을 치려는 진짜 미친놈
에 대항할 수 있는 유일한 희망이었다.

"쿠디안, 옥상에서 남은 땡땡이를 마저 쳐라."

쿠디안이 보여 준 의외의 충성과 활용도를 생각하면 휴가라도

주고 싶은 마음이었지만, 옥상에 그 미친놈이 또 나타날지도 모를 일이었다. 쿠디안은 안테의 의도를 이해하고 다시 당당하게 옥상으로 올라갔다. 이제 엄밀히 말하면 땡땡이가 아니게 된 셈이었다. 공작님의 특명이었다. 지루한 서류에서 해방된 그는 그저 신이 났다.

안테는 그런 그의 속도 모르고 소방점검 시즌이 무사히 끝나면, 쿠디안에게 포상을 주어야겠다는 생각을 했다. 처음으로 그의 촐랑거리는 엉덩이도 예뻐 보였다. 두어 번 때려 줄 걸 그랬나.

퇴근 시간이 되자마자 안테는 쌓여 있는 업무를 무시하고 바로 보육원으로 달려갔다. 물론 정말로 보육원의 비상벨을 꺼 버리는 비상식적인 행동을 하는 녀석은 없을 것이다. 혹시 정말 미친놈이 있다 해도 그때 맞춰 정말로 불이 나거나 하는 일은 일어나지 않을 것이다. 그러나 그대로 넘기기에는 너무나도 불안했다. 보육원은 그에게 있어 단순히 귀찮은 프로젝트의 공간이 아니었다. 그의 소중한 아루가 생활하는 공간이기도 했으니, 작은 불안 하나라도 남겨 두고 싶지가 않았다.

현관을 거칠게 밀어 열었다. 익숙한 보육원 특유의 색연필 냄새가 폐에 깊숙이 들어왔다. 한차례 '와아!' 소리를 내며 뛰어다니는 아이들의 무리가 그의 앞을 지났다. 그 평화로움에 불안으로 가득했던 마음이 조금 누그러들었다. 이제 소방점검이 끝날 때까지 이곳을 이대로 지키기만 하면 되는 것이다.

"아버님, 다녀오시었어요."

평소와는 달리 무척이나 일찍 온 그를 발견하고 아루가 기뻐하며 달려 나왔다. 그는 아루의 머리를 가볍게 한번 쓸어 주었다.

로미가 아이들을 상대하다 그를 발견하고 가볍게 눈인사를 건넸다.

"아루, 보육원에서 확인할 것이 있다. 교실에서 기다려다오."

"네, 아버님."

아루는 고개를 끄덕이고는 착하게도 다시 교실로 들어가 친구들 사이에서 함께 어울렸다.

퇴근 시간이 되자마자 바로 달려온 탓일까, 여느 때보다 많은 아이가 신나는 시간을 보내고 있었다. 보육원의 복도를 가로지르고 있으니 아이들은 스스럼없이 안테에게도 '안녕하세요!' 라면서 먼저 인사를 건네 왔다. 뉘 집 아이인지도 모르면서 안테는 어색하게 손을 흔들고, 인사해 주었다.

"누구 아빠예요?"

인사 뒤에 용기 있게 물어 오는 여자아이도 있었다. '아빠' 라는 단어를 입에 담아 본 적이 오래된 것 같았지만, 왠지 같은 말로 대답해 주어야 할 것 같았다.

"……아루 아빠란다."

"아루 언니 아빠다아!"

별것 아닌 사실임에도 아이는 신나게 소리쳤다. 그리고 다른 아이가 또 안테에게 인사하자 그 아이는 '아루 언니 아빠래.' 라며 멋대로 끼어들어 설명해 주기도 했다. 아이들과 대화하는 것은 어색했지만 싫지는 않았다. 그러고 보니 아루도 작년에는 이렇게 작았지. 제 딸이 훌쩍 자랐음을 한 살 더 어린아이들 덕분에 새삼 깨달았다.

그는 어색한 표정으로 아이들 사이를 빠져나와 교수실 맞은편에 설치된 비상벨 앞에 도착했다. 자세히 살피니 공구 없이는 열 수 없는 구조였다.

안테는 가까운 교수실에서 공구를 얻어와 비상벨을 조심스럽게 뜯어내 보았다. 누군가가 버튼을 누르면, 내부에 있는 구슬이 진동하여 커다란 소리를 울리는 구조로 되어 있었다. 언뜻 보기에 따로 훼손된 부분은 없어 보였다. 당연히 그러리라고 생각했지만, 어쩐지 안도의 한숨이 나왔다. 그는 곧 다시 비상벨을 복구시켰다.

이걸로 된 거겠지? 무사히 울리는 것 맞지? 몇 번인가 스스로 되물었다. 비상벨의 상태가 멀쩡한 것을 눈으로 확인하고도 이 찝찝한 기분은 뭘까? 안테는 잠시 여러 가지 가능성을 따져 보았다. 혹시 그가 알지 못하는 방법으로 이미 비상벨이 울리지 않게 변형되었다고 한다면? 끝나지 않는 불안한 생각 때문에 그는 비상벨 앞을 차마 떠날 수가 없었다. 역시 직접 한번 시험해 보는 수밖에 없을 것 같았다. 그는 동그란 벨을 조심스럽게 눌러 보았다.

때에에에에에에에에엥!

곧 엄청난 소리가 보육원으로 퍼져 나갔다. 고막이 터져 나갈 듯 시끄러웠지만, 안테에게는 그 어떤 악기 소리보다도 마음의 평화를 가져다주었다. 정말 다행이었다. 정상으로 작동하니 이제는 안심할 수 있을 것이다.

안테는 주먹을 꽉 쥐고 어깨 앞에서 흔들며 '좋았어!' 라고 작게 소리치며 기뻐했다. 최근 들어 이렇게까지 기쁜 일은 없었던 것 같다. 이제는 정말로 잘 지키기만 하면 되는 것이다. 걱정이 쏙 들어갔다.

때에에에에에에에에엥!

그러나 비상벨의 엄청난 소리는 생각보다 길게 이어졌다. 묘한 불안감이 들었다. 그 순간 문득 느껴지는 시선이 있었다. 안테는 불길한 기분을 느끼며 천천히 뒤를 돌아보았다. 작은 아이들이 소방 훈련을 받은 대로 침착하게 코와 입을 손으로 막은 채 대피하고 있었다. 교수와 로미도 그 곁에 함께였다.

진짜 불이 났다고 생각했던 그들은 비상벨 앞에서 만세를 부르며 즐거워하는 안테를 발견하자마자 코와 입을 막던 손을 내려놓았다.

때에에에에에에에에엥!

정말 불이 난 줄 알고, 마음을 졸이며 건물 밖으로 나가던 교수들은 아예 대놓고 험악한 표정을 지었다. 반면 아이들의 반응은 달랐다. 다 큰 어른이 자기들처럼 장난을 치고 있다고 생각했는지, 키득키득 웃음을 삼키고 있었다.

그는 정말로 억울했다. 그 마음이 너무 커서 오히려 입에서 제대로 된 말이 나오지 못했다.

"……아냐, 아냐, 아냐, 절대 그런 것이 아니다."

그나마 한 변명도 비상벨의 커다란 소리에 묻혀 누구에게도 닿지 못한 모양이다. 안테는 절실하게 제 결백을 전하고 싶었다. '나는 당신들을 미친놈의 손에서 구하고 싶었던 것뿐이다!' 라고.

비상벨은 여전히 미친 듯이 울려 대고 있었다. 안테도 미칠 것 같았다.

딸각.

팔을 휘젓고 무의미한 부정만을 반복하는 그를 대신하여 로미가 비상벨을 멈춰 주었다. 모두의 고막을 고문하던 소리가 한순간에 사라졌다. 실내는 깊은 적막에 휩싸였다. 모두의 귓가에 들어오는 유일한 소리는 오직 안테의 당황한 숨소리뿐이었다.

"아루 아버님."

교수 중 한 명이 앞으로 나서서 그를 책망하는 듯한 눈길로 바라보았다. 안테는 비로소 제 행동을 천천히 되짚어 볼 수 있었다. 만일 그가 실수로 비상벨을 건드려 소리가 난 것이라면 모두가 넓은 마음으로 이해해 주었을 것이다. 그러나 그는 제 손으로 버튼을 꼭 누른 후, 소리가 나는 것에 기뻐하는 모습까지 보여 주었다. 만일 모르는 이가 이런 행동을 하고 있었다면, 진정 미친놈으로 보였을 것이 뻔했다. 그의 커다란 몸이 힘없이 움츠러들었다. 교수들의 차가운 시선이 그의 어깨를 짓누르는 것 같았다.

"장난……친 것이 아니었다……. 소방점검이……."

용기를 내서 말할 수 있었던 변명은 그나마도 너무나 작은 목소리로 기운 없이 새어 나올 뿐이었다. 흥미를 잃은 아이들은 그의 말을 끝까지 들어 주지도 않았다. 곧 몇 명의 교수들이 나서서 아이들을 교실로 데리고 들어갔다.

"아버님. 나중에 따로 뵙겠습니다."

교수는 그의 체면을 생각하여 일단 물러나 주었다. 이제 그 앞에 남아 있는 사람은 로미뿐이었다.

"아루 아버님."

비상벨을 살피던 로미가 몸을 돌려 그를 불렀다. 그녀의 목소리에는 그 어떤 감정도 담겨 있지 않아 더 무서웠다.

"로미, 그대는 나를 믿지? 점검을 앞두고 한번 확인하고 싶었을 뿐이다."

너는 나를 믿어야 한다. 다른 이들은 이 억울함을 몰라주더라도 너는 나를 믿어야 한다.

"어느 미친놈이 이걸 건드릴지도 모른다고 생각하니 내가 마음이 급했다."

"아버님."

"그대는 나를 믿지? 그렇지?"

로미는 안테를 종잡을 수 없었다. 이 사람은 이렇게 보육원을 잘 돌보아 주고 걱정하는 것 같으면서도 입으로는 항상 문을 닫게 하겠다는 말을 서슴지 않는다. 이 사람의 진심은 무엇일까?

로미가 곧장 대답하지 않고 눈동자만 이리저리 굴리며 말을 고르는 모습을 보이니 안테의 마음이 타들어 갔다. 그가 왜 쌓인 일도 미뤄 두고 이렇게 달려왔는지 전혀 알아주지 않으니 심장이 아리다. 비상벨을 시험해 보겠다며 꾹 누를 때의 그는 조금은 제정신이 아니었을지도 몰랐다.

사실 지금도 그다지 제정신은 아닌 것 같지만.

그는 자신도 모르게 양팔을 뻗어 로미의 양쪽 어깨를 강하게 부여잡았다. 그녀의 몸이 그의 손을 따라 앞뒤로 가볍게 흔들렸다. 오늘도 밧줄처럼 길게 땋아 내린 머리도 같이 흔들렸다.

"그대는……!"

안테는 허리를 낮추어 로미와 정면으로 눈을 맞추었다. 곤란해하며 시선을 돌리던 로미의 눈동자는 한참 만에 오롯하게 그를 향했다. 두 사람은 한동안 서로에게 아무런 말도 하지 않았다. 멀찍이 들려오던 아이들의 소란도 완전히 차단되어 들리지 않았다. 그렇게 수 분이 지났을 때 안테는 비로소 현실감각이 돌아오기 시작했다.

얌전히 자신의 양손에 잡혀 있는 로미가 새삼 눈에 들어왔다. 보육원 한복판에서 보호자가 시녀에게 할 만한 행동이 아니었다.

시점을 바꾸어 보육원 프로젝트의 관리자가 고용된 시녀에게 할 만한 행동도 아니었다. 두 사람을 이어 주는 여러 가지 인연의 이름을 넣어서 대조해 보았으나, 그가 그녀에게 이렇게 할 수 있는 적합한 관계는 없었다.

결국, 먼저 눈을 돌리고 만 것은 안테 쪽이었다. 반쯤 감긴 눈을 옆으로 돌리며 천천히 상체를 일으켰다. 작은 어깨를 잡고 있던 손도 천천히 내려 두었다. 아쉬움만이 남은 손이 그녀의 어깨 모양을 기억하듯 그대로 휘어져 있었다.

그리고 그 순간…….

로미가 떨어지는 그의 오른손을 잡았다. 다시 눈동자는 서로를 담았다.

"믿어요."

'중요한 말은 눈동자를 바라보며 전달한다.' 로미의 신념이었다. 고목나무를 닮은 로미의 갈색 눈동자가 비로소 미소를 그리고, 그의 팔을 놓아주었다. 그녀는 그에게 닿지 못했을까 한 번 더 진심을 담아서 말해 주었다.

"저는 아루 아버님을 믿어요."

안테는 잠시 사고가 정지했다. 최근 몇 년 동안 짧은 시간 안에 이렇게나 심한 감정의 기복을 겪은 적이 없었다. 오늘 온종일 미친놈, 미친놈 소리를 입에 달고 다녔더니 머리에 생각나는 것이 미친놈 소리밖에 없었다.

그 미친놈은 바로 자신이었다. 불안하고, 당황하고, 화를 내고, 기뻐하는 감정을 한꺼번에 표출하고 있는 볼품없는 그 자신.

"아버님! 비상벨을 장난으로 누르시면 아니 되어요!"

아루가 창피로 물든 붉은 볼을 손으로 감싸며 달려와 안테에게 안겨 왔다. 그는 습관적으로 딸을 안아 올려 등을 토닥거렸다.

"점검 테스트였다. 정말이다, 아루."

물론 그의 상냥한 딸은 아버지의 말을 신뢰하여 곧장 고개를 끄덕여 주었다. 비로소 안테는 안심했다. 모든 교수와 아이들이 자신을 비상벨 장난이나 치는 정신 나간 공작으로 보면 어떤가. 그가 지키고 싶은 이들은 그를 절대적으로 신뢰한다고 말해 주었는데.

"형편없는 테스트였지만, 그래도 칭찬해 줘라."

마음이 놓인 그가 으스대며 말하자, 로미와 아루가 깔깔대며 웃었다.

결국, 칭찬은 받지 못했다.

"공작님께서 그런 멍청한 짓을 하시는 분인 줄은 몰랐습니다."

그리고 안테는 교수실에서 욕을 먹어야 했다. 이 나이에 교수에게 혼이 나야 한다니. 학창 시절에도 우등생 소리를 들으면 들었지, 교수실에 불려 간 기억은 없었다. 치욕적이었으나 반박할 수가 없었다.

게다가 평소 안테를 '아루 아버님'이라고 부르며 친근하게 대해 주던 아루의 담당 교수가 지금은 근엄한 표정을 지으며 또박또박 '공작님'이라고 부르기 시작했다. '비상벨 장난을 치는 아루 아버님'보다, '비상벨 장난을 치는 공작님'이라는 말이 더 자극적이라서 그런 걸까.

"그래서, 말씀해 보시지요. 무슨 일이었습니까?"

이제야 교수는 피식 웃었다.

"좋지 못한 소문을 들었습니다."

안테는 소문의 출처가 행정부라는 것을 제외하고, 누군가가 보육원의 비상벨에 손을 대는 계획을 세우고 있다는 이야기를 간단히 전했다. 그의 말을 전부 듣고 나서야 교수는 고개를 끄덕이며 안테의 섣부른 행동을 이해해 주었다. 그의 하나뿐인 딸이 머무는 곳 아닌가. 자식 가진 부모의 관점에서 당연히 그럴 수 있다고 여겼다.

"치안대에 부탁하여, 이곳의 순찰을 강화해 달라고 하는 것은 어떻습니까?"

교수가 의견을 냈으나 안테는 고개를 저었다. 극단적으로 위험한 계획을 세우는 자가 있다면 그 정체를 분명하게 밝혀내고 싶었다. 치안대가 보육원 주변을 서성거려 그가 계획을 철회하고 나면 그를 잡을 수 없는 것은 물론이고, 차후 다른 끔찍한 사고를 저지를지도 몰랐다.

"그렇다면 공작님께서는 따로 계획이 있으십니까."

"제가 소방점검 전까지 이곳에 머물겠습니다."

"언제 이루어질지 모르는 점검 때까지 계속 기다리시겠단 말씀입니까?!"

안테는 고개를 끄덕였다. 물론 쿠디안의 두뇌로 하루 이틀 내에 점검이 이뤄질 것이라 짐작할 수 있었지만, 그것을 발설할 수는 없었다.

"불순한 생각을 하는 자가 행동으로 옮기지만 않는다면 다행이지만, 만약 정말로 그렇게 한다면 저는 그자를 잡아서 찢어 죽일 생각입니다. 가능하면 제 손으로요."

그의 소중한 것에 손을 대려는 자에게 생명을 허락할 수는 없다. 순간적인 분노의 마음이 만들어 낸 말은 끔찍했지만, 그에게는 마땅한 말이었다.

"알겠습니다. 보육원 담당자이신 공작님의 뜻이 그러시다면."

교수도 그의 말에 쉽게 수긍해 주었다.

"다만, 주의해 주셨으면 하는 것이 있습니다."

"뭡니까?"

"늦은 밤에 혼자서 보육원에 계시면서, 아루의 미술 작품에 몰래 손을 대시려는 것은 금지입니다. 아루 아버님."

"안 그랬습니다!"

"로미 씨가 간발의 차이로 붙잡을 수 있었다고, 이미 여기 이렇게 보고서에 성실하게 적어 올렸습니다."

교수가 내민 서류에는 그날 자신의 행적이 날짜와 시간까지 명백하게 기록되어 공식 서류가 되어 있었다. 안테는 할 말이 없었다. 뭐지. 이 배신감은? 안테는 로미의 지극한 성실함과 원칙주의에 입이 쩍 벌어졌다. 그 자신도 그 정도까지는 아니었던 것 같은데. 어쨌든 공식적인 미수 사건이 있었으니 교수가 그를 믿지 못하는 것은 당연했다. 안테는 아루의 작품에 손을 대지 않겠다는 내용으로 엄숙히 맹세까지 했다.

교수실에서 나온 안테는 모리젠에게도 차근차근 상황을 설명했다. 다행히 오늘은 모리젠이 일찍 퇴근할 수 있는 날이었다.

"모리젠, 아루를 데리고 먼저 퇴근하도록 해라."

"형님은?"

"만약을 대비해 누군가 오지 않는지 지켜볼 예정이다."

"그러면 아루를 데려다주고 다시 올 테니까 저도 같이……."

안테는 고개를 저어 모리젠의 호의를 거절했다. 그의 아우는 언제나 빽빽한 일정 속에서 일하고 있었다. 가끔 찾아오는 휴식을 충분히 즐기게 해 주고 싶었다. 모리젠은 조금 걱정되는 듯한 모습을 보이기는 했지만, 결국 안테의 배려를 받아들이기로 했다. 그는 곧장 교실에서 아루를 데리고, 저택으로 돌아갔다.

시간이 조금 더 흐르자 보육원에는 아이들이 몇 남지 않았다. 교수 중 일부도 먼저 퇴근했다. 교실을 오가며 아이들을 챙기고 조금씩 정리를 하던 로미가 비상벨 근처에서 서성이는 그를 발견하고는 가까이 다가왔다.

"교수님과는 이야기를 마치신 건가요?"

"그래. 당분간은 내가 이걸 지켜보기로 했다."

"밤새도록이요?"

"그래, 밤새도록. 그러니 그대도 퇴근해라."

안테는 오랜만에 그녀와 이런저런 이야기를 나누는 것이 싫지는 않았지만, 그녀 역시 모리젠과 비슷한 정도로 일에 혹사당하고 있었다. 쉴 때는 쉬어야 한다.

"혼자서 어찌하시려고요?"

이곳에는 그가 읽을 만한 책도 없었다.

"걱정하지 말아라. 아루의 미술 작품을 건드리는 것만으로도 시간은 금방 갈 테니까. 또 새로운 보고서를 쓸 수 있겠군."

아무래도 아까 그 일이 그의 마음에 깊이 박혀 있었던 모양이다. 로미와 이야기를 하다 보니, 살짝 토라진 마음이 결국 그 일을 내뱉고 말았다.

"저도 남을게요."

그의 말이 끝나기 무섭게 로미는 새침한 목소리로 대답했다.

"어쩐지 정말 아루의 작품을 건드리실 것 같아서요."

"농이다. 설마 그러겠는가. 아루는 하트 그리기의 달인인데."

그는 벽에 걸려 있는 삐뚤삐뚤한 그림에 시선을 주며 히죽 웃었다. 어째서 이렇게 미소가 나오고 마는 걸까. 딸의 훌륭한 그림 덕일까, 아니면 그녀가 남아 있기를 자처한 덕일까.

"그래도. 남으면 안 될까요?"

로미가 바로 밑에서 그를 올려다보며 허락을 구했다. 안테는 그 말투와 표정이 싫지 않았다. 조금 귀여워 보였다.

"안 된다."

"남게 해 주세요."

로미가 같은 얼굴과 어조로 다시 한번 그를 올려다보았다.

"안 된다."

한 번 더 보고 싶었기 때문에 또 거절해 보았다. 안타깝게도 로미는 더 이상 조르지 않았다. 안테는 실망했다.

"안 된다니까……."

안테가 소심하게 읊조렸지만 역시나 로미는 다시 그 얼굴을 보여 주지 않았다.

로미는 오늘따라 이 공작님이 무척이나 이상한 것 같다고 생각했다. 보육원이 위험에 처할지도 모른다고 생각했기 때문일까? 어딘가 더욱 고집스럽고, 뻐딱해 보였다. 그래. 굳이 말하자면, 여섯 살 남자아이들이 관심을 끌고 싶을 때 하는 행동과 제법 비슷해 보였다.

인간은 때때로 퇴행하는 순간이 있다고 하는데 이분은 그게 바로 오늘인 것 같았다. 피곤한 얼굴의 아저씨가 귀여우면 얼마나 귀여울까 싶지만, 막상 그 얼굴을 마주하니 뾰로통한 표정이 재미있었다. 머쓱할 때마다 머리를 긁적이거나 눈을 몇 번 깜빡이는 것도. 어설프게 눈치를 보는 모습도. 로미의 반응을 기다리며, 같은 물음을 반복하는 것도.

조금 더 시간이 지났고, 아이들과 교수들이 모두 돌아갔다. 텅 비어 버린 보육원에 둘이 남는 것은 무척 오랜만의 일이다. 지난달에는 그래도 그럭저럭 이렇게 둘이서 시간을 보냈었는데.

로미도 이제 가방을 챙겼다. 온종일 길게 땋아 묶여 있던 머리도 시원하게 풀어 주었다. 두피에서 좋다고 비명을 지르는 것 같았다. 끝이 조금 엉켜 있는 것이 신경 쓰였지만 할 수 없었다. 어차피 퇴근하는 길이기도 하고.

안테는 비상벨이 잘 보이는 복도 구석의 기둥 옆에 숨어 있었다. 혹시라도 누군가가 와서 비상벨을 건드린다면 현장에서 잡아 치안대에 넘길 생각이었기 때문에 들키지 않도록 모습을 드러내지 않고 지키기로 했다.

로미는 그 앞에서 공손하게 고개를 조아리며 인사했다.

"그럼 먼저 퇴근하겠습⋯⋯."

분명히 그는 '퇴근하라'고 말했었다. 그녀가 남겠다고 주장했을 때도 칼같이 거절했었고. 그래서 이렇게 가는 것뿐인데, 뭐랄까. 어둑한 구석에 쪼그려 앉은 모양새가⋯⋯. 어째 조금 안쓰러웠다. 오늘따라 더욱 힘없이 늘어져 보이는 회색 머리카락이나, 가지런히 모인 그의 무릎이나⋯⋯.

"뭐 하나, 안 가고⋯⋯."

로미가 미동도 없이 빤히 그를 내려다보자, 그는 불만 어린 목소리로 그녀를 질책했다.

"저, 정말 가요?"

"⋯⋯가라."

그렇게 말하면서 고개를 삐죽하게 돌리면 어쩐지 갈 수가 없다.

차라리 솔직하게 말해 주면 더 편할 텐데. 로미는 한숨을 쉬었다. 아까 생각하지 않았나. 오늘의 공작님은 딱 여섯 살 수준의 아이가 되어 버렸다고. 그러면 거기에 맞춰 드려야 하겠지.

로미는 이불함에서 아이들이 낮잠 잘 때 사용하는 매트를 하나 꺼내 와 안테의 자리에 깔아 주었다. 밤새도록 딱딱한 바닥에 앉아 있는 것보다는 나을 것이다.

안테의 자리가 푹신푹신 편안해졌다. 별것 아닌 차이에도 안테는 기분이 좋아져서 피식피식 미소를 흘렸다. 이렇게 안락하다면 이틀을 밤새워도 문제가 없을 것 같았다. 보육원의 매트가 너무 비싸다고 불평했던 지난날의 자신을 호되게 혼냈다. 모든 물건은 비싼 게 좋은 것이고, 고 비싼 것이 지금 제 엉덩이 밑에 있다는 것만으로 마음이 싹 바뀌었다.

"챙겨 줘서 고맙다. 이제 정말 퇴근해라."

여러 가지로 못 볼 꼴을 보인 날이었다. 부끄러움도 슬슬 몰려들기 시작했으니, 이젠 혼자 있고 싶었다. 그녀가 푹 쉬는 것 역시 물론 중요하고.

안테는 가까이에 있는 동화책을 아무거나 집어서 무릎 위에 올려 두었다. 그는 책을 가리지 않는다. 게다가 동화책은 아이들의 올곧은 시선을 배울 수 있어서 꽤 좋아하는 편이었다. 사락. 두꺼운 표지를 넘기자 그의 얼굴에는 가느다란 바람이 닿았다. 안테는 다시 고개를 돌려 옆을 바라보았다.

그녀의 스커트가 팔랑거리며 천천히 폭신한 바닥에 내려앉았다. 조금만 움직여도 바로 닿을 것 같은 거리에 로미가 앉아 그를 바라보며 웃고 있었다. 얌전하게 풀어 내린 구불구불한 머리카락이 그녀의 인상을 부드럽게 바꾸었다.

그 작은 변화가 너무나도 크기 때문일까, 가까운 거리 때문일까, 그도 아니면 그를 위해서 남아 준 예쁜 마음 때문일까. 안테는 살짝 입을 벌린 채 아무런 말도 할 수 없었다.

"자, 이제부터 뭘 할까요?"

아무리 아이들 이불이라도 그렇지, 이불 위에서 머리 풀고 그런 얼굴로 이런 말은 조금 이상하지 않나? 아니다. 그걸 이상하게 생각하는 자신이 미친 거였다. 안테는 반성했다. 머릿속의 미친놈이 도저히 떠날 생각을 하지 않는 모양이었다.

"혼자 있으면 분명 졸릴 거예요. 같이 놀아 드릴게요."

안테는 여러 가지 의미로 잠들 수 없는 밤이 될 것 같다는 예감이 들었다.

지금은 새벽. 점수는 5:3. 로미가 5이고 안테가 3이다. 일단 비밀리에 잠입해 있으니 시끄러운 놀이는 할 수 없고, 아이들이 있는 곳이니 어려운 게임이 있는 것도 아니라서 두 사람은 기억력 향상을 위해 고안된 '같은 카드 찾기'를 하고 있었다.

카드를 일정한 간격으로 나열한 후, 차례로 2장씩 뒤집는다. 같은 모양이 나오면 2장의 카드를 가져갈 수 있고 최종적으로 가장 많은 카드를 가진 사람이 이기는 간단한 게임. 어렸을 때 누구나 한 번쯤은 해 봄 직한 게임이다.

로미는 '놀아 준다' 더니 정말 아이들과 놀아 주듯 안테를 대하고 있었다. 처음에는 어린아이 취급을 조금 불편해한 안테였지만 결국 카드 게임 속으로 완전히 빠져들고 말았다.

"이번에도 제가 이겼어요."

그리하여 최종 점수는 6:3. 안테의 완전한 패배였다.

"쳇!"

안테가 들고 있던 카드를 집어 던졌다. 기억력이라면 그도 지지 않는 편이라 자신이 있었는데.

"자, 패배자는 벌칙으로 카드를 정리해야죠."

로미도 들고 있던 카드를 내려놓았다. 안테는 그녀의 손에서 떨어진 카드를 주섬주섬 모아 깔끔하게 정리하여 상자에 넣었다.

"그대는 보육원에서 게임만 하는 모양이군."

"아루 아버님은 담배를 하도 피우셔서 기억력이 안 좋으시고요."

담배라는 말이 들리기가 무섭게 안테는 입맛을 다셨다. 담배를 피우지 못한 지 꽤 오랜 시간이 지났다. 최대한 생각하지 않으려고 노력했는데, 로미가 굳이 콕 집어 말하니 온몸이 강하게 담배를 원하기 시작한다.

"담배는 기억력과는 관계없다."

그랬다가는 흡연율 70%에 빛나는 행정부 전체의 업무가 마비될 것이다.

"저는……. 싫던데."

"무엇이?"

"……담배 냄새요."

"그건 나도 싫다."

"하지만……. 담배, 피우시잖아요?"

"내가 피우는 건 괜찮다. 남이 피우는 냄새는 싫어."

이기적인 말이라고 스스로 인식은 하고 있지만 싫은 건 싫은 거였다. 더불어 인간의 체향과 섞인 담배 냄새는 최악. 지독한 향수 냄새와 섞여도 끔찍했다.

안테는 문득 오늘 낮에 피웠던 담배의 산이 생각났다. 다른 날보다 조금 더 많이 피우기는 했다. 모르기는 해도 그의 옷이나 머리카락에 담배 냄새가 깊이 배어 있을지도 모르겠다.

"혹시, 지금 나한테서 담배…… 냄새 나나?"

그래서 기억력 이야기 이후에 담배라는 말을 꺼낸 것이 아닐까, 신경이 쓰였다.

"글쎄요."

그렇게 말하는 그녀의 얼굴이 갑자기 가까워졌다. 후각에 집중하려는지 눈을 감고 그의 어깨쯤에서 후후 숨을 들이마셨다. 그리고 눈을 떴다. 여전히, 지나치게 가까웠다.

"조금은……?"

그렇게 말하는 로미에게서는 나무 향기가 났다. 언젠가 아루가 그에게 말했다. 로미에게 안기면 햇살 좋은 나무 냄새가 난다고. 그 싱그러운 향기 때문에 로미를 보면 자기도 모르게 계속 팔을 벌리게 된다고.

그의 아루는 거짓말을 하지 않는다. 햇살도 나무도 모두 그녀 안에 있었다. 반면 자신은 내뿜는 것이 퀴퀴한 담배 향뿐이라 조금 부끄러워졌다.

"그리고, 시나몬……?"

로미는 다른 향을 짚어 냈다. 그가 업무 중에 입이 심심해서 물고 있던 시나몬 스틱 덕분이지만 굳이 그걸 이야기하고 싶지 않았다. 로미에게서 자연스럽게 좋은 향이 나는 것처럼 자신도 그렇다고 그녀를 속이고 싶었다.

로미는 다시 웃으면서 그에게로 기울어져 있던 상체를 일으켰다. 안테는 멀어지는 향이 아쉬웠다.

잠시나마 가까웠던 거리 탓일까. 두 사람의 사이에 조금 어색한 공기가 흘렀다. 안테는 애써 평범한 이야기를 꺼냈다.

"일은 어떻지?"

"늘 행복하게 하고 있어요."

그리 말하는 눈매가 사랑스러울 정도로 휘어졌다. 안테도 무심코 따라 웃어 버릴 만큼.

"하지만 이해하기는 어렵군. 아이들은 끊임없이 어지르고, 일도 쉴 새 없이 쏟아지는데, 시키지도 않은 일까지 하면서 행복하다니."

"그야……."

로미는 살짝 이야기의 끝을 길게 끌었다. 무엇을 떠올리는지 눈동자가 잠시 다른 곳을 향했다. 안테는 그녀에게서 시선을 떼지 않은 채 이야기를 기다렸다.

"적어도 이곳에서는 고맙다는 말을 듣잖아요."

"고작 인사치레가 무슨 도움이 된다고. 인간 사이에 당연한 것 아닌가."

"저는…… 처음이었어요. 지금까지 쭉 시녀로 일하면서……. 정말로 그게 너무 기뻐서……."

로미는 양 무릎을 모아 올려 끌어안았다. 과거의 무거움이 아프지 않다면 거짓일 것이다. 그러나 아픈 기억은 멀리 있었고, 감사한 기억은 가까이에 있었다. 그 차이가 결국 그녀를 미소 짓게 했다.

"……그런가."

안테는 무어라 말해야 할지 몰라서, 작게 고개를 끄덕이며 허공으로 시선을 돌렸다. 뭔가 실수를 한 것 같아 마음이 편치 못했다.

조금 비어 있는 것 같은 그녀의 미소도 그의 탓인 것만 같았다.

"늘."

그는 조금은 무겁게 다시 입을 열었다.

"나도 고맙게 생각하고 있다. 정말로. 그, 저기. 여기 일은 늘 바쁘고……. 물론 그대가 지나치게 자율적으로 일을 늘리고 있다는 점도 있지만……. 그, 그런 점도 특별히 싫어하는 것은 아니고……."

느릿한 말은 꾸물꾸물 그녀의 심장으로 들어가고 만다. 누군가가 자신을 제대로 지켜봐 주고 있었다는 것이 이토록 기쁜 일이었을까. 로미의 입술이 조금 더 예쁘게 선을 그렸다. 이렇게 기분이 좋아도 되는 걸까. 로미는 양쪽 무릎 사이로 얼굴을 묻었다. 무릎에 닿은 얼굴이 조금 뜨거운 것 같았다.

안테의 긴 칭찬이 끝나자 다시 두 사람은 말이 없었다. 서로를 오가는 공기가 어색한 탓일까, 로미는 제 무릎을 조금 더 깊이 끌어안았다. 풀어지지 못한 피로감이 눈치도 없이 작은 하품을 내보냈다. 로미는 혹여 이대로 잠이 들까 싶어 얼른 고개를 들었다.

"……자라."

안테의 커다란 손이 로미의 뒤통수를 손으로 밀어 그녀의 무릎 사이로 돌려보냈다. 그녀의 작은 몸이 웅크리니 더 작아져서 요정 같다. 모처럼 손에 닿은 머리카락을 밑으로 쓸어내려 보았다. 온종일 땋아 있던 머리는 구불구불하게 서로 엉켜 있었다. 그런데도 그의 손에는 무엇보다도 살랑살랑 보들보들하게 느껴졌다.

정말 피곤했는지 불편한 자세로도 로미는 금방 잠이 들었다. 로미가 깨어 있을 때도 조용하다고 생각했던 보육원이 더욱 조용해졌다. 깊은 적막감을 이겨 낼 수 없었던 걸까, 그의 입은 오늘도

·멋대로 이야기를 꺼낸다.

"그대는 무엇일까?"

이상한 사람이다. 전 부인이 세상을 떠났을 때 그의 나이는 겨우 스물여섯 살에 불과했다. 서른 살이 된 지금까지 다가온 여성이 없었던 것도 아니다. 그중 몇 명은 제법 마음에 들기도 했고, 그럭저럭 연인 비슷한 관계를 갖기도 했다. 하지만 로미와 같이 그의 신경을 통째로 가져간 사람은 없었다.

처음에는 그저 호기심이었다. 다른 시녀들이 이야기하는 그녀와 그의 눈에 보이는 그녀가 너무나도 달라서 그 차이에 눈을 뗄 수가 없었다. 그러나 이제는 그것이 그저 오해에서 빚어진 것임을 안다. 그런데도 어째서 그 시선을 거둘 수 없는 것일까?

로미가 아루와 같은 혼혈이기 때문일까? 안테는 애써 만들어 낸 변명에 고개를 저었다. 그것은 결코 아니었다. 더구나 로미는 그 나라의 특성을 조금도 갖고 있지 않았다. 그저 말과 글을 알고 있다는 점을 제외하면.

"그대는 왜, 내 시선을 끄는 걸까?"

다른 여성들이 그러했듯 몸을 가져다 대며 교태를 부려 오지도 않으면서, 본능을 이끌어 시선을 끄는 매혹적인 의상도 입지 않았으면서.

"왜 이상한 말을 하게 만들지?"

목소리가 듣고 싶어서, 헝클어진 머리카락에 닿고 싶어서, 조금 더 그 미소가 보고 싶어서. 지난 한 달간 그는 충분히 이상한 짓들을 많이 해 왔다. 기꺼이 기쁘게 그녀의 칭찬을 기대하며.

"왜 나를 길들이고 있지?"

일개 시녀가 이 나라의 공작을 길들인다니, 어딘가의 현실성 없는 소설에나 나올 법한 일이다. 그러나 이 현상을 '길들인다' 라는 말 이외의 것으로 설명할 길이 없다.

"그대가 의식하여 그리했기를 바라."

그녀의 무의식에 그가 이렇게 흔들리고 있다면 그것만큼 허무한 일이 있을까. 다행히 그녀는 똑똑하다. 눈치 좋게 일을 찾아 하는 솜씨가 그렇게 좋다며 모든 교수가 칭찬한 그녀다. 그런 여자가 이리도 이상하게 행동하는 남자를 눈치채지 못할 리 없다. 한 번쯤, 아니 꽤 여러 번은 고민했을지도 몰랐다.

그녀가 고민하여 내린 결론이 이렇게 조금씩 자신을 물들여 가는 것이라면 그는 기꺼이 그의 색을 그녀에게 내어 주리라 생각했다.

"……미쳤군."

상대는 귀족의 여식이라고는 하나 어쨌든 일개 하급 시녀에 불과하다. 그녀가 그를 길들이며 유혹하고 있을 리도 없고 자신은 그에 넘어가서도 안 된다. 서로의 명예가 달린 일이다. 물기 어린 새벽에 단둘이 있다 보니 이상한 생각이 드는 것뿐이다.

감정적인 새벽의 상념에서 완전히 깨어나기까지는 오랜 시간이 걸리지 않았다. 그러나 안테가 무심히 중얼거린 말들은 허공으로 사라졌을지언정 그 의미는 여전히 그의 심장에 남아 그 마음을 어지럽혔다. 어쩐지 조금 홧홧거리는 얼굴을 어떻게 할 수가 없어 아무 동화책이나 집어 들고 부채질했다. 물론 그런 것 따위가 효과 있을 리 없었다. 이 입과 마음에 사는 미친놈을 빨리 처단하지 않으면 죽어 버릴 것만 같았다.

왜 비상벨을 망가뜨리러 온다는 그놈은 예고만 신나게 하고 오지를 않는가!

안테는 화풀이할 수 있는 가장 적절한 상대가 오지 않아 분노했다. 딱 지금 와 준다면 약간의 고마운 마음을 보태어 목숨만큼은 살려 줄 것 같은데!

"젠장."

안테는 머쓱한 기분에 괜히 고개를 떨구어 한숨을 뱉었다. 생각보다 길어지는 한숨과 복잡한 머릿속 때문에, 그는 얼핏 잠에서 깨어난 로미가 잠시 그를 바라보았다는 것은 전혀 눈치채지 못했다.

결국, 오늘 밤 보육원을 찾아온 이는 없었다.

다행이라고 해야 할지, 허무하다고 해야 할지. 어쨌든 안테는 통증에 부러질 것 같은 허리를 펴며 자리에서 일어났다. 조금씩 아침 해도 올라오고 있으니, 곧 일찍 출근하는 교수들이나 모리젠이 도착할 것이다.

안테는 새로운 고민이 생겼다. 작게 몸을 웅크리고 잠든 로미가 미동도 하지 않았다. 아무리 중요한 목적이 있었다고 해도, 이렇게 한 이불에 나란히 앉아 있는 모습은 쓸데없는 오해를 사기에 좋았다. 결혼하지 않은 귀족들에게 평판이란, 인생을 건 재산과도 같은 것이었다. 어쨌든 로미도 언젠가는 괜찮은 남자를 만나서 제대로 된 결혼을 해야 했다. 쓸데없는 소문은 그 미래에 도움이 되지 않을 것이고.

제대로 된 결혼이라. 어쩐지 한숨이 나왔다. 일반적으로 사람들이 생각하는 제대로 된 결혼이란, 가문의 수준이 서로에게 폐를 끼치지 않을 정도이며, 혼인의 당사자가 감당하지 못할 문제가 없어야 한다.

안테는 제 상황을 다시금 되짚었다. 이 똑 부러지는 아가씨와는 뭐 하나 맞는 게 없었다. 세간의 기준마저도 고개를 저을 정도라니 원. 그는 고민 끝에 로미의 어깨를 살살 흔들었다. 최대한 무신경한 듯, 귀찮은 듯.

"일어나라."

그녀의 입에서 "후웅……." 하는 소리가 나고 곧 로미는 천천히 고개를 들었다. 얼마나 고개를 푹 묻어 두고 잤는지 이마에는 붉은 자국이 남아 있어서, 굉장히 재미있는 얼굴이 되었다.

"당장 가서 세수부터 하고 그 끔찍한 얼굴 좀 어떻게 해라."

"에?"

잠이 덜 깨서 고개를 두리번거리는 모습은 참을 수 없을 정도로 귀여웠다. 그래서 안테는 그녀를 굳이 멀리 보냈다. 로미가 자리를 비운 사이에 현관문이 열리는 소리와 함께 익숙한 발소리가 들렸다. 그리고 그가 있는 곳으로 달려오는 귀여운 소녀가 있었다.

"아버님!"

아버지가 걱정되어서 새벽같이 달려온 딸을 그는 꼭 안아 주었다.

"아무 일도 없으셨던 것이어요?"

"그래. 괜찮았다."

"다행이어요. 혹시나 싸움이라도 나는 것이 아닌지 걱정한 것이어요."

"그랬다면, 내가 이겼겠지."

"당연하여요. 아버님은 누구보다도 강한 것이어요!"

그 이후로 몇 명의 교수들과 일찍 출근하는 부모의 아이들이 차례차례 도착했다. 세상 어느 곳보다 조용했던 보육원의 아침은 다시 가장 시끄러운 곳으로 조금씩 그 소리를 더해 갔다. 아이들의 발걸음 소리, 인사하는 소리, 장난감이 쏟아지는 소리, 좋아서 멈출 줄 모르는 웃음소리. 그가 지켜 낸 소리라고 생각하자 더없이 사랑스럽게 느껴졌다.

그는 로미와 마주치지 않도록 주의하며, 보육원의 문을 나섰다. 이렇게 은근슬쩍 사람이 많아졌으니 그 누구도 그녀가 안테와 단둘이 있었다는 사실을 눈치채지 못할 것이다. 걱정되는 것은 그녀의 피곤함과 자신의 멍한 머리.

아, 졸리다.

이대로 바로 출근해야 하는 빡빡한 일정이 원망스러웠다. 하루 정도는 쉬고 싶은데. 그는 습관적으로 주머니를 뒤적였다. 이렇게 머리가 텅 빈 것 같을 때는 담배만 한 것이 없었다.

'저는……. 싫던데, 담배 냄새요.'

젠장.

입에 물었던 담배를 몇 번이나 빼고 넣고 빼고 넣기를 반복하다가 한참 만에 겨우 불을 붙일 수 있었다. 이것마저 없으면 지금은 죽어 버릴 것 같으니까. 그런데 생각했던 것만큼 담배가 맛있지 않았다. 뜯은 지 오래되어서 그런가.

'저는……. 싫던데, 담배 냄새요.'

어쩐지 그녀의 목소리가 다시 들려오는 것 같은 기분. 아니다. 그럴 리 없다. 착각이다. 담배 맛이 형편없는 것은 역시 뜯은 지 오래되어서 그런 거다. 분명히 그런 거다. 그 외에 다른 이유가 있을 리 없었다.

담배를 새로 사야겠다.

의사 선생님 모리젠은 바빴다. 하긴, 자기 직업 있는 사람 중에 바쁘지 않은 사람은 거의 없겠지만.

그는 태양이 뜨기 전에 누구보다도 먼저 눈을 떴다. 모리젠은 온종일 다른 사람의 건강 걱정만 하는 의사야말로 누구보다도 본인의 건강을 잃기 쉽다는 것을 잘 알고 있었다. 그래서 조금 피곤하고 힘들어도 매일 아침 운동을 하는 것을 절대 빼먹지 않았다.

운동이 끝나고 나면, 방에서 간단하게 차와 샌드위치 등으로 홀로 식사를 하고 동틀 무렵 가장 먼저 저택을 나선다. 그는 아직 혼인하지 않았지만, 매일 아침 빼먹지 않고 그를 배웅해 주는 여자가 있었다. 그것도 대단한 미인이.

"숙부님, 안녕히 다녀오시어요."

어차피 나중에 보육원에서 만나게 될 텐데도 이 귀여운 아이는 절대 그를 혼자 나서게 하는 법이 없었다. 사랑받는 법을 본능적으로 아는 아이다. 그의 손이 절로 움직여 아루의 머리카락을 가볍게 쓰다듬었다.

"고맙다."

안주인이 없는 공작가를 따뜻하게 지켜 낼 수 있었던 것은 아루의 이런 자잘한 배려 덕분이었다.

마차를 타고 이동하는 중에는 신문을 읽는다. 그는 의외로 가십거리를 좋아한다. '밀회와 밀애 사이의 A부인' 등과 같이 묘하게 시선이 가는 기사는 꼼꼼히 읽어 보는 편이다. 역시나 오늘도 남들 앞에서는 조금 읽기 민망한 내용이 충실하게 담겨 있었다. 그래서 혼자 이동하는 시간에 몰래 집중해서 읽는다.

A부인, B신사, C신사가 과연 누구인지 짐작해 보는 시간도 좋아한다. 교묘하게 두 남자와의 관계를 당기고 풀어내며 이어 가는 A부인과 그녀를 광적으로 추종하는 재력가 B신사, 그리고 쓰러져 가는 지방 귀족 출신의 C신사. 어쩐지 누가 누구인지도 알 것도 같은데. 모리젠은 기사의 내용을 꼼꼼히 살피며, 힌트가 될 만한 단서를 찾아보았다.

그러나 결국 그 정체를 밝혀내지 못한 상태에서 마차가 멈추었고, 모리젠은 한껏 아쉬운 표정으로 기사에서 눈을 떼었다. 이제 비밀스러운 취미와는 이별이다. 물론 마차에서 내리기 직전에는 지식인 칼럼이 밖에 보이도록 페이지를 바꾸어 접는 것도 잊지 않았다.

보육원 의료실로 출근하기 전에 의료팀이 항시 상주하는 황실 의료원에 먼저 들러 업무 보고 및 정보 교환 시간을 갖는다. 많은 사람이 근무하는 환경에서는 전염병 등이 옮기 쉽다. 이에 대한 대처를 논의하고 서로 일손이 부족하지는 않은지 의견을 나누어 돕기도 한다.

……그래야 하는데.

"그래서 어떻게 됐어?"

"응? 뭐?"

"'쌍싸대기' 말이야."

속된 말을 쓰는 옆자리 동료 앞에서 모리젠은 인상을 찌푸렸다. 그래도 공적인 시간인데……. 사적인 질문을 하는 것은 그렇다고 치더라도 싸대기가 뭔가, 그것도 쌍싸대기가.

여기서 그가 말하는 쌍싸대기는 로미를 뜻한다. 의료팀에서는 로미가 꽤 유명 인사였다. 어디선가 항상 뺨을 맞고 퉁퉁 부은 얼굴로 의료실을 찾는 아가씨. 한번 들으면 잊을 수 없는 별명 '쌍싸대기'가 그 유명세에 한몫했다. 매우 저렴한 별명과 달리 얌전하고 예쁘장한 반전 외모로도 인기가 있었다.

선배 의사들이야 어느 정도 높은 사람들만 골라서 진료를 하지만 막내들은 그런 게 없었다. 경험이 많아야 훌륭한 의사가 될 수 있다는 선배들의 공식적인 발표는 결국 '너희들을 마음껏 굴리겠다!'라는 뜻이었다. 황실에 사람은 차고 넘쳤다. 제 손으로 움직이지 않는 이들을 돕기 위한 시녀부터 온갖 자질구레한 일을 하는 하녀, 요리사, 병사 등 황실을 드나드는 인간이라면 죄다 진료 대상이 되었다.

시녀 중에서도 제법 괜찮은 가문의 아가씨들은 저택에 주치의가 있으니 의료팀을 찾는 일이 거의 없었고, 보통 지방의 하급 귀족 아가씨들이 신세를 많이 진다. 지방 귀족 중에 은근히 알부자가 많다는 소문은 의사들 사이에서 괜찮은 아가씨를 한 명 잡아서 처가 덕을 보며 편하게 살고 싶다는 욕망을 부추겼다.

다짜고짜 '아가씨 집에 돈 좀 있소?'라고 물어볼 수는 없으니 남자들 눈에 보이는 것은 일단 얼굴이었다. 그 와중에 쌍싸대기 아가씨는 단연 눈에 띄었다.

외모가 제법 괜찮은 아가씨가 주기적으로 엄청 부은 얼굴을 하고 약을 받으러 오는 것을 마음 쓰지 않는 사람은 없을 것이다. 받아 가는 약도 항상 자신의 것이 아닌 그녀가 모시는 누군가를 위한 약을 처방받아 가곤 했다. 치명적인 매력의 사연 있어 보이는 여자. 어딘가 지켜 주어야 할 것 같은 여자. 인기가 있을 법도 했다.

모리젠과 처음 만났던 날도 그랬다.

진료실로 들어오는 얼굴이 퉁퉁 부은 아가씨를 본 순간, 모리젠은 한눈에 그녀가 소문의 '쌍싸대기'라는 것을 알아보았다. 선배들이나 동료들이 하도 예쁘다, 예쁘다 하길래 어느 정도 기대했는데, 그저 평범히 예뻤다. 기대하는 바가 있었던 탓에 조금 실망한 것도 사실이었지만.

모리젠은 실망을 감추고 애써 미소 지었다. 일단 저 얼굴부터 좀 어떻게 해야 할 것 같다.

'얼굴이 많이 부으셨어요. 얼음주머니라도……'

그녀는 그의 친절을 칼같이 거절했다.

'아뇨, 상처 연고를 부탁드립니다.'

'얼굴에 바르실 건가요?'

'제가 아니라, 저를 보내신 분께서 손에 상처를 입으셨습니다.'

이번에도 변함없이 얻어맞은 사람이, 패악을 부리던 사람의 손에 생긴 상처를 위해 약을 받으러 온 것이다. 은근슬쩍 누가 이렇게 시녀를 괴롭히는지 이야기를 흘릴 만도 하거늘. 그녀는 그저 '보내신 분'이라고만 간결히 설명할 뿐이었다.

모리젠은 약을 챙겨 주면서도 이 불합리한 상황이 무척이나 마음 쓰였다. 그러나 그녀의 눈물 자국 하나 없는 눈은 너무나도 단호하여 섣불리 동정하거나 걱정할 수 없도록 차단하고 있었다.

어쩐지 더 이야기해 보고 싶은데. 모리젠은 좋은 머리를 효율적으로 굴렸다.

'빨리 낫지만 쓰라린 연고가 있고, 더디게 낫지만 통증이 없는 연고가 있습니다.'

모리젠은 일부러 최대한 느릿한 몸짓으로 시간을 끌었다. 괜히 약장을 이리저리 살피고 여닫으면서 그녀를 지켜보았다. 유명인 쌍싸대기 양에 대한 단순 흥미였다. 서서 약을 기다리던 그녀는 다리가 아파 오는지 결국 환자용 의자에 앉으며 물었다.

'그 연고, 많이 쓰라린가요?'

아무리 봐도 연고의 쓰라림을 걱정하는 표정은 아니었다. 표정을 읽은 모리젠은 씩 웃으며 대답했다.

'뺨 맞은 정도는 아니죠.'

계속 같은 표정으로 앉아 있던 로미의 얼굴이 처음으로 변했다. 차가운 눈동자에 장난기와 함께 생기가 피어났다. 퉁퉁 부어 잘 움직여지지도 않을 볼이 조금은 씰룩거리며 옅은 미소를 만들어 냈다.

'그럼, 가장 쓰라린 거로 주세요.'

'그렇게 하죠.'

말하는 목소리에는 약간의 망설임도 없었다. 그리고 문득 바라본 얼굴에서 '평범하게 예쁘다.'라고 생각했던 것을 정정해야 했다. '쓰라리다.'라는 단어를 저리도 달콤하게 말하는 얼굴이라니! 그저 진중한 성격이라고만 생각했는데, 복수를 즐길 줄 아는 말괄량이의 얼굴을 가지고 있기도 했다. 지금이라면, 이렇게 웃고 있는 지금이라면 괜찮을지도 모르겠다. 복수의 동지이기도 하니까.

'저기요.'

'예?'

'이쪽으로 고개 좀 돌려 줄래요?'

모리젠은 얼음주머니 2개를 꺼내어 그녀 앞에 앉았다. 그리고 의자를 끼익끼익 당겨 간격을 좁혔다. 의아함을 담은 갈색의 눈동자가 자신을 향하자, 씨익 웃으며 양손에 들린 얼음주머니를 그녀의 양쪽 볼에 가져다 대었다. 차가운 감촉에 놀라 뒤로 물러나려는 그녀의 얼굴을 지긋하게 눌러 잡아 두었다.

'어허, 얌전히!'

일부러 고압적인 말투를 쓰니, 다행히 얌전한 환자가 되었다.

'차, 차가워요, 이거……'

'네, 정상적으로 잘 느끼고 계시네요.'

탱글탱글한 볼살이 얼굴 가운데로 모이니 물고기 같은 얼굴이 되었지만, 그런대로 귀여웠다. 몇 살인지는 몰라도 한창 귀여울 나이일 테니까.

이렇게 한참 동안 가까이에서 가만히 바라보니 선배들이 왜 그렇게 예쁘다고 호들갑을 떨었는지 알 것도 같았다. 평범한 머리색 때문에 눈에 확 띄는 느낌은 없었지만, 가만히 바라본 이목구비의 모양이 가지런했다.

예쁜 여자다.

'이름이 뭐예요?'

'웨?'

양쪽 모두 얼음주머니로 눌리고 있던 탓에 그녀의 발음이 엉망이었다. 아, 정말 귀여워서 죽을 것 같았다. 모리젠은 웃음을 참으며 얼음주머니에서 살짝 힘을 뺐다. 물고기 같은 얼굴이 만두 같은 얼굴로 조금 완화되었다.

'이름 말이에요. 그쪽 이름.'

'에?'

그녀는 대답 대신에 눈을 동그랗게 뜨고 되물었다. 모리젠은 조금 고민했다. 순수한 마음으로 작업을 걸고 있는데, 상대가 전혀 눈치를 채지 못하고 있으니.

'로미예요. 로미 보.'

다행히 모리젠이 '작업 걸고 있어요.' 라고 말하기 전에 그녀가 먼저 이름을 말해 주었다. 로미 보……. 자주 들어 본 성씨가 아니었다. 어딘가의 시골 귀족이겠지. 그는 다시 얼음주머니에 힘을 주어 로미를 물고기 같은 얼굴로 만들었다. 역시 이쪽이 조금 더 귀여운 것 같다.

'로미 씨……. 로미 씨구나, 반가워요. 저는 모리젠이에요.'

얼굴이 눌린 탓에 뭐라 대답도 못 하고 뻐끔뻐끔하는 모습이 재미있었기 때문에 모리젠은 생각한 것보다는 조금 더 오랫동안 로미를 붙잡고 있게 되었다.

한동안 그는 그 귀여운 얼굴을 떠올리며 몇 번이나 키득거렸다. 그리고 이후에 로미는 한 번 더 같은 일로 모리젠과 마주치게 되었다.

'안녕하세요. 로미 씨.'

모리젠은 반가운 마음에 가까이 다가서며 친밀하게 인사를 건넸다. 그녀와 이렇게 다시 마주치는 순간을 얼마나 기다렸는지, 씰룩거리는 입술을 멈출 수가 없었다.

'안녕……하세요.'

그러나 로미의 반응은 달랐다. 모리젠을 바라보는 그녀의 표정이 얼핏 굳어졌고, 고개를 깊이 푹 숙여 시선을 피했다. 지나치게 가까운 거리마저 싫었던 것일까, 그녀는 조심스럽게 한 걸음 물러서서 그와의 간격을 벌려 두었다. 모리젠은 차마 그 거리를 다시 좁힐 용기가 나지 않았다.

'상처에 바를 연고와 진통제를 부탁드립니다.'

로미의 말투는 흠잡을 데 없이 정중했다. 마치 처음 보는 사람에게 충실하게 예를 갖춘 것과 같이 보여서, 모리젠은 세게 머리를 얻어맞은 기분이 들었다.

그녀와 특별한 기억을 공유했다고 생각했는데, 혼자만의 착각이었을까? 어째서 이렇게 모리젠을 피하는 것 같은 태도를 보이는 걸까?

유치하게도 마음속 깊은 곳에서부터 심술이 쏟아졌다. 로미가 부탁한 약을 준비하는 손길에도 그 못난 마음이 덕지덕지 달라붙고 만다.

'자, 여기요.'

모리젠이 불퉁하게 약을 쑥 내밀자 로미는 깊이 숙였던 고개를 들어 올렸다. 그녀는 약을 받아 소중히 품에 넣었다.

이제야 그녀의 얼굴을 제대로 확인한 모리젠은 무척 놀라서 아무런 말도 할 수 없었다. 어째서 그녀가 데면데면한 태도를 보일 수밖에 없었는지도 이해할 수 있게 되었다.

그녀의 하얀 뺨은 빨갛다 못해 새파랗게 핏줄이 터져 있었다. 머리카락으로 가려져서 확실하게 보이지는 않았지만, 귓가 주변으로 붉은 피딱지마저 처절하게 붙어 있었다. 대체 누가 이런 짓을! 모리젠은 자신도 모르게 그녀를 향해 손을 뻗었다. 그러나 로미는 얼른 몸을 돌렸다.

'자, 잠깐만요.'

그가 당황하여 로미를 불러 세웠으나, 그녀는 돌아보지 않았다. 다급해진 모리젠은 얼음팩과 연고를 잡히는 대로 봉투에 쓸어 넣은 뒤 그녀 앞에 내밀었다.

'이거, 이거 가져가세요. 쓰고 버리셔도 되니까……'

걸음을 멈춘 로미가 그 봉투를 물끄러미 바라보았고, 모리젠은 그저 기다렸다. 이제는 그녀가 그의 호의를 받아들이지 않는다고 해도 원망하지 않으리라고 생각하면서.

'……감사합니다.'

작은 손이 바스락거리는 봉투를 붙잡아 당겼다.

그 일이 있은 후 그녀가 의료실을 찾아오는 일은 없었다. 모리젠도 일이 바빠지다 보니 특별히 그녀를 떠올리지 않게 되었다. 하지만 가끔 사람들 사이에서 그녀는 '쌍싸대기'라며 입에 오르내렸다. 모리젠은 그 별명이 거슬리면서도 그녀의 이름을 다른 이들과 공유하지 않았다. 그녀를 특별하게 생각한다거나 하는 것은 아니었다. 그냥 왠지 그리 가볍게 그녀를 입에 올리는 사람들과는 대화하고 싶지 않았던 것뿐이다.

그렇게 시간이 지나 그들은 보육원에서 다시 만났다. 묘하게 그리웠던 마음이 있었던 걸까. 다시 만나는 순간이 그렇게 좋을 수 없었다.

모리젠은 한숨을 쉬면서 로미에 관해 꼬치꼬치 캐묻는 동료를 바라보았다. 그러고 보니 이 녀석도 꽤 관심을 보이긴 했었다. 하긴 예쁘장한 여자한테 관심 없는 남자도 있겠냐만은.

"쌍싸대기랑 너랑 보통 사이 아닌 것 같다고 선배들이 난리였어."

"이제 쌍싸대기 아니야. 인마."

"그런 것 같더라. 보육원 체질인가 봐? 가끔 보면 얼굴 좋아졌던데?"

"이제 너한테 진료받을 일 없으니까 신경 쓰지 말아라."

로미 씨는 보육원에서 내가 약도 주고 영양제도 주고 잘 돌보고 있으니.

"너 이 자식, 그 말에 대한 해명을 좀 들어야겠다! 뭐야, 정말 둘이 뭐 응? 그런 거야? 뭐?"

모리젠은 시계를 흘끗 보고는 미련 없이 일어섰다. 보육원으로 이동할 시간이다. '그렇게 특별한 사이는 아니다.'라고 부정을 한 번 해 줄까……. 잠시 고민했지만, 그냥 이대로 오해를 받아 보기로 했다. 저 녀석은 입이 저렴해서 곧 여기저기에 퍼트려 줄 테니까. 모호한 미소를 한번 던져 주고, 동료의 어깨를 슬쩍 치며 돌아섰다. 맘껏 떠들어 주면 나야 고맙지.

모리젠은 보육원 바로 앞에서 담배를 문 채 구름을 세고 있는 형님과 마주쳤다.

우울한 표정을 보아하니 오늘도 로미에게 그다지 관심을 받지 못한 모양이다. 그러고 보면 로미는 꽤 공평하게 모두에게 관심이 없었다. 아마 안테와 모리젠에게 가진 관심을 다 합쳐도 그녀가 아루에게 가진 관심의 반도 미치지 못할 것이다.

"형님."

"……그냥 가라."

그의 반응에 모리젠은 생각을 바꿨다. 안테는 관심을 못 받은 정도가 아니라 아주 구박이라도 받은 모양이다.

"그게 아니라, 지난번에 의약품 추가분 신청한 거 언제 결재해 주실 겁니까?"

아이들은 그 작은 몸을 가만히 두는 법이 없었다. 신기한 것으로 가득한 온 세상을 전부 만져 보고 직접 느끼고 싶어 했다. 그런 아이들의 성향은 작고 큰 부상으로 이어지는 일도 많았다. 상처를 입고 모리젠을 찾아오는 아이가 점점 늘어 가니, 약과 붕대는 넉넉할 날이 없었다. 늘 아슬아슬했다.

"이번 분기 보육원 예산이 모자란다. 지금 검토 중이니까, 완전히 다 떨어진 거 아니면 조금만 기다려."

"보육원에 없는 것투성이인데 무슨 예산이 모자랍니까? 그깟 연고 얼마나 한다고."

"교실에 가서 애들이 오려 대는 종이 봤나? 고급 재질에 색까지 예쁜 종이가 얼마나 비싼지 알아? 그게 그냥 종이가 아니야. 다 돈이야. 지금 행정부 예산이 애들 가위질로 다 털리게 생겼다."

안테는 아이들이 집에서 돈 잡아먹는 귀신이라도 한 마리씩 들고 등원한 것이 틀림없다며 불평했다. 뭐 하나 아이들이 쓰는 물건은 저렴한 것이 없었다. 생각해 보면 그 작은 체구에 맞추어 물건도 더 작게 나오니까 저렴해야 할 것 같았지만, 상황은 정반대. 아이들 전용이라는 이름이 붙게 되면 기본적으로 2배씩 값이 뛰었다.

안테는 다른 것은 몰라도 한 가지는 확실하게 깨달았다. 공작가의 자산을 돌려서 아이들을 대상으로 하는 사업을 벌이면 큰돈을 벌 수 있다는 사실을. 물론 그럴 시간도 능력도 되지 않았지만.

"그러고 보니."

담배를 비벼 끄고 안테는 방금 생각났다는 듯 이어 말했다.

"로미 씨랑 요즘도 저녁 식사 같이 하고 그러나?"

"음? 가끔은. 어차피 둘 다 늦게 퇴근하니까요."

"사람들이 오해한다. 적당히 해."

오해하라고 그렇게 하는 건데요. 형님…….

"아루나 다른 아이들 잘 돌보라고 널 보낸 거지, 내가 뽑은 시녀를 잘 돌보라고 보낸 게 아니야."

모리젠은 피식 웃었다. 역시나 귀여우신 형님. 굳이 '내가 뽑은'이라는 말을 붙일 건 또 뭐람. 일할 때는 귀신같이 무서운 사람이지만, 사생활에서는 정말이지 그 속이 빤히 들여다보이는 사람이다. 그 어린 아루가 다 눈치챌 정도이니…….

"들어가라."

안테는 스스로 민망하여 먼저 자리를 떴다. 유치한 말이었다. 굳이 할 필요가 없는 것이었다.

모리젠은 그가 도망치듯 행정부 건물로 들어가는 모습을 물끄러미 바라보았다. 아무래도 안테는 모리젠이 아무것도 모르고 보육원 프로젝트에 참여한 뒤 로미를 알게 되었다고 믿고 있는 것 같았다. '내가 뽑은 시녀'라는 말은 결국 '내가 아니었으면 너는 그녀를 만나지도 못했다.'라는 말로 동생에게 조금은 경고를 하고 싶었던 것이리라.

거기에 덧붙여 먼저 만났으니 안테에게 우선권이 있다는 유치한 마음도 섞여 있는 것이 빤히 보인다.

형님, 당신이 나를 이곳에 보내기 훨씬 전부터. 그러니까 그녀가 퉁퉁 부은 얼굴로 나를 찾아왔던 그날부터. 마냥 순하지만은 않은 그 성격에, 물고기 얼굴을 하고 눈을 깜빡깜빡 뜨는 그 귀여움에, 나도 모르게 그 순간부터 마음을 주고 있었다고……. 사실을 말한다면.

"좋은 아침이에요. 모리젠 선생님."

"안녕하세요. 로미 씨, 오늘 저녁 같이 먹기로 한 것 잊지 않으셨죠?"

"물론이죠. 지난번엔 선생님이 사셨으니, 이번에는 제가 사게 해 주세요."

나의 유치한 '우선권'을 형님은 인정해 줄까?

하나뿐인 동생이 사실은 로미 씨에게 꽤 진지하다는 것을 이야기하면 순둥이 우리 형님은 동생을 위해 물러나 줄까?

늦은 밤, 안테가 로미와 함께 앉아서 짝 맞추기 게임을 할 때쯤이었다.

보육원의 뒤편에서 꿈틀꿈틀 움직이는 검은 그림자는 30초에 한 번씩 끙끙거리는 소리를 내며 애를 쓰고 있었다.

"후, 허어, 더럽게 무겁……."

그는 커다란 폐기물 따위를 주워 질질 끌고 가고 있었다. 어째서 야밤에 그런 고생을 하고 있는지 알 수 없었지만, 그의 얼굴은 무척이나 진지했다.

"허어, 허억……."

그는 턱 끝까지 차오르는 숨을 몰아쉬느라 누군가가 조용히 제 뒤로 다가오고 있다는 사실도 전혀 알아채지 못했다.

"도와줄까요?"

장난스러운 말투. 하지만 사람들 몰래 움직이고 있던 이에게는 충분히 위협적이었다.

"누, 누구?"

"에이. 역시 도와주는 건 그만둘래요. 땀 흘리는 거 싫어하거든요."

113

"……쿠디안이군."

모습은 흐릿했지만, 그 분명한 말투와 목소리로 정체를 파악하는 것은 어렵지 않았다.

"게으른 베이 남작님이 평소에도 이렇게 땀 흘려 일해 주시면 공작님도 참 기뻐할 텐데."

"시끄럽다. 감히 네가 훈계질을 하는 거냐."

남작은 폐기물에서 손을 떼고 쿠디안을 노려보았다. 빛이 없어 흐릿한 실루엣만 보일 정도였지만 조금 시간이 지나자 어둠에 익숙해진 눈은 그의 표정까지 인식할 수 있게 되었다.

"못 할 것도 없죠. 뭐."

한 발씩 다가오던 그는 곧 남작이 끌고 가던 무거운 폐기물을 손으로 퉁퉁 두드렸다. 무거운 고철 덩어리의 소리가 밤공기를 울렸다.

"공작님이 돌봐 주신다고 건방지기 짝이 없군."

"거꾸로예요."

"뭐?"

"공작님이 저를 돌봐 주시는 것이 아니라, 제가 공작님을 돌봐 드리고 있죠. 지금만 해도 그렇잖아요?"

쿠디안은 다리를 휘둘러 폐기물을 발로 차 냈다. 무게가 있어서 멀리까지 가지는 않아도 베이 남작의 손에서 떨어뜨리기에는 충분했다.

"게으른 베이 남작. 당신이 일을 친다고 했을 때 조금 더 생각해 봤거든. 당신은 과연 어떻게 행동할까, 하고 말이야."

쿠디안은 특유의 장난스러운 미소를 씩 지어 보였다.

"머리 쓰는 일도 싫어해, 어려운 것도 싫어해. 그런 당신이 소

114

방점검에는 조금 장난을 치고 싶어 했지. 그래서 언젠가 본 듯도 한 소방점검표를 하나씩 주욱 떠올려 봤는데."

쿠디안은 보육원 뒤편에 있는 작은 비상구를 손끝으로 가리켰다.

"이게 제일 간단하더라고. 비상구를 무거운 물건으로 막아 두는 것이. 그래서 옥상에서 잠깐 기다리고 있었어. 저쪽에서부터 여기까지 열심히 끙끙대는 모습을 바라보는 게 재미있어서 등장은 조금 늦긴 했지만."

"너…… 너, 어떻게!?"

"그러니까 말해 줬잖아? 생각을 해 봤다고. 성질이 급한 당신은 뭔가 결정하고 기다리는 일에는 젬병이잖아? 반드시 오늘 일을 칠 것으로 생각했지."

평소에는 아무도 이용하지 않는 보육원의 뒷문은 밖에서는 들어갈 수 없지만, 안에서는 언제든지 열 수 있는 구조로 되어 있어야 한다. 사고가 났을 때 원활하게 탈출하기 위한 것이기도 했다.

"간단하지만 효과는 좋지. 비상구를 막고 있는 물건이 있는데, 그걸 누가 가져다 두었는지 아무도 모른다면, 보육원 폐쇄 기간은 점점 더 길어지지. 당신치고는 제법 생각은 했어. 칭찬은 해 줄게."

비웃는 소리에 불쾌해진 베이 남작이 으르렁대는 소리로 대답했다.

"뭐가 문제인가. 처음부터 이곳은 폐쇄할 것이라 말하지 않았나? 이 정도 사건은 있어 줘야 순조롭게 폐쇄 요청도 들어갈 수 있지."

"뭐가 문제냐고?"

쿠디안은 기가 찼다.

"뭐가 문제냐고?"

정말 모르는가 싶어 다시 물었다. 그러나 남작으로부터 돌아오는 대답은 없었다.

"위험하잖아."

남작은 쿠디안의 말이 장난인가 싶었다. 하지만 그의 얼굴은 지금까지 단 한 번도 본 적 없었던 진지함으로 가득했다.

"뭐?"

"어렸을 때 어머님께 안 배웠어? 위험한 짓 하지 말라고."

쿠디안은 먼지가 잔뜩 달라붙은 남작의 옷을 탁탁 털어 주며 친절하게 설명을 이어 갔다.

"걱정하지 마. 공작님께는 당신이 이런 계획이나 짜고 돌아다닌다고 이야기하지 않았거든. 밥줄은 안 사라져."

"너……."

"공작님이 그렇게 보여도 남작까지 알뜰살뜰 챙기고 싶어 하는데, 배신당하면 불쌍하잖아?"

"배신이라니, 이게 왜!"

남작은 억울했다. 엄밀히 말하면 배신은 공작이 하고 있었다. 분명히 더는 새로운 일이 늘어나지 않도록 하겠다고 약조하지 않았었나!

"하긴, 배신이랄까. 자학이라고 해야 하나."

"알아듣게 설명해라."

"말했잖아. 위험한 짓이라고. 당신이 이렇게 수작을 부렸는데 정말 불이 나면 누가 위험해진다고 생각하는 거야?"

"그야, 당연히……."

대수롭지 않게 대답하던 그의 얼굴이 굳었다. 누구냐고? 당연히 아이들과 교수가 아닌가. 그 무리에는 그의 아들도 함께였다. 안테가 세상에서 제일 아끼는 아루까지도.

"수를 쓰고 싶으면 조금 더 머리를 쓰세요. 응?"

쿠디안은 그의 정수리를 손으로 두어 번 통통 치고는 뒤돌아서 걸어가기 시작했다. 긴 기다림의 끝에 드디어 퇴근할 수 있게 되었다. 그의 다리가 신이 나서 폴짝폴짝 하늘 높이 뛰어올랐다.

"아 참!"

그는 뒤돌아서 반가운 듯 손을 크게 흔들며 외쳤다.

"그거 제자리로 가져다 놓는 거 잊지 마요!"

"뭐?"

이 무거운 걸 다시 끙끙대며 밀어 놓으라고?

"그야. 우리 행정부 옥상에서 보면 저 흉물이 다 보일 거고, 그럴 때마다 저는 베이 남작님과 있었던 야밤의 밀회를 떠올리겠죠. 아시다시피 저는 입이 싼 미친놈이라서, 생각나는 대로 전부 말해 버리잖아요."

"너 설마 이걸로 날 협박하려는!"

"아뇨! 아뇨!"

쿠디안은 양쪽 팔을 휘저었다. 협박이라니, 그런 복잡한 것은 그의 생활에 어울리지 않았다. 그의 목적은 어디까지나 아무 일 없이 꿀을 빨며 월급을 도둑질하는 것이었으니까.

"저의 쓸데없이 좋은 기억력이 이 일을 잊을 수 있게 최대한 협조를 하시라는 거죠."

그런다고 잊을 수 있는 것은 아니었지만.

"물론 도와 드리고 싶지만, 저는 땀 흘리는 거 싫어하거든요."

그 말을 마지막으로 쿠디안은 어둠 속으로 완전히 사라졌다. 혼자 남은 베이 남작은 흉물스러운 물건을 보고 인상을 팍 찌푸렸다. 비상구와 폐기물을 번갈아서 한참을 바라보다가 결국 다시 원래 있던 장소를 향해 천천히 그것을 옮기기 시작했다.

4월의 파란 달이 베이 남작의 낑낑대는 소리에 키득키득 웃음을 흘렸다.

〈진짜 일기는 마음속에 적어 두어요. ― 4월〉

오늘은 예전부터 신경 쓰이던 것을 세비 군에게 이야기해 볼 생각이에요. 이제 서로 알게 된 지 한 달이나 지났으니까, 괜찮지 않을까요? 괜찮겠지요? 저는 어렵게 이야기를 시작했어요.

"저기, 세비 군의 가방에 달린 장식 말이에요……."

세비 군의 가방에는 아름다운 꽃 장식이 달려 있습니다. 저는 항상 그것에 눈길을 빼앗기곤 했어요. 결코, 탐이 나는 것이 아니어요! 그렇게 오해할까 봐 지금까지는 묻지 못했지만, 너무 아름다워서 꼭 한 번쯤은 가까이에서 보고 싶었습니다.

"이거? 아버지가 만들어 주신 양귀비꽃 장식이야. 아름답지?"

세비 군은 기꺼이 그 장식을 가까이에서 볼 수 있게 해 주었습니다. 반짝이는 은으로 만든 꽃은 무척이나 가련하고 우아했어요. 양귀비꽃을 실제로 본 적은 없지만, 분명히 이 장식은 실제 꽃보다 더 예쁠 거예요.

"무척, 무척이나 아름다운 것이어요!"

저는 고개를 열렬히 끄덕여서 세비 군의 말에 긍정해 주었습니다. 세비 군의 아버님은 대단하신 분이어요! 유명한 액세서리 디자이너에 직접 제작도 하는 장인이기도 해요.

"아루는 이런 걸 좋아해?"

"네, 정말로 좋아하여요."

"그렇구나."

그날 이후로 세비 군은 어쩐지 바빠 보였어요. 집에도 유난히 빨리 돌아가고, 가끔 오지 않는 날도 있었어요. 항상 같이 앉아서 책을 보거나 그림을 그렸는데, 어딘가 허전해졌습니다. 로미 씨가 다정하게 안아 주어도 나아지지 않을 정도의 허전함이었어요.

저는 조금 우울해졌습니다. 아무에게도 이 마음을 말할 수 없어서, 겨우 이렇게 혼자서 이렇게 제 마음을 헤아려 보곤 했지만 좀처럼 나아지지 않았습니다.

"아루!"

그리고 오늘, 세비의 쌍둥이 누나인 쥬리 양이 총총 다가와서 느닷없이 무언가를 내밀었어요. 뭐죠……? 이상한 모양의 장식이어요. 들어 올려 이리저리 관찰하였습니다. 그저 울퉁불퉁합니다. 무엇일까요?

"쥬리! 이리 내놔!"

뒤늦게 따라온 세비 군이 쥬리 양을 향해 소리 질렀어요. 아마이 울퉁불퉁한 장식을 찾는 것 같았습니다.

"늦었어, 세비. 아루에게 줘 버렸는걸."

세비 군이 절망적인 표정을 지으며 저를 바라보아서 깜짝 놀랐어요. 뭐죠? 왜 저런 얼굴을 하고 저를 보는 걸까요? 단 한 번도 본 적 없는 표정이에요. 놀라서 아무런 말도 하지 못하는 제게 쥬리 양이 설명해 주었어요.

"아루. 세비가 너를 위해서 아버지께 도움을 부탁해 며칠 동안 만든 가방 장식이야."

"네에?!"

저는 다시 장식을 들여다보았습니다. 익숙지 못한 솜씨로 만든 탓에 세비 군이 달고 다니는 가방 장식처럼 멋지게 반짝이지는 않았어요.

"아루, 이리 돌려줘."

세비 군이 손을 내밀면서 다가왔지만 저는 이것을 꼬옥 쥐었습니다.

"싫은 것이어요."

"아루!"

처음으로 누군가에게 직접 만든 장식을 선물 받았습니다. 세비 군이 다시 가져가게 할 수 없어요.

"제 것이어요. 이것은 이제 영원히 제 것이에요."

점점 가까워지던 세비 군의 발걸음이 멈추었습니다. 돌려받기를 포기한 걸까요? 저는 그것을 손안에 꼭 쥐고 심장 가까이에 가져다 대 보았습니다. 노력과 정성이 손안에 있었습니다.

"세비 군. 소중히 여기겠사와요."

세비 군은 고개를 푹 숙였어요. 어째서일까요? 이렇게 훌륭한 선물을 주고도 우울해하는 모습이라니.

"……나중에, 다시 더 예쁘게……."

아, 그는 역시 예쁜 것에 엄격한 사람이에요. 그의 기준에 이 장식이 통과되지 못한 것이었어요. 나중에 다시, 라는 말은 그다음 작품 역시도 제 것이 될 수 있다는 약속일까요? 제가 너무 넘겨짚은 걸까요? 하지만 다른 분께 넘겨 드리고 싶지 않을 것 같아 저는 스커트를 살짝 들어 올리며 정중하게 대답했어요. 그의 마음이 바뀌면 제가 슬퍼질 것 같았어요.

"기쁘게, 기다리겠사와요."

비로소 세비 군이 웃어 주었어요. 옆에 있던 쥬리 양도 함께 웃어 주었어요. 세비 군의 다음 작품도 분명히 제 마음에 쏙 들 거여요.

분명히 그럴 것이어요!

5월
성장의 이야기

5월의 신부라는 말이 있다.

5월에는 결혼하는 사람이 늘어나니 드레스와 액세서리를 예약하여 준비해 두고, 축하금도 넉넉히 모아 두라는 뜻이다. 결혼하는 사람이나, 축하해 주는 사람이나 돈이 줄줄 샐 테니 미리미리 대비할 것!

결혼 파티에 손님을 초대하기 위한 경쟁도 그만큼 치열해진다. 얼마나 높은 지위의 손님이 참석하느냐에 따라서 파티의 격이 달라진다는 말 때문일 것이다. 덕분에 안테의 책상에는 지겨울 정도로 많은 결혼식 초대장이 쌓이고 있었다. 물론 수많은 일에 묻혀 있는 안테는 대부분 꽃과 선물을 보내는 선에서 그치지만, 때때로 의리라는 것에 의해 얼굴을 비쳐야 할 때도 있었다.

반면 로미는 지방 귀족 출신에 아는 사람도 거의 없어 결혼식 초대와는 전혀 관계없이 지내고 있었다. 드레스도 축하금도 준비할 필요가 없었다. 그 덕에 그녀는 월급을 차곡차곡 모아 둘 수 있었다. 그러나 오늘, 드디어 로미도 수도 진출 수년 만에 정식으로 초대를 받게 되었다.

"우리 딸내미가 결혼한다오."

보육원의 교수님이 건네는 초대장이었다. 그의 장녀가 드디어 오랜 연애의 종지부로 결혼을 택하게 되었다.

"꼭 로미 씨가 와 주었으면 좋겠어."

교수에겐 목적이 있었다. 로미는 똑똑하고 싹싹하며 무엇보다 얼굴까지 예쁜, 숨은 보석 같은 아가씨였다. 지난 몇 달간 그녀를 쭉 지켜봐 온 교수는, 이번 큰딸의 결혼식을 계기로 그의 둘째 아들을 로미에게 소개하기로 결심했다.

"저기, 우리 작은 아들이 있는데……."

"네?"

"내 아들이라서가 아니라, 제법 똑똑하고 착한 녀석이야. 저기, 조금 숙맥이라서 아직 여자 근처에도 못 가 본 놈이라……."

교수가 조심스럽게 본론을 이야기하려는 순간이었다.

"교수님! 이것 참 축하드립니다!"

모리젠이 멀리서부터 굉장한 속도로 다가오며 교수의 이야기를 막아섰다. 중요한 시점에서 끼어드는 그가 반가울 리 없었다. 교수의 얼굴이 팍 찌푸려졌지만, 모리젠은 그저 생글생글 웃을 뿐이었다.

"초대장이에요?"

"네."

모리젠은 로미의 한쪽 어깨에 팔을 기대며, 그녀가 들고 있던 초대장을 들여다보았다. 로미는 그가 편하게 볼 수 있도록 초대장을 조금 높이 들어 주었다.

"이렇게 초대해 주신다니, 저도 기쁘게 참석하겠습니다."

물론 교수의 손님 리스트에는 모리젠도 올라와 있었다. 단지 지금 막 그 리스트에서 모리젠의 이름이 지워지려 하고 있었지만.

"매일 야근으로 바쁘다고……."

"아뇨, 그럴 리가요. 로미 씨와 함께 가겠습니다. 괜찮죠? 로미 씨?"

교수는 로미의 어깨에 팔을 올리고 있는 모리젠을 경계의 눈빛으로 바라볼 수밖에 없었다.

"네, 상관없어요."

수도에 친구 하나 없는 그녀에게는 어느 파티든 모르는 사람들로 가득한 곳이다. 차라리 처음부터 모리젠과 함께인 편이 그녀도 더 편안했다.

"알겠네……."

"아, 교수님 아까 무언가 말씀하려고 하셨죠?"

로미가 이어지지 못했던 교수의 말을 기억해 내고는 다시 물었다.

"그건."

교수는 다시 용기를 내어서 아들 이야기를 꺼내 볼까 하다가, 그만두었다. 모리젠이 살벌한 눈빛으로 교수를 바라보고 있었다. 꼭 독약이라도 주사할 기세로.

"아니네, 아무것도 아니야."

로미를 며느리로 맞이하려는 즐거움으로 가득했던 그의 얼굴이 순식간에 우울해졌다. 교수는 로미 뒤에 붙어 있는 모리젠을 흘끗 바라보았다. 드디어 저 아가씨의 진가를 알아보는 사람들이 나타나기 시작하는 모양이다.

"로미 씨! 로미 씨!"

교수가 사라지자, 이번에는 다른 곳에서 그녀를 찾는 소리가 들려왔다. 어떻게든 그녀를 독차지하고 싶었던 모리젠의 미간이 찌푸려졌다. 로미가 살짝 돌아봤을 때는 평소의 상냥한 미소로 순식간에 돌아와 있었지만.

이번에 로미를 찾은 사람은 또 다른 교수님이었다. 점잖은 원피스를 입은 연로한 교수님이 문을 박차고 영차영차 열심히 달려오는 것을 보니 어지간히 급한 일인 모양이다.

"교수님, 무슨 일이세요."

"어머나 로미 씨 어쩌면 좋아! 이번에 아이들 수업에서 쓸 꽃이 예산 때문에 결재가 안 떨어졌어."

5월은 결혼의 달. 그리고 동시에 '감사의 달'. 당연히 아이들은 부모님에게 마음을 전하는 편지를 쓰고 싶어 했다. 아이들이 스스로 회의를 통해 편지와 함께 보내는 선물로 작은 꽃을 골랐는데, 그 구매를 행정부에 신청한 결과 멋지게 거절당한 것이다.

모리젠은 가벼운 한숨을 내쉬었다. 도대체 왜 이곳의 교수님들은 무슨 일만 터지면 로미를 찾는지 이해할 수 없었다. 그녀는 그저 아이들의 시중을 위해 이곳에 파견된 시녀일 뿐이지, 만능 해결사가 아니었다. 물론 로미는 어떤 부탁이라도 기쁘게 받아들인다. 어쩐지 교수들이 그녀의 상냥함을 이용하는 것만 같아 모리젠은 마음이 편치 않았다.

"지금 결혼식이 많아서 꽃값이 만만치 않다고 하더라고. 다른 거로 대체해야 한다고 하는데, 혹시 시간 날 때 꽃집에 가서 가격을 한번 알아봐 주겠어?"

교수는 가격이 괜찮으면서도 선물로도 적당한 꽃이 있을지도 모른다는 것에 희망을 거는 모양이었다.

"꽃이 안 된다면 다시 아이들과 처음부터 회의를 시작해야 하는데, 의견을 꽃으로 모으는 것도 무척이나 힘이 들었거든."

교수의 얼굴이 거의 울 것 같았다. 아이들과의 회의도 그렇지만, 다시 결정된 물건을 구매하기 위한 서류를 꾸미고 허가를 받는 데 들어가는 수고가 끔찍한 것이다.

"정말이지, 행정부라는 곳은 갑갑하기 짝이 없어."

교수의 불평에 로미는 어색하게 웃었다.

"걱정하지 마세요. 제가 꽃집에 가 볼게요. 만약 괜찮은 꽃이 없다면 다른 선물들도 한번 찾아보도록 할게요."

"정말 고마워, 로미 씨. 다음번에 내가 한번 크게 대접할게."

"아니에요, 연락드릴게요."

아이들의 회의라면 로미도 함께 지켜보았다. 난리도 그런 난리가 없었다. 어쩜 다들 그리 생각도 고집의 방향도 다른지, 회의의 결과가 나온 것이 기적이라고 해도 좋았다.

보육원에서는 아이들에게 '프로젝트' 형식으로 일을 맡기는 것을 중요하게 생각했다. 교수들이 내 주는 문제를 스스로 해결하는 것뿐만이 아니라, 아예 몇 개의 활동 프로그램은 아이들의 의견으로 구성되어 실시될 수 있도록 했다.

물론 일괄적으로 어른들이 준비한 프로그램을 진행하는 것이 훨씬 편했다. 하지만, 교수들은 그러한 불편함을 감수하면서도 이런 정책을 소중하게 지켰다. 생각을 현실로 불러올 수 있는 과정을 직접 해 볼 수 있는 귀중한 경험을 선물하고 싶었기 때문이다. 그 순간에 아이들이 지어 주는 표정이 또 교수들에게는 가장 큰 보람이 되었다.

그러니까 로미도 단순하게 '꽃값이 비싸서.'라는 어른들의 사정으로 모처럼 힘들게 결정된 사항을 무너뜨리고 싶지 않았다.

그리고 그날 밤.

"어떻게 하지."

로미에게는 또 한 가지 고민거리가 생겼다. 꽃다운 그 나이대 여성이라면 누구나 하는 고민이지만, 로미에게는 정말 낯선 고민이었다.

"……옷이 없네."

텅 비어 있는 옷장에는 일상생활에 지장을 주지 않을 정도의 옷이 몇 벌 걸려 있을 뿐이었다. 로미는 한숨을 쉬었다. 사실 지금까지 사치스러운 것이나 화려한 것들과는 동떨어진 삶을 살았다. 말이 귀족이지, 그녀의 아버지는 그저 평범한 시골 노인으로밖에 보이지 않으니까.

로미는 고개를 돌려 제 옷보다도 화려한 초대장을 바라보았다.

사실 로미가 인식하지 못해서 그렇지, 지금 옷 하나만을 걱정할 때가 아니었다. 그에 어울리는 액세서리, 구두, 화장품, 모자, 장갑 그리고 부채까지 모든 것을 새로 구해야 했다.

로미는 지금까지 차곡차곡 모아 둔 자금을 떠올렸다. 벌기는 참 힘들었는데, 그녀에게 필요한 것들을 사고 나면 얼마 남지도 않을 것 같았다. 참 허무한 일이었다. 쓰는 것은 이리도 쉬운데.

새 드레스, 예쁜 구두. 로미의 머릿속에 어지럽게 나타나는 사치품들은 현실성이 없다고 해도 좋을 만큼 비쌌다. 처음으로 해 보는 수도의 사교생활이라 조금 들떠 있었는데……. 로미는 한숨을 쉬며 옷장 문을 닫았다. 옷장을 뚫어지게 쳐다본다고 없던 옷이 생기는 것도 아니었으니까.

옛날이야기에서는 열심히 일하는 아가씨가 이런 일로 고민하고 있으면, 펑 소리와 함께 요정 대모님이 나타나기도 하던데.

"……나타날 리 없지."

로미는 그리 중얼거리면서 조금 웃어 버리고 말았다. 아무래도 아이들과 함께 보내는 시간이 길어지면서 그녀 역시 많은 영향을 받은 모양이다.

로미는 다시 어른답게, 현실적인 해결책을 떠올려 보았다. 다른 시녀들은 아마 그럴싸한 드레스 한두 벌 정도는 가지고 있을 것이다. 몇 번인가 파티에 간다며 나가는 것을 본 기억도 있었고. 그녀들이 드레스를 빌려줄까? 로미는 곧 고개를 저었다. 친한 친구에게도 빌리기 어려운 것이 드레스인데, 교류가 없던 로미에게 빌려줄 리 만무했다.

그렇다고 갑자기 거금을 들여서 드레스를 사는 것도 부담스러웠다. 물론 앞으로 이렇게 초대받는 일이 생길 수도 있으니, 격식 있는 자리에서 입을 수 있는 드레스 한 벌쯤 가지고 있는 것도 좋겠지만……. 그게 또 한 벌로만 되는 것도 아니고……. 로미는 이리저리 머리를 굴리다가 그저 쓰게 웃었다.

초대는 기뻤다. 정말로. 이 낯선 곳에서 드디어 자신을 받아 주는 사람들이 생겼다는 생각에 엄청 들뜨고 행복했다. 축하의 마음을 담아서 예쁘게 입고, 인사도 나누고 더 가까워지고 싶은 것은 당연했다.

하지만, 역시 포기하기로 했다. 드레스며 이것저것 사는 것보다는 부끄럽지 않은 선물을 하나 사서 건네는 것이 더 나을 것이다. 아쉬운 마음이 가득했지만, 로미는 포기가 익숙해서 괜찮았다.

괜찮다. 정말로 괜찮다. 로미는 침대에 앉아 고개를 푹 숙였다. 마음속에 한껏 부풀어 있던 풍선이 한순간에 푸우 하고 바람이 빠진 것만 같았다.

애써서 괜찮다고 중얼거려야 하는 자신이 싫었다. 포기가 익숙하다는 말도 거짓말이다. 가난한 귀족 같은 것은 역시 싫었다. 로미는 거친 촉감의 이불로 온몸을 덮었다. 시야를 완전히 가릴 정도로 끌어 올린 뒤에는 애써서 다른 생각을 했다.

내일은 보육원이 쉬는 날이니, 시내에 나가서 꽃가게를 둘러봐야지. 예산에서 가능한 선물이 무엇이 있을지 알아보아야지.

로미는 마지막으로 한 번 더 요정 대모를 소환하는 상상을 하면서 잠이 들었다.

똑똑.

로미는 아침 일찍 들리는 노크 소리에 눈을 떴다. 지금까지 누군가가 방에 찾아왔을 때 좋은 일이 있었던 적은 별로 없었기 때문이 괜히 긴장되었다. 또 뭔가 잘못한 걸까.

"잠시만요."

작은 목소리로 양해를 구하고는 잠시 옷매무새를 가다듬은 뒤 벽에 걸린 숄을 가볍게 걸쳤다.

"누구시죠?"

로미는 조심스럽게 문을 잡아당겼다. 좁은 문틈으로 아무도 보이지 않아 의아했지만, 곧 아래에서 들리는 소리에 고개를 숙여 보니 그곳에는.

"요정 대모여요!"

분명히 요정 대모를 기다리고 있기는 했다. 하지만 그것은 동화

속에 나오는 '무엇이든 가능한 요술봉' 을 가지고 있는 이였고, 지금 그녀 앞에 있는 이 소녀는…….

"아루. 여기에는 어떻게 들어왔어?"

"저는 보육원 아이들의 대표여요. 보육원의 일로 로미 씨에게 일이 있다고 당당하게 밝히고 들어올 수 있었던 것이어요."

여러 가지로 참 대단한 아이다. 로미는 고개를 끄덕였다.

"자, 그러니 같이 가는 것이어요."

아루는 로미의 손을 잡고 빙긋 웃었다.

"어디로?"

"로미 씨도 참! 이 이야기를 읽지 아니하신 것이어요? 그야 당연히 호박 마차인 것이어요!"

모리젠은 결혼 파티 초대장을 받은 이후, 곧 그녀와 나누었던 대화들을 떠올렸다. 가끔 저녁 식사를 같이 하면서 나누었던 사소한 이야기들이었지만.

'로미 씨는 수도에 왔는데, 파티라든가 다른 일에는 관심 없어요?'

로미는 항상 바쁘니까. 가끔은 화려하고 아름다운 파티에서 유쾌한 시간을 보냈으면 하는 마음에서 무심코 던진 말이었다. 언젠가 다른 여성 직원분들이 그런 식으로 즐겁게 시간을 보내면 기분이 나아진다는 말을 들은 것도 같았고.

'음, 전혀요.'

로미는 너무나도 미련 없이 가볍게 고개를 저었다.

'흥미도 없고, 갈 수도 없어요.'

'네?'

갈 수 없다니. 보육원에서 아무리 바쁘다고 하더라도 주말은 꼬박꼬박 쉬는 것으로 알고 있었는데.

'드레스 따위를 전혀 가지고 오지 않았거든요.'

그녀는 이렇게 말하며 오히려 유쾌하게 웃었다. 한창 꾸밀 나이의 아가씨에게 제대로 된 드레스가 없는 것이 웃을 일인가 싶었지만, 모리젠은 그냥 따라 웃었다.

어쨌든 그녀가 그리 말한 지 겨우 한두 달밖에 지나지 않았다. 그새 마음이 바뀌어 드레스를 구매했을 리는 없을 것이고, 분명히 이번 초대로 곤란해하고 있으리라 짐작했다. 모리젠은 고민 끝에 아침 일찍 형님 몰래 아루의 방을 찾았다.

"아루! 우리 신데렐라놀이 할까?"

"신데렐라 이야기는 그다지 즐기지 않는 편이어요."

정확히 말하자면, 장난기 많은 시녀 한 명이 '그리하여 그들은 영원히 행복하게 살았답니다.' 이후로 이어지는 신데렐라의 복수극 같은 이야기를 들려준 뒤부터 좋아하지 않게 되었다. 물론 이 사실을 안테에게 말하면 그 시녀는 요절이 날지도 모른다며, 아루는 오늘까지도 그 충격을 혼자 견디는 중이었다.

"괜찮아. 오늘의 신데렐라 아가씨는 제법 상냥하거든."

"들어 보고 결정하겠사와요."

아루는 턱 끝을 들어 올리며, 제법 도도한 자세로 말했다. 어째 보고를 받는 안테의 모습과 비슷하여, 모리젠은 작게 웃었다. 그의 이야기를 전부 들은 아루는 고개를 끄덕이며, 착실하게 외출 준비를 서둘렀다.

"요정 대모 프로젝트라고 하겠어요."

똑똑한 조카는 이 일을 보육원의 프로젝트 같은 것으로 이해한 모양이다.

"신데렐라가 아니고, 요정 대모야?"

"신데렐라는 불길한 것이어요. 파티도 빨리 끝나게 되고, 여러 모로 좋지 않은 것이어요."

모리젠의 소망에 아루의 행동력이 합쳐지니 지체되는 것이 없었다. 보육원은 아이들의 생각을 실현하는 교육을 한다더니 사실인 모양이다. 아루는 가장 빠르고 합리적인 방법으로 그녀를 데려오는 방법을 고안했고, 또 실현했다.

그녀에게 주어진 보육원 어린이들의 대표라는 작은 권력을 디딤돌 삼은 것은 물론이다. 나서기를 좋아하는 아루에게 힘을 사용하는 법을 가르치니, 더욱 적극적인 아이가 되었다. 이래서 부인들이 너도나도 교육이 중요하다고 난리를 피웠던 건가.

기숙사에서 나란히 걸어 나오는 로미와 아루를 바라보며 모리젠은 피식 웃었다.

"숙부님, 모셔 온 것이어요."

마차의 문이 열리자 아루가 칭찬을 원하는 얼굴로 모리젠을 바라보았다. 어찌 칭찬을 아낄까! 집안의 보석이자 여왕이신 작은 아가씨에게.

"고맙다. 아루."

그는 작은 조카를 번쩍 들어 마차에 태워 준 뒤 한껏 머리를 쓰다듬어 주었다. 예쁘지 않은 곳이 없었다. 특히 로미를 데려온 지금은 더더욱. 그리고 그는 곧 로미에게도 손을 건넸다.

"타요. 로미 씨."

"오르시어요. 로미 씨."

모리젠과 아루라니 로미에게는 익숙하지 않은 조합이다. 보육원에서는 아루도 그를 꼬박꼬박 선생님이라 불렀고, 모리젠도 아루를 특별하게 챙기는 모습을 보이지 않았기 때문일까.

로미는 얼떨결에 마차에 올라앉아 미소마저 서로 닮은 두 사람을 번갈아 가며 바라보았다. 역시 보육원에서는 신경 써서 서로의 거리를 유지했던 거구나 싶었다.

"아침부터 죄송해요. 로미 씨."

"아니에요. 어차피 꽃집에 가는 것 이외에는 일정도 없었고……."

"저기, 오해하지 말고 들어 주셨으면 좋겠는데요."

모리젠은 잠시 고민했다. 이걸 어떻게 설명해야 하나. 그가 아는 한 모든 귀족은 마음속에 뻣뻣한 자존심 하나씩은 키우고 있었다. 드레스 문제에 끼어드는 것이 그녀의 기분을 상하게 할까 봐 걱정되었다.

"저기, 지난번에 식사하실 때 파티를 즐기지 않으신다고 들었습니다."

"아."

그러고 보니 그에게 드레스에 관해 이야기한 적이 있었다. 더불어 아루는 '요정 대모'라는 말을 사용했다. 이 두 사람의 방문 목적이 그녀의 드레스에 있음은 쉽게 예측할 수 있었다.

"기억력이 좋으시네요."

로미는 애매한 대답을 내놓았다. 무어라 반응해야 할까? 드레스에 대해 고민한 것은 사실이지만…….

"로미 씨가 혹여 곤란하실까, 그저 걱정되어서……."

로미는 일단 고개를 끄덕였다. 그가 '동정'의 마음으로 이리하는 것이 아니라는 것만큼은 확실하게 이해했다는 뜻이었다.

"선생님, 일단 바쁘신 와중에도 제 걱정을 해 주신 것은 감사드려요."

혼자서 고민하던 문제를 함께 생각해 주는 사람이 생기는 것은 분명히 감사한 일이었다. 그러나 로미는 고개를 끄덕여 그 선의를 받아들이기는 어려웠다.

"하지만……."

이건 로미의 지독히도 개인적인 문제였다. 아무리 사정이 어렵다고 하더라도 누군가의 신세를 지고 싶지는 않았다.

로미의 표정이 금방이라도 그들을 거절할 것만 같아 모리젠은 얼른 아루에게 눈짓했다. 똑똑한 조카는 이번에도 한 번에 그의 의도를 이해했다.

"로미 씨, 5월이어요."

"으, 응?"

"로미 씨는 제게 어머니의 자장가를 들려주시었어요."

아루는 잠시 말을 쉬고, 고개를 살짝 숙이며 귀여운 미소를 지어 보였다.

"그리고 항상 마지막까지 남는 저를 위해서, 함께 보육원에 남아 주시기도 하시었죠."

"하지만, 그건 내가 해야 하는 일이고……."

아루는 고개를 저었다. 일이라니, 그런 예쁜 호의를 '일'이라고 부를 수는 없었다.

"제게는 로미 씨의 상냥한 마음이었사와요. 그러니까, 저희가 보답할 기회를 주시어요. 제발 그리해 주시어요."

"아루……."

"감사를 전하는 5월이라고 하시었잖아요?"

누구 조카인지 정말 똑똑했다. 모리젠은 저 총명한 조카가 이끄는 공작가가 벌써 기대가 되었다. 말 한 마디, 한 마디에서 보석이 뚝뚝 떨어지는 것 같아 도저히 버릴 말이 없었다. 저 발랄한 매력이 이 나라를 들었다 났다 할 것이 분명했다.

이제 다시 모리젠의 차례였다.

"새것을 선물해 드리려는 것이 아닙니다. 저희 저택에는 어차피 자리만 차지하고 주인이 없는 드레스들이 잔뜩 있으니……."

"그건 공작가의 여인들을 위한 드레스예요. 그걸 어찌……."

다시 아루의 차례가 돌아왔다. 그녀는 대단한 결심을 한 얼굴로 로미의 양손을 꼭 잡았다. 중요한 말을 할 때는 시선을 마주한다는 로미의 뜻을 그대로 따라, 아루는 그녀의 눈을 뚫어지도록 바라보며 당당하게 외쳤다.

"전혀 문제없는 것이어요. 로미 씨! 어느 쪽이든 공작가의 여인이 되는 것이어요!"

어느 쪽? 무엇이 어느 쪽? 그 의미를 전혀 이해하지 못한 로미는 고개를 갸웃거릴 뿐이었다. 되레 놀라서 마차에서 벌떡 일어날 뻔한 것은 모리젠이었다.

"아루!"

"……틀린 말은 아닌 것이어요."

그래. 틀린 말은 아니긴 했다. 아니긴 했는데, 어떻게 알았는지 도저히 물어볼 수가 없는 상황에 모리젠은 살짝 속이 타들어 갔다.

아루의 선언으로 잠시 어색한 공기가 흐르던 마차는 어느새 재빠르게 공작가의 정원으로 들어서고 있었다. 일반적으로 공작가의 저택들은 황궁에서 멀지 않은 곳에 자리해 있었다.

"어느 쪽이든……?"

로미가 조금 늦게 되물었고, 모리젠은 얼른 대답했다.

"이쪽입니다. 로미 씨."

마침 모리젠의 이야기가 끝날 즈음 마차가 정문 앞에 멈추었다. '제 쪽으로 와 주세요.' 라는 의미였던 모리젠의 대답은 어쩐지 '공작가는 이쪽입니다.' 라는 모양새가 되어 버렸다.

"아, 그렇군요."

완벽하게 그의 말을 잘못 이해한 로미가 고개를 끄덕였다. 그래도 그녀의 입에서 긍정의 말이 흘러나오는 것에 조금 기뻤다. 모리젠은 미소를 지으며 괜한 마음에 한 번 더, 아직은 말할 수 없는 마음마저 담아서 전했다.

"네, 이쪽으로 오세요."

로미 씨. 이쪽입니다. 저기 맹탕 같은 형님 쪽이 아니라.

덜컹하고 서서히 마차의 문이 열렸다. 로미는 수도에서 다른 이의 저택에 개인적인 용무로 오는 것도 처음이거니와 더군다나 공작가와 같이 높은 신분의 사람들이 사는 저택은 방문해 본 적도 없었다. 늘 마주치는 아루는 이곳에서는 귀한 공녀님. 아루 아버님은 공작의 모습으로 이곳에서 지내고 있을 것이다. 새삼 멀게만 느껴지는 신분 차이. 다른 세상의 사람들.

그동안 특별한 공간인 보육원 안에서 자신이 얼마나 많은 특혜를 누려 온 것인지, 새삼 깨닫게 되었다.

마차의 문이 모두 열렸다. 로미는 입술을 깨물고 결연한 표정으로 고개를 들었다. 자신도 귀족이었다. 적어도 기가 죽은 모습을 보여 주고 싶지는 않았다. 그리고 곧 그 굳건한 표정은 마법처럼 스르르 미소로 바뀌게 되었다. 예상외의 인물이 그녀를 직접 맞았기 때문이다.

"로미…… 이쪽이다."

마차 문 너머에서 그녀에게 팔을 빌려주는 사람은 이곳의 주인 안테였다. 갑작스러운 마주침에 로미는 잠시 멈칫했다. 그러나 곧 왼손을 뻗어 그의 팔 위에 올렸다. 마차에서 내리며 살짝 무게를 실어 보았으나 그의 팔은 미동도 없이 단단하게 그녀를 받쳐 주었다.

아루와 모리젠과 함께 있을 때는 알지 못했던 안정감이 비로소 로미를 찾아왔다. 공작이 직접 나서서 손님을 맞이하는 일은 무척이나 오랜만의 일이라 사용인들의 허리가 더욱 깊어졌다.

'로미 씨! 어느 쪽이든 공작가의 여인이 되는 것이어요!'

아, 그런 의미였나. 로미는 이제야 이해했다. 어느 쪽이든 시골 출신인 자신에게는 현실성이 없는 이야기였기 때문에 함부로 상상하지 않기로 정했던 것. 아루는 고이 접어 서랍 깊은 곳에 넣어 둔 로미의 고민을 다시 꺼내 들어 그녀의 손에 쥐여 준 것이었다.

사실 '어느 쪽인지' 그녀가 고민할 필요도 없는 문제였다. 둘 다 아님이 분명하므로. 다시 서랍에 넣어 모른 척할 뿐이다. 그것이 옳다. 다만, 지금 이 순간 아무 생각 없이 '이쪽이다.'라며 강하게 당겨 오는 오른팔은 마냥 싫지만은 않았다.

"그대가 공작가에 온 것을 환영한다."

그러니까…… 조금만 더 이쪽으로 끌려가 보기로 한다. 정말로 아주 조금만이다.

공작가의 응접실에 마련된 티 테이블에 안테, 모리젠, 아루 그리고 로미가 둘러앉았다. 모처럼 보육원이 아닌 곳에서 모여 있건만, 네 사람의 이야기 주제는 보육원에서 넘어가지 못하고 있었다.

마침 보육원에서 요청하는 일들이 좀처럼 승인이 떨어지지 않은 것에 관하여 로미와 모리젠은 불만을 품고 있기도 했고.

"얼마 전에 모리젠에게도 이야기했지만, 정말 보육원 운영에 들어가는 돈이 만만치 않다. 정식 운영도 아니고 임시 운영인 이상 아무래도 한계가 있다는 것만은 이해해다오."

오랫동안 안테가 중요한 사항을 말하지 않아 모두 잊고 있는 모양인 것 같아, 그는 조금 의기양양하게 덧붙여 말해 주기로 했다.

"어차피 올해가 지나면 문을 닫을 곳이다. 너무 많은 예산을 가져가는 것도 곤란하다."

잔뜩 사다 놓은 교구 등을 처리하는 것도 다 행정부의 일이 될 것이다. 일을 늘릴 필요가 무에 있겠는가.

"아이들이 부모님께 선물할 꽃은요?"

"용돈을 모아서 사라고 해라. 요즘 아이들은 어른보다 부자다."

그의 말에선 묘하게도 뭔가 굉장한 설득력이 느껴졌다. 할 말을 잃은 로미는 반박할 말을 찾지 못했다. 용돈을 아껴서 부모님께 선물을 드릴 수 있도록 하는 것도 괜찮은 생각이기는 했다. 보육원에서 가능한 일이 아니라서 아쉽기는 하지만.

"예산은 곧 세금이다. 아이들이 원하는 것을 가져다주는 마술봉이 아니라."

개인적인 문제에 관해서라면 몰라도 일에 관한 것만큼은 로미도 모리젠도 안테를 이길 수 없었다. 보육원 내부의 일만 신경 쓰는 두 사람과 달리, 안테는 운영하는 프로젝트 전체를 바라보고 있기 때문이다.

"설마 귀한 세금을 무리한 금액을 요구하는 화원에 모조리 가져다 바치는 멍청한 짓을 내가 승인하리라고 생각하지는 않았겠지?"

로미는 조금 부끄러워졌다. 지금까지 그녀는 행정부에서 도움을 주는 것은 지극히 당연한 일이라고만 여겨 왔다. 그러나 세금이라는 관점에서 바라보니 같은 문제도 달리 보였다. 하지만 개인적인 아쉬움이 남는 것은 어쩔 수 없는 일이다.

"힘들게 모은 아이들의 의견이었는데……."

"걱정하지 마시어요, 로미 씨. 아버님께서는 항상 최선책과 차선책이 있다 하셨사와요."

아루가 찻잔을 내려놓으며 위로하듯 말했다. 어린아이가 할 법한 말이 아니어서, 로미는 적잖게 놀라 버렸지만.

"제가 다시 친구들의 의견을 모아 보겠사와요."

"괜찮을까? 꽃으로 결론을 내리는 것도 무척 힘들었을 텐데."

"네, 하지만 저도 상황을 확실하게 이해했으니, 친구들에게 잘 설명할 수 있을 것이어요."

아루가 말한다면 믿을 수 있다. 신분이 드러나지 않는 보육원 안이라고 하더라도 공작가의 유일한 후계자인 그녀가 가진 통솔력은 아이들 사이에서도 단연 빛났다. 사람들을 이끌기 위해서 태어난 아이라고 해도 과언이 아닐 것이다.

"고마워 아루, 교수님께는 내가 보고드릴게."

"맡겨 주시어요. 그리고 앞으로 결정할 때는 언제나 미리 차선책을 함께 생각해 두어야겠사와요."

같은 일로 다시 이야기를 시작하는 것은 어른이나 아이들이나 무척 성가신 일이다. 이번 일로 인해 아루는 아주 중요한 깨달음을 얻게 되었다. 실행될 일이 없다 하더라도 모든 일에는 언제나 차선책이 준비되어 있어야 한다는 사실을.

분위기가 침울해졌다. 어쨌든 로미는 그들의 손님으로 이곳에

와 있었다. 손님을 즐겁게 해 드려야 하는 것은 집주인의 역할. 안테는 그녀를 웃게 할 수 있는 적당한 이야깃거리를 생각해 보지만, 마땅한 것이 없었다. 쿠디안이 떠들고 다닌 시답지 않은 농담 중에 직원들이 엄청 웃었던 것이 하나 있었던 것 같은데, 그게 뭐였더라.

"공작님."

로미가 먼저 이야기를 꺼냈다. 그리고 안테는 그 순간에 생각나는 것이 있었다. 지금 쿠디안의 농담 따위를 헤아릴 때가 아니었다. 아주 중요한 문제를 짚고 넘어가지 않았다.

"아루와 모리젠은 항상 이름으로 부르면서, 왜 나는 저쪽에서는 아버님. 이쪽에서는 공작님이지?"

"그건, 공작님께서 공작님이시기 때문이죠."

로미는 딱 잘라서 대답했다. 안테는 지고 싶지 않았다.

"나도 안테라는 훌륭한 이름이 있다."

"공작님을 그렇게 부를 수는 없어요."

대단한 역차별이다! 안테는 소리 지르고 싶은 것을 참았다. 공작이라는 작위는 정말이지 쓸모가 없었다. 나라에 건강과 시간을 모두 빼앗긴 것도 모자라 이제는 이름까지 잃어버릴 판이다. 그는 실망하여 조금 얼굴이 일그러졌다.

"······그러면, 안테 공작님이라고 불러 드릴까요?"

로미가 어쩔 수 없다는 듯 합의안을 제시했다. 안테는 삐딱하게 돌렸던 고개를 들어 로미를 바라보았다. 그나마 지금까지 불린 호칭 중에서는 가장 그럴싸했다. 그러나 협상이라는 것은 한 번에 고개를 끄덕여서는 안 되는 법.

"너무 길다. 안테 님 정도로 줄이도록."

밑져야 본전. 안테는 한 번 더 교섭을 시도했다.

"좋아요. 안테 님."

처음으로 로미의 작은 입술이 움직여 그의 이름을 제대로 불러주었다. 실로 오랜만에 듣는 이름이다. 아버님, 형님, 공작님 많은 호칭으로 불리기 시작하면서 잊히고 있었던 그의 이름. 그 이름을 듣는 울림이 낯설고 반가웠다. 옛날 말이라 어릴 때는 좀처럼 이해하지 못했던 말, '이름을 허락한 사이'라는 것의 귀함을 이해할 수 있을 것 같았다.

"공작님, 준비되었습니다."

하녀 한 명이 조심스럽게 다가와 고개를 조아려 안테에게 고했다. 그것을 지켜보는 모리젠의 얼굴이 씁쓸해졌다. 로미의 곤란함을 먼저 눈치챈 것도, 데려올 계획을 꾸민 것도, 그녀에게 어울릴 법한 드레스 몇 벌을 가져와 달라고 요청했던 것도 모두 모리젠이 한 일이었다. 그런데 어째 좋은 부분은 죄다 안테가 차지하고 있었다.

사용인들이 몇 벌의 드레스를 높이 걸어 전시하듯 펼쳐 보였다. 오랫동안 아무도 입지 않았던 옷이지만, 손질을 게을리하지 않은 덕에 마치 새것과 같은 상태로 잘 보관되어 있었다.

로미는 '격식과 분수에 맞는다면 무엇이든 좋습니다.'라고 소박한 소망을 말했다. 격식과 분수라는 것이 그녀에게는 무척이나 중요했다. 갑작스럽게 값비싼 것으로 치장해 보았자 수수하기 짝이 없는 그녀의 외모와는 전혀 어울리지 않을 테니까.

그러나 그녀의 무엇이든 좋다는 말이 미묘한 신경전의 시발점이 되었다. 지금까지 단 한 번도 이해관계가 겹치는 법이 없어 싸움다운 싸움 한 번 하지 않은 형제가 처음으로 극명하게 대립했다. 각자 로미에게 골라 준 드레스가 너무나도 다른 디자인이었기 때문이다.

처음에는 아무 생각 없이 "이런 게 좋지 않나?"라는 식으로 자기 의견을 말할 뿐이었지만, 조금 시간이 흐르자 그들은 자신의 선택을 고집하기 시작했다. 아루가 잠시 하녀를 따라 자리를 비운 사이를 틈타 대화가 격해진 것은 말할 것도 없었다.

"형님은 아직도 여자 가슴 쳐다보는 버릇 못 고쳤습니까?"

안테가 고른 드레스를 바라보는 모리젠의 미간이 잔뜩 일그러졌다. 안테는 억울했다. 과하다 싶을 정도로 가슴골이 드러나는 것은 아니었다. 솔직히 그 정도면 평범한 축에 속하며, 파티에 가면 이 정도의 노출은 흔했다. 어쩌면 노출이라는 말을 붙이는 것이 어색할 정도다.

그저 드레스의 색이 로미와 잘 어울릴 것 같다는 순수한 마음으로 고른 것뿐이었다. 가슴이라니, 가슴이라니 당치 않은 오해다.

"그…… 그런 버릇 없다!"

가슴 이야기가 나온 탓이다. 순간적으로 자신도 모르게 안테의 시선이 로미의 가슴께로 떨어졌다. 그러곤 스스로 놀라며 얼른 고개를 번쩍 들어 올렸다. 모리젠 녀석 때문에 없던 버릇도 생길 것 같았다.

그 불안정한 행동이 오히려 모리젠의 말을 든든하게 뒷받침해 주는 근거가 되고 있다는 것을 전혀 눈치채지 못한 채 안테는 계속해서 자신의 취향을 부정했다.

"그런 버릇 따위는……."

"……못 고쳤군요. 형님."

모리젠의 목소리는 마치 환자에게 출구 없는 불치병을 선고하는 듯 단호했다. 안테는 반격해야 했다. 이대로 변태로 취급당할 수는 없었다. 그는 모리젠이 고른 드레스를 유심히 바라보았다.

"그러는 네가 고른 드레스는 너무 등이 훤하지 않으냐! 여자 등이라도 쳐다보는 버릇이……."

안테는 말하면서도 뭔가 억울해졌다. 여자 가슴을 쳐다보는 버릇이라는 말에 비해 여자 등을 쳐다보는 버릇이라는 말은 아무런 변태적 충격이 오지 않았다.

"네, 저는 여자의 등이 좋습니다. 손목도 좋아하고요."

게다가 오히려 담백할 정도로 순순하게 인정하니 공격을 할 수가 없었다. 그렇다고 인제 와서 '나도 여자의 가슴을 좋아한다!' 라고 담백하게 말을 할 수도 없는 노릇이다. 그것이 아무리 사실이라고 하더라도.

"알았다. 네놈의 시커먼 속내를."

왜 등이 파인 것을 선택했는지 같은 남자의 처지에서 생각하니 쉬웠다. 모리젠은 로미의 파트너, 어쨌든 한 번쯤은 연회에서 함께 춤을 출 수도 있고, 에스코트하다 보면 허리에도 손이 올라가는 법. 모리젠은 맨살에 닿는 것이 좋은 거다.

너, 너 이 자식, 사람을 변태로 몰아넣고 정작 본인은 더 좋은 것을 챙기려고 해?!

얼마 전에 부하인 쿠디안이 말했다. 오히려 멀쩡해 보이는 사람 중에 진짜 미친놈이 숨어 있다고. 안테는 그 미친놈이 제 동생일 줄은 꿈에도 몰랐다. 그는 속이 타들어 가는 것 같았다. 모리젠의 속내를 알긴 알았는데, 도저히 부끄러워서 입 밖으로 말할 수가 없었다. 괜히 음란한 생각만 하는 사람으로 오해받을까 그것도 걱정이었다.

이미 충분히 오해받고 있는 상황에 기름을 붓고 싶지는 않았다.

"저도 남자니까 말이죠. 형님."

안테의 표정 변화로 모리젠은 그 속을 짚어 낼 수가 있었다. 그러나 굳이 부정하지 않았다. 오히려 자신만만하게 웃어 주었다. 애써서 데려온 로미를 독차지하고 있던 형님에게 만족스러운 복수를 할 수 있어서 더욱 좋았다.

그때 하녀를 따라 나갔던 아루가 다시 돌아왔다. 그녀는 아버지와 숙부가 고른 드레스를 한참이나 바라보면서 고민하더니, 박수를 치면서 결론을 내렸다.

"아버님, 숙부님. 다투지 마시어요."

아루는 드레스 사이를 총총 걸었다. 그리고 그들을 모두 만족시킬 만한 드레스를 골라서 가리켰다.

"이것으로 모두 만족이어요."

앞이고 뒤고 전부 시원하게 드러나는 드레스.

"안 된다!"

"안 돼!"

아루의 울 것 같은 얼굴에도 그들은 결코 대답을 바꾸지 않았다. 어쨌든 처음으로 형제의 의견이 일치했다. 눈치 좋은 하녀가 그 앞과 뒤를 모두 드러내는 드레스를 시선이 닿지 않는 곳으로 치워 버렸다.

로미가 최종 결정을 두 사람에게 미루었기 때문에 어떻게든 서로 간의 합의를 보아야 했다. 앞이냐 뒤냐! 가슴이냐 등이냐! 형이냐 동생이냐! 여러 가지 의미로 자존심이 걸려 있었다. 그 누구도 물러나지 않으니 승부를 겨룰 수밖에 없었다.

눈치가 좋은 아루가 카드를 들고 오며 싱긋 웃었다. 카드의 디자인이 안테의 눈에 익은 것이었다. 빌어먹을 기억력 게임.

안테는 머리를 감싸며 깊이 고개를 숙였다. 그는 지금까지 단한 번도 제 머리가 나쁘다는 생각을 해 본 적이 없었다. 나름대로 기억력도 뛰어난 편이었다. 그런데 어째서 '같은 카드 찾기' 게임에서는 매번 패배하는 것인가! 분명히 카드의 위치를 정확하게 기억해서 뒤집었는데, 막상 보면 그가 기대하는 것과는 다른 그림이 나왔다.

의사인 모리젠이 진지하게 "형님, 기억력이 흐려지신 것 같습니다."라고 말할 때는 정말 건강에 대한 위협이 느껴졌다. 어쨌든 단판 승부에서 안테는 패배했다.

"아버님은 담배를 자주 피우셔서 기억력이 저하되고 계신 것이어요."

"담배와 기억력은 관계없다!"

그는 딱 잘라서 말했지만, 내심 정말로 담배를 끊어야 하는가에 대한 고민이 시작되는 것은 어쩔 수 없었다.

시간이 흘러, 로미와 함께 참석하기로 한 결혼식 당일이 되었다. 모리젠의 들뜬 마음이 저택을 가득 채워야 할 날이었지만, 분위기는 그저 무겁기만 했다.

아루가 아팠다.

하나뿐이며 똑똑한 데다 예쁘기까지 한 완벽한 아루. 그녀가 아프다는 소식은 삼촌인 모리젠을 그녀의 방으로 단숨에 달려가게 만들었다. 아버지인 안테는 말할 것도 없었다. 새벽이라는 시간은 전혀 문제가 되지 않았다.

감기. 그것도 지독한 열감기.

의사라고 해도 감기라는 병 앞에서는 약을 먹이고, 차가운 수건으로 이마와 등을 닦아 주고, 손을 잡아 위로하는 것 이외에는 할 수 있는 것이 없었다. 잘 먹고, 잘 자면서 아루 스스로가 이겨 내야 하는 싸움.

안테는 아침이 되자마자 밤을 꼬박 새운 동생을 방으로 돌려보냈다. 밤새 아루를 괴롭히던 열이 겨우 내린 참이었다. 모리젠은 그녀의 상태를 조금 더 지켜보고 싶어 했지만, 안테가 완고하게 반대했다. 오늘 오후에는 모리젠이 로미를 에스코트해야 했다. 밤새 시달린 얼굴로 그녀를 맞이하게 할 수는 없었다. 상냥한 로미가 반드시 신경을 쓸 테니까.

"……아버님."

겨우 물로 목을 축인 아루가 힘겹게 입을 떼어 안테를 찾았다.

"죄송한 것이어요……."

조금씩 더워지는 날씨에 차가운 것을 많이 먹은 탓일지도 몰랐다. 그게 아니라면 보육원에서 다른 아이에게 옮아왔을지도 모를 일이다. 안테는 고열로 잔뜩 부어 버린 아루의 눈과 얼굴, 멈추지 않는 기침 소리와 숨을 쉴 때마다 들려오는 쌕— 쌕— 소리가 안타까웠다. 작은 몸으로 이런 다양한 증세를 버틸 수 있을까.

"오늘이 결혼 파티 날이온데……."

"파티라면 이후라도 얼마든지 있다. 신경 쓰지 말아라."

아루는 자신의 손을 꼭 쥐고 있는 안테의 손을 바라보았다. 언제나 다정한 아버지의 손. 지금까지 아루가 독차지하고 있던 이 커다랗고 따듯한 손을 오늘은 살짝 다른 이에게 빌려주고 싶었다. 이 든든한 손에 어울릴 만한 아름다운 손에.

"가고 싶었어요……."

즐거울 것이다.

로미의 드레스를 골랐을 때만큼이나 격렬하게 안테와 모리젠은 아루의 드레스를 놓고도 한참이나 그 의견 차이를 좁히지 않았다. 겉으로 보이는 것은 분명히 논쟁이었고, 싸움에 가까운 것이었으나, 지켜보는 내내 웃음을 참을 수가 없었다. 무뚝뚝하지만 다정한 아버지, 세심하고 상냥한 숙부님. 그 사이에 제가 있다는 게 행복했다.

"정말로 기대했사와요……."

끊이지 않는 투정. 칭얼대는 아루의 마음이 안테 자신과 똑 닮았다. 위로의 키스로 닿은 아이의 이마는 여전히 뜨끈뜨끈하다.

"이제 다시 푹 자렴……."

들릴 듯 말 듯, 아주 편안한 낮은 저음으로 나직하게 속삭이는 말. 숨소리가 반쯤 섞여 와 듣는 사람마저 나른하게 만드는 목소리. 아루는 사르르 눈을 감았다.

가까이에서 들려오던 아버지의 숨소리는 이내 곧 멀어졌다. 조심스러운 발걸음 소리는 점점 더 엷어졌다. 그의 숨죽인 움직임은 아루에게 찾아올 잠의 요정을 위한 것이다.

적막 속에서 들려오는 노래가 있었다.

아루의 생각보다도 그녀의 심장이 먼저 그 노래에 대하여 알아차리고, 두근두근하는 소리를 키웠다. 나직한 목소리로, 분명한 음을 따라가는 이 노래는 돌아가신 어머니의 자장가였다.

아기인 아루를 재울 때마다 수십 번이라도 계속해서 불러 주셨다는 노래. 잠이 오지 않아서 울며 보챌 때도, 아파서 징징댈 때도 토닥이며 몇 번이고 불러 주셨다는 노래. 사라진 나라의 사라진 말. 알아들을 수 없는 가사는 오히려 그 의미를 더 따뜻하게 상상할 수 있도록 도와주었다.

안테는 자장가를 부르는 것이 조금 부끄러웠는지 딸의 얼굴을 바라볼 수가 없었다. 괜히 창가에 비스듬히 서서 흘러가는 구름만 바라볼 뿐이었다. 다른 나라의 말이니 가사가 틀렸을 수도 있다. 발음이 뭉개졌을지도 모른다. 하지만 아픈 아루에게 '어머니의 위로'를 전할 수 있는 단 하나의 방법. 소녀의 기억이 아닌 감각이 알고 있는 노래. 안테는 한 번 더 숨을 모으고, 그 노래를 퍼트렸다.

로미에게 이 노래를 배울 때 했던 말, '나도 딸에게 불러 주고 싶을 뿐이야.' 어쩌다가 내뱉어진 말이지만 다행히 허언은 아니게 되었다. 손가락을 걸고 약조를 한 것도 아니었건만 항상 마음에 담아 두었던 약속.

그의 보물도 잠결에 미소 지었다, 그와 함께.

"여, 역시 이상한 거죠!"

로미를 데리러 갔던 모리젠은 그녀를 보자마자 어색해하며 울부짖었다. 거의 피부화 되어 있었던 셔츠와 백색 가운에서 너무나도 오랜만에 탈피한 탓이다. 외출을 준비하는 거울 너머의 모습을 처음 보았을 때부터, 그는 낯선 모습의 자신을 어쩔 줄 몰라 했다.

"이상하지 않아요."

그의 맞은편에 앉은 로미는 그렇게 말하면서 유심히 모리젠을 쳐다보았다. 평소의 그라면 같이 눈을 맞추며 즐거워했을 상황이지만, 어색하고 불편한 정장이 그의 모든 자신감을 잡아먹었다. 결좋은 머리카락은 시녀들의 솜씨로 말끔하게 올려져, 그의 부끄러움을 더하는 데 한몫했다.

"오늘의 모리젠 선생님은 멋있어요."

장갑 낀 손으로 들리지 않는 손뼉을 짝짝짝 치며 로미는 웃었다.

"······에?"

모리젠의 입이 살짝 벌어진 채 다물어지지 않았다.

"멋있다고요."

"아!"

그는 로미의 말을 듣고 나서야 중요한 것이 떠올랐다. 부끄러움에 이리저리 정처 없이 굴러다니던 눈동자도 드디어 한곳에 멈추었다.

로미는 드레스 위로 얇은 로브를 걸쳤다. 능숙한 솜씨로 땋고 틀어 올려진 머리, 평소보다 조금 더 깊이가 있어 보이는 이목구비. 다행히 시녀 중에 로미에 대해 그럭저럭 괜찮게 생각하는 사람들이 있었고, 그들이 나서서 로미의 치장을 도와주었다고 한다.

"예뻐요. 로미 씨."

먼저 말했어야 했는데 미안해요, 라며 모리젠이 그제야 웃었다.

"항상 예쁘니까 말하는 걸 잊고 마네요."

"······감사합니다."

로미의 부끄러워하는 듯한 반응이 기쁘다. 갈 곳을 잃은 손, 창밖을 향하는 눈동자, 붉어지는 뺨. 그런 사소한 단서들 때문에 행복한 착각에 빠질 것만 같았다.

마차가 도착하여 멈추자, 모리젠은 얼른 마차에서 내려 로미에게 팔을 내밀었다. 지난번 저택에서 형님에게 순서를 빼앗겼던 것을 마음에 둔 탓에, 제 팔에 기대 오는 작은 손을 얼마나 고대했는지 모른다. 그녀의 몸이 기울어지면서 조금 더 가까워졌다. 그는 상상했던 것 이상으로 들뜬 마음이 되었다.

입구에서부터 그들을 맞아 주는 교수님과 인사를 나누는 동안에도 모리젠의 정신은 제게 기댄 손과 팔에 집중되어 있었다. 시선이 로미에게 돌아가지 않도록 몇 번이나 주의를 기울여야 했다.

그들이 연회장 안으로 들어섰다. 시종이 다가와 로미가 로브를 벗는 것을 도와주었다. 안에 멀쩡히 드레스를 입고 있다는 것을 알고 있었지만, 여인의 몸에서 옷자락이 내려가는 것을 지켜보는 것은 모리젠에게 꽤 이상한 기분을 불러일으켰다.

목선에서부터 등까지의 라인이 가볍게 드러났다. 늘 시녀복을 입어서 몰랐는데, 이 아가씨는 어쩜 등마저 예쁠까? 몸의 중심을 타고 올라가는 아름다운 굴곡, 그것을 따라 피어나는 고운 피부의 음영에서 눈을 뗄 수 없었다. 모리젠은 제가 골라 놓고도 인제 와서 괜한 후회감이 들었다. 자신도 모르게 손에 힘이 들어갔다. 유치하고 바보 같은 소리인 것은 알지만…….

누군가에게 보이기 싫었다.

다른 남자가 무슨 생각을 할지는 같은 남자인 자신이 제일 잘 알고 있었다. 시선과 생각일 뿐이라고 하더라도 누군가 가벼운 마음으로 그녀를 담는 것을 용서할 수 없었다.

유일하게 위로가 되는 것은, 그녀의 몸이 한 쪽 팔에 충분히 들어올 정도로 작고 가늘다는 점. 어색하지 않을 정도로만 곁에 붙어 있어야 할 것 같았다. 다른 사람의 시선을 최대한 차단할 수 있도록.

저기 그러니까, 로미 씨의 허리에 살짝 닿은 이 손은 결코 사심이 아닙니다. 사심이 아니라고요.

모리젠은 많은 사람 앞에서도 얌전하게 반쯤 안겨 있는 로미 덕분에 조금은 의기양양해졌다. 다른 사람이 본다면 꼭 연인 같아 보일지도 모른다고 생각하며 헤실헤실 웃었다.

모리젠은 소소하지만, 연인이 생기면 꼭 해 보고 싶던 것이 있었다. 그의 코끝이 로미의 머리카락을 스쳤다. 다른 때와는 다른 엷은 향수 향기가 났다. 익숙하지 않은 향기지만, 그것은 또 그 나름대로 그를 끌어당기는 매력이 있었다. 마침내 그녀의 귓가에 닿은 입술을 움직여 아주 사소하고 아무것도 아닌 말을 속삭였다.

"……로미 씨, 로미 씨!"

그의 부름에 로미는 모리젠을 향하여 몸을 돌렸다. 그녀는 까치발로 발을 한껏 들어 올린 후에나 겨우 모리젠의 귓가에 그 입술이 닿을 수 있었다. 로미 역시 그의 귓가에 작은 목소리로 아무것도 아닌 대답을 들려주었다.

"왜요? 왜요?"

보육원 아이들이나 할 것 같은 장난에 로미와 모리젠은 마주 보고 웃었다. 그 순간 익숙하지 않은 구두의 대활약으로 균형을 잃은 로미의 몸이 휘청였다. 그녀의 허리를 감싸고 있던 착한 오른팔은 다행히도 그녀를 무사히 모리젠에게로 데려다주었다.

툭— 하고 심장쯤에 닿은 말랑말랑하고 따끈따끈한 아가씨. 잠깐만요, 하고 모리젠의 심장이 손을 번쩍 들어 먼저 말했다.

저, 저, 아직 준비가 안 되어서요. 자, 자, 잠깐만 나중에, 나중에 다시 안겨 주시면 안 될, 안 될까요?

당황한 심장이 쿵쿵 전속력으로 달리는 것 따위는 아무도 신경 쓰지 않았다. 손끝으로 보드라움이 닿아 행복한 촉감도, 이미 마비가 되어 혼수상태인 후각도, 깜짝 놀라는 귀여운 작은 비명을 즐기는 청각도 제 욕심대로 행동하기에 바빴을 뿐이다.

아루가 눈을 떠서 가장 먼저 찾은 것은 제 위안 인형, 아리아였다.

언젠가 안테의 옆자리에서 함께 티 파티를 즐긴 친구이기도 했다. 그러나 온 집 안을 다 뒤져도 아루의 인형이 나오지 않았다. 소중히 여기던 것이 사라졌다며 걱정하던 아루는 한참 뒤에, 기어들어 가는 목소리로 겨우 말했다.

"보육원 서랍에 두고 온 것 같사와요……."

아무래도 가져갔었던 사실을 깜빡하고 있었던 모양이다. 그것도 모르고 온 저택을 다 뒤지게 한 것이 그저 죄송해서 아루는 어찌할 바를 몰랐다.

"괜찮다."

안테가 부드러운 목소리로 위로하며 머리를 쓰다듬어 주었지만, 아루는 여전히 고개를 저었다.

"죄송하여요……."

"가져다줄 테니까 더 누워 있어라."

"하지만 시간이 늦은 것이어요. 괜찮사와요."

아루가 붙잡았지만, 안테는 말없이 외출을 준비했다. 아픈 딸이 원하는 것이라면 큰 저택이라도 사다 줄 판국에 겨우 두고 온 인형 하나 가져다주지 못하겠는가. 딸의 옆에서 밤을 새워 뻑뻑한 눈을 비비며 급하게 준비시킨 마차에 올랐다. 모처럼 혼자 있는 시간이 되었지만 잠은 오지 않았다. 대신 머릿속이 복잡해졌다.

아루의 곁에서는 그저 아이가 어찌 될까 다른 것은 전혀 눈에 들어오지도 않았다. 이렇게 흔들리는 마차에 멍하게 앉아 있으니 비로소 다른 생각들이 그를 괴롭혔다.

오늘 파티에 가지 못한 것이, 어찌 아쉽지 않겠나.

일이 아닌 사적인 영역에서 로미의 얼굴을 보는 것을 기대했다. 아루를 데리고 가서 모리젠을 골탕 먹일 생각에, 나이에 어울리지도 않게 히죽이며 웃곤 했다. 수수하게 입고 다니던 로미가 어떻게 하고 나왔으려나. 어떤 표정을 지으려나. 모두 궁금했다. 파티에서는 어떤 음식을 제일 먼저 집는지, 낯선 사람들 사이에서 인사를 할 때는 어떤 표정을 짓는지. 그리고 춤은 어찌 추는지.

어쩌면 제 품에서도 빙글빙글 돌며 수줍게 웃어 줄지도 모른다고, 그리 부끄러운 망상까지 했던 것 같다.

그의 한숨이 길어질 때쯤 마차는 행정부 건물 앞에서 멈추었다. 보육원의 열쇠는 그의 집무실 안에 있었다. 잠시 들러서 그것을 가지고 나와야 했다. 딸이 애타게 기다리고 있으니 늦장을 피울 수는 없었다. 열쇠를 집어 들고 보육원으로 향하는 그의 발걸음이 점점 빨라졌다.

마침내 도착한 보육원 건물 앞에서 그는 살짝 가빠 오는 숨을 훅 뱉어 내며 문을 열었다. 사사로운 이유로 보육원을 드나드는 일은 없도록 해야겠다고 다짐했거늘 어쩐지 지키기가 어려운 약속이 되고 있었다.

하지만 아플 때 아끼는 인형이 곁에 없다는 것이 얼마나 허전할까. 그는 곧장 아루의 교실로 들어갔다.

'서랍을 여시면 바로 보이실 것이어요.'

목재로 만들어진 아이들의 서랍장은 보육원이 문을 닫은 뒤에 추후 서류 보관함으로도 사용할 수 있도록 그가 직접 고른 것이었다. 서류 보관함을 빨리 사 달라고 애원하는 부하들의 부탁을 전부 기각했다. 보육원이 문을 닫으면 바로 이것을 그들에게 지급할 예정이다. 모두 세금이다. 세금.

아루라고 적혀 있는 서랍을 열었다. 다행이다. 가장 위에 아루의 인형이 있었다. 안테는 안도하며 그것을 집어 들었다. 그때였다. 인형이 걸고 있는 괴한 목걸이가 눈에 들어온 것은.

"……못 보던 목걸이인데."

살펴보니 은으로 만들어진 것 같다. 뭔가 잘 만들기 위해 노력한 흔적은 보이는데, 어쨌든 전체적으로 그로테스크했다. 보육원에서 이런 목걸이를 만드는 실습 따위는 한 적이 없었다.

분명 3월쯤에 아루와 집에서 티 파티를 할 때도 이런 목걸이는 하고 있지 않았다. 이유는 알 수 없었지만, 그 목걸이를 바라보는데 굉장히 불쾌하고 위협적인 기분이 들었다. 뭔가 불길했다.

그의 손으로 당장 목걸이를 빼고 싶었지만, 이것은 아루의 소유였다. 그가 강제할 수는 없었다. 돌아가면 아루에게 바로 이것에 관해 확인해 보리라 마음먹었다.

모리젠의 행복이 정점을 찍었던 결혼 파티는 너무나도 빨리 끝

났다. 마차를 타고 돌아오는 내내 그는 아쉬운 마음이 들어 괜히 손만 만지작거릴 뿐이었다.

"저기. 모리젠 선생님."

"네?"

로미가 조용히 운을 떼자 모리젠은 깜짝 놀라며 자세를 고쳐 앉았다. 혹시 로미도 이대로 들어가기에는 조금 아쉽다고 생각한 것일까? 쓸데없는 기대감이 고조된 그의 눈이 반짝였다.

"실은 저기, 저는 보육원에 잠시 들러야 할 것 같아요."

모리젠은 실망하여 고개를 숙였다. 역시 저 아가씨는 아무 생각이 없는 모양이었다.

"저도 조금 들떠 있었나 봐요. 내일 오전에 업무일지를 시녀장님께 드려야 하는데 두고 온 거 있죠?"

어렵지 않은 부탁이었다. 어차피 보육원은 로미의 거처에서 걸어갈 수 있을 정도로 가까운 거리. 멀리 돌아가는 것도 아니었다. 아, 그리고 보니 멀리 돌아가는 게 더 좋은 거구나……. 모리젠은 잔인할 정도로 가까운 거리에 한탄하며 그녀의 부탁에 흔쾌히 고개를 끄덕였다. 마차는 곧 보육원 앞에서 멈추었다.

"로미 씨, 같이 들어갈까요?"

"아니에요. 금방 다녀올 테니까 조그만 기다려 주시겠어요?"

모리젠이 아쉬워하며 올렸던 손을 내렸다. 한번 즐거움을 맛본 손은 언제든 나쁜 손이 될 기세로 준비가 완료되어 있었다.

모리젠은 괜한 마음에 그녀의 아름다운 등을 가리고 있는 로브의 자락을 조금 손봐 주었다. 조금 늦은 시간인 데다가 쉬는 날이라고는 해도 행정부의 직원들이 돌아다니고 있을지도 몰랐다. 다른 누군가의 시선이 닿는 것은 절대로 사양하고 싶었다.

로미는 곧장 보육원의 현관으로 향했다. 작은 손가방을 뒤져 미리 챙겨 왔던 비상용 열쇠를 열쇠 구멍에 넣고 딸깍딸깍 돌렸다. 그런데 철컥하는 소리와 함께 돌아가야 할 열쇠가, 움직이지 않았다.

'문이, 열려 있어?'

이상했다. 물론 교수님들이 늦게까지 남아서 일을 하는 날에는 이렇게 늦도록 문이 열려 있기도 했다. 하지만 오늘은 모두 파티에 가셨으니, 이곳에 계실 분은 없었다. 교수님 외에 또 여기에 올 만한 사람이 누가 있지? 로미는 보육원의 구성원을 한 명씩 짚어 가며 떠올려 보았지만, 마땅히 떠오르는 이가 없었다.

늦은 밤. 열려 있는 문. 공포심을 불러오기에는 충분한 요소였다. 그러나 로미는 용기를 내서 조심스럽게 문을 열었다. 매달아 놓은 방울에서 소리가 거의 나지 않을 정도로 천천히.

현관에는 보란 듯이 남성용 구두가 가지런하게 놓여 있었다. 순간 도둑인가? 싶었지만, 신발을 예쁘게 벗어 두는 도둑이 있다는 말은 들어 본 적이 없다. 게다가 저 구두는 어째 눈에 익었다. 아마 누군가도 로미처럼 뭔가 잊어버리고, 파티에서 돌아오는 길에 잠시 들른 것이리라 생각하며 웃었다. 바보 같은 실수에도 동지가 있다면 왠지 든든해지는 법이다.

드르륵, 덜컥.

교실에서 서랍이 스치는 소리가 들려왔다. 로미는 상대가 누구인지 확인하고 싶어졌다. 교실로 다가가는 발걸음이 어쩐지 조심스러웠다. 누군지는 몰라도 로미를 보면 깜짝 놀랄 것이다. 이 시간에 다른 사람이 또 올 것이라고 생각하기는 쉽지 않을 테니까. 로미는 장난스러운 마음이 들어 살짝 미소 지었다.

하지만, 갑작스럽게 덜컥 열리는 문에, 깜짝 놀라는 쪽은 로미가 되었다. 자신도 모르게 몇 걸음 뒤로 물러나게 될 정도로.

"······로미?"

그 문을 열고 나오는 이를 바라본 로미는 무척 놀라 심장이 쿵하고 뛰었다. 분명히 교수님 중 누군가가 있을 것이라고만 생각했는데······.

"······아, 아루 아버님?"

안테가 아루의 인형 아리아를 소중하게 안고 있었다. 로미는 한눈에 그가 이곳에 온 이유를 알아차릴 수 있었다. 딸이 잊고 간 것을 찾으러 대신 와 준 것이다. 역시 다정한 아빠였다.

그녀가 잘 알고 있는 사람이 있었던 탓일까. 한숨이 후우 하고 빠져나올 정도로 안심되었다. 반면 그는 여전히 어딘가 당황하는 모습이었다. 턱을 만지작거리거나 주머니를 뒤적여 담배를 찾으며 어찌할 줄 몰랐다. 혼자 중얼거리는 말은 로미의 귀까지 닿지도 못했다.

"아루 아버님?"

그의 상태가 이상했다. 아루가 아프다더니 아픈 것이 옮기라도 한 걸까. 로미는 걱정하며 한 발짝 더 그에게로 가까이 다가갔다. 불안으로 떨리는 그의 눈동자에 시선을 맞추었다.

그리고 안테가 한숨을 쉬며 로미를 내려다본 순간, 그의 무언가가 바뀌었다. 로미는 그것이 무엇인지 알아채기도 전에 모든 것을 차단당했다.

안색을 살필 수도 눈동자에 담긴 진의를 찾아볼 순간도 없었다. 무언가를 알아차렸을 때 가장 먼저 느껴지는 것은 그녀를 에워싸는 시나몬 향기, 오른쪽 귓가에 닿은 인형 아리아의 부드러운 감촉. 어쩐지 조금 뜨거운 느낌과 숨 쉬는 것조차 어려울 만큼 강하게 죄여 오는 팔.

몰려오는 격렬함에, 로미는 제게 무슨 일이 일어났는지 제대로 깨달을 수 없었다.

교실에서 인형 아리아를 안아 들고나오던 안테는 제 앞의 상대를 확인하던 순간에 조금도 움직일 수가 없었다. 달이 만들어 놓은 환영. 그렇게밖에 생각할 수 없었다.

아픈 아루를 돌보고 지켜보는 것만으로도 충분히 힘겨웠던 하루. 마음이 괴로웠던 하루의 마지막에 결국 이 쓸모없는 두 눈이 달빛이 만들어 낸 환상에 홀리고 말았다. 그런데도 희망을 버리지 못하는 입이 스스로 움직여 확인하듯 그녀를 찾았다.

"……로미?"

알고 있다. 대답이 돌아올 리 없었다. 눈이 거짓을 고하고 있을 뿐이니까.

오늘따라 평소보다 더 예쁘게 보이기도 한다. 항상 입고 있었던 시녀복이 아니라 고급스러운 로브를 걸치고 있다. 조금 짙은 화장 때문에 인상마저 달라 보였다. 그 존재가 그의 망상의 끝에서 만들어진 모습이기 때문일까.

그는 눈을 감았다 뜨는 순간마저 아까웠다. 이성적인 것을 사랑하는 그의 뇌가 모처럼 만난 환영을 거짓된 것이라 지워 낼까 봐. 흔적조차 남지 않을까 봐.

"……아, 아루 아버님?"

그 작은 입술이 움직이는 것과 동시에 분명한 그녀의 음성이 들렸다.

"……믿을 수가 없군. 정말로……."

"네?"

그는 심장이 뻐근해졌다. 그녀가 환영이든 진짜든 이제는 상관하지 않기로 했다. 오늘은 힘들었다. 절대적인 위로가 필요했다.

많이 아픈 딸, 아무것도 못 하는 한심한 아비, 차려입고 나가는 동생의 뒷모습, 신경 쓰이는 이상한 목걸이, 만나고 싶었던 여자. 종일 그를 괴롭히던 것들이 한꺼번에 터져 나왔다. 단단하게 막아 두었던 마음이 한순간에 무너져 내렸다. 아무런 생각도 나지 않았다. 팔이 뻗어 나가는 데는 작은 망설임도 부끄러움도 없었다. 그녀를 배려해야 한다는 생각도. 그리고 여기가 어디인지도.

오늘 그는 작은 것 하나 그 자신을 위해 행한 것이 없었다. 그러니까 제발 이 한 가지만큼은 욕심부리고 싶었다. 감촉이나 향기가 느껴지지 않는 환영이라고 해도 좋았다. 손이 허공을 쓸어 내어 그것이 가짜라는 것을 알아챈다고 하더라도.

정신을 차렸을 때는 이미 그녀가 품에 있었다.

로미를 안아 가둔 팔이 묘하게 떨려 왔다. 전해져 오는 온기가 아니어도, 그 숨소리와 눈의 깜빡임이 아니어도 이제는 알 수 있을 것 같다. 환영 같은 것은 없었다.

로미다……. 정말 로미였다.

그녀가 그녀라고 인식한 순간에는 그의 안이 그대로 텅 비어 버렸다. 감격이나 기쁨이 아니라 오늘 처음으로, 아니 어쩌면 어느 순간을 지나 처음으로 겪는 안락함만이 잔잔하게 그를 채웠다.

그녀는 저항하지도, 작은 말 한마디도 그에게 건네지 않았다. 안테는 그것이 어떤 허락의 의미라고 생각하진 않았다. 행동과 감정이 곧게 이어지는 것이라고 오해할 나이는 지났다.

오해가 없으니 확신도 없어 포기하고 싶어진다. 확신을 바라며 그 마음을 묻고 싶지도 않다. 경험이 많아서 더 능숙해진다고? 웃기는 소리. 다양한 경우의 수를 알기 때문에 오히려 더 멋대로 넘겨짚고, 결국 그만두게 된다. 안테는 정말 묻고 싶은 말은 심장에 묻어 두기로 했다.

"여기엔, 왜 왔나."

대답이 없었다. 딱딱한 말을 건네는 사람이라 실망한 걸까. 그녀는 어떤 말을 기대했던 걸까.

"서류…… 서류 때문에."

한참 만에 돌아온 대답은 차마 문장을 이루지도 못했다.

"그 요상한 드레스는 어쨌나?"

그는 카드 뒤집기 게임 승부에서 진 것을 계속 마음에 담아 둔 모양이다. 모리젠이 고른 드레스를 '요상하다.'라고 일축해 버리는 그 일관된 모습에 로미는 자신도 모르게 풋 하고 웃어 버렸다. 그 순간 두 사람을 세상과 분리해 주었던 얇은 막도 함께 깨어져 버린 느낌이었다.

"입고 있어요. 요상한 드레스."

그의 말을 그대로 사용하여 대답해 주었다. 그녀의 목소리는 평소와 같이 여유로워졌다.

"그랬군."

그러나 그는 아직 평소의 자신으로 돌아오지 못했다. 머릿속으로 수십 번 상상한 차림새가 이 얇은 천 안에 있었다. 주저할 이유가 없었다. 손끝의 감각으로 찾아낸 로브 끝자락을 제멋대로 끌어 내렸다.

펄럭.

로브는 한 번에 그녀의 몸을 타고 흘러내려 바닥으로 떨어졌다. 로브 안에 갇혀 있던 어떤 특별한 향이 안테의 후각에 곧장 들어왔다. 평소와는 다른 인위적인 향이었지만 지금은 그것이 더 좋았다.

그녀의 드레스 차림이 궁금했다. 그가 고른 것은 아니었지만, 그래도 알고 싶었다. 하지만 이대로 가만히 안고 있는 것도 좋았다. 언제 다시 이런 기회가 있을지 모른다고 생각하면 지금이 너무나도 소중했다.

안테가 두 가지의 생각에서 갈피를 잡지 못하고 있을 때 그의 손에 닿는 것이 있었다. 모리젠이 그렇게 바득바득 우겨서 닿고 싶다고 했던 그녀의 맨살. 부드러움이 지나쳐 닿는 쪽이 도리어 간지러운 것만 같다. 녀석의 손은 오늘 이쯤을 왔다 갔다 하고, 열심히 슬쩍슬쩍 건드리며 즐겁게 지냈다는 이야기다.

몰랐을 때는 그냥 화가 났는데, 이 감촉을 알고 난 이후에는 아주 돌아 버릴 지경이다. 자신도 모르게 이가 갈렸다.

"저기, 저…… . 서류를…… ."

직접 닿는 그의 손길이 싫었던 걸까. 로미가 몸을 비틀며 빠져나오려고 애를 썼다. 안테는 '서류'라는 말에 약해졌다. 중요한 일 먼저 해야지…… . 서류는 중요하니까…… . 그의 팔은 스르르 풀렸다. 로미는 한 걸음씩 천천히, 그에게서 멀어졌다.

안테의 품에는 이제 아루의 인형 아리아가 홀로 안겨 있을 뿐이다.

로미의 드레스 자락은 뒤로 물러나는 발걸음에 따라 사락사락 일렁였다. 거기에 달빛이 더해지니 어딘가 심장이 아릿하다. 파티에 다녀온 아름다운 아가씨, 사랑하는 아우의 시선이 닿아 있는 아가씨. 누구에게나 친절하고 공평하게 웃어 주는 잔인한 아가씨.

"모리젠 선생님이 밖에서 기다리고 계세요……."

"……뭐?"

"그러니까 얼른 찾아서 나가지 않으면……."

정말이지 잔혹한 여자다. 지금 일부러 그 이름을 꺼낸 것이 틀림없었다. 안테는 그리 생각하며 얼굴을 구겼다. 그러나 곧 그는 금방 다시 깨달았다.

그녀가 옳다. 역시 현명했다.

그는 이 나라에 하나뿐인 공작이고, 저 아가씨는 드레스 하나 제대로 갖추지 못하는 시골의 가난한 귀족이다. 그는 다 큰 딸을 키우고 있는 아버지이고, 저 아가씨는 한창 즐거운 연애를 즐길 때다.

피하고, 도망가는 것이 옳았다. 잔인하게 굴어 포기를 종용하는 것이 나았다. 그녀 자신을 위해서도 그렇고, 안테를 위한 일이기까지 했다. 두 사람에게는 미래가 없으니 현재도 없는 것이 되어야 한다.

"그러면…… 나는?"

그렇게 전부 알고 있음에도,

"하루를 꼬박, 아니 그보다 훨씬 전부터……."

그는 조절되지 않는 감정이 그의 입을 멋대로 지배하도록 허락했다.

"……그대를 기다린 나에게는 언제 와 주지?"

"안테 님……."

오늘 그녀의 하루 대부분을 가져간 모리젠에게, 종일 저 아름다움을 독차지했을 그의 동생에게 이 짧은 순간마저도 내어 주는 것은 너무하지 않은가. 지금은 그의 시간이다. 너무나도 짧고 애매하여 그녀가 이 감정을 분명하게 느끼지 못한다고 하더라도.

"공평하신 로미 보 남작 영애."

이대로라면 그녀의 저울은 모리젠을 향해 순조롭게 기울게 되리라. 안테는 차마 그녀에게 전할 수 없었던 묵직한 제 감정을 헤아렸다.

"아직은 저울을 기울이지 마라."

사람의 마음을 부드럽게 흔들어, 쉽게 호감을 얻는 모리젠과 안테는 달랐다. 그의 진심은 항상 남들보다 느렸다. 그 무거운 마음이 쓸모없는 시간이 되어서야 도착하는 일도 적지 않았다.

"……조금만 더 기다려."

시간은 안테의 편에서 도와줄 것이다. 둔하고 느리지만 확실하게 깊어지는 진득한 마음이 조금씩 꾸물거려 그녀의 발 언저리까지는 확실히 닿아 갈 테니. 느릿느릿 흘러나오는 마음을 조금만 더 참을성 있게 기다려 주기를 바라. 공평하게 기다려 주길 바라.

갑자기 찾아온 적막이 안테의 감정을 다시 주머니 안으로 꼼꼼히 넣어 두었다. 멋대로 폭발한 감정의 잔재를 더듬는 것은 부끄러운 일이다. 게다가 다 큰 어른이 귀여운 인형을 끌어안고 이런 이야기를 하다니.

그는 고개를 돌리려고 했다. 아마 거의 그랬을지도 모르겠다. 시선의 끝에서 미동도 없이 서 있던 그녀가 천천히 고개를 끄덕이는 것을 발견하기 전까지는.

"네."

작은 입술이 노래하듯 대답하는 것을 보자 시선을 뗄 수가 없었다.

"그렇게 할게요."

안테는 인형 아리아의 손을 꽉 잡았다.

다음 날, 인형 아리아의 극진한 위로에도 불구하고 아루의 병은 완전히 나아지지 못했다. 결국, 그녀는 보육원에 가지 않고 며칠간 더 쉬기로 했다. 안테는 아슬아슬한 순간까지 딸의 옆에서 간호와 걱정을 쏟아붓다가 도살장에 끌려가는 기분으로 출근했다.

어쩔 수 없었다. 누구에게도 미룰 수 없는 일이 그를 기다리고 있었고, 그것이 곧 그의 딸을 기쁘게 할 만한 일이었으니까.

오늘은 아침부터 그의 집무실에 찾아오는 이들이 많았다. 보통은 서류를 들고 줄을 서 있는 사람들이 북적거렸지만, 오늘은 거기에 아름다운 꽃을 든 사람들의 줄이 더해졌다. 여러 가문에서 온 하인과 하녀들이었다. 그들은 차곡차곡 순서대로 그의 집무실에 꽃을 내려놓았다. 넓은 집무실이 꽃으로 가득 차는 것은 순식간이었다.

이름도 모르는 아름다운 다양한 꽃들은 각자의 향기를 자랑하며 집무실을 점령해 갔다. 향기에 향기가 더해지니…….

"머리가 아프다…….'

결국, 그것은 두통이 되었다.

창문을 열어 환기를 시켜도 싱싱한 꽃들은 그 향기를 뿜어내는 것에 게으름을 피우지 않았다. 오히려 제 향을 더 뿜내고 싶은 것인지 너도나도 앞다투어 격렬한 향기를 내뿜는 것처럼 느껴졌다.

"공작님! 방금 보내 주신 자료를 보니, 흐엇!"

집무실로 들어오던 쿠디안은 얼른 코를 막으며, 한 걸음 뒤로 물러섰다.

"공작님, 보육원에 이어서 꽃집이라도 시작하셨습니까?"

"이틀이다. 이틀이면 된다."

"이틀 뒤에 행정부 꽃집 오픈입니까? 화환 보내 드릴까요?"

"미친놈. 꽃집 오픈에 화환을 왜 보내나. 그리고 이건, ……보육원에서 사용할 꽃이다."

"다행입니다. 새 사업이라도 시작되면 이번에는 비상구를 막는 게 아니라 불을 지를 것 같았거든요."

"그건 또 무슨 소린가?"

"최근 최대한 잊어 보려고 하는 내용이죠."

쿠디안이 빙긋 웃었다. 더는 묻지 말아 달라는 뜻인 것 같아서 안테는 캐묻지 않았다. 분명히 뭔가 알아서 해결을 봤거나, 크게 중요하지 않거나. 둘 중의 하나일 것이라고 짐작할 뿐이었다.

"그나저나 이 꽃들은 다 사 오신 겁니까? 요즘 꽃값도 엄청 비싼데."

"멍청하긴. 내가 귀한 세금을 꽃집의 폭리에 처박을 것 같으냐."

"그건 하느냐 마느냐의 문제가 아니라, 불가능한 일이죠. 보육원에 값비싼 원목 교구를 사는 데 이미 돈을 죄다 처박으셨으니까요."

안테는 저 미친놈의 옳은 입을 틀어막고 싶었다.

"아, 죄송합니다. 그러고 보니 허무하게 잘려 나가는 색종이에도 돈을 처박으셨죠?"

"잊어라. 멍청한 놈."

"물론 그것도 최대한 잊어 보려고 하는 내용이긴 합니다."

그러니까 그의 방에 꽃이 가득하게 된 자초지종은 이러하다.

끊이지 않고 오는 결혼식 초대장을 바라보던 안테는 파티 후에

버려질 운명에 처한 꽃들을 생각해 냈다. 친분이 있는 사람들에게 부탁해 예식 후 멀쩡한 꽃들을 그의 집무실로 보내 달라고 요청했다.

어차피 버릴 것, 공작에게 인심 쓰지 못할 것은 무엇인가. 모든 사람이 기쁘게 그의 부탁에 응했다. 한편으로는 쓰레기가 줄어들어 더욱 편리한 부분도 있었고.

"이제 예산이 없으니 인맥까지 동원해서 보육원에 처박기 시작하셨네요."

"단순한 재활용이다. 재활용."

"그런데 꽃을 왜 여기로 가져오게 하셨습니까? 보육원으로 바로 보내면 될 것을."

"이틀 뒤에 필요하다고 했으니 그때 가져다주어야지."

"공작님."

"뭐냐."

"지금 말씀하시는 보육원이 앞으로 반년 정도 뒤에 문을 닫게 되는 그 보육원을 말씀하시는 게 맞으시죠?"

쿠디안은 굳이 확인하듯 물었다. 안테는 조금 뻔뻔하게 대답하기로 했다.

"그래!"

"반년 정도면 문 닫을 보육원을 위해서 꽃을 구걸하셨고요?"

"문제 있나?"

"게다가 이제 이틀 동안 직접 꽃을 돌보실 테고요?"

안테의 뻔뻔함은 생각보다 빠르게 소진되었다.

"……."

"공작님. 이제 포기하시고, 그냥 서류 보관함 사 주세요. 서류가 너무 **빽빽**하게 꽂혀 있어서 매일 넣고 **빼다**가 하루가 가고 있어요."

지금과 같은 태도로는 망하기는커녕 번성하겠어요. 지방에 분점이라도 생기겠어요. 서류 보관함은 터져 버릴 테고요. 징징거리는 쿠디안을 향해 안테는 보고서 하나를 내밀었다. 쿠디안은 빠른 속도로 훑어보았다.

"그 보육원이 문을 닫는 것은 확실한 일이다."

그리고 그 근거 역시 이미 모두 정리가 끝나 있었다.

"내 관리하에 있는 한은 쓸데없는 불만이 나오지 않도록 최대한 돌볼 뿐이야. 그것뿐이다."

근무 시간이 끝나고 안테는 꽃 앞에 마주 앉았다. 이틀 동안 이 꽃들을 생생하게 살려 두어야 비로소 그의 계획이 빛을 발하는 것이다. 꽃을 괴롭히는 포장 비닐이나 준보석으로 만들어진 장식들을 하나하나 손으로 제거했다.

그 쓰레기만도 한 무더기가 나왔다. 안테는 잠시 기지개를 쭉 켰다. 어쨌든 아루와 로미는 감사의 마음을 전할 때 꽃이 있는 것이 더 좋겠다고 이야기했었다. 그 얼굴을 생각하니 조금 힘이 나는 것 같았다.

진짜 전쟁은 이제부터 시작이다. 꽃을 한 송이 한 송이씩 집어 들어 줄기 끝부분을 사선으로 싹둑 잘라 주었다. 물을 흡수하는 면적이 넓어야 수분을 가득 머금을 것이고, 싱싱함이 오래갈 것이다. 가느다란 것은 손쉽게 잘렸지만, 줄기가 꽤 질기고 튼튼한 것도 있었다. 그것을 잘라 낼 때 처음으로 팔 근육을 단련한 보람을 느꼈다.

줄기에 붙어 있는 잎도 거침없이 툭툭 뜯어 한편에 잘 모아 두었다. 힘들게 머금은 수분을 이파리를 키우는 데 쓸 수는 없었다. 어떻게든 꽃으로 집중해야지.

이름도 모르는 꽃들이 그의 섬세한 손길에 의해 하나하나 손질이 되어 갔다. 어쨌든 보기에 아름다우니 보육원에 가져다주면 무척이나 좋아할 것이다. 거저 얻은 꽃이라 예산도 들지 않으니 더 좋고.

무거운 원예용 가위를 쥔 안테의 손이 붉게 물들어 있었다. 손목이 뻣뻣해져 근육의 부담을 느낄 때가 되어서야 그는 비로소 손가락의 통증을 알아차렸다. 휴식도 할 겸 그는 잠시 가위를 내려놓았다.

손가락을 쭉 펴 보려고 했지만 오랜 시간 혹사당한 손가락이 어쩐지 잘 펴지지 않았다. 그제야 손목에서도 아프다고 비명을 질러오기 시작했다. 평생을 몸이 아닌 머리로 일해 왔다. 작은 노동이지만 그의 몸에는 매우 버거웠다. 저린 다리와 팔 그리고 무거운 가위에 짓눌린 손가락이 그에게 끊임없이 그만두라고 경고를 보내는 것 같았다.

하지만 안테는 다시 퉁퉁 부은 손가락을 가위에 끼워 넣었다. 조금은 익숙해진 손놀림으로 줄기를 한 번에 잘라 내고 손으로 훑어 잎을 제거했다. 행동이 단순한 노동은 좋다. 그만큼 생각이 간결해진다. 아스라한 빛이 내리는 밤에는 더욱 그렇다.

싹둑!

이걸로 마지막이다! 안테는 가위를 내려놓고 일단 바닥에 몸을 뻗고 누웠다. 눈을 감으니 잘린 줄기의 단면에서 향긋한 풀 내음이 살롱살롱 번진다. 조금 지독하다 싶었던 꽃향기와는 달리 머릿속을 조물조물 주물러 주며 안정시켜 준다. 가까이 다가온 로미에게서도 비슷한 향이 느껴졌던 것 같았다.

아……. 눈을 뜨고 싶지가 않다. 내일은 아무리 바빠도 물을 갈아 주는 걸 잊으면 안 될 텐데. 꽃이 시들면 안 될 텐데. 걱정이 한가득 밀려온다.

이틀 뒤 꽃을 받고 기뻐할 얼굴들을 상상해 보았다. 잊지 말고 경고도 꼭 해 주어야지, 반년 정도 뒤에는 문을 닫을 테니, 잊지 말고 다른 일을 찾고 있으라고 말이다.

모리젠은 지금 두근거리는 마음을 주체하지 못하고 있었다. 아침에 출근하니 책상 위에 꽤 커다랗고 예쁜 상자가 그를 기다리고 있던 탓이었다. 설마 선물인가?

보육원에서 그에게 이런 예쁜 상자에 무언가를 선물할 사람이라면, 역시 로미밖에 없을 것이라 생각하며 그는 씩 웃었다. 뭘까? 그는 떨리는 손끝으로 천천히 상자를 열었고, 곧 한숨을 깊이 내쉬었다.

"내 주제에 선물은 무슨."

그 안에 담겨 있던 것은 그녀에게 빌려주었던 드레스였다. 로미가 깔끔하게 손질하여 돌려준 모양이었다. 드레스 자락에 얼굴을 완전히 묻어 보아도 그녀에게서 나던 향기는 전혀 느껴지지 않았다.

"좀 대충 빨아 줘도 되는데."

아예 빨지 않고 주었다면 더 좋았겠지만. 아, 지금 좀 변태 같았다.

모리젠은 드레스를 펼쳐서 제 몸에 가져다 대보았다. 작은 드레스. 그리고 그 안을 가득 메웠던 어느 여성의 몸을 생각했다.

"모리젠 선생님!"

벌컥.

그리고 그 순간 노크도 없이 문이 열렸다. 덕분에 지금 제 손에 들고 있는 드레스를 감출 시간 따위 없었던 것은 물론이고, 마치 이것이 어울리는지 몸에 대보는 것 같은 자세 역시 바꿀 틈조차 없었다.

"……세비."

예의 없이 문을 열어젖힌 것이 어린이라는 사실은 다행인 건가? 아니면 지독한 불운인 걸까? 그가 혼란 속에서 아무런 말도, 행동도 하지 못하자 세비가 그를 위로하듯 말해 주었다.

"괜찮아요. 선생님."

"뭐, 뭐가!?"

"저도 예쁜 것을 좋아하니까 이해할 수 있어요."

"이, 이해하지 마! 이건 저기 그러니까. 그저 몸에 대보는 것뿐이다."

변명이나 해명이 될 수 없는 말이었다는 것을 깨달은 건 한참의 시간이 지난 이후였다. 세비는 그것에 대해 굳이 지적하지 않았다. 사실 그다지 관심도 없었고.

"그래서, 아루는요?"

"응?"

"오늘 아루가 오지 않아서 여쭈어 보는 것뿐이에요."

"아. 아루는 오늘 아파서 못 왔다. 감기가 지독하게……."

그의 말이 채 끝나기도 전에 한달음에 달려온 세비가 그의 옷자락을 붙잡고 다시 물었다.

"많이 아파요!?"

"어제까지는 그랬는데, 오늘 아침부터는 뭐 그럭저럭 나아졌어."

세비가 한숨을 쉰 뒤 그의 옷자락을 놓으며 중얼거렸다.

"빨리 치웠어야 했는데."

"무슨 소리야?"

"한 살 어린 녀석들이 콧물 흘리면서 아루한테 매달리길래 슬쩍 치워 버렸죠."

……치우다니. 일곱 살짜리가 그런 말 쓰면 되겠니. 그러나 약점이 잡힌 모리젠은 세비를 나무랄 수 없었다. 어쩌면 이럴 때 사용할 수 있는 적당한 말을 배우지 못한 것일지도 몰랐으니까. 게다가 아루가 아프게 된 원인까지도 알게 되지 않았는가. 역시 전염이었구나.

어쨌든 의사인 자신이 원내에 전염병이 돌지 않도록 조금 더 주의를 기울여야 할 것 같았다. 일이 커지고 나면 늦으니.

"알려 주어서 고맙다."

"조금 늦었었나 보네요. 죄송합니다."

"아니, 네가 죄송할 일이……."

"제가 죄송할 일이죠."

어린 소년은 깍듯하게 허리를 굽혀 사과했다. 모리젠은 굉장한 위화감이 들었다. 뭔가 자신과 형님이 보지 못하는 곳에서 무시무시한 일이 벌어지고 있는 것만 같은 예감. 이걸 형님에게 말해야 하나, 말아야 하나 한참을 고민해야 했다.

"어쨌든 선생님."

"음?"

"선생님은 그런 것보다는 검은색 드레스가 훨씬 더 잘 어울리실 거예요."

'그런 것이 아니다.' 라는 말은 차마 입 밖으로 나올 새도 없었다.

"그리고 제가 나중에 어른이 되면 어울리는 액세서리도 만들어 드릴게요."

세비는 싱긋 웃으면서 말했다. 아루에게 소중한 사람은 그에게도 소중했으니, 아주 예쁜 것으로 만들어 드리리라. 그리 결심했다.

저택에 누워 있던 아루가 크게 재채기를 했다. 아무래도 자신이 없는 보육원에서 제 이야기가 돌고 있는 것이 틀림없다며 불만 어린 얼굴을 했다. 친구들이 보고 싶었다. 그리운 마음에 고개를 돌려 창밖을 보니, 햇님만을 바라본다는 해바라기가 아주 잠깐 자신에게 시선을 주는 것만 같은 기분이 들었다. 위로해 주는 걸까.

고마운 것이어요. 모두의 감사하는 마음이 반짝이는 5월이었다.

〈진짜 일기는 마음속에 적어 두어요. — 5월〉

어쩌죠? 또 소중한 것을 보육원에 두고 왔어요!

평소라면 "하룻밤만 참으면 괜찮사와요!"라고 외치면서 보고 싶은 마음을 꾸욱 참았을지도 모르겠지만……. 오늘은 아프니까 소중한 것이 곁에 없다는 것이 슬퍼져요.

아리아는 아버님께서 선물해 주신 세상에서 가장 귀여운 인형입니다. 보육원의 친구들에게 모두 소개했을 정도로 제게는 특별한 친구예요.

그리고 최근 들어서, 아리아는 제게 있어 더욱 특별해졌답니다.

어느 날 아침 보육원의 서랍을 열어 보니, 밤새 저를 서랍에서 기다려 준 아리아의 목에 작은 목걸이가 걸려 있었습니다.

저는 얼른 아리아를 꼭 안아 주었습니다. 따듯한 감촉 사이로 시원한 금속이 바스락거리는 것 같았어요. 누가 선물해 준 것인지 바로 알 수 있었습니다. 저는 너무 기뻐서 교양도 잊고 바로 달려가고 말았어요.

"세비 군! 저어 이거⋯⋯."

아리아를 앞으로 내밀었더니 세비 군의 얼굴이 붉어져 버렸어요.

"너무 기쁜 것이어요! 정말 정말 소중히 하겠사와요."

때마침 교수님께서 멀찍이서 저를 찾으셨어요. 다급하신 목소리여서, 얼른 몸을 돌렸답니다.

"아루."

하지만 세비 군이 갑작스럽게 손목을 잡았기 때문에 저는 그에게서 떨어질 수 없었어요⋯⋯. 무슨 일일까요?

"조금만 더 열심히 하면⋯⋯. 언젠가, 네 것도 만들 수 있을지 모르니까⋯⋯."

로미 씨가 이야기했습니다. 중요한 이야기는 서로 눈을 보아야 한다고요. 저는 다시 몸을 돌려 세비 군을 바라보았습니다. 세비 군의 정직한 눈동자도 저를 보아 주었어요.

"평생, 내가 만든 목걸이만 네가 해 주었으면 해."

아, 어떻게 하죠? 방금 결심했는데도 눈을 마주하는 것이 어려워졌어요. 부끄러워요. 얼굴이 이상할 거예요. 세비 군은 저렇게나 담담한데 어째서 저만 이렇게 안절부절못하는 모습일까요? 꼴사나울까요?

힘내야 해요. 마음을 담아서 대답해야 하니까요.

"……네, 그렇게 하겠사와요."

세비 군이 웃어 주었어요. 너무 멋있었기 때문에 심장이 이상해졌어요. 죄송해요. 아버님! 아버님보다 조금 더 멋있을지도 모른다는 생각을 처음으로 해 버렸어요.

그러니까 오늘같이 아픈 날에는 아리아와 목걸이가 필요한 것이에요. 아직 저는 세비 군에게서 목걸이를 받지 못했으니까……. 아리아의 목걸이를 대신해서 위안 삼아야 해요. 아, 정말이지 인형을 질투해서 어쩌죠? 훌륭한 아가씨가 될 자신이 없어져요.

저를 대신해 아리아를 데리러 가 주신 아버님께서는 언제 돌아오실까요?

……세비 군은 언제 제 목걸이를 완성해 줄까요?

6월
햇살의 이야기

황제의 협박과 회유로 어쩔 수 없이 시작한 보육원 프로젝트는 준비 기간부터 생각해 보면 딱 절반 정도를 지나고 있었다. 그것은 곧, 순조롭게 세금과 시간을 갉아먹는 이 무시무시한 프로젝트에 대하여 중간보고를 해야 할 때가 다가왔다는 뜻이다.

안테는 집무실 의자에 삐딱하게 앉아 고개를 뒤로 젖혔다. 하얀 천장을 바라보면서 뻑뻑한 눈을 몇 번 깜빡이며 눈의 피로를 풀었다. 좋아서 하는 일이 얼마나 있겠냐만은, 이 보육원 프로젝트는 처음 이야기를 듣는 순간부터 마음에 들지 않았다.

시대가 변한다 하더라도 '귀족의 교육'이란 결국 가문에서 시작되는 것이었다. 오랜 시간 동안 지켜 온 가문의 전통을 가르치고, 권력과 재산을 더해 미래로 이어 가도록 하는 것. 그것이 집권층이 변화하지 않고 유지될 수 있는 비결이었다.

가치관을 세워야 하는 어린 시기에 일부러 다양한 아이들과 섞여 동등한 교육을 받게 하려는 것은 결국 특권 의식을 조금씩 지워 가겠다는 뜻이다. 그것은 황제 스스로가 자신을 향한 칼날을 키우는 일이었다.

안테는 이해할 수 없었다.

최근 100년간 역사학자들은 새로운 기록들을 정립하는 것만으로도 아주 바빴다. 귀족이 아닌 자도 머리만 좋다면 얼마든지 두각을 드러낼 수 있었다. 그들은 여전히 유리천장이 존재한다고 불평하지만, 지금과 같은 기세라면 그 천장을 얼마든지 뚫어 버릴 것만 같았다.

새로운 세상에는 항상 새로운 문제들이 끊이지 않았다. 황제는 두 가지 고민에 대한 답을 이 보육원 프로젝트에서 찾기를 희망했다.

하나는 귀족인 자와 아닌 자가 함께 일을 할 때의 문제였다. 서로에 대한 오해가 깊은 탓에 생기는 쓸데없는 마찰이 많으니, 이것을 점차 줄일 수 있도록 어렸을 때부터 함께 자라게 하는 것이었다.

이미 이 문제를 해결하기 위해 오래전부터 청소년기 교육을 평등화했지만, 큰 효과를 보지 못했다. 이에, 교육학자들은 신분적 가치관이 완전히 자리 잡지 않은 유아기 때부터 평등한 교육을 할 것을 주장했다.

다른 하나는 따로 보모를 둘 수 없는, 일하는 평민 여성들을 대신하여 나라에서 아이들을 책임지고 맡아 주는 것이었다.

보육원이 문을 열기 전, 사적인 자리에서 안테는 한 번 더 황제에게 간곡하게 부탁했었다. 제발 이 말도 안 되는 일을 접어 달라고.

'이렇게 아이들을 키운다면 귀족과 평민의 다른 점이 무엇이

겠습니까?'

황제는 도리어 눈을 동그랗게 뜨고 반문했다.

'……무엇이 다른가?'

안테가 달리 말을 잇지 않자 황제가 대신 입을 열었다.

'선황께서 마지막으로 말씀하시었다. 이 몸은 빵집 사장님이 되고 싶었느니……라고.'

선황의 황당한 유언을 들은 황제는 그 자리에서 완전히 얼어붙었더랬다. 거의 수입에 의존하던 밀의 국내 생산량을 늘리고 세상의 맛있는 버터는 죄다 사 모아서 연구하시더니…….

권력 강화가 아닌 권력 약화에 가까웠던 선황의 행보가 이해되었던 것은 그때부터였다. 빵집 사장님이 되고 싶었다는 말은 실제로 그렇기를 소망했다기보다는 아마 '미래를 선택하고 싶었다.'는 말일 것이다. 미래를 선택하는 황족. 그러기 위해서는 마땅히 특권을 버려야 한다. 한 번에 덜어 낼 수는 없으니 조금씩, 조금씩.

하지만 안테는 그런 황당한 말에 마음이 움직이지는 않았다.

'저는 권력이 좋습니다. 스스로 입지를 흔드는 일은 하지 않습니다.'

'자네는 하게 될 것이니.'

황제는 회심의 미소를 지었고, 안테의 손에는 편지 한 장이 쥐어졌다. 동글동글하고 조금은 미숙한……. 굉장히 익숙한 필체였다.

「친구들을 많이 만날 수 있는 보육원이라니 분명히 재미있을 거여요! 저도 꼭 다니고 싶사와요!」

안테는 얼굴을 찌푸렸다. 아루의 글씨였다. 내용으로 보건대 황제가 자신 몰래 이미 아루를 꼬여 내는 편지를 먼저 보낸 것이 틀림없었다.

'미래의 여공작님께서도 이미 허락하시었지. 진짜 권력자의 말은 잘 들어야 할 터.'

황제의 의기양양한 목소리는 이미 승리를 예감하고 있는 듯했다. 공작의 딸 사랑은 유명했다. 공작이 이 일을 받아들이지 않으니, 그를 움직이게 할 수 있는 '진짜 권력자'의 힘을 이용하기로 한 것이다.

물론 안테는 제 딸을 이렇게 이용하는 것을 혐오했다. 편지를 다시 돌려주는 손길에 불경함이 엿보였다. 황제는 그의 태도에 가벼이 인상을 쓰며 작은 목소리로 타박했다.

'이보게 공작. 미래의 사돈끼리 그러면 쓰나. 아루를 위해 우리 작은 아들을 수절시키고 있을 정도인데.'

안테는 헛소리라 여기며 대답조차 하지 않았지만, 황제는 신경 쓰지 않고 편지를 높이 들어 올렸다.

'허— 여기 우리 미래 여공작님의 사인도 있군. 이 몸은 그녀의 추종자거든. 꼭 들어 드리고 싶단 말이지.'

황제는 공작의 불쾌함 따위는 신경 쓰지 않는다는 듯, 편지 하단을 가리키며 능청스럽게 말했다. 황제가 아루의 추종자라는 말은 틀리지 않았다. 뻣뻣하고 딱딱한 아들뿐인 황제는 뾰롱뾰롱 귀여운 아루가 좋아서 어쩔 줄을 몰라 했다. 매년 그녀의 생일에는 비밀리에 선물을 전하기도 하고, 아루가 글씨를 쓰게 된 이후로는 펜팔 친구를 자처하여 계절마다 편지를 보낼 정도로 뜨끈뜨끈한 애정을 보내고 있었다. 물론 제 딸을 빼앗으려는 것 같은 황제의 행동을 안테는 기겁하도록 싫어했다.

'아참, 전하는 것을 잊었군.'

'······또 무엇입니까?'

'우리의 아루 양에게, '이 프로젝트가 시작되지 않으면 공작의 탓' 이라고 적어 보냈다네.'

'우리의 아루도 아니고, 저의 아루입니다! 그리고 제 탓이 아닙니다!'

'그것이 무에 그리 중요한가, 그녀가 그렇게 알고 있다는 사실만 알려 주는 걸세.'

'하지 않습니다!', '절대 하지 않습니다!' 라고 몇 번 더 안테는 외쳤지만, 그것이 무의미한 외침이라는 것을 황제는 알았다. 안테의 행동 패턴이야 뻔하다. 저렇게 말하면서도 영차 영차 일할 것이 분명하다. 이제 최고의 교수진과 예산을 단단히 쥐여 주는 것만 남았을 뿐이다.

그렇게 황제는 안테에게 일을 맡겼다.

처음부터 실패를 염두에 두고 시작한 프로젝트. 어쨌든 운영이야 그럭저럭 잘 진행되고 있었다. 물론 한가롭게 노니는 아이들 뒤에서는 안테와 직원들의 야근이 단단히 버티고 있었다. 처음 해 보는 프로젝트에는 수많은 난관이 있었다. 지금도 그 해결되지 않는 난관들과 싸우는 중이다.

교수들은 콧대가 높아서 행정부에서 요청을 넣어도 협조적이지 않았다. 게다가 모든 기준을 아이들에 맞추다 보니 일일이 전문가를 찾아서 검증하는 것도 큰일이었다. 그래도 황제가 직접 정한 프로젝트인데 이렇게나 주먹구구로 운영되어도 괜찮으냐는 의문이 항상 안테를 괴롭혔다.

모든 사안이 정리된 서류를 재차 검토하며 안테는 확신할 수밖에 없었다. 황제도 약속된 1년이 지나면 보육원을 더는 유지하지 못할 것이라고.

$$\bigcirc\!\bigcirc \quad \bowtie \quad (\ddot{\cup})$$

6월, 날씨가 급격하게 더워지기 시작했다. 가만히 앉아 있어도 땀이 주르르 흐르고 끈적거리니, 모두의 불쾌함이 극에 달했다.

모리젠은 슬슬 그분이 찾아올 때가 되었다고 생각하며 바짝 긴장했다. 불특정 다수의 사람이 한군데에 모여 있으면 반드시 찾아오는 바로 그분. 이미 제 조카를 한번 된통 고생시킨 적이 있었던 그분.

전염병.

모리젠은 "자! 여러분! 아무거나 만지고 입에 넣으면 배가 아플 거예요. 항상 손을 깨끗하게 하고, 가렵거나 아플 때는 선생님을 찾아오세요!"라고 보이는 아이마다 이야기하고 다녔다. 그러나 아이들은 "네!"라고 씩씩하게 대답하고서도 흙이나 먼지가 가득 묻은 손을 입 안으로 쏙 집어넣었다. 모리젠은 한숨을 쉬었다. 하긴 어른처럼 스스로 조심하고 대비하면 그게 아이인가. 누군가 옆에서 보살펴 주어야 하니까 아이인 거고, 그러기에 도움이 필요한 것이다.

결국, 모리젠은 수통을 들고 아이들을 조르르 따라다니면서 손을 씻겨 주었다. 또한 재미있게 노는 데 집중해서 코를 풀지 않고 훌쩍훌쩍하는 아이들한테도 다가가 코를 팽팽 풀어 주며, 말쑥하게 닦아 주기도 했다.

이런 그의 상냥한 돌봄에도 불구하고, 장난기로 가득 찬 아이들은 모리젠에게 한두 방울씩 물을 뿌리며 놀기 시작했다.

"아흐, 차가워."

그가 인상을 쓰며 도리질을 치자 그게 재미있다고 아이들은 깔깔 웃었다. 어쨌든 아이들이 웃으니까 좋았다. 모리젠도 아이들을 따라서 씩 웃어 보이며 몇 방울의 물을 살짝 뿌려 주었다.

"꺄아."

아이들은 신이 나서 도망 다니기 시작했다. 그리고 얼마 안 가 모리젠은 후회했다. 아이들에게 쓸데없는 장난을 치면 안 된다는 것을 다시 한번 깨달았다. 그의 이 작은 장난이 최종적으로는 보육원 전체의 물 전쟁으로 번져 버리고 말았다. 이유는 모르겠지만, 아이들의 적군은 바로 병균과 홀로 외로운 사투를 벌이고 있던 모리젠이었다.

아루 대장군께서는 병환에서 일어나신 이후 더욱 건강해지셨다. 조신했던 몸가짐 따위 저택에 버려두고 오셨는지, 아이들의 앞에서 격렬하게 팔을 휘저으며 소리 질렀다.

"공격이어요!"

그녀의 한마디에 뜰에서 각자 놀던 아이들이 한데 뭉쳐 물을 바가지로, 장난감 냄비로, 신발로 담아서 모리젠에게 퍼부었다. 기습을 당한 모리젠은 머리부터 시작해서 가운과 신발에 이르기까지 모두 축축하게 젖어 버렸다.

"아루……. 너!"

믿었던 조카가! 공주님처럼 귀히 모셔 온 나의 조카가! 모리젠은 배신감에 몸이 부르르 떨렸다. 그는 달렸다. 이렇게 당하고 살 수는 없었다. 기고만장한 어린이들에게 어른의 힘을 보여 주어야 했다. 모든 어른의 자존심을 두 손에 걸고!

그는 로미가 청소용으로 사용하곤 하는 커다란 양동이에 물을 한가득 담아서 아이들 앞에 다시 나타났다. 이 어린 악마들에게 의사의 저력을 보여 주겠어!

그러나 그가 잠시 물을 받으러 가는 사이에 아이들도 가만히 있지 않았다. 보육원을 샅샅이 탐색하여 물을 담을 수 있는 모든 물건을 모아 왔고, 그 안에 한가득 물을 채워 줄지어 놓았다. 양동이 하나를 들고 의기양양하게 서 있던 모리젠은 조금 위기감이 들었다.

아까보다 아이들의 수도 급격히 많아졌다.

"다시 공격이어요!"

그가 빈틈을 보이자 아루는 놓치지 않고 소리 질렀다. 물론 그녀의 손끝이 가리키는 상태는 모리젠, 적군이자 제 숙부였다. 숙명의 대결이라고 해도 좋았다.

"선제공격은 적의 불안을 가중하고 주도권을 얻는 것이어요."

도도하게 공격을 외치면서도 아루는 후방에 있는 아이들에게 계속해서 물을 떠 올 것을 명령했다.

"보급이 끊기는 것은 곧 패배여요."

모리젠은 이제 축축함을 넘어서 질척질척한 몸이 되었다. 이게 다 안테가 밤마다 아루에게 동화책을 대신하여 쓸데없는 병법서 따위를 읽어 준 탓이다.

'형님, 그런 책을 어린아이에게 읽어 주어서 뭣에 씁니까. 예쁜 이야기도 많은데.'

'멍청한 놈. 병법서는 어디에서도 활용할 수 있는 처세술의 정점이다.'

아루가 처세술의 정점을 익힌 덕분에 그는 속옷까지 죄다 젖어서 가만히 서 있어도 발밑에 호수가 생겨날 것 같은 상태가 되었다.

오늘의 전쟁은 말할 것도 없이 아루 대장군의 승리였다.

때마침 아이들의 간식 준비가 완료되었다. 아이들을 부르기 위해 뜰로 나온 로미는 굉장한 전쟁의 최후를 목격하고는 쿡쿡 웃어 버리고 말았다. 그녀는 하얗고 보송보송한 마른 수건을 여러 개 들고 나왔다. 아이들은 로미 앞에 나란히 나란히 줄을 섰고, 그녀는 친절하게도 아이들의 옷과 머리에 묻은 촉촉한 물기를 꼼꼼하게 닦아 주었다.

모리젠도 아이들 뒤로 슬쩍 줄을 섰다. 모든 아이가 와아― 하며 간식을 먹으러 실내로 들어가고 나서야 드디어 모리젠의 차례가 되었다.

"……모리젠 선생님?"

"로미 씨, 저도요……."

그의 말끝이 평소와는 다르게 길게 늘어졌다. 무언가를 조르는 아이 같은 말투에 로미는 얼핏 웃고 말았다. 아이들과의 전쟁에서 패배한 충격이 그를 이렇게 만들어 버린 걸까? 로미가 손을 들어 그의 머리를 닦아 주려 하자 그는 기꺼이 그녀 앞에 허리를 숙였다. 햇빛 냄새가 나는 것 같은, 잘 마른 수건이 모리젠의 머리 위에 올려졌다. 사락, 사락, 사락 기분 좋은 소리. 이따금 닿는 따뜻한 손.

얼마나 아이들이 물을 심하게 뿌렸는지, 수건은 잔뜩 물기를 머금어 무거워졌다. 로미는 얼른 새 수건으로 바꾸어 그의 머리를 한 번 더 털어 주었다. 아직 물기가 남은 목덜미도 꼼꼼히 수건으로 닦아 주고, 모리젠이 활짝 웃으며 아이들처럼 얼굴을 쏙 내밀자 수건을 부드럽게 대어 얼굴의 물기도 닦아 주었다. 아직 몸에서는 물이 줄줄 흐르고 있었지만, 얼굴과 머리는 그럭저럭 괜찮아졌다.

모리젠은 헝클어진 머리를 손으로 대충 쓸어내리며 어색하게 웃었다.

"진짜 해 주시네요."

"……네?"

"부탁하면 뭐든 잘 들어주시는 것 같아요. 로미 씨는."

"그야, 어려운 부탁은 아니니까요."

모리젠은 물기를 잔뜩 머금은 가운을 벗어 주욱주욱 짜내었다. 또 다른 호수가 바닥에 생겨난다. 모리젠이 입었던 하얀 셔츠는 완전히 젖은 탓에 피부에 착 달라붙어 언뜻언뜻 그 안이 비쳐 보였다. 로미는 자신도 모르게 눈을 돌렸다.

"로미 씨."

로미는 저를 부르는 소리에 그를 바라보았다. 그러나 마땅히 시선을 둘 곳을 찾지 못하고, 다시 고개를 돌려야 했다. 모리젠은 그녀가 자신을 의식하고 있는 듯한 반응이 재미있었다. 조금 더 놀려주고 싶었다. 항상 씩씩한 로미의 부끄러운 얼굴을 조금 더 많이 보고 싶었다.

"나…… 여기도 많이 젖었는데……."

"네?"

아, 당황한다 당황해. 목적 그대로의 반응에 모리젠은 흡족해했다.

"여기요. 여기."

모리젠의 손이 수건을 든 로미의 손목을 직접 잡아끌어 축축한 자신의 가슴 쪽으로 가져다 대었다. 로미의 시선이 잠시 모리젠의 가슴에 닿았다. 그녀는 당황하여 상황 파악이 조금 느려진 것 같았다. 귀여운 얼굴을 하고 다시 천천히 고개를 들었다. "아……." 소리를 내며 살짝 벌어진 입술이나 유난히 동그랗게 된 눈동자, 묘하게 떨리는 듯한 입꼬리가 재미있다. 핑크색으로 물든 피부는 말할 것도 없이 맛있어 보이고.

모리젠이 다시 다정하게 웃으며 "음? 왜요?"라고 묻자 비로소 로미는 그에게 닿아 있던 손을 얼른 거두어들였다.

"그, 그거 말려 드릴게요!"

모리젠의 손에 있던 가운을 빼앗아 들고는 로미는 도망가듯 자리를 피했다. 남아 있는 물기를 털어 내며 모리젠은 여전히 재미있다는 듯 쿡쿡 웃었다. 대체 너란 아이는 몇 수 앞을 내다보는지 모르겠구나.

잘했어. 아루 대장군.

병균과도, 아루 대장군과도 사투를 벌인 모리젠의 눈물겨운 노력 덕분에 전염성이 있는 질병 따위는 보육원에 나타나지 않았다면 정말 좋았겠지만, 단체 생활을 하는 곳에 여름 질병이 찾아오지 않을 리 만무했다. 아이들을 따라다니던 모리젠은 결국 그것을 발견하고 말았다. 손과 입가에 두둘두둘 튀어나와 있는 바로 그것을, 하얀 아이의 피부를 징그럽게 뒤덮고 있는 그 악마를.

드디어 여름의 꽃, 수족구가 우리 보육원에도 피었습니다.

모리젠은 이어지는 패배감에 털썩 주저앉았다. 수족구는 주로 아이들의 입, 손 그리고 발에 나타나는 수포를 통해 발견되는 경우가 많았다. 숨이 넘어갈 만큼 위험성이 있는 병은 아니지만 전염되기가 매우 쉽고, 따로 약이 없어 꼬박 열흘은 아프고 나야 비로소 나을 수 있는 병.

문제는 그 열흘이다. 이 병에 걸린 아이들은 보통 열이 절절 끓기 시작한다. 아픈 데다 입이 불편하니 식사도 거부하게 되고, 아이들은 끝도 없는 짜증을 부리기 시작한다. 결국, 아이 수발에 지쳐 부모들도 픽픽 쓰러진다는 병으로도 유명하다.

그나마 큰 아이들은 거의 증세가 없었지만, 개월 수가 적은 6세 아이의 몸에서 수포가 발견되었다. 병마와의 전쟁에 필요한 것은 빠른 결정과 실행. 모리젠은 일단 전염병에 걸린 아이들을 격리하고 보육원 소독을 제일 먼저 시작했다.

담당 교수에게 부탁해 아픈 아이들의 부모를 호출해서 집으로 돌려보냈다. 아이들은 오늘부터 고열에 시달릴 테니 해열제도 약과 함께 넉넉하게 챙겨 보냈다. 그리고 남은 아이들 사이를 다니며 열은 없는지, 입이나 손, 발에 수포가 생기진 않았는지 한 명 한 명 꼼꼼하게 확인했다. 조금이라도 증상이 보이는 아이들은 교실을 분리하여 일단 따로 보육하도록 지시했다.

로미에게는 보육원에 존재하는 모든 것을 소독해 달라 요청했다. 아이들이 사용하는 이불부터 장난감까지. 어디에서 병이 옮겨질지 모르니 최대한 할 수 있는 데까지는 해 보아야 했다.

"전부 다 소독하려면 힘들겠지만, 공작님께 인력 요청을 넣을게요. 급한 대로 먼저 시작해 주세요."

아무리 형님이라도 일할 때는 '공작님'이다. 형제의 엄격함은 묘한 구석에서 닮아 있다.

"네, 선생님."

왠지 지금 로미 씨와 엄청 좋은 팀워크를 선보인 것 같은 기분에 모리젠은 뿌듯했다. 비록 오래가지 못할 불길한 뿌듯함이었지만.

어린이들이 지내는 곳에서 전염병이 시작되었다는 소문은 실제 그 전염병보다 더 빠르게 부모들 사이를 돌았다. 처음으로 맞는 전염병 사태에 부모들은 모든 일을 다 미뤄 두고 보육원으로 달려갔다. 북적북적해진 보육원 복도에서 부모들은 서로 불안함을 나누었다. 그리고 불안이 불안을 더 가중시켜 폭발하기까지는 오랜 시간이 필요하지 않았다.

"이래서 내가 이런 곳은 반대했던 거요!"

"그러면 제가 일을 그만둬야 했단 말이에요?!"

"그런 말이 아니잖소!"

"그러면 저보고 어쩌란 말이에요! 일도 하고, 애도 보고 혼자서 할 수는 없잖아요!"

부부끼리 의미 없는 말다툼을 하는 사람들도 있었다. 아이들 앞이니 제발 험한 말투는 거두어 달라 교수들이 재차 요청했으나 그들은 신경 쓰지 않았다.

아이들은 눈치가 빨랐다. 신나게 뛰어놀던 아이들이 험악한 분위기를 누구보다도 먼저 눈치채고 모두 숨을 죽였다. 가만가만 눈치를 보던 아이 중에는 슬그머니 제 부모의 옷자락을 잡아당기며, 빨리 집에 가자고 떼를 쓰는 아이도 있었다. 그러나 부모들은 "시끄러워! 가만히 있어!"라며 아이의 팔을 단호하게 뿌리쳤다.

베이 남작과 친하게 지내는 발리 백작은 목소리를 높여 노골적으로 보육원을 비난했다.

"얼마나 돼지우리같이 하고 있었으면, 애들이 거리의 부랑자들처럼 전염병이나 걸리겠나!"

무례한 말이었다. 아무 생각 없이 내뱉은 부모의 말에 그동안의 노력을 한 번에 부정당하는 기분이 들어 모리젠과 교수들은 얼굴이 그대로 굳어 버렸다.

정작 그 사람의 아이는 병에 걸리지도 않았다. 거기에다 증상이 보이는 것도 아니었다. 모리젠이 항상 따라다니며 손을 씻기고, 로미가 물건들을 소독하고, 교수들이 청결을 가르쳐 준 덕분이었다.

"응? 도대체 청소하긴 하는 거야?"

고래고래 소리를 질러 대어도 그 누구도 앞에 나서서 책임을 자처하며 고개를 조아리고 사과하지 않으니 그의 난동은 더욱 심해졌다. 이럴 때 제일 만만한 것이 시녀 같은 존재. 바로 앞뜰에서 시녀복을 입고 햇빛에 아이들의 이불을 널고 있던 로미가 하필이면 그의 눈에 들어왔다.

"뒤늦게 이런다고 있던 병이 사라져? 평소에 얼마나 엉망으로 하고 있었기에 인제 와서 이렇게 부랴부랴 치우는 거야?"

로미는 잠시 고민했다. 그가 화풀이로 자신에게 이렇게 행동하고 있다는 것은 알았다. 아마 그는 그녀가 무어라 말한다 해도 더욱 그 화를 키워 내며, 열을 낼 것이 빤했다. 혹 대답을 하지 않고 고개를 조아린다고 해도, 윗사람의 말을 무시한다며 화를 낼 것이고.

옛날에 궁 안에서 높은 분들을 모실 때도 비슷한 상황이 많이 있었던 만큼, 그녀는 이런 일에 익숙했다. 로미는 잠시 고민을 한 후에, 입을 열었다. 어차피 같은 결론이 난다면, 하고 싶은 말은 속 시원히 하는 편이 좋으리라.

"평소에도 청결은 항상 유지하고 있습니다."

더함 없는 사실이다. 닦고 쓸며 소독하는 것을 게을리한 적은 단 한 번도 없었다. 그녀뿐만이 아니라 보육원에 있는 모두가 언제나 청결에는 신경을 쓰고 있다.

"뭐?"

"병이 발생하여 소독하고 있지만, 뒤늦게 부랴부랴 치우는 것은 아닙니다."

고작해야 시녀 따위도 그에게 고개를 조아리지 않자, 그는 더욱 화가 났다. 어떻게 돼먹은 곳인가? 당연히 실수에는 고개를 조아려야 하는 것이 아닌가? 도리어 또박또박 말대답하는 것은 어떤 경우이지?

"그녀의 말대로다. 발리 백작."

빠른 걸음으로 다가오는 이가 있었다. 백작은 고개를 돌려 상대를 확인하고는 몇 걸음 뒤로 물러나 고개를 숙였다. 모리젠의 보고를 듣고 직접 사태를 확인하기 위해 들렀던 안테였다.

"다른 이도 아니고, 내가 운영하는 곳이다. 청결에 관해서도 항상 보고를 받고 있다. 그녀가 옳아."

"……하지만, 실제로 전염병이……."

"나쁜 일은 죄다 보육원 탓인가? 병은 이곳뿐 아니라 어디에서라도 옮는다."

"그건."

"나는 빠른 대처를 한 모리젠 선생과 교수들에게 감사를 표하러 왔네. 자네도 알겠지만…… 내 딸도 여기에 다니거든."

"……알겠습니다."

백작은 어쩔 수 없이 물러났다. 안테는 그를 다시 불러들여 모든 보육원 관계자에게 정중한 사과를 요청하고 싶었다. 그러나 그의 심중을 눈치챈 로미가 달려와 그의 팔을 붙잡고 작게 고개를 저었다. 백작의 아들, 샤피로가 보고 있다. 아비는 어떤지 모르겠으나 샤피로는 무척이나 순한 아이다. 그 아이에게 상처를 주고 싶지 않았다.

결국, 아무런 사과 없이 백작은 아이를 데리고 돌아갔다. 돌아가는 중에도 경계하듯 보육원을 노려보는 것을 멈추지 않았다. 그와는 반대로 샤피로는 귀가하면서도 우울한 얼굴로 교수들의 눈치를 보았다. 좋아하는 사람들에게 자신이 미움받을까 걱정하는 눈치였다. 교수들은 사람들 몰래 샤피로에게 손을 흔들며 웃어 주었다. 그제야 비로소 샤피로도 안심했다는 표정을 지어 보였다.

백작이 완전히 사라지고, 다른 부모들도 안테의 눈치를 보면서 보육원을 슬금슬금 떠났다. 시끄러웠던 분위기가 가라앉자 안테는 겨우 한숨을 쉬었다. 어쨌든 앞뒤 가리지 않고 난동을 부리는 자들이 로미에게 손을 뻗기 전에 그를 눌러 버릴 수 있어 다행이었다. 로미는 보나 마나 또 작위를 들먹였다고 잔소리를 하겠지만, 저런 부류는 권력으로 누르지 않으면 좀처럼 숙이지 않으니 별수가 없었다.

한참 만에 로미가 "저기……."라고 입을 떼었다. 올 것이 왔구나, 하며 안테가 먼저 말했다.

"나도 안다. 어쩔 수 없었다……. 다음부터는 반드시 '샤피로 아버님'이라고 하겠다. 내가 잘못했다."

안테는 바구니에 들어 있는 어린이용 이불 하나를 꺼내 들어 빨랫줄에 걸어 주었다. 주름 하나 없이 주욱주욱 잡아당기고 펴 주는 것도 잊지 않았다.

"아니에요, 저는……."

"일손이 모자랄 것 같아 시녀와 하녀를 몇 명 더 요청했다. 곧 도착할 테니 싸우지 말고 사이좋게 일하도록."

"저기, 아니 저— 안테 님!"

장소에 어울리지 않는 호칭에 안테는 그저 눈을 동그랗게 뜨고 그녀를 바라볼 뿐이었다.

"……도와주셔서 감사합니다."

손에 쥐고 미처 넣지 못한 하얀 이불을 끌어안은 채 로미는 고개를 깊이 숙였다.

안테는 잔소리를 듣지 않게 된 것은 무척 기뻤으나, 되레 그가 그녀에게 잔소리할 것이 생겨 고민했다. 무엇을 먼저 지적해야 하지? 여기는 보육원이니 '안테 님'이 아니라 '아루 아버님'이라고 해야 한다는 것을 먼저 말해 주어야 할까? 그게 아니면 '구했다.'라는 멋있고도 보람찬 동사는 요 몇 달 사이에 어디에다가 두고 온 것인지를 먼저 물어보아야 할까?

보육원에 대한 부정적인 이미지는 빠른 속도로 부모들의 마음에 자리 잡았다. 안테가 전염병 사태에 대하여 보육원의 잘못이 없다고 선언하지 않았다면, 벌써 폐원을 요청하는 이야기가 나왔을 수도 있었다.

안테에게 폐원은 분명 반가운 일이다. 그러나 그는 이것을 빌미로 삼고 싶지는 않았다. 보육원을 위해 열심히 일한 이들에게 관리 소홀의 딱지를 붙여서 내치는 모양새로 끝내고 싶지 않았기 때문이다.

황제와 약속했던 1년만큼은 가능한 한 최고의 형태로 이곳을 운영할 것이다. 그렇기에 일단 안테는 고민했다. 어떻게 대응해야 남은 6개월 동안 부모들이 안심하고 아이들을 맡겨 줄지를.

생각 끝에 안테는 극단적인 수를 쓰기로 했다. 이미지 쇄신까지는 무리더라도 적어도 노력하는 모습을 보이는 것은 중요했다. 그것도 약간의 호들갑을 더하면 더할 나위 없을 것이다. 아이들이 모두 돌아간 후, 안테는 교수진과 모리젠 그리고 로미가 모인 자리에서 엄숙하게 선언했다.

"3일간만 폐쇄하겠다."

"공작님!"

교수들이 벌떡 일어났다.

"굳이 보육원이 아니라도 사람이 모이는 곳이라면 어디든 전염병이 돌 수 있습니다. 겨우 이런 일로 폐쇄 조치는!"

"겨우 이런 일?"

공작은 반문했다. 겨우라니. 지금 어떤 여론이 들끓고 있는지 전혀 알지 못하는 모양이었다.

"억지로 문을 열어서 텅 비어 있는 모습을 보여 주는 것보다는 공식적으로 잠시 소독기를 갖는다고 발표하는 편이 좋다. 다행히 모리젠의 대처가 좋았지만, 공식적인 대처 방안조차 없었다는 것은 확실히 문제의 소지가 있다. 그것을 정비하고 발표하는 기간이다. 3일도 짧다."

"하지만, 갑작스럽게 문을 닫으시면 부모들은……."

당장 일을 하러 나가야 하는데 아이를 맡길 곳이 없는 부모들은 곤란할 것이 뻔했다. 아루와 같은 귀족가의 아이들은 괜찮았다. 하지만 평민 가정에서는 갑자기 아이를 맡아 주는 곳이 없으니 크게 당황할 것이다.

"그대들이 지금 그리도 걱정하는 부모들이 낮에는 어떻게 행동했었지?"

"그건…… 물론……."

교수들을 비난하고, 로미를 꾸짖은 발리 백작에게 응원의 눈길을 보내던 그들의 모습을 안테는 분명하게 기억했다.

"그대들은 부모들에게 그런 대접을 받을 이유가 없는 사람들이다. 언제부터 교수들을 무시하는 부모들이 나타나기 시작한 것인지는 모르겠지만, 나는 그런 인간들의 불편함까지 돌봐 주고 싶은 마음은 없다."

적어도 그가 교수들에게 수업을 받던 시절에는 방금 같은 일은 상상도 할 수 없었다. 그것도 제 아이가 보고 있는 상황에서 교수에게 삿대질하고 소리를 지르다니, 있을 수 없는 일이었다.

"휴가가 아니다. 휴가는 방학 때 가도록. 이번 휴원 기간 동안 질병 대응책을 짜서 습득하고, 폐쇄하여 방역한다. 그에 대한 불만이나 문제가 제기된다면 전부 내가 감수하겠다."

"하지만……."

"이렇게 대대적인 행동이라도 보여야 남은 기간이라도 그들이 안심하고 아이들을 보낼 것 아닌가!"

이제 그 누구도 그의 말에 반발할 수 없었다. 단독으로 결정한 일에는 언제나 책임이 따랐으니, 안테는 결국 자기 일만 늘린 셈이 되었다. 우편국에 의뢰하여 어린이들의 가정에 휴원에 관한 안내서를 보내는 것을 시작으로, 수많은 서류와의 전쟁이 시작되었다.

갑작스러운 휴원 결정에 대한 사유서, 계획서, 시행 보고서. 소독에 필요한 인력 추가와 재배치. 질병 관리에 관한 규칙 정비와 그것에 대한 감수 의뢰. 아침에는 행정부의 집무실에 출근하여, 통상 업무를 처리했고, 저녁쯤에는 보육원으로 가서 교수들과 회의를 진행했다.

물론 회의 시간도 허투루 보낼 수 없었기에 언성을 높이는 와중에도 끊임없이 아이들의 장난감이나 색연필 따위를 닦고 있었음은 말할 것도 없었다.

안테는 보육원에서 임시로 준비해 준 책상에 앉아 시나몬 스틱 따위를 질겅질겅 씹고 있었다. 보육원은 모든 공간이 금연 구역이기 때문에 회의 시간에 아무리 머리가 아프다고 하더라도 담배를 피워 댈 수가 없었다.

담배를 끊고 나면 머리가 개운해지고, 맑아진다는 소리도 들었는데 헛소리였던 듯하다. 머리가 가볍기는커녕 더 무겁고, 생각도 잘 떠오르지 않았다.

한 대만 피우고 올까.

다들 열심히 앉아 블록 따위를 닦아 내고 있는데 혼자 나가는 것도 참 눈치가 보이는 일이다. 그 외에는 담배를 피우는 사람이 없는 탓인지 아무도 그의 곤란함을 알아주지 않았다.

으득.

그는 별수 없이 죄 없는 시나몬 스틱을 입 안에서 작살냈다. 탁하고 시원한 소리를 내며 시나몬 향이 입 안으로 퍼지자 잠시 기분이 나아졌다.

"괜찮으세요?"

맞은편에 있던 로미가 물었다. 괜찮을 리가 있나. 죽을 맛인데.

"괜찮다."

"시나몬 스틱이 가루가 되겠어요."

로미는 그의 불안정한 모습을 온종일 지켜보았다. 몇 번이나 습관적으로 담배를 물었다, 뺐다를 반복하며 어쩔 줄 몰라 했다. 로미는 담배 자체를 좋아하지 않았기 때문에 이 기회에 끊으면 좋겠다고 생각했지만, 지금의 모습을 보니 차라리 피우는 편이 좋겠다고 결론지었다.

"피우러 다녀오세요."

"아니다. 모두 애쓰는데 내가 가면 쓰나."

아무래도 눈치가 보이는 모양이다. 책임감이 강한 사람이니 그럴 법도 했다. 결국, 그는 오늘 목표로 한 모든 장난감을 다 닦아내고 나서야 겨우 보육원 건물에서 탈출할 수 있었다. 당당하게 나갈 수 있다는 기쁨 하나로 그는 인사도 생략하고 건물 밖으로 달려 나갔다.

"아후."

드디어 벤치에 앉았다. 다급한 손놀림으로 담배를 물고 불을 붙였다. 익숙한 향이 주는 말할 수 없는 충족감. 그는 조금 더 깊이 빨아들였다. 무척 오랫동안 흡연을 참아 왔기 때문일까. 머리가 핑글 도는 감각에 조금 저항감은 들었지만, 손에 든 담배를 놓고 싶지는 않았다.

아, 정말 이대로 아무것도 필요 없다. 정말. 이런 생각만이 그의 머리를 채우고 있을 때였다.

"그렇게 좋으세요?"

조금 멀찍이서 로미가 키득거리며 말을 걸었다.

"아니, 뭐."

적당한 대답을 찾지 못해 그는 모호한 말로 망설였다. 로미가 어색하게 서 있는 것이 마음 쓰여 살짝 옆으로 비켜 앉았다.

"앉아라."

짧은 말이었지만, 그에게는 꽤 용기가 필요했다. 손에 들고 있던 담배가 그에게 힘을 준 덕분이기도 했다.

"아뇨, 저기."

그러나 어쩐지 로미는 망설이고 있었다. 어째서지? 그날 밤의 일로 어색해서 그런 것인가? 그녀가 그를 의식하게 되었다면 더할 나위 없이 기쁜 일이다.

"실은 전에도 말씀드린 것 같지만⋯⋯. 담배 냄새를 싫어하는 편이라서요."

로미는 허리를 숙여 인사를 하고는 다시 보육원으로 들어가 버렸다. 안테는 불이 붙은 담배를 한참이나 바라보았다. 담배는 죄가 없다. 없을 텐데. 반도 피우지 못한 것을 그는 바닥에 비벼 끄고는 머리를 감싸 안았다.

드디어 임시 폐원 기간이 지나고, 보육원은 다시 아이들을 맞을 수 있었다. 폐원 기간 내내 어른들을 짓누르던 무거운 공기는 아이들의 깔깔거리는 웃음에 간단하게 사그라들었다. 역시 보육원에는 아이들이 필요했다.

다시 문을 연 보육원에는 청결과 건강을 위한 몇 가지 규칙이 추가되었다. 놀이와 놀이 사이마다 반드시 손 씻는 시간을 가질 것. 물을 자주 마실 수 있도록 도와줄 것. 고열이 발생한 아동에 대해서는 바로 귀가나 격리 조치를 할 것. 전염병이 발생했을 때는 발병 소지가 있는 아이들과 그렇지 않은 아이들의 활동 영역을 분리할 것 등이다.

교수들은 여러 가지 규칙들을 깔끔하게 정리하여, 각 가정의 부모들에게 우편으로 발송했다. 가정에서도 확실하게 인지하고 협조할 수 있게 하기 위함이었다.

"안녕하시어요. 로미 씨!"

"안녕, 아루."

아루는 사흘 만에 만나는 로미가 무척이나 반가워 밝은 얼굴로 꼭 끌어안았다. 그러나 비어 있는 신발장을 발견한 이후로는 슬픔으로 가득해지고 말았다.

"너무 걱정하지 마. 아루."

로미가 아루의 머리를 쓰다듬어 주며 위로를 전했다. 아루는 최선을 다해서 미소를 지어 보였다. 그녀는 보육원이 생긴다는 소식을 처음 황제 폐하에게 편지로 전해 들었을 때부터, 이곳의 분위기를 즐겁게 하는 특별한 임무를 부여받았다. 그러니까, '약해지면 아니 되어요!' 라며 자신을 다잡았다.

"로미 씨도 너무 걱정하지 마시어요."

아루는 우아하게 몸을 돌리며 로미를 올곧게 바라보았다.

"이곳은 제가 지킬 것이어요."

아루는 그녀를 데려다주기 위해 함께 온 아버지, 안테를 바라보았다. 사랑하는 아버지였지만, 한편으로는 아루가 머물고 싶어 하는 장소를 폐쇄하고 싶어 하는 자이기도 했다. 이번 3일간의 강제적인 폐쇄는 결국 그것을 위한 준비 중 하나가 아닐까? 아루는 마음이 불안했다.

"아버님께서 어떻게 하시어도, 제가 지킬 것이어요."

어린 소녀의 흔들림 없는 시선과 당당한 표정에 안테는 자신의 딸에게 다시금 감탄했다. 언젠가 황제가 물어 왔던 것, 귀족의 무엇이 평민과 그리 다르냐 했던 질문의 답은 오히려 황제의 무기가 되어 주었던 아루에게 있었다.

비록 역사의 뒤로 사라졌으나, 오랜 전통을 가진 왕가의 핏줄을 타고난 아이. 공작가의 깐깐한 교육을 눈웃음 지으며 이수해 낸 아이. 앞으로도 그녀가 누구와 있든 무엇을 입든 그 특별한 빛을 가릴 수는 없을 것이다.

아루의 목소리에 교실에 있던 다른 아이들도 그 곁으로 모여들었다. 아루는 언제나 그 중심에 섰다.

"세비 군!"

아루의 목소리가 다시 발랄한 소녀의 것으로 돌아갔다. 안테는 본능적으로 고개를 돌려 아루가 부른 상대를 확인했다.

지난번 아루가 병에 걸렸을 때부터 안테는 아루의 위안 인형에 걸려 있던 기묘한 목걸이가 신경이 쓰였다. 그러나 아픈 딸에게 그런 사소한 것을 캐물을 수는 없는 법. 궁금한 마음을 꾹 눌러둔 채, 그녀의 병이 다 낫기를 기다린 후에야 겨우 그 목걸이에 대해 들을 수 있었다.

'모, 목걸이 말씀이시어요?'

언제나 똑 부러지게 이야기를 하는 아루는 눈에 띄게 당황했었다. 제대로 눈을 마주치지 못하는 것은 물론이었다.

'그건 세비 군이 직접 만들어서 선물해 준 것이어요……'

딸의 목소리는 점점 작아졌다. 그 모습을 물끄러미 바라보던 안테는 밀려오는 불안함과 분노를 참을 수가 없었다. 그러고 보니 언젠가 아루에게 괴상망측한 가방 장식 따위도 만들어 주었지. 생각할수록 괘씸한 녀석이었다.

"아루, 있잖아."

세비는 웃으며 아루의 손을 꼭 붙들었다. 안테는 기절할 것 같은 표정으로 두 아이가 마주 잡은 손을 바라보았다. 아니, 이제 손이 문제가 아니었다. 무엇인가 비밀이라도 전하는지 아루의 귓가에 소년의 얼굴이 기울어지는 모습을 바라보는데, 안테는 심장이 터져 버리는 줄 알았다.

"그게 정말이어요?"

아루가 깜짝 놀라자 세비는 씨익 웃었다. 아루의 표정도 곧 그와 닮아 갔다. 안테는 처음으로 발견하는 딸의 새로운 표정에 어떤 반응을 해야 할지 몰랐다. 그저 어딘가 불편했다.

"······아루. 이리 와라."

어리다고는 하나, 가족 외의 남자와 그렇게 손을 붙잡고, 귓속말을 주고받는 것이 보기에 좋을 리 없었다. 그는 얼른 제 딸에게 손을 뻗었다. 그의 착한 딸은 그가 그리하면, 언제나 그의 손을 꼭 붙들며 빙긋 웃어 주곤 했었다.

"아버님······."

그러나 어째서일까? 늘 한결같았던 그의 딸이 곤란한 표정을 지은 채 안테를 바라보고 있었다.

"어서!"

안테는 손을 한 번 더 멀리 뻗으며 아루를 재촉했다. 그러나 작은 손은 여전히 소년에게서 벗어나지 않았다. 안테는 목이 턱 막히는 기분이 들었다. 이 지독한 배신감은 도대체 무엇이란 말인가.

"나는 허락하지 못한다."

안테는 아무도 구하지 않은 허락을 굳이 나서서 반대하기 시작했다. 어쩌면 처음으로 경험하는 딸의 작은 반항에 당황하여, 제가 무슨 말을 하는지 모르는 것일지도 몰랐다.

"나, 나는 정말로!"

"아버님께서, 그렇게 말씀하신다고 하더라도."

안테의 말이 다 끝나기도 전에, 아루의 똑 부러지는 목소리가 들려왔다. 아루의 표정은 다시 공녀님의 것으로 돌아와 있었다.

"저는 이곳을 지킬 것이어요."

안테의 '허락'을 다른 의미로 이해한 것일까. 아루는 마치 그에게 전쟁이라도 선포하는 것 같은 목소리로 당당하게 외쳤다.

아루는 잠시 곁의 친구들을 바라보았다. 반절에 가까운 친구들이 오지 않게 되었지만, 희망은 있었다. 아버님께서 밤마다 읽어 주신 병법서에 의하면 적은 인원으로도 충분히 승리를 거머쥘 수 있다고 했다.

희망의 온기가 가까워지자, 모든 아이가 미소 지었다. 보육원을 사랑하는 로미도 같은 표정이었다. 다만, 단 한 명. 행복할 수 없는 사람이 있었다.

안테의 얼굴 주름이 깊어졌다. 제 딸이 지키려고 하는 것 중에는 아마 저 소년과의 관계까지 들어 있을 것으로 생각하니 더욱 입 안이 썼다.

"이 보육원은 곧 문을 닫을⋯⋯."

"새 프로젝트가 생겼사와요."

아루는 보육원이 문을 닫을 예정이라는 말 따위는 전혀 신경 쓰지 않는다는 듯, 발랄한 목소리로 친구들 앞에서 새로운 활동 계획이 있음을 알렸다.

"닫는다고! 문을!"

"'신발장을 가득' 프로젝트를 시작하는 것이어요!"

아이들이 박수를 쳤다. '와아!' 하는 함성도 함께였다.

"일 년 안에!"

안테가 끝까지 외치는 말을 듣는 사람은 아무도 없었다. 하물며 작은 시선도 받지 못했다. 아이들은 신이 나서 교실로 우르르 몰려갔다. 안테가 한숨을 쉬며 현관을 나서자, 한차례 바람이 들어와 텅 빈 신발장을 흔들어 깨웠다. 바람이 전해 준 새 프로젝트 소식에 신발장은 아이들의 신발로 꽉 채워질 것을 기대하며, 기분 좋게 덜컹덜컹 소리를 냈다.

아이들은 교실에 빙 둘러앉았다. 이렇게 모이고 나니 정말로 인원이 훅 줄어 버렸다는 실감이 들었다. 그러나 우울한 분위기는 곧 사라졌다. 새로운 프로젝트에 거는 아이들의 희망 덕분이었다. 아이들은 작은 손으로 친구를 그리는 마음을 편지에 적어 내려갔다. 애틋한 진심이 담긴 그 종이는 등원하지 않는 아이들과 그 부모에게 발송될 예정이었다.

"자녀를 이길 수 있는 부모님은 없는 것이어요."

아루는 이 편지를 읽어 줄 친구들을 믿었다. 분명 돌아오고 싶다고, 친구들과 함께 시간을 보내고 싶다고 조를 것이 분명했다.

"정말로 이런 거로 돌아올까?"

"충분한 것이어요."

아루는 모든 편지의 끝에 커다랗게 사인을 남기며 생긋 웃었다. 그녀의 사인이 잘 보이게 들어가고 나서야 이 계획은 비로소 제대로 실행될 수 있었다. 아루는 제게 이 계획을 귀띔해 준 비밀 펜팔 친구를 떠올렸다.

임시로 문을 닫은 사흘간. 아루는 이러다가 정말로 보육원이 사라지는 것은 아닐지 깊이 걱정했다. 그런 마음을 보육원을 닫고 싶어 하는 아버지에게 털어놓을 수는 없어 오랜 펜팔 친구인 황제 폐하에게 진솔한 마음을 적어 보냈었다.

'그것참 걱정이로구나. 그렇다면 아루, 네 마음을 솔직하게 적어서 친구들과 그 부모님들께 편지를 보내 보는 것은 어떨까? 그리고 편지의 하단에는 정식으로 사인하는 것도 잊지 않도록 하려무나.'

오늘 보육원에 오지 않은 아이들은 전부 귀족 가문 출신이었다. 그 부모들이라면 아루의 사인을 보는 것만으로도 깨닫게 되는 것이 있을 것이다. 보육원 프로젝트의 찬성과 반대를 떠나 고위 귀족의 정통 후계자와 친밀한 관계를 맺기 기회는 무척이나 귀한 것이었다. 다소 계략이 섞인 편지가 되었지만, 아이들의 순수한 마음은 진짜였다. 함께 책을 읽고, 물싸움하고, 그림을 그리는 시간을 추억했다.

한편, 아이들의 수가 적으니 상대적으로 로미는 한가해졌다. 치워야 할 것도 별로 없었고, 지난 3일간 열심히 쓸고 닦은 덕에 구석구석 먼지 하나 보이지 않았다. 로미는 복도 창가에 마련된 의자에 앉아 따듯한 차를 마셨다. 한가하니 괜스레 생각이 많아졌다.

안테 님, 그리고 모리젠 선생님. 그들이 보내는 호의는 일반적인 정도를 넘어서고 있었다. 몇 번이나 착각이다, 착각이다, 하며 자신을 다잡았던 시간도 있었다. 그러나 이제 착각이라는 말을 쓰기에는 그들이 보여 주는 행동과 말이 무척이나 구체적이었다. 이제 로미는 그들이 가진 마음이 잠깐의 흥미로 그치기를 바랐다. 아니, 꼭 그래야만 했다.

로미는 그들의 저택도, 그들이 하는 생활도 보았다. 감히 '같은 귀족'이라고 생각할 수조차 없었던 그 격차. 공작가의 일원들은 아마 가난한 지방 귀족 아가씨가 신기했던 것일지도 모른다. 낯선 것에 잠시 관심이 가는 것은 당연한 일이다. 새로운 것에 익숙해 져, 그 자리에 있는 것이 당연해지면 응당 사라지는 관심이다.

로미는 심장이 몹쓸 소리를 낼 때마다 애써서 그 사실을 상기해 야 했다. 그렇게라도 하지 않으면, 이대로 이 두근거림을 소중한 마음에 가만히 옮겨 담을 것만 같았다. 한번 소중해진 것은 쉬이 떨어지지 않는다.

로미는 찻잔을 내려놓고 잠시 제 심장 근처를 손바닥으로 꾹 눌 렀다. 아릿한 감각이 몸속에서 손끝으로 찌르르 울렸다.

이건…… 반칙이야.

그녀가 아무리 애를 써도 닿을 수 없는 것에 그들은 너무나도 쉽게 그녀를 데려다줄 수 있었다. 비싸고 맛있는 저녁 식사, 1년 치 봉급과 비슷한 가격의 드레스, 그와 어울릴 만한 고가의 액세서 리들까지. 당장 눈에 보이는 것들이 이리도 반짝이는데, 그들이 그 것을 쥐고 달콤한 말로 저를 꾀어내는데, 어떻게 흔들리지 않을 수 가 있을까.

흔한 안부의 말 하나 상냥하게 해 주는 이가 없는 뾰족한 도시 생활에서 로미는 아주 오랫동안 홀로 버텨 내야 했다. 아린 외로움 은 시간이 흘러도 익숙해질 수 없었다. 인정의 말과 사람의 시선이 그리울수록 더 일에 매달렸다.

안테와 모리젠의 마음은 너덜너덜해진 마음에 불어오는 따뜻한 바람과 같았다. 바람이 가져오는 향기와 촉감이 사랑스러워 자신 도 모르게 시선이 가고, 손을 뻗게 된다. 흐르는 바람을 잡아 둘 수 없다는 것을 알면서도 자신도 모르게 그리되어 버리고 만다. 차라리 거칠고 사나운 바람이었다면 모른 척하기가 쉬웠으리라. 몸을 웅크린 채 잠시 눈을 감으면 모든 것이 끝나 있을 테니까.

제 마음과 이 상황. 모든 것이 그저 곤란했다. 무엇을 어떻게 해야 할지 전혀 모를 만큼.

'……조금 더 기다려.'

안테는 그녀에게 기다리라 했다. 그것은 언제까지일까? 이 아슬아슬한 상황을 언제까지 안고 있어야만 하는 걸까?

드르륵.

문이 열리는 소리에 로미는 고개를 돌렸다. 아루와 담당 교수님이었다. 친구들에게 보낼 편지 봉투를 안고 있는 것을 보니, 편지 쓰기 활동이 모두 끝난 모양이다. 아루는 교수님께 꾸벅 인사를 하고는 곧 로미에게 총총 다가왔다.

"로미 씨. 동행을 부탁드려도 좋을까요?"

"동행이라면……?"

아루는 교수님의 도움을 받아 작성한 협조 공문을 로미 앞에 내밀었다. 아이들의 글씨는 어설펐지만, 공문이 갖추어야 할 모든 양식은 제대로 갖추어져 있었다.

"아버님을 뵈러 갈 것이어요."

로미는 아루가 내미는 서류에 적힌 '행정부'라는 글자를 물끄러미 바라보았다. 그저 그리 적힌 글자일 뿐인데, 그 너머에서 떠오르는 얼굴이 있었다.

"로미 씨, 괜찮으시어요?"

아루가 걱정스러운 얼굴로 로미를 올려다보자, 로미는 애써 고개를 저으며 제 생각을 털어 냈다.

"괜찮단다. 바로 출발할까?"

"네! 이걸로 친구들을 모두 돌아오게 할 것이어요!"

아루의 얼굴이 여느 때보다도 진지했다. 그 용기와 희망이 가득한 얼굴은, 실로 이 나라의 유일한 공녀님이라는 신분에 퍽 어울렸다.

비로소 아루는 당당히 행정부에 들어섰다. 어디까지나 딸이 아닌, 보육원 어린이의 대표인 입장으로 말이다. 교수들의 도움으로 접견 요청까지 미리 해 두어, 바로 안테와 만날 수 있었다.

아루는 행정부에 두 가지를 요구했다.

하나는 행정부가 우편국에 협조를 넣어, 아이들의 편지가 가장 빠른 속도로 배달될 수 있도록 할 것. 두 번째는 그 비용을 모두 행정부에서 처리해 줄 것.

아루와 교수들은 무척이나 합당한 요구라고 생각했다. 그러나 안테는 단번에 고개를 저어 그 요청을 거절했다.

"일단, 우편국의 긴급 배달을 너희들의 사사로운 편지를 전하는 데 쓸 수는 없다. 무엇보다 그 비용이 만만치 않지."

"하지만, 아버님!"

거절에 당황한 아루는 아이들의 대표라는 신분을 잠시 잊은 모양이다.

"다소 시간이 소요되는 일반 배달로 한다면, 얼마든지 비용을 지원해 주지."

"그렇게 보냈다가는, 열흘 동안 내내 보육원은 텅 비어 버릴 것이어요!"

"그 시간만 지나면 다시 북적거릴 텐데, 무슨 문제지?"

"친구들을 하루라도 더 빨리 보육원으로 부르는 것이 저희의 목표여요! 그리고 그것을 도와주시는 것은 행정부에서 마땅히 협조

해 주셔야 할 일이어요!"

아루는 심장 근처에 두 손을 모으고 간절하게 청했다. 하지만 안테는 그녀의 어떤 말에도 그저 거절로 답할 뿐이었다. 그의 말에서는 협조할 수 없는 것에 대한 미안함마저 찾아볼 수 없었다. 하얀 아루의 얼굴이 곧 분노로 붉게 물들었다.

"필요하다면, 폐하의 허락이라도 받아 오겠사와요!"

계속되는 거절에 아루는 저도 모르게 소리를 지르고 말았다. 그리고 그 말은 명백히 안테가 정해 놓은 인내의 선을 넘어서는 것이었다. 감정이 없던 얼굴에 분노가 새겨지고, 그는 손바닥으로 책상을 내리쳤다. 엄격한 아버지의 얼굴이었다. 깜짝 놀란 아루가 곧 제 실수를 깨닫고는 얼른 고개를 조아렸다.

"폐하께서 너를 아껴 주신다 하여 방만해졌구나."

아루는 아무런 말도 할 수 없었다.

"그래, 폐하께서도 내게 너를 두고 겁박하시더니, 이젠 네가 내게 이리하는구나."

"그, 그런 것이 아니어요!"

"오냐오냐할 수 있는 한계를 정확히 파악해라. 나에게도, 폐하께도."

아루는 더는 무어라 말할 수 없게 되었다. 섣불리 말을 한 자신이 그저 원망스러웠다. 소중한 마음이 담긴 편지를 쥐고도 빨리 전할 수 없어서 분했다. 마음 같아서는 직접 돌아다니면서 편지를 전하고 싶었다. 그러나 그것 역시 그녀가 허락받을 수 없는 일이었다.

아루의 축 처진 어깨를 물끄러미 바라보던 로미는 감히 제가 나서도 좋을지 몰라서 말을 아꼈다. 그러나 아무리 시간이 지나도 무거운 분위기는 쉽사리 사라지지 않았다. 로미는 조심스럽게 제안해 보기로 했다.

"그렇다면, 저기. 제가 배달을 다녀오면 어떨까요?"

"네?"

안테와 아루가 동시에 로미를 바라보았다. 갑자기 닿은 시선에 로미는 조금 어색하게 웃었다.

"우편국처럼 신속하진 않겠지만, 주소만 분명하다면 천천히 걸어서 다녀올 수 있을 테고요. 무엇보다, 중요한 편지를 전하는 것은 시녀의 일이기도 하니까요."

로미의 이야기가 끝나자, 아루의 눈이 반짝였다. 어린 그녀는 이 순간이 그녀에게 기회가 되리라는 것을 알았다. 편지도 빠르게 전하고, 분노에 물든 아버님의 애정까지 돌려받을 수 있는 단 한 번의 구명줄! 이것을 놓칠 수는 없었다.

"하지만, 저기. 로미 씨 혼자 다니시기엔 위험할 것 같사와요. 지난번처럼 화를 내시는 부모님도 계실 테고……."

"괜찮아. 편지만 전해 드리는 것뿐이니, 부모님들을 만나게 되지는 않을 거야."

"게다가 전부 걸어서 전해 주시다가 시간이 늦어지기라도 하면 위험할 것이어요."

"수도는 안전한 곳이야. 괜찮아."

로미는 편지를 받아 들기 위해 아루의 근처로 다가갔다. 그러나 어린 소녀는 편지를 꼭 끌어안은 채 쪼르르 달려, 안테의 곁으로 달아났다.

"아니어요. 위험한 일을 부탁드릴 수는 없는 것이어요."

아루는 의식적으로 '위험하다.'라는 말을 계속 반복했다.

"그렇다면."

딸의 신호를 정확하게 알아들은 안테가 자리에서 일어났다. 아루의 손에 들려 있는 편지를 집어 들어 한 장 한 장 넘기며 주소를 확인했다. 역시나 특별히 위험할 일이 없는 곳이다. 제 딸의 여우 같은 짓에 절로 미소가 지어졌다.

"동행해 주지."

"괜찮……."

로미는 바로 거절의 말을 하려 했지만, 끝까지 말할 수 없었다. 아루가 큰 목소리로 다급하게 끼어들었던 탓이다.

"아버님께서 함께해 주신다면 저도 안심이어요!"

엄격하기만 했던 안테의 얼굴이 한결 부드러워진 것을 확인한 아루는 안도의 한숨을 쉬었다. 조금 곤란한 표정을 짓게 된 것은 로미뿐이었다.

"마차도 아니고 말이라니, 노골적이지 않습니까. 형님."

쉬는 날 아침부터 분주하게 준비하는 안테의 뒤에서 모리젠이 책장을 뒤적이며 따져 물었다.

"빠르고, 좁은 길도 문제없는 훌륭한 이동 수단이다."

애초에 좁은 길로 갈 예정도 없지만.

"그래서 로미 씨를 앞에 태우십니까? 뒤에 태우십니까?"

"앞이냐 뒤냐, 아직도 그 소리냐."

안테는 오랜만에 모리젠에게 웃어 주며 말했다. 다만 모리젠의 표정은 여전히 좋지 못했다.

"형님은 온 동네에 소문이라도 낼 작정이시군요."

안테는 본의 아니게 그 얼굴이 퍽 유명했다. 높은 지위에 있다 보면 눈과 귀가 모이는 것은 어쩔 수 없는 일이었다. 그런 그가 대낮에 어느 여성과 사이좋게 말 위에 올라 수도의 시내를 다닌다는 것은, 꽤 떠들썩한 소문으로 널리 퍼질 것이다. 더군다나 그 대상이 겨우 지방 구석의 힘없는 귀족 출신의 하급 시녀라면 더욱더.

"소문은 네가 먼저 시작한 일이다."

책장을 넘기던 모리젠의 손이 잠시 움찔거렸다. 동료들을 이용해 이상한 소문을 아주 조금 내기는 했었다.

"형님."

그러나 모리젠과 안테의 위치는 달랐다. 그 소문의 무게 역시 다를 것은 뻔했다. 그렇지 않아도 로미는 수도 생활을 힘들어했다. 안테와의 소문은 그녀의 힘든 생활에 무거운 돌을 더 얹어 주는 것이나 다름없었다.

"사람들이 오해합니다. 적당히 하시죠."

모리젠의 말은 언젠가 안테가 그에게 건네었던 것과 닮았다.

"모리젠."

예전의 말을 그대로 돌려받을 줄은 몰랐다. 안테는 모리젠을 돌아보았다. 의미 없이 책을 뒤적이던 그는 이제 책장에 몸을 기대어 안테에게 곧게 시선을 보내고 있었다.

"나는 사람들이 오해하게 할 참이다."

서로의 시선이 말보다 깊은 의미가 되어 닿았다.

"그리고 그녀 역시도."

모리젠은 자신도 모르게 주먹을 꽉 쥐었다. 주체가 되지 않는 감정이 손등에 모여 파르르 떨렸다. 모리젠은 로미가 보육원에 오기 전에 어떤 생활을 했는지 누구보다 더 잘 알았다. 공작과의 추문이 그녀의 삶을 얼마나 더 괴롭힐지는 뻔하지 않은가.

"책임질 수 없는 오해는 민폐입니다."

모리젠은 단언했다. 아무리 생각해 보아도 결론은 같았다. 황국의 하나뿐인 공작과 하급 시녀라니. 그 이야기의 끝이야 보지 않아도 뻔하지 않은가.

"내가 책임지지 못할 정도로 문제가 있는 인간인가?"

"형님은…… 그녀에게 공작부인 자리라도 내어 주실 셈입니까?"

그녀를 물어뜯기 좋아하는 무리에게 던져 주실 참입니까? 요령 없는 그 아가씨는 이제야 겨우 여우 떼에게서 벗어나 행복하게 웃기 시작했는데.

"로미 씨와는 어울리지 않습니다!"

소리를 지른 모리젠은 안테의 바로 앞으로 다가갔다. 가까워진 만큼, 조금 더 선명하게 알 수 있었다. 두 사람이 서로 같은 색의 욕망을 품었음을.

그러나 둘의 상황은 지극히 달랐다.

안테는 상징적인 존재였다. 이 나라의 행정과, 귀족을 대표하는 유일한 인물. 상징으로 존재하기에 필연적으로 뒤따라오는 기대에 그는 언제나 부응해 왔다. 혹여 그가 다시 혼인하게 된다면, 사람들은 그 반려에게도 같은 짐을 지우려 할 것이다. 아니, 그 이전에 로미가 과연 그런 상징의 곁에 존재하기에 마땅한지 한참이나 떠들어 댈 것이 뻔했다. 잔뜩 날이 선 목소리들이 그녀의 주변을 메우기까지는 금방일 것이다.

"공작부인의 자리 그리고 형님과도, 어느 하나 어울리지 않습니다."

자신이 아니더라도 괜찮았다. 하지만 형님은 안 된다. 그녀를 불행으로 이끌 뿐이니까.

"너까지 제법 건방진 소리를 하게 되었구나. 모리젠."

"형님은 모르십니다. 그녀가 얼마나!"

"모르는 것은 너다."

우연히 보육원에서 마주쳤던 밤. 안테는 이미 제 마음을 그녀의 저울 위로 올려 두었다. 그녀에게 훗날 무거워질 그 무게를 가늠해 달라 청하기까지 했다. 그때의 로미는 분명 고개를 끄덕였다. 인제 와 여러 가지 현실적인 이유를 변명으로 그녀에게 전했던 마음을 없던 것으로 할 수는 없었다.

어차피 그가 가진 좋은 패들을 그녀 앞에 내민다고 하더라도, 그보다 몇 곱절 더 나쁜 패들이 함께 따라갈 것이다. 판단은, 오직 로미의 몫이다. 그가 할 수 있는 것은 그저, 그가 가진 모든 것을 그녀의 저울 위에 솔직하게 올려 두는 것뿐이다. 안테는 제 손을 꾹 쥐었다. 처음으로 단단히 굳어진 결심이 그의 손안에 있었다.

로미는 편지를 배달하기 위해 아침 일찍 기숙사를 나섰다. 그녀는 그저 느긋하게 산책하듯 걸어서 편지를 배달할 생각이었다. 그런데 함께 가기로 한 안테가 마차도 아니고, 말을 타고 와 손을 내밀 것이라고는 생각하지도 못했다. 설마 말을 같이 타자는 것일까. 그런 것이라면 정말 부끄러운 제안이라고 생각했다. 도대체 이 남자는 무슨 생각인 걸까?

"왜, 왜 그러나."

뻔뻔한 표정을 가장한 안테가 말을 묘하게 더듬거렸다. 자세히 보니 입술 끝도 파르르 떨리는 게 어딘가 어색한 표정이었다. 혹시, 이 사람. 긴장한 걸까. 그리 생각하니 조금 재미있기도 했다.

"불편해서요."

"그럴 리가 있나. 이 말의 혈통이 어떤 것인지……."

"제가 불편해하는 것은 이 말이 아니라."

'안테 님이에요.' 로미는 이어지는 말은 생략했지만, 아마 그녀의 시선만으로도 그가 충분히 이해할 수 있으리라 생각했다.

"그렇다고 말을 버리고 갈 수는 없지 않은가."

"원하신다면 말을 잘 다룰 수 있는 시종을 불러올까요? 저택으로 말을 데려다 놓으라고 명하시면 될 것 같습니다."

"그렇다면, 내 저택까지만 타고 가서 마차로 바꾸어 타면……."

그 제안은 조금 솔깃했다. 그의 저택은 어차피 멀지 않은 곳에 있었고, 이렇게 빛이 따가운 날에 마차를 타면 햇살이 가려져 무척 좋을 것이다.

"그, 그럼 저택까지만……."

마차가 주는 혁명적인 혜택에 로미는 마음이 흔들렸고, 그 순간 안테의 표정이 밝아졌다. 그녀의 마음이 바뀔세라 얼른 손을 내밀었다.

"앞으로 타라."

이유는 모르겠지만, 이번에야말로 '앞'이 이겨야 할 것 같은 기분이 들었다. 더는 '뒤'의 편을 들어 주는 것은 사양이었다.

"저기, 앞은 조금 무서울 것 같은데……."

로미는 말을 탔을 때 느껴지는 색다른 속도와 눈높이가 걱정이었다. 그리고 또 무서운 것은…….

"내가 뒤에서 안고 있는데 어째서 무섭지?"

특히 그것이 두려웠다.

"네가 내 뒤에서 그 작은 손으로 간신히 옷자락이나 붙잡는 것보다는 훨씬 안전할 것이다. 어쨌든 여기서 말다툼할 시간은 없다. 빨리 타라."

안테는 다시 로미에게 손을 내밀었다. 잠시 주저하던 로미가 조심스럽게 그의 손을 잡았다. 그의 팔이 순식간에 그녀의 몸을 말 위로 끌어 올렸다. 잘 훈련된 그의 말은 어설픈 로미의 몸놀림에도 놀라지 않고 얌전히 기다려 주었다.

"잘했다."

안테가 말을 쓰다듬어 칭찬해 주었다. 이 짧은 시간 동안 사고만 치지 않는다면 오늘 저녁에는 당근에 솔질까지 해 주도록 하마.

"그대는 이쪽으로 기대라."

뻣뻣하게 허리를 세워 아슬아슬하게 균형을 잡은 로미의 모습이 어째 당장에라도 떨어질 것같이 위태로웠다. 안테는 그녀의 허리에 팔을 둘러 제게 끌어왔다.

"그렇게 하면 닿을 것 같……."

"닿아라."

당연한 말씀을.

완전히 당겨 온 그녀의 몸이 곧 그의 가슴에 깊숙이 안겨 들어왔다. 약간은 그의 팔이 강제적으로 데려온 것이지만, 그녀 역시 그것을 피하지도 거절하지도 않았다. 필연적으로 피어나는 작은 희망들이 그의 심장을 간지럽혔다.

"저택……."

"음?"

"정말 저택까지만이에요?!"

그를 돌아보는 로미의 표정이 놀라울 만치 새로웠다. 새침하게 휘어지는 눈꼬리나, 불만인지 애교인지 알 수 없는 목소리까지. 너무나도 짧은 순간이지만, 그는 그녀의 다른 표정을 소유했다는 것만으로도 감동했다.

"역시 그대는 앞이 어울린다."

로미가 그의 말을 이해한 것은 안테의 말이 몇 걸음 떼기 시작한 이후였다. 아직도 그때의 작은 전쟁에 집착하고 있는 그의 모습은 꼭 보육원의 어린아이들 같았다. 로미는 키득이며 미소를 지었다.

"어찌 웃나."

"아뇨, 아니에요."

차마 서른 살 먹은 남자에게 '귀여우셔서요.'라고 말해 줄 수는 없어서 로미는 살짝 고개를 저으며 대답을 피했다. 말은 착실하게 속도를 높였다. 긴장한 로미의 손에 힘이 들어갔다.

"처음인가?"

그다지 빠르지도 않은 속도에 긴장한 듯 뻣뻣하게 굳어지는 그녀의 몸을 보고 안테가 걱정되어 물었다. 확실히 처음 말을 탄 사람은 그저 걷는 속도도 빠르다며 호들갑을 떨곤 했다. 눈높이가 달라지니 속도 감각마저 달라지는 걸까.

"어릴 때라면 모를까, 철들고 난 이후로 이렇게 타 본 적은 없어요."

그리 말하는 그녀의 목소리에 가벼운 공포감이 묻어 있었다.

"고개를 들어라."

"네?"

"조금만 더 멀리 봐라."

"하지만."

로미는 안장의 끝부분을 단단히 쥐고 있는 자신의 손끝을 바라보기도 바빴다. 이렇게 흔들리는 곳에 앉아서 먼 곳을 보는 것은 도저히 불가능하다고 생각했다.

"절대로 떨어지지 않는다."

그렇게 말하는 그의 손이 조금 더 강하게 그녀의 허리를 죄어왔다. 타인과 몸이 닿았는데도 불쾌감은 들지 않았다. 어째서일까. 익숙한 향기 때문일까? 그녀의 후각으로 시나몬 향이 깊이 들어왔다. 항상 그가 담배 대신에 물고 다닌다는 시나몬 스틱의 알싸한 향은 어느새 그의 것이 되어 있었다.

어라, 그리고 보니……. 그의 향기를 짚어 가던 로미는 문득 새로운 사실을 발견하고는 다시 고개를 돌려 그를 바라보았다.

"담배 냄새, 약해졌네요."

옅은 향은 여전히 그의 안에 있었지만, 예전에 비하면 거의 반절 이상으로 줄어든 것이나 다름없었다.

"당연하다."

아무것도 아닌 것처럼 이야기했지만, 그의 마음은 환희로 가득해졌다. 그는 아직도 그녀가 담배 냄새를 핑계로 그를 피했던 일을 선명하게 기억했다. 제 옆자리를 그런 이유로 거부하리라고는 생각조차 하지 못했기에 약간의 상처로 남았었다.

"그대가 싫다고 하지 않았나."

근처에 다가오는 것마저 거부할 만큼. 그녀가 멀어지는 것은 곤란했다. 물론 담배를 피우지 못하는 것도 그에게는 곤란했지만, 지금은 로미 쪽이 조금 더 급했다.

"그건 그렇지만, 그렇게까지⋯⋯."

"그 냄새가 싫어서 가까이에도 오기 싫다 하지 않았었나."

아, 목소리에 조금 원망이 섞여 버린 것 같은데.

"시, 싫다고까지는⋯⋯!"

"했다."

그는 단호하게 그녀의 말을 끊었고, 로미는 반박할 말을 잃었다.

"그렇지 않고서야 내가."

한결 가벼워진 목소리로 그는 조금 고개를 숙였다. 그녀의 오른쪽 어깨에 그의 턱 끝이 닿았고, 아주 조금 고개를 돌린 것만으로도 그녀의 귓가에 그의 입술이 닿을 수 있었다.

"참을 리가 있나."

귓가에서 움직이는 그의 입술은 이따금 그녀의 귀를 간지럽히듯 닿았다.

로미는 부끄러움에 고개를 깊이 숙였다. 문득 그의 팔이 그녀를 보호하듯 완전하게 감싸고 있는 것이 보였다. 묘한 안정감이 드는 것은 어째서일까. 불규칙하게 뛰고 있던 심장이 잠시 제 박자를 찾을 정도로 안심이 되었다. 더는 말의 속도나 흔들림 따위가 신경 쓰이지 않았다.

로미는 이제야 고개를 들었다. 말이 밟고 지나는 땅이 보였고, 조금 더 고개를 들어 올리자 나무와 건물이 그리고 조금 더 멀리 시선을 옮겼을 때는 이제 막 떠오르기 시작하는 태양과 환하게 밝아 오는 하늘이 눈에 들어왔다.

멀리 바라보게 된 이후로 이 말이 절대 빠르지 않다는 것을 알았다. 시선 끝에 있는 태양에 닿으려면 이 속도로는 어림도 없을 것 같았다.

"조금 더, 빨리 갈 수 있어요?"

자신도 모르게 그에게 부탁하게 되었다.

"그대가 그리 말한다면."

안테가 한 손으로 틀어쥐고 있던 고삐를 휘두르자, 말발굽 소리의 간격이 줄어들었다. 로미의 입에서 숨소리에 가까운 작은 탄성이 나왔다. 보이지 않는 그녀의 얼굴을 상상하며 그는 한 번 더 그녀의 몸을 고쳐 안았다.

"흡족하신가?"

그녀는 작게 고개를 끄덕였고, 안테는 피식 웃었다.

"좋은 것은 항상 그대가 다 가져가게 되는군."

"네?"

"어느 쪽이든 나는 그저……."

그녀의 머리카락이 바람에 흔들리며 전하는 향마저도 그의 마음을 어지럽게 하는데, 이제 그녀의 몸이 말과 같은 박자로 그의 몸에 닿아 마찰되었다. 가까이하고 싶어 담배를 참았고, 결국 그리된 것은 기쁜 일이지만, 이렇게나 깊이 가까이 닿아서야.

"참아야 하는 것뿐이다."

〈진짜 일기는 마음속에 적어 두어요. — 6월〉

아버님과 로미 씨 덕분에 다시 친구들이 돌아올 수 있게 되었습니다. 폐하께서 알려 주신 방법은 생각보다 효과적이었어요. 하지만 지금도 조금은 궁금해요. 제 서명을 분명하게 해 두는 것과 친구들이 돌아온 것이 어떤 관계가 있는지. 어떤 마법 주문이라도 걸려 있는 걸까요? 아무리 생각해도 알 수 없어서, 조금 더 시간을 두고 고민해 보기로 했습니다.

오늘은 햇볕이 따가운 날이어요. 저는 세비 군과 나무 그늘에 앉아 흙에 나뭇가지로 그림을 그리고 있었습니다. 손재주가 좋은 세비 군은 그림도 아주 예쁘게 그려요. 저는 부끄러워서 아주 작은 하트만 몇 개 그릴 뿐이었어요.

"있잖아."

"네."

고양이를 그리던 세비 군의 나뭇가지가 잠시 멈추었습니다. 그림보다 중요한 이야기가 있는 걸까요. 저도 손을 멈추고 세비 군을 바라보았습니다.

"어제 아버지께서 말씀하셨는데."

"아버님께서요?"

최근 아버님께 이것저것 일을 배우는 세비 군은 부쩍 아버님에 관한 이야기가 늘었습니다.

"나에게 있어 아루를 '뮤즈'라고 한대."

"뮤즈가 무엇이어요?"

뮤즈라니, 단 한 번도 들어 본 적 없는 말입니다. 세비 군은 친절하게 '뮤즈'라는 것에 관하여 이야기해 주었어요.

"아루, 네가 나를 움직이게 하는 특별한 사람이 된다는 뜻이야."

그건…… 그건, 아직은 잘 모르겠지만 아주 영광스러운 자리 같아요! 세비 군에게 꼭 필요한 특별한 사람이 된 것 같아 황홀해져요. 저는 무슨 일이 있어도 세비 군의 뮤즈가 되어야겠다고 생각했습니다.

저는 저녁 식사 시간에 아버님께 뮤즈에 관하여 말씀드렸어요. 아버님은 보육원에서 있었던 이야기를 항상 즐겁게 들어 주니시까요.

"아버님! 세비 군의 뮤즈가 되기로 약속하였어요."

아버님의 눈이 동그랗게 변했습니다! 역시 함께 기뻐해 주시는 것 같아요!

"그래서, 세비 군이 만든 액세서리만 평생 하기로 약속했사와요!"

아버님이 화를 내셨사와요……

아버님 미워요……. 정말 미운 것이어요…….

7월
뿌리의 이야기

안테는 꿈을 싫어했다. 그 어떤 예고도 없이, 제 뜻과도 관계없이 펼쳐지는 과거의 잔상을 보는 것은 언제나 괴로웠다. 그러나 꿈은 조금도 그 선명함을 줄여 주지 않았다. 숨소리, 입술이 마찰하는 소리, 그리고 머리카락을 쓸어내리는 동작까지, 전부 기억하여 그대로 재현해 내었다.

카르나. 망국을 목전에 둔 약소국에서 팔려 오듯 진상된 열여덟 살의 어린 공주. 당시 스물두 살밖에 되지 않았던 안테도 많은 나이는 아니었다. 그러나 아직 성인이 되지도 않은 공주는 그저 까마득하게 어린것으로밖에 느껴지지 않았다.

황제의 주선으로 그 나라의 공주를 만나게 된 날, 안테는 아침부터 귀찮은 일에 휘말리는 것이라고 생각했다. 훌쩍거리고 징징거리며 돌려보내 달라고 애원하는 것은 아닌지, 혹은 정식으로 왕가의 일원이 될 수 없다면 자결하겠다고 저를 겁박하지는 않을지.

'당신이, 공작?'

그러나 올곧은 자세로 창가에 서 있던 소녀를 본 순간에 그는 자신이 갖고 있던 모든 생각을 접어 두어야 했다. 한눈에도 알 수 있었다. 그녀는 아직 제가 가진 최선의 수를 가다듬고 있었다. 가느다랗게 뜬 눈으로 저를 가늠해 보며, 부군으로 주어진 이를 어디까지 써먹을 수 있을지 확인하고 있었다.

'그렇습니다. 카르나 공주님.'

도저히 약소국에서 팔려 오듯 진상된 공주가 가질 만한 태도는 아니었다.

'공작.'

그녀는 탁, 소리가 나도록 부채를 접었다. 시선을 요구하는 행동. 안테는 고개를 들었다. 공주는 바로 제 앞에 가까이 다가왔다. 그의 가슴께에 겨우 닿을까. 작은 키 덕분에 조금은 이 공주가 아이다워 보였다. 그러나 곧 그의 시선을 끌어당기는 강렬한 눈빛은 결코 아이의 것이 아니었다.

'저는 권력과 교환되기 위해 왔습니다.'

그녀의 태도는 무척이나 당당했다. 성인도 되지 못한 그녀가 최선을 다하고 있는 것이 안테의 눈에는 빤히 보여 한편으로는 마음이 짠했다. 그러나 그녀가 노력하는 이상 함부로 그녀를 동정하여 우롱할 수는 없었다.

'저는 공작이 그 기대에 부응하길 바라요.'

이 공주님은 황족과의 혼인을 위하여 국경을 넘어왔다. 그러나 너무나도 약소한 본국 덕분에 황족과의 결혼을 거부당하고 결국에는 안테에게 넘겨지게 된 것이 못내 불만일 것이다. 자존심이 상했을 일이다. 그런데도 그녀는 단단히 서 있었다. 벌써 그녀의 뿌리가 낯선 이곳에도 내려져 있는 양.

'공주께서는 권력으로 무엇을 하시렵니까?'

'지킬 것입니다.'

'……본국을 말입니까?'

그것이라면 어떤 권력도 그녀를 도울 수 없을 것이다. 내부에서
부터 흔들리기 시작한 그 나라의 멸망은 이미 결정되어 있다고 해
도 과언이 아니었으니.

만일 그녀가 고개를 끄덕인다면 안테는 결혼에 대해 다시 생각
해 볼 필요가 있다고 여겼다. 그녀에게는 '귀한 핏줄' 이상의 장
점은 없었다. 정치적으로 귀찮은 안건들을 끌고 오게 되는 것은 골
치 아픈 일이었다.

'이곳으로 유입될 백성들이라도, 지킬 것입니다.'

의외의 대답에 안테는 조금 놀랐다. 그 나라의 왕족에게 이런
마음이 남아 있으리라고는 생각지도 못했기 때문이다. 사치와
향락. 그것만이 그들에게 남아 있는 단어라고 생각했다.

'제게 남은 마지막 가치로, 저는 지켜 보일 것입니다.'

그녀가 걱정하는 것은 단 하나였다. 왕국의 멸망으로 혹시라도
고통받을지 모르는 어딘가의 사람들. 마지막 백성. 이제는 난민으
로 분류될 그들의 생활이 조금 더 나아질 수 있기를, 말과 글을 모
른다 하여 차별받지 않기를 기도했다.

'백성, 백성이라.'

안테는 중얼거리며, 시간을 끌었다. 서로 간의 목적을 위해 하
는 혼인. 애정은 없더라도 이상은 맞아야 했다. 어쩐지 손이 가고
귀찮은 일들은 죄다 그의 손으로 떨어진다고 생각하고 있었는데,
혼인까지 그리될 줄은 몰랐다.

그래도 싫지 않았다. 확실하게 이야기하는 그녀의 화법과 주눅 들지 않는 눈동자가 퍽 마음에 들었다.

'좋습니다. 최선을 다해서, 권력을 쟁취해 오도록 하지요.'

그녀가 원하는 것은 조금 귀찮을 법도 하지만, 그 일을 다시 역으로 황제에게 들이밀어 복수할 수 있을지도 몰랐다. 그렇게 생각하니 제법 좋은 혼담이었다.

'공주님과 당신의 백성들을 위해서.'

안테는 그녀의 손등에 가볍게 입을 맞추었다. 그의 꿈은 묘하게 떨리던 그녀의 손끝까지도 충실하게 기억해 내었다. 그것이 결코 설렘에서 오는 떨림이 아니었다는 것까지도.

"카르나."

들려오는 목소리가 바뀌었다. 분명하게 그의 귀를 맴도는 소리는 지금 현재를 살아가는 그의 것이었다. 안테는 침대에서 비척비척 몸을 일으켰다. 입 안에서 그리운 이름이 계속 맴돌았다. 게슴츠레 뜬 눈으로 고개를 돌려 비어 있는 침대의 옆자리를 바라보았다. 한때는 그녀의 자리였던 곳이다.

창문이 열려 있지 않았다면 꽤나 불쾌하게 눈을 떴을지도 모르겠다. 무척이나 더운 날, 그나마 가끔 불어오는 바람이 겨우 땀을 식혀 주고 있었다. 아직은 더 자고 싶다는 본능이 너무나도 강하다. 하지만 딱 비슷한 정도의 욕망으로 차가운 물로 시원하게 씻고 싶었다. 덥다. 너무 더웠다.

안테는 더운 것이 싫었다. 차라리 추운 날에는 껴입으면 그만이지만 더운 것은 대책이 없었다. 결국, 더위가 잠을 이겼다. 욕실에서는 이미 그의 성향을 이해하고 있는 사용인이 얼음같이 차가운 물을 준비해 두었다. 온몸을 물속에 처박았다.

그리고 천천히 물속에서 눈을 떴다. 물이 닿은 눈동자가 까끌까끌했다. 아직도 남아 있는 꿈의 잔상이 물속에서도 펼쳐졌다.

'안테, 어째서 안아 주지 않죠?'

혼인식을 마친 날 밤에 카르나는 참 당돌하게 물어 왔다. 열여덟 살 소녀의 거침없는 언사에 되레 얼굴이 붉어진 쪽은 안테였다.

'앞으로 시간은 많이 있습니다. 공주님.'

'카르나, 카르나예요.'

'카르나.'

그가 이름으로 불러 주어도 카르나의 불만 어린 얼굴은 사그라지지 않았다. 혼인식을 했다고는 하나, 둘은 아직 서로가 낯설었다. 열렬하게 사랑하여 혼인한 것도 아니니, 첫날밤에 대한 기대가 있는 것도 아니었다. 게다가 카르나는 아직 성인도 아니었고.

하지만 카르나는 생각이 달랐던 모양이다. 통통하게 부풀어 오른 볼이 좀처럼 가라앉지 않자 안테는 어쩔 줄을 몰랐다.

'시녀들이 속옷을 고르는 데만 하루를 소비했어요.'

그리 말하며 그녀는 스스로 제 옷을 살짝 끌어 내렸다. 동그란 어깨가 드러나고 내비치는 속옷이 과연 그리 골라졌을 법도 하여 안테는 피식 웃었다. 아주 잠깐 묘한 욕망이 나올 것 같았지만, 그녀의 샐쭉한 얼굴을 보고 있으면 그저 여동생과 같이 보일 뿐이라 그마저도 쉽게 식었다.

그는 카르나에게 이불을 덮어 주었다. 몇 번 토닥토닥 등을 두드려 주니 곧 눈을 감았고, 깊이 잠든 숨소리가 나오기까지는 오래 걸리지 않았다. 혼인식이 여성에게 무척이나 힘이 드는 일정이라더니 카르나 역시도 완전히 지친 모양이다. 더구나 그녀에게 보내오던 사람들의 눈길은 축하의 눈빛이 아니었다. 동정과 경계심이 적절히 섞인 날카로운 것이 종일 그녀를 찔러 댔다. 그의 어린 신부는 오늘도 씩씩했다. 평소보다 더욱 화사하게 웃어 보였다. 그것이 최선의 수라고 멋지게 판단해 낸 모양이었다.

누구보다도 강하고, 절대 굴복하지 않는 망국의 공주님. 그녀의 머리를 쓰다듬어 주지 않을 수 없었다.

그리고 시간이 흐른 뒤에는, 닿는 손길에 애정이 생기지 않을 수 없었다. 그녀가 성인이 될 때까지 기다리겠다는 말이 가끔은 그를 괴롭게 만들 정도로, 그의 20대는 온전히 그녀에게 바쳐졌다. 그는 권력을 키웠고, 그것의 일부는 카르나의 소망을 위해 사용했다.

단 한 번도 그것을 후회하지 않았다. 그 감정을 다른 이름으로 덧칠하지도 않았다.

안테는 물 밖으로 고개를 내밀었다. 추억은 그대로 물속에 놓아 두었다. 기다리고 있던 시종의 도움을 받아 적당히 물기를 닦아 내고 출근 준비를 시작했다. 오늘도 마찬가지로 늘 같은 시간에 그의 방문을 두드리는 노크 소리가 들려왔다.

똑똑.

"들어와라. 아루."

"안녕히 주무시었어요. 아버님."

아침에 일어나면 부모에게 인사를 한다는 케케묵은 예법 따위를 이 작은 딸은 단 하루도 거른 적이 없었다.

"오늘부터 방학이 시작이어요."

아루의 얼굴은 여전히 아쉬움이 가득했다. 아루의 '신발장을 가득' 프로젝트가 성공하여 다시 아이들이 보육원에 북적이게 된 것도 정말 잠시였다. 교수들의 여름휴가와 보육원의 대청소를 위한 짧은 여름방학이 바로 뒤에 있었다.

아루는 방학과 동시에 친구들과 약속을 잔뜩 만들어 두었다. 앞으로 몇 번이나 서로의 집을 오가며, 외롭지 않은 방학을 보낼 계획이었다.

"아버님, 오늘은 세비 군의 집에 초대받은 날이어요. 기억하고 계시어요?"

창가에서 살포시 웃는 아이의 얼굴이 어쩐지 다 큰 아가씨 같았다. 아주 잠시 카르나의 얼굴과 겹쳐 보였다. 시간은 아루의 얼굴을 점점 그 어미와 닮은 모습으로 만들어 갔다. 그 성격까지도.

"물론이다. 여백작님께서는 바쁘신 분이니 폐가 되지 않도록 주의하렴."

예법을 완벽하게 익힌 그의 딸이 그렇게 할 리는 없었지만, 그것 외에 그가 대답할 만한 말이 없었다. 둘은 함께 내려와 간단한 아침 식사를 했고, 안테는 집사에게 당부하여, 아루가 적당한 선물을 들고 갈 수 있도록 지시했다.

"안녕히 다녀오시어요. 아버님."

항상 아루와 함께 출근하는 것이 습관이라도 된 걸까, 이렇게 현관에서 딸의 인사를 듣는 것이 무척이나 이상했다. 허전하고, 아쉽다. 오늘 같은 날엔 특히나.

"다녀오마."

떨떠름한 얼굴로 아루의 머리를 쓰다듬어 주었다. 생긋 웃는 딸의 얼굴이 새삼스러울 정도로 예뻤다. 세상에, 이렇게 예쁜 아이가 내 딸이라니! 어디서도 이런 미인은 본 적이 없는 것 같았다. 눈깔이 달린 사내놈이라면 다 이 아이를 탐낼 것이 뻔했다. 거기까지 생각이 미치자 안테는 온몸에 소름이 돋는 것 같았다. 그는 절대로 아루를 그 누구에게도 내어 줄 수 없었다.

"세비 군과 단둘이 방에 있는 것은 안 된다."

아루가 어색하게 웃으며 "저도 아가씨여요. 그 정도는 알고 있사와요."라고 대답했지만 어째 믿을 수가 없었다. 아루를 믿지 못하는 것이 아니라, 그는 남자라는 존재 자체를 믿을 수가 없었다. 당장 그 자신만 되돌아보아도……

"손잡는 것도 이르다. 아니, 안 된다."

그렇게 시작한 그의 잔소리는,

"귓속말도 금지다."

멈출 줄을 몰랐다.

"다섯 걸음 이상 거리를 두어라."

멈출 수가…….

"미소도 짓지 마라."

아루는 깊이 한숨을 쉬었다. 작은 손과 팔이 그의 등을 바깥으로 떠밀었고, 곧 문이 닫혔다.

쫓겨났다. 아직 경고할 말은 산더미처럼 남아 있는데.

방학을 맞이한 노 교수에게는 기가 막힌 계획이 있었다.

지난번 딸의 결혼식에서 제 둘째 아들과 로미를 소개해 주려던 계획이 무참하게 짓밟힌 이후 그는 이 여름방학만을 애타게 기다렸다.

"허흠! 모리젠 선생. 방학에는 무얼 하시나?"

"네, 저요?"

모리젠은 어색하게 웃었다. 예쁜 아가씨도 아니고 늙은 할아버지 교수님이 제 일정을 묻는 것은 그리 반가운 일이 아니었다.

"제가 뭐 휴가가 따로 있어야 말이죠. 아마 여기저기 손이 모자란 곳에 매일 땜빵 가야 할 겁니다."

"그것참. 누군가를 도울 수 있다는 건 좋은 일일세. 그럼 힘내게나."

모리젠의 어깨를 두드리며 그는 회심의 미소를 지었다. 이걸로 방학 동안 그를 방해할 사람은 아무도 없을 것이다.

"로미 씨."

교수는 바쁘게 복도를 오가는 로미를 불러 세웠다. 지난번에 모리젠이 선수를 치는 바람에 결혼식에서는 그녀와 말 한번 제대로 나누지 못했다. 그는 특별한 친분이 없는 어린 아가씨를 어떻게 밖으로 꾀어내야 할지 고민했다.

"네 교수님!"

"저기, 방학 중에는 바쁜가?"

"아니에요. 공작님께서 제게도 휴가를 허락해 주셔서, 저도 느긋하게 보낼 참이에요."

느긋하게 보낸다라. 그것은 약속이 없다는 뜻이렷다?

"저기, 혹시 쉴 때 미안하지만 내 부탁 하나만……."

"부탁이요?"

교수는 제 입에서 이렇게 거짓말이 술술 잘 나올 줄은 몰랐다. 그것도 딸에게 뭔가 선물하고 싶은데 요즘 아가씨들이 뭘 좋아하는지 모르니 하루만 나와서 같이 골라 달라는 저렴한 거짓말이.

"뭐, 잠깐 같이 선물을 고르는 것뿐이라면 얼마든지요."

그녀가 전혀 그를 의심하지 않으니 교수는 양심이 콕콕 찔렸다.

하지만 곧 웃음을 지으며, 날짜와 시간을 약속했다.

약속 장소는 시내에 있는 카페 코냐타였다.

순수하게 교수님과의 짧은 약속으로 알고 나갔던 로미는, 제 앞에 나타난 젊은 남성을 보고 깜짝 놀랐다. 남자는 거의 울 것 같은 얼굴이었는데, 로미와는 감히 눈도 마주치지 못하며 더듬더듬 상황을 설명해 주었다.

"아, 아버지께서…… 저어, 소개를……."

로미는 짧게 한숨을 쉬었다. 아무래도 교수님께 멋지게 속아 넘어간 모양이었다.

"저기요."

살짝 불쾌한 기분이 들어, 친절한 목소리는 나오지 않았다. 그렇지 않아도 소심한 그 남자는 로미의 무뚝뚝한 목소리에 더욱 기가 죽어 고개를 푹 숙였다.

"죄, 죄송해요! 그게 아, 아, 아버님께서."

남자의 목소리만 들으면, 어쩐지 로미가 남자에게 몹쓸 짓이라도 하는 것 같았다. 기묘해 보이는 남녀의 모습에 사람들의 시선이 은근히 집중되는 것은 당연했다. 주위의 시선을 느낀 로미는 최대한 인내심을 발휘하여 상냥한 목소리를 가장했다.

"아니에요. 차 한 잔 마시고, 돌아가면 그만인걸요."

로미는 제 앞에 있는 뜨거운 홍차를 다소 빠른 속도로 마셨다. 속았다는 것을 알고서도 바로 일어나지 않은 것은, 제게 친절히 대해 주었고 호감을 보여 준 교수에 대한 최소한의 예의였다.

"저어, 그, 그, 아, 아버님께서 연극도 보고 오라고 하시……."

그놈의 아버님께서! 아버님께서! 로미는 울컥하는 마음에 소리를 지를 뻔했으나, 곧 주변을 의식하고 그만두었다.

"죄송해요. 제가 연극까지는 시간이 안 날 것 같아요."

남자는 울상을 지었다. 어쩌지 어쩌지 하면서 중얼거리는 것을 보니, 로미와 충분한 시간을 보내지 않고 돌아오면 혼이라도 날 예정인 모양이다. 그의 양쪽 어깨가 한없이 추락했다. 하얀 피부에 그늘이 드리우고, 맑은 눈망울에는 어쩐지 눈물까지 고이는 것 같았다. 살짝 처진 눈매 때문일까, 어딘가 버림받은 초식동물같이 보였다. 괜스레 마음이 짠했다.

무슨 남자가 이렇게 가녀리고 하얗고 예쁜 걸까. 부담스럽게. 로미는 가볍게 한숨을 쉬었다. 어쨌든 그녀도 예쁜 남자를 좋아하는 평범한 여자이니까, 이런 모습에는 조금 약해지기 마련이다.

"알았어요. 연극은 못 보겠지만, 잠깐 시간 보내는 건 함께 어울려 드릴게요."

결코, 그 반질반질한 얼굴에 홀린 것은 아니었다.

"저, 정말요? 로미 씨 고맙습니다. 다행이에요. 무서운 분이 나온 줄 알고 영락없이 겁을 먹었었는데……. 상냥하시네요."

그는 푸른색 눈동자를 반짝이며 배시시 웃었다. 그 이후로 그와 몇 마디를 주고받았지만, 공통적인 관심사가 없으니 무슨 이야기를 해도 깊어질 수 없었다. 로미는 곧 지루해졌다. 어떻게든 여기서 빠져나가고 싶은데 아무리 시계를 보는 척하고, 자세를 고쳐 앉아도 이 남자는 로미를 보내 줄 마음이 없어 보였다. 그렇다고 유려하게 이야기를 하는 것도 아니었고.

변명거리를 찾아야 했다. 지금 당장 이 자리에서 벗어날 수 있을 만한 것으로. 로미는 고개를 두리번거리며 주변을 살폈다. 그리고 곧 익숙한 문양이 새겨진 마차가 카페 앞에 서는 것을 발견했다.

로미는 실눈을 뜨고 한참이나 그 마차를 살폈다. 그리고 그것이 공작가의 마차라는 것을 깨닫기까지는 오랜 시간이 걸리지 않았다. 로미는 자신도 모르게 심장이 쿵쿵 뛰었다. '하필이면 왜 지금!'이라는 말이 쉴 새 없이 머릿속을 떠다녔다. 이런 모습을 보이고 싶지 않았다. 그러니까, 다른 사람하고 데이트하는 것 같은 모습을. 어쩐지 가벼운 여자로 보일까 싶은 마음에…….

생각의 끝에서 로미는 또 하나의 의문점을 떠올렸다.

'그러니까, 누구에게 들키고 싶지 않았던 거지?'

로미는 침을 삼켰다. 몸을 숨기듯 살짝 고개를 숙이고, 마차에서 눈을 떼지 않았다. 마차에서 내리는 상대에 따라서 나오는 본능적인 반응이, 어쩌면 제 마음의 정답을 알려 줄지도 몰랐다.

"로미 씨, 저기 밖에 뭐라도……?"

"쉿!"

마차의 문이 열리는 순간, 로미는 얼른 가까이에 있는 쿠션을 집어 들어 살짝 얼굴을 가렸다.

마차에서 사람의 그림자가 아른거렸고, 로미는 침을 꿀꺽 삼켰다. 그리고 마차에서 내리는 작은 발을 발견했다. 로미는 쿠션을 내리고 안도의 한숨을 쉬었다. 세비와 아루였다. 가장 친한 친구인 두 사람이 방학을 맞이하여 같이 외출이라도 한 모양이었다. 로미는 체면도 잊고 테이블에 잠시 엎어졌다.

바보 같아.

혼자 중얼거렸다. 누구에게 걸릴 것을 걱정했을까. 왜 이런 사소한 오해가 싫은 걸까. 빤히 아는 마음의 답을 그녀는 애써 모르는 척 넘겨야 했다.

로미 보. 안테는 문득 그녀를 떠올렸다. 그녀는 무감각하던 시간의 끝에서 만나게 된 기적이었다. 절대로 움직일 리 없다고 생각했던 감정을 멋대로 휘저어 옮겨 놓은 이였다.

아이들이 보육원에 오지 않는 2주의 방학이 시작되었다. 안테는 그 첫 주를 로미의 휴가로 정했다. 공식적인 사유는 열심히 일한 것에 대한 보상이었다. 그러나 사실은 어떻게든 그녀와의 시간을 만들어 보려는 안테의 흑심이 작용한 것뿐이었다.

일주일이나 시간이 있으니 한두 번쯤은 식사나, 연극을 같이 보러 갈 수 있을지도 모른다. 묘한 기대감에 마음이 울렁였다. 출근하여 일하는 내내, 어떻게든 정시 퇴근을 하겠다는 의지를 불태우며 부지런히 일했다.

그런데 그게 화근이었다. 차라리 일하지 말고, 대충 게으름을 피워야 했다고 안테는 후회했다. 일은 할수록 늘어난다는 진리를 잠시 잊었다. 아니면 자신의 꼼꼼함을 탓해야 할까.

문제는 이러했다. 여름의 끝자락마다 이루어지는 축제 준비를 검토하던 중, 그의 눈에 밟히는 사항이 있었다. 바로 노점의 자리 선정. 노골적으로 드러나 있지는 않았지만, 목이 좋은 자리를 자금력이 좋은 순서대로 차지했다는 것에서 굉장한 위화감이 들었다.

무작위 뽑기로 이루어지는 자리 선정에 이런 결과가 나올 수 있는 확률이 얼마나 되는 걸까? 사실 사소한 부정은 언제나 행정 절차에 있는 법이지만……. 여름 축제 자리 선정은 각 상점에서 가장 중요하게 생각하는 부분이니, 그냥 넘어갈 수도 없었다. 몰랐다면 모를까, 알게 된 이상 어쨌든 적절한 처리는 필요했다. 안테는 미간을 누르며 고뇌했다. 어디에서부터 어떻게 몰아가야 할지.

"마음 같아서는 정말이지 모른 척하고 싶습니다. 공작님."

축제에 부정행위가 슬쩍 끼어드는 것이 사실 한두 번도 아니고.

"그래도 나랏일하는 놈이 그러면 쓰나."

"압니다."

"그래도 복잡한 것들은 치안대에서 알아서 할 테니까."

"그놈들이 뭘 압니까. 먹기 좋게 알맹이 까서 포크에 찍어 그 입 앞에 가져다 바쳐야 날름 받아먹겠죠. 또."

"뭐, 부정은 않겠다만."

더운 날씨에 지쳐 있는 것은 그의 부하들도 마찬가지였다. 조금 미안한 마음도 들었지만, 커피도 사 주고, 단것도 쥐어 주며 겨우 겨우 독려해 증거를 정리하러 보냈다. 그들의 엉덩이가 의자에서 떨어지는 데는 매우 오랜 시간이 걸렸다. 그리고 안테는 모든 경위를 담은 새로운 보고서를 작성하기 시작했다.

"담배…… 담배 피우고 싶다……."

손으로는 끊임없이 일하면서 담배 대신 시나몬 스틱을 입에 물고 그는 다리를 덜덜 떨었다. 스트레스와 금단 증상이 그의 몸을 지배하기 시작한 것이다. 이쯤 되면 차라리 한 대 시원하게 피우고 싶었다.

그의 직감에 의하면 이런 작은 문제를 발견해 들쑤시다 보면 무슨 넝쿨처럼 다른 문제들이 여기저기서 줄줄 뽑혀 나오기 마련이었다. 그리고 확신하건대 그는 그 넝쿨을 반도 뽑아내지 못하고, 지쳐 쓰러질 것이다. 담배 없이 그걸 버틸 수 있을까.

"가서서 한 대 피우고 오시죠? 다리 떠는 건 꼴사나운데."

그의 책상에서 일거리를 정리하던 쿠디안이 무신경하게 담배를 권했다. 안테는 날카로운 시선으로 쿠디안을 노려보았다. 피울 수 있었으면 진즉에 피웠다. 입으로 쏟아져 나오는 욕설을 삼키고 그는 침착하게 대답해 주었다.

"……참는 중이다."

"그거, 소문과 관련 있는 겁니까?"

또 무신경한 가벼운 말투. 그러나 그 순간 주변에 있던 모든 이들의 시선이 두 사람에게 몰려들었다. 부인을 잃고 오랜 시간 혼자서 살아온 안테의 핑크빛 소문이 행정부 내부에서 조심스럽게 퍼지기는 했으나, 모두가 믿기 어려워했다.

일중독에, 성격은 사납고, 무엇보다 딸을 키우는 것에 푹 빠져 지내는 저 아저씨에게 로맨스라니, 절대로 어울리지 않는 것이라며.

안테는 피식 웃었다. "나는 사람들이 오해하게 할 참이다."라고 모리젠에게 말한 지 얼마나 되었다고 벌써 많은 소문이 그를 감싸고 있는 모양이다. 그는 슬쩍 자랑하는 말로 당당하게 대답했다. 뭐 죄지은 것도 아니지 않나. 책임지면 되지. 책임.

"담배 냄새가 싫다더군."

툭.

여기저기에서 서류를 바닥에 떨어뜨리는 소리가 났다. 한편에서는 뜨거운 커피를 잘못 삼켜 캑캑거리는 사람도 있었다. 모두가 하던 일을 중지했다. 귀를 쫑긋 세우고 안테의 이어지는 말을 기다릴 뿐이었다.

"뭐, 일단 그래서 담배는 참고 있다."

"그렇게 애쓰신 만큼, 뭔가 진척은 있으셨고요?"

역시 행정부의 자랑스러운 쿠디안. 공작의 사생활을 묻는 것에도 거침이 없었다.

"……."

그리고 그 진척이라는 말에 안테는 그다지 할 말이 없었다. 이걸 있다고 해야 하나 없다고 해야 하나. 애초에 만나지도 못하고 있었다. 눈코 뜰 새 없이 바쁜 일정이 그를 붙잡아 두고 있었으니까.

"없으셨구나."

"⋯⋯쓸데없는 소리 말고 일해라."

안테는 시선을 피하며 중얼거렸다. 그 태도가 저 미친놈에게 또 먹이를 던져 주게 된 것이라는 걸 깨달은 것은 자신의 말이 끝난 직후였다.

"흐익? 정말로 아예 없으셨구나."

"일해라!"

"손은 잡아 보셨고요?"

"자네는 나를 뭐로 보나! 그 정도는!"

"안아 보기도 하셨고요?"

"당연하지!"

"근데 거기까지셨구나⋯⋯."

동정의 눈빛이 따가울 정도로 그들에게 집중되었다. 그리고 사람들의 관심을 양분으로 사는 쿠디안은 더욱 신이 나서 잘난 척을 시작했다.

"공작님. 무릇 남자의 애정이란 것은, 탁— 하고 척— 해서 훅! 하는 겁니다."

동사가 생략된 불친절한 그의 설명에도 많은 이들이 고개를 끄덕였다. 다수의 사람이 공감한다는 것은 그의 말이 어느 정도 일리는 있다는 뜻일 터. 공작은 고민했다. 무엇을 탁— 하고 어떻게 척— 해서 무슨 수로 훅— 하라는 것인가.

"담배까지 참으시는데, 그 정도는 저지르셔도 됩니다."

모든 흡연자가 격하게 고개를 끄덕였다.

"시끄럽다. 그런 소리를 할 시간이 있다면, 밀린 일이나 빨리 해!"

부끄러워하는 것이 빤히 보이는 반응. 모두 웃음을 감추며 서류 속으로 얼굴을 묻었다. 최근에 자신들의 상관은 심각할 정도로 귀여워지고 있었다.

그리고 그 심각할 정도로 귀여운 상관이 잔혹한 악마로 변신한 것은 정확히 그날로부터 5일이 지난 후였다.

일이 넝쿨째 쉼 없이 굴러올 것 같다는 안테의 예감은 적중했다. 행정부에 퇴근이라는 말이 들려온 지도 오래된 것 같았다. 안테는 거의 끝나 가는 로미의 휴가 기간이 안타까웠다. 연극이나 식사는커녕 얼굴 한 번 볼 수가 없었다. 생각해 보면, 그녀를 맘에 담은 후 이렇게까지 만나지 못한 적은 없었다. 안테는 극도로 예민해졌다.

"공작님 저어……."

"바빠!"

"저기……."

"바빠!"

그를 지켜보는 사람들은 담배도, 여자도 어느 것 하나 충족되지 않은 욕구불만을 지닌 남자가 이렇게 무섭다는 것을 새삼 깨달았다. 말 한마디에도 예민하게 구는 이 악마께서 차라리 담배라도 피우기를 모두가 간절히 바랐다.

"저기 아무리 바쁘셔도……. 공작님을 찾는 분이 계시는데……. 그 나라의 말을 하고 계십니다."

부하의 조심스러운 말에 펜대를 쥔 안테의 손이 멈추었다. 종일 복잡하게 돌아가던 머릿속의 폭풍이 단 한 번에 가라앉았다. 분명 그 나라 출신의 사람이 도움을 청할 때는 상황을 논하지 말고, 그에게 보고하라고 말해 두었다. 카르나가 그에게 남긴 마지막 영향이라고 해도 좋을 것이다. 그 나라의 이름을 들으면 모든 것을 제쳐 두고 달려가게 되는 것은.

'미안해요······. 하지만 당신에게 부탁해도······?'

그녀는 마지막 순간까지 자리 잡지 못한 백성들을 이야기했다. 숨이 넘어갈 것 같은 상황에서도 그녀의 어린 딸만큼이나 그들을 걱정했다.

'고마워요······.'

애써 지어 보이는 미소가 안타까워 안테는 그녀의 손을 붙드는 것 외에는 어찌할 도리가 없었다.

얼마 전 꾸었던 꿈 때문일까, 그녀의 백성을 만나러 가는 기분이 묘했다. 이들을 도와주지 않을까 걱정이 되어 카르나가 그의 꿈에 장난을 친 것일지도 모르겠다. 그들이 기다리고 있다는 작은 회의실의 차가운 손잡이를 잡아 돌리며 그는 쓰게 웃었다.

그리고 문이 열렸다. 간단한 인사말 따위는 그도 할 줄 알았다. 하지만 그 이상의 말은 전혀 알아 두지 않았기에 그는 뒤따라오는 이에게 전문 통역사를 불러 달라고 말하려 했다. 그 안에서 누군가를 발견하기 전까지는.

"공작님."

"······로미?"

그녀의 뒤로 보이는 나이 든 부부. 아마 그들이 공작을 찾아온 이들이리라. 그런데 로미는 어째서 이들과 함께 있지?

"입구에서 다른 직원분들이 곤란해하시는 것을 우연히 보게 됐어요. 제가 통역을 도와 드릴 수 있을 것 같아서……."

그렇게 이야기하는 로미는 평소와는 다르게 산뜻한 물빛의 외출용 드레스를 입고 있었다. 어깨 언저리에 구불구불한 모양으로 귀엽게 말아 늘어뜨린 머리가 경쾌하게 흔들렸다. 조금 어려 보이는 것 같기도 하고. 휴가 중이라 어디 다녀온 것 같은데. 오랜만에 보니까 어쩐지……. 아, 감상할 때가 아니었다.

안테는 떨어지지 않는 눈길을 힘겹게 돌려 노부부에게 시선을 주었다. 안테가 그 나라의 말로 먼저 인사를 건네자, 비로소 그들이 기쁘게 웃으며 허리를 깊이 숙여 인사했다. 알아들을 수 없는 말임에도 그들의 감정은 분명히 실려서, 안테를 만날 수 있어서 안심하고 있는 것이 모두 느껴졌다.

젊은층들은 이제 완전히 융화되었다고 해도 과언이 아니었다. 그들은 머리 회전이 빠르고 금방 적응을 하는 존재들이니. 하지만 노인들은 그렇지 않았다. 시간이 지나도 말 한마디 제대로 배우지 못하는 이들도 많았고, 여전히 제 나라의 말을 일부러 고집하는 이들도 있었다. 끝까지 이방인의 삶을 살아야 하는 이들에게 안테는 깊은 책임감을 느꼈다.

안테의 부드러워진 분위기에 노부부는 성급하게 이야기를 꺼내기 시작했다.

"뭐라고 하는 거지?"

약간 특이한 억양이 섞인 탓인지 더 알아듣기 어려웠다. 어딘가의 방언일지도 몰랐다. 문맥조차 짚을 수 없게 된 그는 고개를 돌려 로미를 바라보았다. 현관에서부터 그들과 대화를 했다는 그녀는 아마 저 말을 이해할 수 있으리라 믿었다.

"저."

제 입으로 통역을 자처했던 로미는 어째서인지 쉽게 입을 열지 못했다. 망설이는 모습에서 안테는 뭔가 좋지 않은 예감이 들었다.

"공주님의 부군……이신 공작님께 청이 있다고 합니다."

로미는 충실할 정도로 그들의 말을 그대로 옮겨 말했다. 그리고 그 이야기를 전부 전했을때, 굉장히 이상한 기분에 휩싸였다. 어째 서일까. 모르던 것도 아니었는데. 그 말을 전하는 입꼬리가 파르르 떨렸다.

로미는 이 노부부가 공주의 이야기를 꺼내는 이유를 이해할 수 있었다. 카르나 공주는 이 나라에서 그들이 기댈 수 있는 가장 높은 사람이었고, 그녀가 사라진 이후 그 자리는 오롯이 안테의 것이 되었다. 로미의 어머니 역시 그 나라 출신이었기 때문에, 그 작은 인연에 기대 보고자 하는 그들의 마음을 절대로 모르지 않았다.

로미가 통역을 마치자, 곧이어 노부부는 다시 입을 열었다. 로미는 귀에 들어오지 않는 이야기에 집중하려고 애썼다. 하지만 다른 생각이 머릿속을 메웠다.

그랬지. 저 사람 결혼했었지. 무척이나 예쁜, 고귀한 공주님의 남편이었지. 공주님이 원하는 것이라면 무엇이든 들어준다고 하는 그런 남편이라고 했었다.

뾰족하게 솟아나는 미운 마음. 원망, 혹은 질투일까.

저 사람은 어째서 시골 아가씨 따위에게 그렇게 행동한 걸까? 그렇게 아름다운 공주님을 곁에 두었던 사람이 왜. 한번 시작된 혼란스러운 마음은 좀처럼 가라앉지 않았다. 그녀가 다시 노부부에게로 의식을 옮겨 왔을 때는 그들의 말이 이미 끝나 있을 때였다.

"아, 저기."

로미는 어찌 말해야 할지 몰랐다. 그들의 말을 전혀 듣지 못했으니까.

"통역관을 불러라."

안테가 잠시 손을 들어 그녀의 말을 중지시켰다. 제게 남아 있는 카르나의 작은 그림자를 로미에게 들킨 것만 같아서 괴로웠다. 잠시 회의실은 조용해졌고, 두 사람은 서로 시선을 마주하지 못했다.

그것이 노부부에게는 안테가 '이야기를 듣지 않겠다.'라고 선언한 것과 같이 느껴진 모양이다. 다급해진 말투로 좀 더 많은 말을 로미에게 쏟아 내었다.

로미는 분명하게 그들의 말을 이해했다. 하지만 제 입으로 그것을 말하고 싶지 않았다. 어쩐지 그랬다. 말해 버리고 나면 제 마음이 그대로 갈라질 것만 같았다. 노부부는 자신들의 말을 젊은 아가씨가 이해하지 못했다고 생각한 모양이었다. 아주 느릿하고 분명한 발음으로 한 번 더, 로미에게 이야기를 해 주었다. 그 덕분에 안테 역시 그 말뜻을 짐작할 수 있었다.

"그만!"

"공작님께서는……."

그가 무어라 말리기도 전에, 로미가 단호한 말투로 입을 떼었다. 로미의 통역을 바라는 그들의 얼굴이 너무나도 간절했기 때문이다. 로미 역시 더 이상 그들을 모른 척할 수는 없었다.

"그만해라, 로미. 통역관을 부르겠다."

드레스를 쥔 로미의 손이 떨리는 것을 바라보며 그는 그녀의 말을 급히 막았다. 아마 그가 알아들은 것이 틀리지 않은 것이리라.

노부부가 로미에게 했던 말은 사실이다. 그것에 대해 조금의 부끄러움도 미련도 후회도 남아 있지 않았다. 그러나 그것을 굳이 꺼내어 제게 들려주는 사람이 로미가 되어서는 안 되었다.

"카르나 공주님을 무척이나……."

그 작은 입술에서 결국 그 이름이 나오고야 말았다. 그녀의 이름을 타인에게서 듣는 것 자체가 오랜만이었다. 안테가 어디에서도 '공작님' 이듯 그녀 역시 어디서나 '공작부인' 이었으니. 그런데 그 이름을 말하는 이가 오랜 아픔을 지나 처음으로 마음을 열게 된 상대인 것은 무슨 신의 장난이란 말인가.

그녀에게 이미 제 마음을 내보였는데, 그녀 역시 그것을 알고 있는데.

파르르 떨리는 그녀의 속눈썹에 눈물이라도 맺힐까, 겨우 이야기를 꺼내는 작은 목소리에 울컥거리는 소리가 섞일까, 그는 그저 그것이 걱정이었다. 처음으로 저를 향한 그녀의 마음이 그저 작고 형편없기를 바랐다. 그렇다면 그녀가 슬퍼할 일도 없을 테니까.

"……무척이나 사랑하셨다고 들었습니다."

사랑, 이라는 말을 전할 때 로미는 목이 막히는 것 같았다.

"그러니 부디, 그녀의 백성인 저희의 청을 너그러이……."

그러나 그녀는 묵묵히 그들의 이야기를 전하는 것에 집중했다. 그렇지 않아도 안테가 최근에 알아보고 있던 축제의 노점 자리에 관한 문제였다. 무작위 추첨이 조작되어 득을 보는 자가 있다면, 반드시 피해를 보는 자가 있기 마련이다. 이들이 안테를 찾아와 주어서 그 피해자를 찾는 수고를 조금은 덜게 되었다.

상대가 이 나라의 말을 모르는 타국 출신의 노인이라 하여 그들이 멋대로 일을 친 모양이었다. 어디에서도 이들의 억울함을 들어 줄 수 있는 없을 것이라 여긴 듯했다. 안테는 주먹을 쥐었다. 용서하지 못할 놈들이다.

그가 사랑하는 아루의 피의 반은 그 나라에서 왔다. 그들의 존 엄을 지키는 것이 그에게는 무척이나 중요한 일이었다. 이미 사라 진 나라였지만, 그들의 처우가 바닥을 치면 칠수록 아루에게 좋지 못할 것은 뻔했다.

쟁점이 될 법한 부분을 메모한 뒤에 안테는 일련의 사건에 관하 여 확인하고 있는 직원들을 불러 면밀하게 조사할 것을 명령했다. 그들에게는 정식 통역관을 따로 붙여 주었다.

노부부는 몇 번이고 로미와 안테에게 감사의 뜻을 표했다. 문제 가 해결된 것도 아니었지만, 이방인의 말을 들어 주고 어떻게든 알 아봐 주는 것 자체로도 그들은 고마운 마음을 감추지 못했다.

직원들과 노부부 그리고 통역관이 조사실로 자리를 옮기자 회의 실에서는 안테와 로미만이 남았다. 서로에게 아무것도 전할 수 없 는 두 사람 사이는 조용하기만 했다.

안테는 무슨 말을 먼저 해야 할지 고민했다.

이런 상황만 아니었다면 하고 싶은 말은 무척이나 많이 있었다. 휴가 중에는 무얼 하고 보냈는지, 오늘은 어디에 다녀오는 길이기 에 이렇게 예쁘게 하고 있는지. 혹여 모리젠을 만나는 것은 아닌 지. 그 와중에도 그녀가 모리젠을 만날까 질투하고 있는 자신이 그 저 한심하여 그는 고개를 숙였다.

"그럼, 저도 이제……."

길어지는 침묵에 먼저 항복을 하고 만 것은 로미 쪽이었다. 알 수 없는 마음으로 요동하던 심장은 완전히 안정되었다. 그녀가 지 금 참을 수 없는 것은 과거의 사람을 제 입으로 말해야 했던 상황 때문만은 아니었다.

그녀 역시 과거에 사랑한 사람 정도는 있었다. 절절하도록. 아프도록. 제 몸이 뜯겨 나가는 것 같은 마음을 가져 본 기억이 있었다.

로미 자신에게 그 과거가 흠이 아니듯, 그의 과거도 흠이 아니다. 그래. 그리 생각할 수도 있는 문제였다. 다만, 지금 그녀를 괴롭히고 있는 것은 그녀를 이리 몰아 놓고도 단 한 마디도 하지 않는 눈앞의 그였다.

아무런 사이도 아닌 그에게 무언가를 바라고 있는 자신이 참 우스웠다.

'왜 나를 길들이고 있지?'

'……그대를 기다린 나에게는 언제 와 주지?'

'그대는 내 쪽으로 기대라.'

그 한 마디 한 마디에 기대하고 기다리고 두근거렸던 시간이 아직도 그녀의 안에서 선명했다. 어린 소녀가 된 기분으로 그다음을, 조금은 기대했던 모양이다.

바보같이.

공주님의 부군이었던 분이 자신을 진지하게 바라볼 리가 없는데. 그렇게 마음을 다잡았으면서도 이렇게 흔들리고 말았던 마음이 끔찍하도록 부끄러웠다. 로미는 가까스로 문고리를 잡았다.

"로미."

아주 잠깐 열렸던 문은 다시 안테의 손에 의해 쿵, 소리가 나도록 닫혔다. 어느새 로미의 바로 뒤에 그가 서 있었다. 돌아보지 않아도 알았다. 그의 향이 지나치게 가까웠다. 이대로 돌아본다면 그의 팔에 완전히 갇혀 버릴 것이다. 언젠가 제 허리를 감싸 안았던 그 팔이 다시 또 그녀의 몸과 마음을 잡아끌어 그에게 데려갈 것이다.

지금이라면, 아직 아무것도 깊어지지 않은 지금이라면 전부 되돌릴 수 있었다. 잠깐 두근거렸던 마음에서 눈을 돌릴 수 있을 것이다. 마지막이 될지도 모르는 기회가 그 가느다란 문고리에라도 붙어 있는 양 그녀의 손은 붉어질 때까지 그것에 매달렸다.

"이쪽이다."

안테는 그녀의 시선이 제게 닿길 원했다. 그러나 로미는 꼼짝도 하지 않았다. 되레 그 문고리를 쥐고 있는 손에 힘이 들어갈 뿐이었다.

"……로미."

외면하는 것은 괴로웠다. 그러나 로미는 차마 그를 바라볼 용기가 나지 않았다. 서로의 숨소리가 몇 번이나 교차하고 난 이후에야 로미의 입술이 천천히 움직였다.

"안테 님은 왜……."

그 한마디에, 지난 기억을 모두 눌러 담았다. 용기가 없는 눈동자를 눈꺼풀로 가린 채.

"……저를, 길들이시는 거죠?"

안테는 대답할 수 없었다.

'왜 나를 길들이고 있지?'

언젠가 그들이 보육원에 앉아서 함께 밤을 새우던 날에 그가 조용히 읊조린 말이었다. 그녀가 듣고 있으리라고는 생각조차 하지 못했던 용기 없는 고백의 말이었다. 그녀의 작은 행동 하나에도 자꾸 휘둘리고 이상해지는 자신을 깨닫게 된 날. 원망과 애정을 담아 조용히 전했던 형편없는 고백.

그러니까, 지금 그녀의 말은 아마……

안테는 생각을 멈추었다. 그 전부터 그의 손은 이미 그녀의 몸을 짚어 내고 있었다. 문고리에 절절하게 매달리는 그녀의 손을 치워 내고 강제로 어깨를 돌려 저를 보게 했다.

그의 걱정대로 물기로 무거워진 눈가가 그곳에 있었다. 안타까운 마음에 손가락을 뻗어 그 눈물을 지우고, 또 지워 내렸다. 끝끝내 지워지지 않는 그것이 결국 그녀의 붉은 뺨을 따라 도르르 흘러내렸다.

무엇을 말해야 하나.

안테는 그녀를 향한 자신의 마음을 생각했다. 지난 기억과 그에 걸린 감정까지 모아 담아 보았지만, 그것이 모두 소용없는 것임을 깨달았다. 눈물은 곧 그녀의 입술까지 흘러내렸다. 안타까운 눈물의 끝으로 그의 시선이 닿았다. 아니 시선이 아니었다. 눈물을 좇은 것은 그의 입술이었다. 말랑말랑하고 달달한 것이 그의 입술에 닿고 나서야 비로소 안테는 그것을 깨달았다.

길들인다.

안테는 더는 누군가가 특별해지기를 원하지 않았다. 오랜 시간 동안 홀로 기억하는 추억이 그의 심장을 갉아먹었다. 제 손에 쥐어 둔 권력이 유일한 구원이었다. 권력은 그에게 끊임없는 일을 가져다주었다. 슬픔에 빠져서 허우적거릴 충분한 시간마저 허락하지 않았음은 물론이다.

그는 조금씩, 아주 조금씩 단단한 보석을 갈아 내듯 처절한 그리움을 덜어 냈다. 그 고통스러운 과정은 앞으로도 영원히 끝날 것 같지가 않았다. 그런데도 안테는 그것이 단 한 순간에 사라지는 마법 따위를 갈구하지 않았다.

그가 바라는 것은 한 가지였다. 이후, 부디 그 누구에게도 길들지 않기를.

듣지 않아도 어떤 말을 할지 눈치채고, 손길과 눈길의 방향과 심장의 고동까지 예측하게 되는 그 지독한 감정을 영원히 과거로만 추억하길. 감정과 시간을 잡아먹는 괴물에게 붙잡히는 일이 없도록.

그러나 그 어떤 기도도 그녀 앞에서는 소용이 없었다. 그것은 허무한 것이었고, 기적이었다.

안테는 그저 그녀의 입술에 가볍게 닿아 있었다. 흘러내리는 것에 반응해 버린 입술은 그녀에게 위로를 전하는 것 외에는 바라는 것이 없었다. 그녀의 숨결이 그의 것 아래에서 들썩이고 훌쩍이며 아스라하게 마찰되었다. 그때마다 그녀의 입김이, 그녀의 감정이 안테의 입 속으로 밀려 들어왔다.

안테는 로미가 주는 것을 삼켜 내었다. 그것은 질투일까? 아니면 아직은 정하지 못한 어떤 감정의 울림일까? 그녀가 보내오는 감정을 맛보고 삼켜 내며 그것이 어떤 것일까 감히 짐작해 보았다.

"로미."

한참 만에 조심스럽게 그의 입술을 움직여 그녀를 찾았다. 입술의 끝이 서로에게 마찰하고, 흘러나오는 바람이 안으로 들어와 그 속까지 간지럽혔다. 로미의 몸이 움찔하여 고개를 살짝 움직이자, 안테는 천천히 입술을 떼어 내었다.

"로미."

로미는 제 이름을 부르는 그의 입술을 바라보았다.

"해야 할 말이 있다."

끝끝내 맺혀 있던 마지막 눈물이 로미의 눈이 깜빡임과 동시에 사르르 떨어졌다.

"그대도…… 이미 알고 있겠지만."

안테는 손가락을 뻗어 볼을 타고 내려가는 그 마지막 한 방울을 훔쳐 내었다. 충분히 눈물을 흘린 붉은 눈동자와 눈가가 안타까웠지만, 그의 거친 손이 닿는 것이 오히려 더 쓰라릴까 싶어 감히 손을 올릴 수조차 없었다.

"그렇기에 지금, 여기에서 말하지 않는 것을 용서해 주기 바라. 하지만 언젠가 그대에게……."

로미는 느릿하게 고개를 끄덕였다.

"……그때는 저도 제 마음을 확실하게 정할게요."

안테가 말을 끝마치기도 전에 그의 말을 이해한 로미가 먼저 대답했다.

보육원의 개학을 이틀 남겨 두고, 로미는 출근해야 했다. 녹아 버리고 흘러 버린 감정을 수습하기에는 일하는 것만큼 좋은 것도 없겠다 싶어, 준비하는 손길은 유난히 다급했다.

며칠 동안 사람의 손이 닿지 않아 얇게 쌓인 먼지를 닦아 내는 일부터 시작하여, 아이들의 이불 따위를 햇살에 잠시 맡겨 두는 일까지. 해야 할 일은 많았다. 그 외에도 새로운 커리큘럼에 맞추어 교수님들과 힘을 합쳐 교실 구조를 변경하거나, 새로운 장난감을 배치하기도 했다.

"저기 로미 씨."

"……교수님."

그녀는 보육원 앞에서 가벼운 복수가 필요한 인물과 마주치게 되었다. 로미를 속여 제 아들을 만나게 했던 교수는 그녀에게 미안해서 어쩔 줄을 몰라 했다.

"저기, 그게…… 아들놈한테 들었네. 미안하네."

그가 교수님께 뭐라고 이야기했는지는 몰라도, 적어도 로미에 대해서 나쁘게 말한 것은 없는 모양이다. 제법 반반했던 그의 얼굴을 떠올리며 로미는 피식 웃었다.

"아니에요. 재미있었어요."

정확히는 그의 아들 덕분에 즐거웠던 것이 아니라, 공작가의 마차를 발견하고 숨으려고 했던 그녀 자신의 행동이 재미있었던 것뿐이지만.

"그건 아주 고마운 말이구먼! 저기 혹시! 나중에 한 번만 더!"

"그런 뜻으로 말씀드린 건 아니에요."

로미는 진심을 담아 거절했다.

"그런가."

교수는 아쉬움에 한숨 쉬었다.

"로미 씨."

그리고 그녀를 부르는 익숙한 소리에 뒤를 돌아보니 모리젠 선생이 웃으면서 다가오고 있었다. 아무것도 알지 못하는 그가 손을 흔들면서 다가오는 모습을 바라보는데 어딘가 마음이 불편해졌다. 죄스러운 걸까. 로미는 그만 그의 시선을 피하고 말았다.

"……로미 씨?"

모리젠이 의아한 목소리로 다시 그녀를 불렀고, 로미는 살짝 입술을 깨물었다. 실수였다. 분명 이상하게 보였을 것이다. 평소처럼 자연스럽게 웃거나 인사를 했으면 되었을 것을.

"휴가 잘 보냈어요?"

모리젠도 분명히 그녀가 여느 때와 다르다는 것을 눈치챘을 법한데, 로미에게 지어 주는 미소는 예전과 같았다.

"로미 씨, 오늘 아침에 많이 바빴어요?"

"네? 아, 아뇨?"

거짓말이었다. 빨리 나가겠다면서 허둥지둥 겨우 준비하고 나왔으니 바쁘다는 말이 맞았다.

모리젠이 키득이며 로미의 어깨쯤으로 손을 가져갔다. 허리까지 길게 늘어뜨린 머리카락이 그의 손끝에 닿았다. 로미는 그제야 그의 말을 이해했다. 아침에 일어나서 출근하는 데 급급하여 머리를 땋아 내리는 것을 완전히 잊고 말았다.

"머, 먼저 실례할게요."

로미는 발걸음을 서둘러 보육원으로 들어갔다. 로미가 시야에서 사라지자마자 모리젠의 상냥했던 표정이 한순간에 싸늘하게 식어 버렸다.

"교수님."

"으, 응?"

"지난번에 분명히 제게 방학 동안 무슨 일이 있느냐, 재차 확인하셨죠."

고개를 스윽 돌리는 모리젠의 눈매가 유난히 사나워 보였다.

"그, 그랬지. 아니 사실 그게 말이네."

교수는 모든 것을 설명할 수밖에 없었다. 그의 거짓말부터 아들을 대신 내보낸 것까지 모두. 물론 아주 약간의 과장이 섞여서, 그의 이야기 속 로미는 그의 아들과 무척이나 즐겁게 시간을 보낸 사람이 되어 있었다.

교수의 이야기가 끝나기도 전에 모리젠은 양해도 구하지 않고 몸을 돌려 보육원으로 달려 들어갔다. 다행히 로미는 현관에서 교수들을 위한 실내화를 정리하고 있었다.

"로미 씨."

"네?"

모리젠은 무심결에 로미의 손목을 잡아끌었다. 동의도 구하지 않고, 복도를 가로질러 성큼성큼 걸었다. 그는 울컥하며 올라오는 마음을 꾹 눌러두어야 했다. 로미에게 화를 내서는 안 된다. 그럴 자격도 없고.

교수님이 부탁하니까 착한 그녀는 거절할 수 없었던 것이고, 누군가를 소개받으리라고는 생각조차 못 했다고 하니까. 그는 진정하고 의료실의 문을 열었다. 일주일 동안 사람이 찾지 않았던 탓에, 오랫동안 머물러 있던 공기는 소독약 냄새를 가득 품고 있었다. 모리젠은 창문부터 얼른 열었다. 바람이 새로운 공기를 들여보내 주었다.

"앉아 봐요."

모리젠은 걸려 있던 하얀색 가운을 걸쳐 입으며, 로미에게 환자용 의자를 권했다. 끝끝내 로미가 어색하게 서 있자 결국 그가 그녀의 어깨를 살짝 눌러 의자에 강제로 앉혔다. 모리젠은 한숨을 쉬었다. 그 숨의 끝에서야 다시 친절한 미소가 걸릴 수 있었다.

"자, 손님 어떤 머리로 해 드릴까요?"

마치 보육원의 아이들에게 이야기하듯 모리젠은 넉살 좋게 웃으며 농을 건넸다. 하지만 로미의 등 뒤에 선 그의 표정은 가벼운 목소리와는 사뭇 달랐다. 그런데도 머리카락에 닿는 손에 망설임은 없었다. 손가락빗으로 머리카락 사이를 솔솔 쓸어내리고 엉켜 있는 부분은 사락사락 풀어 주었다. 손가락과 머리카락이 닿아 울리는 묘한 소리에 로미는 조금 긴장했다.

"저어, 괜찮아요. 그냥 제가 스스로……."

그렇게 말하는 목소리가 조금 나른하여, 오히려 그것이 모리젠에게는 유혹과도 같았다. 간절하게 바라게 되는 것이다.

"하게 해 주세요. 로미 씨."

그의 손가락은 느릿하지만, 꽤 능숙하게 그녀의 머리카락을 매만졌다. 곧게 정돈된 머리카락을 모으고 가르며 땋아 내렸다. 이따금 닿는 뜨거운 손끝에서 로미는 등 뒤에 서 있는 모리젠의 표정을 상상하게 되었다.

모리젠은 한 손을 뻗어 책상 위에 있던 붕대를 가져왔다. 입으로 그 끝을 물어 적당한 크기로 붕대를 찢어 냈다. 탄력이 좋은 천이니 꼭꼭 묶어 놓으면 오늘 하루는 그녀의 머리카락을 잘 붙잡고 있을 것이다. 그는 붕대를 리본 모양으로 예쁘게 묶어 주었다. 그리고 몇 번이나 리본의 모양을 고치고, 당겨 확인한 후에야 모리젠은 만족해하며 그녀의 머리카락에서 손을 뗐다.

"능숙하시네요."

로미가 고개를 요리조리 돌리고 손으로 제 머리를 짚으며 살폈다. 여자가 묶었다고 해도 좋을 만한 솜씨였다. 시녀들에 비할 바는 아니지만, 이 정도까지 하는 남자는 처음 보았다.

모리젠은 살짝 뽐내듯 말했다.

"아루랑 자주 했었거든요."

로미는 아— 소리를 내었다. 하나뿐인 조카를 그가 얼마나 물고 빨고 했을지는 굳이 말하지 않아도 알고 있었다. 의사들은 손재주가 좋다고들 하니 이런 것도 직접 해 주고 싶어 할 만했다.

"이제는 '숙부님 솜씨는 믿을 수 없사와요!' 라며 전혀 맡겨 주지 않지만……."

모리젠은 로미와 마주해 있는 그의 의자에 털썩 앉으며 불평했다. 아루의 말투를 제법 비슷하게 따라 하는 모습이 재미있어 그만 풋 하고 웃음을 터트리고 말았다. 묘하게 긴장했었던 감정까지 한꺼번에 사그라들었다.

"로미 씨."

"네."

모리젠은 로미를 물끄러미 바라보았다. 솔직히 말해 요즘은 자신감이 조금씩 사라지고 있었다. 방학 중에는 단 한 번도 로미를 만나지 못했고, 오늘 아침만 해도 로미는 그의 눈을 피하지 않았었나.

하지만 지금의 로미는 올곧은 시선으로 그를 바라보고 있었다. 가벼운 농담으로 웃고 난 이후라 안심하고 있기 때문일까, 아무것도 의식하지 않는 순수한 얼굴이 고맙고, 참 미웠다. 사람 속도 모르고.

자신도 모르게 올라간 두 손이 로미의 양쪽 볼을 모아 쥐었다. 그녀를 처음 만났을 때처럼 살짝 힘을 주니 다시 그때와 같이 물고기를 닮은 얼굴이 되었다. 뻐끔뻐끔하며 빠져나가려고 하는 부지런한 물고기.

"어허, 얌전히!"

그때와 똑같은 말을 해 보았다. 이번에도 로미는 얌전해졌다. 이 얼굴이 그리웠던 것이 틀림없다. 동그란 눈동자, 통통한 볼 그리고 오물거리는 입술.

"로미 씨."

"웨?"

로미가 애를 쓰며 입을 열어 말했으나 나오는 소리가 고작 저것뿐이라 모리젠은 새어 나오는 웃음을 겨우 참았다.

"이쪽이에요. 이쪽."

이렇게나 친절하게 알려 줘도 자꾸만 다른 길로 눈을 돌리는 길치 아가씨.

"웨……?"

"오늘은 어느 쪽으로도 못 가게 할 거예요."

모리젠의 얼굴이 로미에게 가까워졌다. 그의 얼굴은 생글생글 웃고 있었지만, 숨결이 닿을 것만 같은 가까운 거리에 로미는 조금 긴장이 되고 말았다. 어쩌면 이틀 전 안테와 있었던 일의 영향이 아직도 몸에 남아 있는 것일지도 몰랐다. 로미는 자신도 모르게 눈을 꼭 감았다.

"왜 눈 감고 그래요……. 하고 싶어지게……."

가까이에서 속삭이듯 들려오는 소리에 로미는 얼른 다시 눈을 떴다. 그리고 같은 순간에 콩, 하고 그녀의 이마에 모리젠의 이마가 닿았다.

지나치게 가까운 거리.

그녀의 파르르 떨리는 것 같은 속눈썹이나, 작게 움찔거리는 입술에 아무런 감정이 들지 않았다면 거짓말이다. 지독한 고요가 그의 머리를 뒤에서부터 떠미는 것 같았다.

"저기."

모리젠은 성급한 제 입술을 깨물었다. 그녀에게서 조금씩 떨어지는 순간이 지독하게 힘들었다. 평생 써야 할 인내심이 소진되어 버린 기분이 들었다. 그녀의 얼굴을 압박하고 있던 그의 손을 내려 놓자 물고기 같던 얼굴도 완전히 사라지게 되었다. 아쉬웠다.

"저……."

그의 목소리가 조금 갈라졌다. 괴물 같은 목소리가 웃겼던 걸까. 로미의 진지했던 얼굴이 완전히 사라지고, 웃음소리만이 남았다.

바보같이. 분위기가 깨졌다고 안타까워해야 하는데, 그녀의 웃는 얼굴이 좋아서 모리젠도 그냥 같이 웃어 버렸다.

'예뻐요. 그렇게 웃으니까, 보기 좋아요.'

별로 감정이 없는 상대라면 아무렇지도 않게 할 수 있는 말일 텐데, 그 말에 담겨 있는 진득한 흑심이 너무나도 무거워서 되레 말해 줄 수가 없었다.

"어, 음. 그럼 저기, 청소할까요?"

고민의 끝에 겨우 내뱉은 말은 고작 이런 것이었다.

"네, 그래요."

본분을 잊지 않는 성실한 아가씨는 입가에 남은 웃음을 지우며 자리에서 일어났고, 모리젠은 조금 민망한 마음에 어색해하며 손에 남은 붕대를 만지작거렸다. 심장에 남아 있는 말을, 언제가 되어야 할 수 있는 걸까?

지난번 전염병 사건 이후로 보육원은 항상 깔끔한 상태를 유지했다. 하지만 정말 무서운 적은 눈에 보이지 않는 것이었으니. 그것은 아이들의 손끝과 손끝으로 전해지는 병균이라는 놈들이었다. 로미는 장난감과 이불들을 강한 햇살 아래 가지런히 놓아두었다. 모든 해로운 것들이 사라지고 건강한 햇살이 스며들 수 있도록.

한편 살균당한 세균과 더불어 보육원에 발을 들일 계획을 차단 당한 이가 여기 한 명 있었다.

보육원에서는 새 학기 맞이 대청소를 위해 도움의 손길을 요청했다. 간단히 하녀 몇 명만 보내 주면 될 일이었지만, 안테는 직접 그 일에 나서리라고 마음먹어 왔다. 그런데 오늘 확인해 보니, 인원 차출 요청이 취소 처리 되어 있었다. 설마, 보육원을 반대하는 행정부의 직원들이 멋대로 취소해 놓은 걸까? 안테는 부하들의 책상 사이를 오가며 범인을 색출했다.

"누가 취소시킨 건가!"

안테는 절규했다. 그 청소에 참여하기 위해 어제는 야근도 자처했었다. 그와 가까이 지내는 부하들은 고개를 푹 숙인 채 아무런 말을 하지 않았다. 아무도 답이 없으니 안테는 더욱 답답해졌다.

"보육원 대청소 말이다! 도대체 누가, 차출을 취소해 놓은 거야!"

멀리 앉은 쿠디안이 뒤로 목을 쭉 빼며 손을 들었다.

"아, 그거 보육원에서 취소해 왔습니다!"

"보육원? 누구?!"

"에, 모리젠 선생님이 교수님들이랑 이야기해 보니까 자기들끼리도 충분히 가능하니 폐 끼치지 않아도 된다고…….."

"젠장! 나는 보육원 청소를 하고 싶다고!"

"……예?"

보육원을 향한 그의 지독한 순정에 사무실의 전원이 행동을 멈추었다. 안테의 호흡이 불안정했다. 다행히 그는 자신의 흥분된 상태를 금방 인지했다. 이래서는 안 된다. 침착하게 자신을 돌아보기로 했다.

일단 로미가 보고 싶었다. 그것 때문에 청소를 자처했으니까. 그리고 담배도 피우고 싶었다. 이렇게 속이 터질 것 같으니 더욱 간절했다. 로미, 담배, 보고 싶다, 피우고 싶다. 분절된 문장이 그의 마음에서 어지러이 춤을 추었고, 그는 곧 무심결에 중얼거렸다.

"로미를 피우고 싶다."

"……뭐요?"

쿠디안은 제 귀를 의심하며 되물었다. 이제 안테는 귀여운 것을 넘어서서 조금씩 위험해지고 있었다. 상사병도 저 정도면 중증이다. 일을 제대로 하는 것이 용하다고 할 정도다. 다행히 같은 생각을 한 직원들 몇 명이 주춤거리며 선동하듯 이야기를 꺼내 주었다.

"세상에, 모리젠 선생도 공부만 해서 뭘 모르는 모양입니다."

"청소는 중노동이죠. 우리가 그건 누구보다도 잘 알고 있지 않습니까?"

"분명히 지금쯤 일손이 부족해서 힘들 겁니다."

"그럼요. 아이들 노는 곳이 세상에서 제일 치우기 어렵습니다."

"아마 지금쯤 오지 말라고 한 걸 후회하고 있을지도 모릅니다."

깊이 숙여졌던 안테의 고개가 슬쩍 들렸다. 그의 얼굴에 작은 희망 같은 것이 보이자 모두들 격려의 말을 보태며, 보육원 방문을 권했다. 쿠디안은 모두의 말에 큰 목소리로 동조하며 분위기를 부드럽게 이끌었다.

덕분에 안테의 기분이 완전히 풀어졌다. 생각해 보니 보육원의 요청 따위는 중요하지 않았다. 안테도 훌륭한 프로젝트의 일원이었고, 청소를 돕는 일은 무척이나 당연한 일이라는 생각마저 들었다. 그는 거침없는 걸음걸이로 행정부 건물을 나섰다.

잠시 지옥이 스쳐 지나갔던 행정부의 사무실에는 다시 평화가 돌아왔다. 모든 것은 직원들이 힘을 합쳐 그를 보육원으로 보낼 수 있었던 덕분이었다. 체통마저 잊고, 신나게 보육원으로 가는 그의 뒷모습을 보며 웃지 않은 자가 없었다.

그러나 한순간. 어느 한 명이 얼굴을 굳혔다.

"지금 제일 무서운 게 뭔지 알아?"

모두가 고개를 저었다. 무서울 것이 뭐가 있나. 무서운 상사는 나가서 이제부터는 말랑말랑하게 일을 할 수 있을 텐데.

"공작님이 시원하게 차이는 날부터 우리는……."

그는 두려움에 차마 말을 잇지 못했다. 그 공포는 착실하게 사무실 안을 가득 채웠다. 직원들은 얼른 쿠디안을 찾았다. 혹여 안테가 차이지나 않을지, 청소를 거절당하지나 않을지 걱정되어 그를 공작의 뒤로 딸려 보냈다. 엿보고 엿듣는 데 그보다 능한 자는 없는 데다, 여차하는 상황이 벌어지면 사태를 수습해 달라고 요청했다.

안테가 보육원에 도착했을 때 마침 로미는 빗자루를 들고 앞뜰을 정돈하고 있었다. 안테는 멀찍이 그녀의 모습이 보이는 것이 너무나도 기뻤다. 걸음이 점점 빨라지는 것은 당연했다.

흑심이 가득한 얼굴로 제게 달려오는 안테를 발견한 로미는 얼른 주변을 살폈다. 모든 창문과 문이 다 열려 있었고, 그 안에서 분주하게 움직이는 교수들이 보였다. 로미는 다시 안테를 살폈다. 그의 얼굴에 걸린 미소에는 특별한 의미가 담겨 있는 것으로 보였고, 다급한 걸음걸이는 점점 빨라졌다.

"로미!"

그저 이름이 불린 것뿐인데도 그 너머에서 엄청 속이 검고 검은 안테가 엿보였다. 이곳은 로미가 일하는 곳이었다. 물론 지난번에는 그가 일하는 곳에서 그렇고 그런 일이 있었지만, 그녀는 그와 다르게 권력도 배경도 없었다. 좋지 못한 소문이 나면 그대로 쫓겨 나는 것은 당연했다. 그러니 이곳에서 그의 부담스러운 눈빛을 받고 싶은 마음은 전혀 없었다.

선을 지켜야 하는 적당한 거리에서 안테가 멈춰 서지 않고 여전히 가까워졌다. 당황한 로미가 "꺅!" 소리와 함께 뒷걸음질을 쳤다. 그리고 자신도 모르게 들고 있던 빗자루를 힘껏 휘둘렀다.

퍽!

먼지와 함께 허공에서 휘둘린 빗자루는 그대로 멋지게 앞으로 뻗어 나갔고, 신나게 다가오던 안테의 복부로 그 끝이 정확하게 겨냥되었다. 로미가 다시 눈을 떠서 앞을 보게 되었을 때는 빗자루에 맞은 안테가 커억! 소리를 내며 배를 감싸 쥔 채 천천히 앞으로 무너져 내리고 있었다.

풀썩.

안테의 얼굴에 닿은 풀잎에서 묘한 비웃음이 들리는 것은 착각일까.

싱그러운 7월의 마지막 소리였다.

〈진짜 일기는 마음속에 적어 두어요. — 7월〉

오늘은 세비 군의 집에 놀러 갔습니다. 지겨운 방학이라고 생각했지만, 막상 이렇게 만나니까 방학만의 매력이 있다는 생각이 들었어요. 나중에 보육원에 돌아가면 세비 군의 집에 놀러 갔던 이야기를 모두에게 자랑해야겠어요.

우리는 액세서리 공방과 가게 사이에 있는 응접실에서 간단한 카드 게임을 하면서 시간을 보냈습니다. 이 응접실은 가게에서도 안을 볼 수 있게 커다란 창문이 달려 있어요. 아마 저를 배려해서 이 공간을 준비해 주신 것 같았어요.

세비 군의 아버님은 공방에서 뚝딱뚝딱 무언가를 만들고 계셨어요. 오늘은 바쁜 일이 있으셔서 견학이 어렵다고 했지만, 언젠가는 꼭 간단한 것을 만들어 볼 수 있게 도와주신다고 약속해 주셨어요.

그리고 어머님은, 그러니까 여백작님은! 세비 군의 어머님은 정말, 정말, 정말 미인이셔요! 한 번 웃어 주실 때마다 온몸이 부끄러워서 사르르 녹아 버리는 것 같았어요. 얼굴만큼이나 아름다운 글씨도 일품이어서, 가게에서는 그분의 글씨를 새겨 넣은 것도 판매하고 있어요. 물론 아주아주 비싸므로 제 용돈으로는 어림도 없습니다.

하지만 예쁜 글귀가 새겨진 카드를 몇 장 선물로 주셨습니다. 책갈피로 사용하기 딱 좋은 크기라서 저는 그것을 소중하게 받아 들었습니다. 집으로 돌아가면 아버님께도 한 장 나누어 드리고 싶은데, 전부 마음에 들어서 무엇을 드려야 할지 모르겠어요.

"내가 이겼네."

에? 잠시 카드에 들어간 문구를 생각하는 동안에 세비 군에게 지고 말았어요!

"아."

"아루, 오늘 집중을 못 하네. 평소 실력의 반도 나오지 않는 걸?"

"그, 그건 장소가 바뀌어서 그런 것이어요."

저는 카드를 모아 상자에 넣으며 겨우 변명을 했어요. 함께 있는 시간에 다른 생각을 하고 있다는 것은 분명히 실례이니까요.

"다른 생각 하는 것 같던걸."

으, 어쩌죠. 역시 들켰나 봐요. 저는 여백작님께서 주셨던 카드를 꺼내어서 세비 군의 앞에 한 장씩 펼쳐 두었습니다.

"저기 실은 아까 여백작님께서 주셨던 카드 중에 어떤 것을 아버님께 드려야 할지 고민하고 있었사와요."

"공작님께?"

"네, 아버님께서도 분명 기뻐하실 것 같아서요. 여백작님의 글씨는 그 자체로도 예술이라고 하시니까요. 하지만 어떤 문구가 아버님의 마음을 움직일 수 있을지 알 수 없어서."

세비 군과 저는 카드의 내용을 다시 함께 읽어 보았습니다.

「비 오는 오후, 투명한 우산.」

「사랑은 그리움과 함께 온다.」

「어느 순간, 이미 심장에 있었다.」

「나는 그대의 입술이 만드는 바람의 모양, 공기의 울림.」

"아루는 어떤 걸 드리고 싶은데?"

"잘은 모르지만, 아버님께 도움이 될 수 있는 내용이 좋을 것 같사와요."

아버님의 마음이 예쁜 색으로 변하고 있는 것이 보이기 때문이어요. 아마 제가 누구보다도 제일 먼저 알았을 것이에요. 세비 군을 알기 전의 저라면 싫어했을지도 몰라요. 하지만 저도 알아 버렸으니까, 이제는 아버님의 마음을 채운 것을 함께 기뻐해 드릴 수 있을 것 같아요.

어떻게 하면 이런 제 마음까지 전할 수 있을까요. 세비 군이 종이 하나를 집어 들었어요. 가장 마지막에 읽었던 것이에요.

「나는 그대의 입술이 만드는 바람의 모양, 공기의 울림.」

"잘은 모르겠지만 이게 좋아."

뭔가 어려운 말이어요. 그래서 '나'라는 것은 누구라는 걸까요? 하지만 어딘가 다정하고 예쁜 말이어요. 저는 고개를 끄덕였습니다.

그때 문이 열리고 여백작님께서 들어오셨어요. 맛있는 다과를 들고 직접 찾아와 주신 것이어요.

"백작님."

"어머, 아루. '어머님'도 괜찮단다. 세비도 공작님을 '아버님'이라 부르기로 했다면서?"

그랬던가요? 전혀 몰랐습니다. 세비 군 언제 그런 약속이 있었던 것이어요?

"어머님, 아루가 이 카드에 적힌 문구의 의미가 궁금하다고 하는데요?"

세비 군이 얼른 말을 돌려 버리는 바람에 저는 물어볼 기회를 놓치고 말았습니다. 세비 군에게서 카드를 받아 든 여백작님은 그 문구를 슬쩍 읽어 보신 후에 싱긋 웃으셨어요.

"세비, 아루의 이름을 불러 주렴."

"네?"

"불러 봐."

느닷없는 요청에 세비 군은 여백작님을 바라보며 제 이름을 불렀어요.

"아루?"

"세비. 내가 아니라, 아루를 바라봐야지. 그리고 천천히, 천천히 불러 주어야 해."

시선이 제게로 왔습니다. 얼굴을 마주 보니까 새삼 부끄러워졌어요.

세비 군의 입술이 천천히 열리기 시작합니다. 제 이름을 닮은 모양으로 변한 입술에서는 가느다란 바람이 새어 나왔어요. 그것에 소리가 담기고, 곧 제 귀에 닿았어요. 심장이 뛰었어요.

「나는 그대의 입술이 만드는 바람의 모양, 공기의 울림.」

8월
빗물의 이야기

매일 맑은 날씨인 8월이 되었다. 안테의 보살핌으로 오늘도 정
상적으로 운영되는 보육원에서는 아이들의 활기찬 아침 인사가 한
창이었다.

"안녕, 아루."

"안녕하시어요. 로미 씨!"

"이런 보육 시설의 시녀 따위 그만둬."

평화로운 인사말 이후로는 다른 말이 필요치 않았다. 모든 행동
은 자연스럽게 연결되었다. 안테는 로미에게 가정 보육 서류를 건
네주고, 아루는 신발을 갈아 신고, 안테는 아루의 가방을 세심하게
메어 주었다.

아루가 교실로 들어간 후, 안테도 다급하게 몸을 돌렸다. 로미
의 얼굴을 조금 더 보고 싶은 마음도 있었지만, 오늘은 아침부터
일정이 가득했다.

"저기."

로미는 서둘러 보육원을 나가려는 그를 불러 세웠다.

"아루 아버님."

지난달에 로미에게 빗자루로 격렬하게 얻어맞은 이후, 안테는 한 가지 교훈을 얻었다. 무슨 일이 있어도 보육원 안에서는 로미에게 사적인 감정으로 접근하지 말 것. 도의적인 문제를 넘어서 이제는 목숨을 위협받았다. 이제 그의 머리보다도 몸이 먼저 기억하여 제 몸을 사리기 시작했다. 벌써, 로미가 자신을 부른 것만으로도 움찔하며 한 걸음 뒤로 물러나지 않았나.

하지만 약한 모습을 보이는 것은 용납할 수 없는 일이다. 어째서 이 몸을 찾는지 근엄하게 되물었다.

"왜, 왜, 왜 그러나."

의지와는 다르게 말이 조금 떨리는 것은 어쩔 수 없었다.

"그, 날짜는 언제 알려 주시는지 걱정되어서요."

날짜라는 말에 그는 비로소 씨익 미소 지을 수 있었다. 중요한 일을 앞두고, 안테는 자신이 그 날짜를 잡겠다고 자처했다.

"금방이다. 걱정하지 말아라."

그러나 자신만만한 표정을 짓는 것도 거기까지였다. 보육원을 나선 그는 주머니에서 시나몬 스틱을 꺼내 물며 걱정스럽게 중얼거렸다.

"비가 와서는 안 되는데."

항상 날씨가 좋은 8월이라고는 해도 가끔 비가 오는 날은 있었다. 하늘에 물어도 대답이 돌아올 리는 없으니, 그는 날씨에 관한 전문가를 찾아가기로 했다.

보육원을 벗어난 그가 향한 곳은 행정부가 아니라, 여러 가게가

밀집된 시내였다. 다소 허름한 건물 앞에서 이곳이 맞는지 몇 번이나 확인하고는 곧 그 안으로 들어갔다. 좁은 복도를 지나 끼익거리는 나무문을 열었다. 외국의 것으로 보이는 양탄자나, 괴상한 형상의 그림들이 이해할 수 없는 순서로 걸려 있었다. 두꺼운 커튼이 완전히 햇살을 차단하여, 이곳의 빛이라고는 아스라한 촛불 하나뿐이었다. 안테는 고개를 끄덕였다. 과연 소문대로였다. 어딘가 깊은 믿음이 갔다.

"고, 공작님."

안쪽에서 낡은 로브를 입은 인물이 나와 얼떨떨한 표정으로 안테를 맞이했다. 로브의 사내는 값싼 비단으로 덧대어진 의자로 자리를 권했다. 안테는 자리에 앉자마자 곧장 그 앞에 종이를 한 장 내밀었다.

"자 이 중에서 가장 비가 안 올 것 같은 날은 언제이냐?"

로브의 사내. 그러니까, 점쟁이는 제 앞에 종이를 내밀고 앉아 있는 귀족 양반을 빤히 바라보았다. 제정신인가 의심도 해 보았다. 하지만 그의 얼굴은 진지했고, 또한 근엄했다.

"이 중에서 비가 오지 않을 날을 고르라굽쇼?"

"그래."

이런 것을 점쟁이한테 와서 묻는 이가 어디 있단 말이냐! 그렇지 않아도 매일 맑은 8월이다. 말도 안 되는 질문에 그의 힘을 사용하고 싶지 않았다. 그러나 슬쩍 바라본 안테의 얼굴이 무척이나 무서워서, 그는 얼른 고개를 조아리며 그가 내민 종이를 바라보았다.

"그, 저기 어디 봅시다……."

공작이 내민 종이에는 몇 개의 날짜가 적혀 있었다. 이제 점쟁이인 자신은 그 날씨를 가늠해야 했다. 눈을 감고 제가 믿는 신에게 물어보았으나 대답이 돌아올 리 없었다. 하긴 평소에도 그가 믿는 신은 대답이 없는 편이기는 했다. 아무리 생각해도 이것은 부당한 요구다. 그는 용기를 내기로 했다.

"나리, 소인은 그저 삶의 작은 돌부리나 들여다볼 수 있는 인간입지요."

"그 비가 나의 돌부리가 될 것 같으니 어서 점괘나 내어놓아라."

상대는 귀족, 그것도 공작씩이나 되는 이였다. 한낱 점쟁이가 거역할 수 있을 리 없었다. 지금까지 여러 부인들의 심심풀이로 가벼운 점을 보아 주면서 꽤 많은 돈과 명성을 얻었다. 귀족들은 모두 좋은 손님들이었다. 적당히 좋은 이야기를 던져 주면 그 점괘가 맞든 안 맞든 상관없이 기뻐하며 복채를 던져 주는 돈줄이었다.

"이 중에 가장 물기가 없는 날은……."

할 수 없이 그가 적어 준 날짜들 위로 손을 올려 무언가를 느껴 보고자 노력했다. 솔직히 아무리 감이 좋은 점쟁이라도 날짜 위에 손을 올려 알아낼 수 있는 것은 아무것도 없을 것이다. 적당한 날짜라도 이야기해 주지 않으면 크게 경을 칠 것만 같으니 별수 없이 아무 날짜나 집어내어 이야기하기로 했다.

"이날이군요. 아니면 이날이거나."

어차피 8월 아닌가, 8월. 비가 오지 않아서 걱정하는 사람이 많은 8월. 아무 날이나 슬쩍 집어내어도 비가 올 확률은 아주아주 희박하다. 점쟁이는 거짓으로 집어낸 날에 비가 올지도 모른다는 걱정은 하지 않았다.

"과연, 그렇구나! 그렇다면 가장 비가 올 가능성이 큰 날은?"

"그건……."

점쟁이는 또 적당히 아무 날이나 짚었다.

"물기가 질척거리니 조심하셔야 할 날입니다."

공작은 고개를 끄덕이며 날짜가 적힌 종이를 다시 거두어들였다. 다른 종이에 무언가를 끄적이는 것이 점쟁이의 말을 소중히 기록해 두는 것 같았다. 진중한 그의 태도에 점쟁이는 조금 미안한 마음이 들었다.

그의 신도 같은 마음이었을까. 바로 그 순간에 공작 앞에 놓여 있는 돌부리가 슬쩍 엿보였다. 일종의 보상 심리로 점쟁이는 그것을 안테에게 일러 주지 않을 수가 없었다.

"나리, 그 일은 그만두시는 게 어떻습니까?"

메모하던 안테의 손이 멈추었다. 점쟁이가 제게 한 말이 무척이나 귀에 익었다. '그 일은 그만두어라.' 라니, 그가 줄곧 로미에게 해 온 말과 같았다.

"소중한 것을 잃습니다."

점쟁이의 태도가 날짜를 고를 때와는 확연하게 달랐다. 묘한 빛을 머금은 눈빛부터, 그 말을 끝맺는 어조까지. 공손함을 잃지는 않았으나, 무엇보다 위협적인 분명한 경고로 들려왔다. 그런 그의 태도로 안테는 금방 '그 일'이 무엇을 뜻하는지 이해했다.

"내가 그것을 그만두면, 소중한 것이 영원히 내게 속하게 되나?"

"나리께서 그리하겠다고 단단히 마음먹기 전까지는 저도 볼 수 없습니다. 결단을 내리지 않은 운명이 어찌 보이겠습니까."

"그렇구나."

이따금 그의 입은 신의 경고를 내린다더니, 그 말이 맞는 모양이었다. 비록 안테가 가장 듣고 싶지 않은 말이었지만. 점쟁이가 얼굴에서 걱정을 지우지 못하자, 안테는 되레 웃었다.

"그만두어라."

점쟁이가 말해 준 것은 안테 역시 알고 있었다. 그의 상황을 논리적으로 따져 보면 누구라도 그런 결론에 도달할 수밖에 없을 것이다. 이런 점괘로 쓸데없을 만큼 잔인한 확신만 하나 더 얹게 된 것뿐이다.

다음으로 안테가 향한 곳은 황궁 안에 있는 사관원이었다.

이곳은 궁에서 일어나는 모든 세세한 일들을 기록으로 남겨 100년의 마법으로 봉인하는 관청이었다. 아무리 오래된 기록이라도 정확한 역사의 기록을 원하는 사람에게는 꼭 필요한 장소였다.

"무슨 일로 오셨습니까?"

사관은 자리에서 일어나지도 않고, 적당히 그를 응대하며 무언가를 끄적끄적 적어 내려갈 뿐이었다.

역사의 기록에 권력이 개입되는 순간부터 진실은 그 꼬리를 자르고 도망가게 된다. 그 때문에 이곳 역시도 보육원과 마찬가지로 어떤 권력도 무력화되는 공간이다. 안테는 사관의 무례한 태도를 나무랄 수 없는 것이 안타까웠다. 그는 권력을 사랑했다. 애초에 날씨 문제가 아니었다면 이런 곳에 굳이 오지도 않았을 것이다.

"날씨 기록을 좀 주게."

"100년 전 것을 뭐에 쓰시렵니까?"

그리 말하는 사관의 손은 단 한 순간도 멈추지 않고 무언가를 받아 적고 있었다. 안테는 슬쩍 그의 곁으로 다가가 그 내용을 살폈다. 별다른 것은 없었다. 그저 안테가 하는 말을 고스란히 받아 적는 것뿐이었다. 뭐든 적는다고는 해도 이런 쓸데없는 대화까지 적는 비효율은 끔찍한 것이다. 안테는 인상을 찌푸렸고, 곧 그가 인상을 찌푸렸다는 내용이 역사의 한 페이지를 장식했다.

"날씨라는 것은 100년 전이나 1000년 전이나 같을 테지. 과거의 통계로 내가 미래를 짐작해 보려고 한다네."

아주 틀린 말은 아니다. 그러나 환경이라는 것은 여러 요인에 의해 항시 변하기 마련이다. 사관은 그의 방법에 찬성할 수 없었지만, 굳이 지적하지 않았다. 그의 역할은 기록일 뿐 누군가의 잘못된 사고를 바로잡아 주는 것은 아니었다. 그의 멍청함도 차분하게 적어 두어 100년의 역사 뒤로 넘겨 버리면 그만인 것이다. 후손들에게 비웃음이나 당하라지.

안테는 사관이 던져 준 100년 전의 날씨 기록 중에서 8월에 해당하는 날씨를 모아서 꼼꼼히 확인하고 가져온 종이에 옮겨 적어 두었다. 고개를 돌려 바라보니 사관이 같은 모양으로 또 기록을 남겨 두고 있었다.

"거 좀. 적당히."

세세히 훑는 시선이 불편해진 안테가 헛기침과 함께 몸을 돌려 그를 피했다. 이제 사관은 그가 사관을 피했다고 또 한 줄의 기록을 남겨 두었다. 안테가 흘끗 그것을 넘겨보고 사관을 노려보았다. 사관의 펜은 자비가 없었다. 현 공작의 무례에 대해 또 적나라하게 묘사해 두는 것을 주저하지 않았다.

"뭐에 쓰시려고 하시오?"

안테가 충분하게 자료를 옮겨 적은 뒤에 자리에서 일어났을 때가 되어서야, 사관은 그 용도를 물었다.

"비가 언제 올지 확인하는 것뿐이네."

"하늘의 변덕을 어찌 짐작하시려고."

"걱정 놓으시게. 방법이 다 있어서 그러는 것이니."

안테는 마음속으로 사관을 비웃었다. 그가 세운 계획은 완벽했다. 8월에 비가 오지 않는 날을 골라내는 이 신성한 작업에 성공하기 위하여, 그는 세 영역에서 도움을 받을 셈이었다. 신의 영역에 도달한 용한 점쟁이, 과거 수년간의 날씨 통계 그리고 마지막은 바로 대학의 물리학자였다.

학자들의 지식을 이용하기 위해서는 기부금 형태의 돈이 들었다. 안테는 그 비용을 기꺼이 사비로 지불했고, 곧 나라를 대표하는 학자들과 만날 수 있었다. 안테는 교수진 앞에 근엄하게 앉아 종이를 내밀고 점쟁이에게 했던 것과 같은 질문을 던졌다.

"자, 이 중에서 가장 비가 안 올 것 같은 날은 언제이냐?"

어린 학생 하나가 기부금을 쾌척한 안테 앞에 홍차를 내밀었고, 안테는 푹신한 의자에 앉아 그들의 답을 기다렸다. 불길한 소리나 지껄이던 점쟁이와 불친절하기 짝이 없었던 사관을 떠올리며 이제야 좀 제대로 된 대접을 받는구나 싶어 절로 웃음이 나왔다.

학자들은 날짜가 적힌 종이를 받아 들었다. 최근의 기록과 정설로 취급되는 이론에 의존하여 그들은 꽤 오랜 시간 동안 회의했다. 그들의 성의에 안테가 고개를 끄덕였다. 길어지는 회의 속에서 누군가는 일기도를 크게 펼쳐 근거를 제시하기도 하였으며, 다른 누군가는 최근까지 기록된 각종 수치를 가져와 반박했다. 기압, 기단, 전선 등 알 수 없는 용어들이 한참 동안 난무한 뒤에야 최종적으로 학자들은 비가 올 확률이 가장 높은 날부터 차례대로 안테에게 짚어 주었다.

"이때가 가장 비가 올 확률이 적다고 판단됩니다."

과연 자랑스러운 지식인의 정점. 안테는 그들의 열정에 감탄하고 지식에 감동하며 집무실로 돌아왔다.

이제는 달이 뜨고 별이 뜨는 시간이 되었다. 이 중요한 임무를 위해 그는 오늘 하루를 꼬박 투자했지만, 전혀 아깝지 않았다. 결과만 손에 쥘 수 있다면, 그것으로 공을 세울 수 있다면 그는 얼마든지 시간을 투자하리라.

오늘 하루 동안 안테는 가장 용한 점쟁이의 점괘, 100년 전의 정확한 날씨, 최신의 이론을 이용한 예보를 손에 넣었다. 모두 비가 올 것 같다고 이야기한 시기를 소거법으로 제거하고, 남은 날 중에서도 세 군데에서 비가 올 가능성이 가장 희박하다 판단된 단 하루를 골랐다.

"완벽하군."

그날은 곧 보육원 최초의 소풍날이 되었다.

드디어 소풍날 아침이 되었다.

아루는 안테와 모리젠이 눈을 뜨기 훨씬 전부터 먼저 일어나 창가로 다가갔다. 햇살이 아직 닿지 않은 하늘은 흐린 것인지 맑은 것인지 전혀 가늠할 수 없었다. 아루는 동쪽 하늘을 그저 바라보며 언제 해님이 동실동실 떠오르실까 기다릴 뿐이었다.

하얀 달이 빛을 잃어 간다. 아루는 시녀가 손에 쥐여 준 따스한 우유 잔을 좀처럼 내려놓을 수 없었다. 소풍날을 기다리는 마음이 두근두근했다. 아루는 오늘 소풍에서 하고 싶은 것이 무척이나 많았다.

나무 그늘에서 세비 군과 나란히 앉아서 도시락을 먹거나, 이야기를 나누고 싶었다. 친구들이 제가 알지 못하는 새로운 게임을 가르쳐 준다고도 약속하여 그것 역시 기대가 되었다. 어렸을 때부터 공작가의 후계자로 교육을 받아 온 아루는 다른 평범한 아이들처럼 자유로이 뛰어놀아 본 경험이 없었으니까.

이내 곧 누군가 토옹토옹 밀어내듯 불쑥 올라온 해님. 그 붉음이 눈에 들어오자 아루의 얼굴이 밝아졌다. 이제 밤하늘을 채웠던 구름은 전부 사라질 것이다. 아버님께서 말씀하셨다. 해님이 가장 힘이 세지는 날을 힘겹게 소풍날로 골라 왔다고. 아루는 다른 누구보다도 제 아버지를 사랑하고 신뢰했다.

소풍을 대비해 안테가 세심하게 골라 구매한 챙이 넓은 새 모자와 비교적 활동이 편한 드레스를 입었다. 항상 아버님께서 챙겨 주시는 가방도 오늘은 직접 먼저 어깨에 둘러메었다. 당장에라도 뛰어나가서 신난다! 신난다! 소리 지르고 싶은 기분을 억누르기 위해 아루는 무척이나 노력해야 했다.

"아가씨. 그렇게 좋으세요?"

"물론이어요!"

"새벽부터 일어나셔서 피곤하실 텐데, 소풍 가셔서 꾸벅꾸벅 조는 건 아니실지 걱정되네요."

아루는 고개를 저었다. 그럴 리가 없었다.

아침 식사도 어떻게 마쳤는지 기억나지 않을 정도로 그녀는 서둘렀고, 안테와 함께 마차에 오르는 순간까지도 즐거움에 발을 동동 굴렀다.

"그렇게 좋은가?"

안테의 물음에 아루는 두 눈을 반짝이며 대답했다.

"두근두근하여 잠을 이루지 못할 정도였사와요!"

"저런, 잠을 못 자서 소풍을 즐기겠나."

아까와 비슷한 말을 들었지만, 아루는 조금도 걱정이 되지 않았다.

"전혀 문제없는 것이어요! 저, 쓰러지더라도 돌아와서 쓰러질 각오를 하고 있사와요!"

"쓰러지지도, 넘어지지도, 아프지도 말고 건강히 다녀와라."

안테는 양손을 가슴 위에 모은 채 단호한 각오를 내뿜는 딸이 걱정되었다. 아이들은 항상 그렇다. 별것 아닌 일에 쉽게 흥분하고, 흥분하면 쉽게 다친다. 그의 하나뿐인 보석에 작은 생채기라도 생기게 되면 안테의 심장은 찢어질 것이다.

안테는 아루에게 걱정을 표현하지 않고 그저 엷게 웃었다. 손을 뻗어 조금 삐뚤어진 아루의 모자를 다시 예쁘게 고쳐 주었다. 하얀 얼굴에 햇빛이 바로 닿는 것은 좋지 않으니.

"돌아오면 아버님께 전부 이야기를 전해 드릴 것이어요."

"그것은 기대하고 있겠다."

"그러니까 오늘은 늦게 일하러 나가시면 아니 되시어요?"

"알았다. 알았다."

어떻게 해도 아루의 홀랑홀랑 들뜬 기분이 가라앉지 않으니 동행하는 교수나 모리젠에게 단단히 주의하라고 경고하여야 할 것 같았다. 때마침 마차가 다른 길로 들어서며 방향을 바꾸자, 마차 안으로 반짝반짝한 아침 햇살이 비쳤다. 아루는 창가에 바짝 매달려 탄성을 질렀다.

"날씨가 좋은 것은 전부 아버님 덕분이어요."

"그럴 리가 있나."

안테는 그리 말하면서도 어쩐지 제 노력의 결과로 이 좋은 날씨를 가지고 온 것만 같아 어딘가 어깨가 으쓱했다. 보육원에 가는 내내 아루의 얼굴에서는 미소가 떠나지 않아서, 안테는 날짜를 고르기까지의 모든 노력이 조금도 아깝지 않게 느껴졌다. 마침내 두 사람이 탄 마차가 보육원에 도착했다. 아루는 안테의 손길을 기다리지 못하고, 마차에서 폴짝 뛰어내렸다. 안테가 아루의 뒤를 쫓을 수 없을 정도의 빠른 걸음으로 보육원을 향해 달렸다.

"로미 씨!"

"안녕, 아루."

두 사람이 인사를 하고 난 이후에야 안테는 조금 느지막이 보육원에 들어섰다.

"이런 보육 시설의 시녀 따위 그만둬."

보육원은 여느 때보다 더욱 활기가 가득했다. 들뜬 마음으로 아침부터 요란을 피우는 것은 아루뿐만이 아니었던 모양이다. 아이들은 서로를 발견할 때마다 기쁜 얼굴로 안아 주고, 소풍 이야기에 여념이 없었다.

교수들이 아이들을 따라다니며 교실로 인솔하려고 하였으나 어른들의 말은 좀처럼 들리지 않는 모양이다. 흥분하여 덤벙덤벙하는 아이들. 안테의 걱정은 이제 아루 한 명에서 아이들 모두로 확장되었다. 한 명이라도 다쳐서는 안 될 텐데.

아이들이 달려들어서 로미가 다치는 것도 곤란했다. 그녀는 아이들을 먼저 챙기느라 제 몸을 챙기지도 않을 테니까. 덤으로 그녀가 다치면 모리젠 녀석이 질척하게 달려들 것이 뻔했고, 그것은 안테가 아주 원하지 않는 상황이었다.

안테는 그녀에게 한마디 짧은 경고를 전해야 하는지 고민했다. '다치지 않게 조심해라.' 라고. 음, 하지만 그건 어쩐지 어린아이들에게나 할 법한 말인 것 같고…….

"아루 아버님."

"왜, 왜, 왜 그러나."

젠장, 또 더듬고 말았다. 이 병신 같은 입.

"가정 보육 서류를 부탁드립니다."

말을 더듬고 당황해하는 안테의 사정과 관계없이 로미는 두 손을 모아 공손하게 부탁해 왔다. 감정의 기복이라고는 전혀 찾아볼 수 없는 나긋나긋한 태도에 조금은 섭섭했다.

그래도 우리는 회의실에서 그렇고 그런…… 일들을 했는데!

이대로 그녀에게 휘둘리면 지는 것 같은 기분이 들 것이다. 서류를 찾아 건네며 그는 최대한 근엄한 표정을 지으려 노력했다.

"담당 교수님께 전해 드리겠습니다."

섭섭했다. 잔인하게 똑똑 떨어지는 저 한마디가, 밉다. 안테는 어떻게든 그녀의 표정에서 설렘을 만들고 싶어졌다. 제 마음처럼 이렇게 복잡하고 혼란스럽고, 무언가를 더 기대하게 하고 싶었다. 뭐라고 말해야 하지? 마땅히 떠오르는 말은 없었고, 망할 입은 습관이 되어 버린 말이나 한심하게 내뱉었다.

"이, 이런 보육 시설 따위 내가 문 닫게 해 주지."

그의 심란함과 관계없이, 로미는 언제나 같은 표정으로 방긋 웃을 뿐이었다. 안테는 한숨을 쉬며 몸을 돌렸다.

"……뭐, 소풍, 잘 다녀오라고."

적당히 손을 들어 인사를 던졌다. 아루와 로미가 그에게 잘 다녀오시라 건네는 인사말은 그다지 귀에 들어오지 않았다. 씁쓸한 표정으로 문을 열어 고개를 들어 보았다. 높은 하늘마저 마치 그의 기분을 대변하는 것 같았다. 밝고 아름다웠던 푸른 하늘을 조금씩 메워 가는 검은 구름. 느닷없이 느껴지는 조금 스산한 기운. 하늘도 이렇게 내 마음을 알아주는데.

뭐?

안테는 눈을 비비고 다시 하늘을 바라보았다. 위협적일 만큼 커다랗고 새까만 구름이 이제는 푸른 하늘을 전부 가려 버리고 말았다. 정말이지 순식간에 일어난 일이었다.

툭— 툭—

한두 방울로 시작된 빗방울은 곧 누군가가 작정하고 물을 들이부어 대는 것같이 떨어지기 시작했다.

그러니까 오늘은 그가 지정한 보육원의 소풍날이었다.

물론 최근의 날씨는 계속 맑음, 맑음, 맑음이라 딱히 날씨를 고르지 않아도 괜찮을 것 같았다. 하지만 안테는 신중에 신중을 기하고 싶었을 뿐이다. 이를 위해서 가장 용한 점쟁이의 점괘, 100년 전의 정확한 날씨, 최신의 이론을 이용한 예보를 손에 넣었다. 물론 그 과정에서 그는 많은 시간과 돈을 투자했다. 그런데 그렇게 고른 오늘의 날씨는.

쏴—

비가 내렸다. 보육원 유리문 너머로 모두의 시선이 안테에게 몰리는 것이 느껴졌다. 타닷타닷 하고 무심하게 창에 닿는 비.

맑은 날씨만 이어지는 것은 국가적으로는 좋은 일이 아니었다. 오랜만에 내리는 이 비는 농사일로 먹고사는 이들에게는 충분한 축복이었다. 그러나 공작께서는 불경스럽게도 국가적 경사에 가까운 단비를 저주하고 원망하였다.

안테는 비가 아니라, 뾰족뾰족한 눈빛들을 피해 행정부 건물로 헐레벌떡 뛰어 들어왔다. 그의 머릿속은 내내 그에게 날짜를 짚어 주었던 이들에 대한 원망으로 가득하였다. 점쟁이, 사관, 물리학자들 모두 가만두지 않을 테다.

아루는 눌러쓴 챙이 넓은 모자를 벗어서 가슴 앞에 꼬옥 안았다. 해님도 쏙 들어가 버렸으니 필요가 없어졌다. 하지만 마냥 슬퍼할 수는 없었다. 지난날의 교훈으로 알고 있었다. 모든 계획에는 언제나 차선책이 있을 것이다. 될 수 있으면 친구들의 시선을 그쪽으로 모으는 것이 자신의 역할이라고 생각했다.

그래서, '이제부터 무엇을 할 것인가요?' 라는 눈빛으로 교수들을 바라보았다.

"아…… 큰일이네."

이런 대책 없는 어른들이라니! 아루는 한숨을 쉬었다.

"할 수 없사와요. 오늘 소풍은 '옆 교실'로 가는 것이어요!"

서로의 교실을 바꾸자는 계획. 언젠가 교수님들을 놀려 줄 생각으로 친구들과 이야기한 적이 있었다. 오늘 같은 날에 활용하게 될 줄이야. 아루의 즐거운 시선을 따라 아이들의 표정도 바뀌었다.

모든 일은 첫 시작만 제대로 이루어진다면 이후에는 절로 잘 굴러간다. 서로의 교실을 바꾸어서 그것도 소풍 형태로 놀아 보자는 의견에 점점 다른 아이들의 생각이 더해지고 꾸며지며 어느새 재미있는 하루 프로그램으로 구성되어 갔다.

"달팽이 사냥!"

이 의견이 나왔을 때가 가장 고조되었던 것 같다. 아이들과 교수들은 오오! 소리를 내며 감탄했다. 원수와도 같이 생각되었던 비가 처음으로 사랑스럽게 느껴지던 순간이었다. 비 오는 날에 산책을 나온 달팽이를 잡는 일이라니, 멋지지 않은가!

눈물과도 같았던 빗소리는 이제 즐거운 리듬이 되었다. 아이들의 사박사박 발걸음과 재잘재잘 노래에 맞춰서 빗줄기도 찰랑거리며 춤을 추었다.

아이들은 다양한 놀이를 좋아하지만, 전통적으로 역할놀이를 참 좋아했다. 교수들의 말을 빌리자면 가상의 생활 놀이는 사회성과 상상력을 키우는 참 좋은 것이라고 하였다. 장수풍뎅이 놀이, 가게 놀이 등 다양한 역할놀이가 있었지만 역시 가장 인기 있는 것은 '가족놀이'. 소풍이 취소된 오늘도 아이들은 가족놀이를 시작했다.

"나, 나, 언니 할 거야!"

"형아 할래!"

"아기를 하겠사와요!"

"그럼…… 나는 큰형?"

"나도 아기 하고 싶어!"

가족 구성원은 언니 한 명, 형 두 명, 그리고 아기가 둘. 부모가 없었지만, 그 누구도 그것을 지적하지 않았다. 아이들만 있어도 충분히 가정이 꾸려졌다. 아기 역의 아루가 기어 다니면, 언니 역의 쥬리가 동생을 안아 주고 쓰다듬어 주었다. 작은형이 장난감 상자에서 음식 모형을 꺼내 와 접시에 담아서 모두에게 내밀었다.

소풍이 취소된 아이들이 무엇을 하는지 잠시 구경 나왔던 모리젠은 큰형 역의 세비의 손에 이끌려 아이들 사이에 자리 잡고 앉게 되었다. 그리고 세비가 동생들 앞에서 선언했다.

"아버지께서 오셨어!"

그렇게 해서 모리젠은 졸지에 아이가 다섯인 아버지가 되었다. 물론 아이들을 좋아하는 그는 기꺼이 아이들의 가상 가족에 합류하기로 했다. 공손하게 배꼽 인사를 하는 것을 시작으로 그는 아버지라는 역에 완전히 몰입했다. 물론, 아버지인 자신이 혼자서 아이

다섯을 이끌 수는 없으니 조금은 현실성을 더해 보기로 했다.

"로미 씨."

"네?"

아이들 사이를 다니면서 놀이를 지켜보던 로미가 고개를 돌려 대답했다. 모리젠은 한 손에는 아기 역의 아이를 안고, 그리고 다른 한 손에는 장난감 가지가 들어 있는 팬을 요령 좋게 뒤집으며, 담백한 목소리로 물었다.

"저랑 결혼할래요?"

"……네?"

모리젠의 느닷없는 청혼에 로미는 순간 제 귀를 의심했다. 그러니까, 지금 결혼? 여기에서 왜 그런……. 아니 그런데 그런 말은 보통 얼굴을 보고 하는 거 아닌가? 소꿉장난감을 손에 들고 장난스럽게 하는 것이 아니라.

"음, 어쩔 수 없잖아요."

그가 어깨를 으쓱이며 말하자, 모리젠의 무릎에 앉아 있던 아이가 동조하듯 끼어들었다.

"맞아. 가족놀이에 아빠가 있으면, 엄마도 있어야 해."

아, 가족놀이의 뜻이었구나. 로미는 묘한 안도감을 느꼈다. 당치 않은 오해를 한 탓에 살짝 얼굴이 붉어졌지만, 아이들 앞이라 금방 평정을 되찾을 수 있었다.

"꼭 그렇지는 않은 것이어요."

그러나 로미의 평정은 오래가지 못했다. 아루의 단호한 목소리 때문에 잠시 얼굴이 굳어질 정도로 당황하고 말았다. 아빠가 있다면, 엄마도 반드시 있어야 한다는 친구의 말에 아루는 가만히 있을 수 없었던 모양이다.

"어머니께서 계시지 않아도 전혀 문제없는 것이어요."

아루의 얼굴은 조금 울 것같이 보이기도 했다. 그것을 알아챈 로미와 모리젠은 조금 긴장했다. 항상 씩씩한 아루이지만 늘 어머니를 그리워한다는 것을 그들은 알고 있었다.

"하지만 아빠가 있는데 엄마가 없는 것은 이상해."

다른 아이들은 아루의 가정사를 제대로 알 턱이 없었다. 아루에게 돌아오는 대답은 순수하여 퍽 잔인했다.

모리젠은 반사적으로 일어나 아루의 어깨를 짚었다. 혹여 사랑하는 조카가 상처를 입을까 몸이 먼저 반응한 것이다. 아루는 모리젠을 향해 빙긋 웃었다. 필사적으로 노력하는 미소에 그의 손이 멈추었다.

"잠시 실례하겠사와요."

예쁜 공주님과 같은 태도로 모두에게 양해를 구한 뒤, 아루는 교수님께 허가를 받아 잠시 복도로 나섰다. 아루를 따라가려던 모리젠은 아이들에게 붙잡혀 그 자리에서 움직일 수가 없었다.

그때 세비가 모리젠을 바라보았다. 허락을 구하는 얼굴이었다. 어리지만 굳건한 그의 눈동자에 모리젠은 고개를 끄덕이게 되었다. 세비는 곧장 아루를 따라 복도로 나갔고, 로미가 그 뒤를 따랐다.

모리젠은 아이의 말을 다시 곱씹었다. '엄마가 없는 것은 이상해.' 어린아이들에게는 확실히 그럴지도 모르겠다. 일반적인 가정이라면 부부가 힘을 합쳐 자녀를 양육하고 있고, 아이들이 읽는 수많은 동화책에도 아버지와 어머니는 항상 함께하는 존재로 나온다. 어린 아루는 지금까지 그런 획일화된 교육을 받으며 얼마나 깊은 상처를 혼자 감당해 온 걸까?

공작가에서 교육을 받을 때는 그런 일이 결코 없었다. 그 누구도 그녀 앞에서 어머니의 부재를 떠올리게 하는 발언이나 교육은 허락되지 않았으니. 모리젠은 처음으로 이런 보육원의 교육에 대해 회의감이 들었다. '보편적인' 것을 교육의 기준으로 잡아 버리면, 그 보편에 들어가지 못한 아이의 마음은 누가 알아 준단 말인가.

아루와 세비가 곧장 돌아오지 않자 교실 문을 바라보는 모리젠의 마음이 타들어 갔다. 어떤 식으로 조카에게 위로를 건네야 할지 상상도 되지 않았다. 그 이전에 위로의 마음을 전해도 괜찮은 일인지부터 짐작되지 않았다. 섬세한 여자아이의 상처가 늘진 않을까 그는 전전긍긍했다.

마침내 문이 열렸고, 로미가 두 아이를 데리고 교실로 돌아왔다. 생각보다 괜찮아 보이는 씩씩한 아루의 얼굴에 일단 안도했다. 걱정한 기색이 역력한 모리젠에게 가까이 다가와 아루는 두 팔을 그의 목에 둘러 매달리듯 안겨 왔다.

"숙부님……. 저는 괜찮사와요."

닿아 오는 그 작은 몸을 안아 주지 않을 도리가 없었다. 마침 가족놀이를 하는 무리에 섞여 있어서 다행이었다. 놀이 한정으로 그의 딸이 된 귀여운 조카를 그는 깊이깊이 품어 안았다.

사랑하지 않을 수 없는 나의 조카. 나의 공주님.

"정말로 괜찮은 것이어요. 세비 군과 로미 씨가 함께 있어 주셨는걸요."

모리젠이 한참 만에 아루를 내려놓았다. 아루는 다시 아기 역할로 돌아가 응석을 부리는 데 충실했다.

"아빠아, 이거 망가졌어요."

"아버지. 이것도 부탁드립니다."

"아빠, 아빠! 배고파요."

놀이로 돌아온 아이들은 모리젠을 가운데에 두고 쉴 새 없이 많은 것들을 부탁했다. 그 종류도 무척이나 다양했는데, 정작 그가 잘하는 주사를 놓는다거나, 붕대를 감는 일은 없었다. 차라리 병원 놀이를 할 걸 그랬다. 오랜만에 천천히 아이들 검진도 해 볼 겸.

어쨌든 모리젠은 아버지가 아니라 충실한 하인이라도 된 기분으로 아이들에게 봉사해야 했다. 그리고 얼마 지나지 않아 맞춰 주는 데도 슬슬 이골이 나기 시작했다. 항상 아이들과 시간을 보내는 로미와 교수님들이 그저 대단하게만 느껴졌다.

"아버지, 용돈을 주세요."

"장을 보러 가야 하는데 돈이 없어요."

가사를 돌보는 것도 힘든데, 이제는 돈까지 달라고?! 뭐 이렇게 바라는 것이 많지? 모리젠은 잠시 세상의 모든 아버지를 위해 한숨을 쉬었다. 그저 힘들고 어려운 것은 다 아버지의 일이 되고 있었다.

그는 이제 골치 아픈 놀이에 끼게 된 것을 조금은 후회하기 시작했다. 어떻게든 이 놀이에서 빠져나갈 구멍이 없을까? 모리젠은 주변을 둘러보던 중 근처에 있던 로미의 손을 끌어다가 제 옆에 앉혔다.

"로미 씨, 이거 잘 봐요."

그는 들고 있던 장난감 팬을 능숙하게 휘둘렀다. 장난감 가지가 잠시 허공을 돌다 다시 팬 안으로 들어왔다. 볶고 있는 시늉을 하는 모양이다.

"자아 다 볶았습니다. 여보."

모리젠은 로미의 손에 팬을 들려 주었다. 로미는 얼떨결에 그것을 받아 들었다. 그리고 보니, 여, 여보? 둘 사이에서는 성립될 수 없는 호칭에 로미가 그저 멍하게 그것을 들고 있자, 모리젠이 그녀를 재촉했다.

"뭐 해요. 여보. 아이들 밥 안 줄 거예요?"

10분 전에 그저 청혼을 받았을 뿐이고 허락한 적도 없거늘, 10분 뒤에는 어느새 아이가 다섯 명이 되었다. 완전히 코가 꿰인 기분이었다. 모리젠에게 무슨 장난이냐고 따지고 싶었지만, 아이들 앞이기도 했고, 또 그가 너무나도 부드럽게 웃으면서 바라보고 있었기에 그리할 수 없었다. 그렇게 상냥하게 바라보면 화를 낼 수가 없다. 게다가 뭐라 말할 틈도 없이 아이들이 각자 크기와 색이 다른 접시를 꺼내 와서 노래하듯 소리를 지르기 시작했다.

"밥 주세요!"

로미는 아이들의 접시에 장난감 가지를 하나씩 올려 주었다. 가지는 맛이 없다는 둥 맛이 있다는 둥 아이들은 가지 하나만으로도 참 떠들썩했다.

모리젠은 회심의 미소를 지었다. 자아, 이쯤 되면 괜찮을 것이다. 모든 것은 이 대사를 위해서였다. 그는 남아 있는 연기력을 쥐어짜 혼신의 연기를 했다.

"그럼, 아버지는 출근하러 가마."

좋아, 자연스러웠어! 이제 이 어린 악마들의 소굴도 안녕이다.

"안녕히 다녀오세요."

"다녀오세요."

모리젠의 속셈도 모르고 순수한 아이들은 정말 아버지를 배웅하듯 인사해 주었다. 한 손에는 가지를 다른 한 손에는 수저를 들고 예쁘게 인사하는 모습은 제법 귀여웠다. 그때만큼은 어쩐지 정말로 자식이 있는 아버지가 된 기분이라 조금은 찡하고 심장이 울렸다.

"어머님, 아버님께서 출근하신다고 합니다."

세비가 로미에게 다가와 공손하게 전했다. 역시 큰아들 역할에는 세비만 한 아이가 없었다. 공손한 말투가 다른 아이들의 모범이 된다.

로미가 "응, 그, 그래?" 하며 고개만 끄덕일 뿐 반응이 없자 세비는 같은 말을 반복했다.

"어머님, 아버님께서 출근하신다고 합니다."

"으―응."

"어째서 출근의 키스를 하지 않으십니까?"

그러니까 이것은 보답 같은 것이었다. 우울해진 아루를 위로해 줄 수 있게 자신을 보내 준 모리젠 선생님에 대한. 남자의 의리라는 것은 무릇 그런 것이라고 아버지와 조부님께서는 항상 세비에게 가르쳐 왔다.

"저기, 세비."

"네, 어머님."

"해야 해?"

"하지 않으셔도 됩니다."

그러나 세비는 상냥한 목소리로 이어 말했다.

"하지만 부모님의 불화를 보며 불안해할 동생들을 보면 너무나도 걱정되어서……."

모리젠은 여우같이 행동해 주는 세비가 마음에 쏙 들었다. 아루에게 지지 않을 정도로 조숙한 아이라는 것은 일찍부터 알았지만, 저렇게 똑똑하고 좋은 아이였다니! 정말로 믿음직스러운 큰아들을 얻은 기분에 그는 심장이 찡하도록 감동했다.

"우리 똑똑한 큰아들!"

모리젠은 세비를 꼭 끌어안아 주었다. 이대로 그가 아루와 좋은 관계를 유지한다면, 정말로 가족이 되는 것일까? 나쁘지 않을 것 같았다.

　"아버님의 은혜를 갚으려는 것뿐입니다."

　아들 역할에 심취한 세비가 모리젠의 품에 몸을 푹 기대며 외쳤다.

　열렬하게 포옹을 나누는 두 사람을 가만히 바라보던 로미는 문득 교수의 말을 떠올렸다. 그러고 보니, 역할놀이가 사회성을 길러 준다고 했던가? 정말 그 이론은 맞는 걸까. 모리젠과 세비를 보면 되레 역효과를 보고 있는 것은 아닌지 의심이 되었다.

　"그럼 아버지는 출근할 테니, 어머니와 동생들을 잘 부탁한다."

　모리젠은 세비의 머리를 쓰다듬는 것으로, 이제 정말 아이들 사이에서 벗어날 생각이었다. 세비가 이야기했던 출근의 키스 같은 것은 잠시 망상해 본 것으로도 아주 기뻤다. 혹여 그녀가 아이들의 권유에 밀려 그런 일을 제게 해 준다거나, 그러면서 '다녀오세요. 여보.' 와 같이 깜찍한 말을 해 준다거나 하면, 아마 머릿속이 그대로 폭발하여 참지 못하게 될지도 모를 테니까 이대로 끝난 게 다행이라 여겼다. 물론 로미가 그런 행동과 말을 그에게 할 리는 없지만.

　"다녀오세요. 여보."

　그래, 그러니까 로미 씨 입에서 저런 말을 들으면 곤란하다는 거, 어?

　"네?"

　순간 몸이 휘청일 정도로 놀란 모리젠은 교실 문에 의지하여 겨우 몸을 바로 세웠다. 뒤로 돌아서 로미를 바라보니 어느새 아이들 사이에서 다시 접시를 정리하며 즐거운 얼굴을 하고 있었다. 다섯 아이 한 명 한 명에게 눈을 맞춰 주며 즐겁게 이야기하고, 잘 닦았네, 하고 칭찬해 주는 모습이 어쩐지 정말 아이들의 어머니 같았다.

아까운 장면을 놓쳤다. '여보'라고 말할 때 그녀의 표정이나 몸짓까지 모두 봐 두었어야 했다. 예뻤을까? 그랬을 거다. 분명 그랬을 거다. 더욱 아까워졌다. 도망간다고 재빠르게 돌아선 자신을 그저 원망했다.

"다녀올게, 여보."

작은 목소리로 중얼거리는 말이, 스스로도 간지러워서 웃고 말았다. 아, 결혼하고 싶다.

아이들에게서 빠져나온 모리젠은 얼른 의료실로 몸을 피했다. 아이들이 다시 놀아 달라고 하면 바쁜 척을 하기 위해 책상 위에 이것저것 서류 따위를 늘어놓았지만, 사실 특별히 바쁜 일은 없었다. 한가하니 머릿속에는 다른 생각만이 가득했다. 조금은 검은 욕망이 섞였을지도 모른다. 이게 다 로미 씨 때문이다. '다녀오세요, 여보.'라니. 누구를 말려 죽이려고!

생각은 그리 원망스러워하면서도 쓱 올라간 입술은 어쩔 수 없었다. 모리젠은 책상에 머리를 박고 잠시 미친 사람처럼 피식피식 웃었다. 그리 말하는 로미의 얼굴을 보지 못한 게 천추의 한이었지만, 자유롭게 상상할 수 있다는 점은 좋았다.

그나저나 결혼이라. 제법 무거운 말이다. 모리젠은 의자에 몸을 푹 기대어 보았다. 눅눅한 쿠션이 그를 받쳐 주어 기분은 다시 차분하게 내려앉았다.

정략혼이었지만 그럭저럭 행복한 결혼 생활을 영위한 형님을 보아 온 덕분에 그는 결혼에 대해 일단 매우 긍정적이었다.

오랜만에 떠오르는 카르나에 대한 생각에 그는 살짝 미소 지었다. 형님에게는 하나뿐인 아내였고, 그에게는 좋은 친구였다. 비록 성별의 다름과 관계의 이름 때문에 다른 친구들과 같이 막역하게 지낼 수는 없었지만.

'카르나 님.'

'어머나, 모리젠 님.'

카르나는 항상 저택 안에서 지냈다. 10대가 지나 20대에 접어들어서도 그것은 변하지 않았다. 꼭 필요한 자리가 아니면 나서는 법이 없었고, 보통 책을 읽거나, 공부하면서 시간을 보냈다. 모리젠은 꽤 똑똑한 그녀가 요즘 여성들처럼 직업을 갖지 않는 것이 안타까웠다.

'푸딩을 조금 사 왔는데, 드시겠어요?'

'상냥하기도 하셔라.'

그래서 모리젠은 기회가 될 때마다 유행하는 디저트 따위를 사다 주곤 했다. 약간의 동정심이 섞였을지도 모르겠다. 그녀는 항상 혼자였고, 어린 그의 눈에 안테는 일이 바빠서 그녀를 제대로 돌보지 못하는 것으로만 보였으니까.

'매일같이 야근하는 남편이라니, 카르나 님은 싫지 않으신가요?'

모리젠은 푸딩을 예쁜 접시에 담아내어 카르나에게 내밀었다. 그의 얼굴은 잔뜩 찌푸려져 있었지만 카르나의 얼굴은 되레 밝았다.

그녀는 천천히 부들부들 움직이는 푸딩의 표면을 감상하고, 탄성을 한 번 지른 후 싱긋 웃었다. 깊은 흥미를 느낀 모양이었다.

작은 스푼으로 한입 음미한 뒤에는 행복으로 가득한 감탄을 숨기지 않았다.

'음, 맛있네요!'

'말씀 돌리지 마시고요.'

'후훗, 모리젠 님도 참. 싫어할 리가 없잖아요.'

시간이 지난 지금은 형님이 카르나의 백성들을 위한 다양한 난민 정책 등을 검토하고 있었다는 것을 알게 됐다. 그러나 그때의 모리젠에게 있어서 형님은 신부를 홀로 내버려 두는 가혹한 남편이었을 뿐이었다.

'일중독인데도요?'

'어머, 무슨 말씀을. 그이는 제가 원하는 것을 구하느라 늦는 것뿐이에요.'

'원하는 것?'

'제가 가져다 달라고 했거든요.'

'무엇을요?'

'권력이요.'

입가에 손을 대며 카르나는 기분 좋게 웃었다. 반짝이는 눈동자에는 기대감까지 보여 모리젠은 그 말을 믿지 않을 수 없었다.

'카르나 님과 형님은 역시 이상합니다.'

'뭐가요?'

'제가 가지고 있던 정략혼에 대한 부정적인 고정관념을 전부 날려 버리셨으니까요.'

'쿡쿡.'

두 사람은 깊은 신뢰로 묶여 있었다. 정치적으로 방향을 함께했고, 여유가 있는 날에는 반드시 둘이 함께 시간을 보냈다. 그 딱딱하기 짝이 없는 형님이 카르나의 별것 아닌 생채기에 야단법석을 피우며 저택을 뒤집어 놓았던 모습은 아직도 전설로 남아 있다. 과거의 유물로만 보였던 정략혼도 상대에 따라서는 오히려 괜찮은 걸까.

'정략혼은 할 게 못 돼요. 꼭 좋아하는 여자를 찾아요. 모리젠.'

한참 만에 돌아온 대답은 모리젠의 예상을 깨는 것이었다.

'형님과 카르나 님은 행복하시잖아요?'

혹시 형님에게 불만이라도 있을까, 조심스럽게 물었다. 그가 아는 한 카르나는 이 저택에서 살게 된 이후 형님의 잘못으로 인해 눈물지은 적이 없었다. 물론 부부 관계를 그가 전부 알지는 못했지만.

'누구에게나 좋은 여자는 온 세상에 오직 저뿐인걸요. 저라는 잘난 여자는 그이가 가져 버렸으니, 모리젠은 어떻게든 자신에게 좋은 여자를 필사적으로 찾도록 해요.'

카르나는 이야기를 마치자마자 흡족했는지 까르륵 웃었다. 아직도 10대 소녀 같은 웃음소리에 모리젠도 따라 웃었다. 부정할 수 없는 말이었다. 그녀는 분명 좋은 여자임이 틀림없었다.

'그렇다면 형님은 카르나 님에게 좋은 남자인가요?'

'여기를 봐요. 모리젠.'

카르나는 소파에서 일어나 천천히 한 바퀴 빙글 돌았다. 그녀의 몸을 치장한 모든 장신구와 아름다운 드레스 자락이 하나의 우아한 선을 그려 냈다.

'결혼하고도 나의 아름다움은 여전하죠. 나를 완벽하게 해 주는 그가 최고가 아니면 무엇이겠어요?'

아마 그녀의 뻔뻔한 사랑스러움을 안테는 소중하게 여기는 것 같았다. 다른 사람이 말하면 그저 잘난 척으로 보일 것 같은 이야기였지만, 그녀가 말하면 절로 수긍이 되었다.

이후에도 카르나는 변하지 않았다.

저택에서 빛나는 단 하나의 태양이 되어 주었다. 안테가 없는 저택을 깐깐하게 관리하고, 모리젠의 학업에 필요한 모든 것을 보조했다. 그녀 나이 겨우 스무 살에 이미 완벽한 안주인이 되어서 공작가를 돌보았다.

과연 '타고난 공주님!'이라며 모두가 입을 모아 그녀를 칭찬했다.

놀랍게도 카르나가 스무 살이 되고 얼마 지나지 않아, 그녀가 임신했다는 소식이 들려왔다. 모리젠은 지나치게 빠르지 않냐며 놀라기도 했지만 어쨌든 축하해 주었다. 물론 형님을 약간 놀려 주는 것도 잊지 않았다. 아니 스무 살 되자마자 무슨 짓을 그렇게 열심히!

'형님, 집승.'

'……뭐가 말이냐.'

'몰라도 됩니다.'

'싱거운 놈.'

그리고 시간이 지나서 아루가 태어났다. 아이의 어머니가 된 이후에도 카르나는 변함없이 빛이 나는 사람이었다. 다소 피로감을 많이 느껴 살이 꽤 빠지기는 했지만, 여전히 아름다웠다.

그랬는데.

갑작스러웠다. 그 말 외에는 그녀의 병을 표현할 말이 없었다. 잦은 두통과 어지럼증. 산후에 건강이 나빠지는 것은 흔한 일이니

처음에는 그 누구도 그것을 대수롭지 않게 생각했다. 카르나 본인
조차도. 그러나 병색은 제대로 뭔가를 파악할 새도 없이 심각하게
나빠졌다. 그 누구도 원인을 찾아낼 수 없었다. 피부의 발진과 이
따금 나타나는 호흡곤란과 발열. 그것이 무엇인지는 지금까지도
알지 못했다. 외국인이라는 색안경이 그녀의 병을 쉽게 판단하지
못하게 하는 것일지도 모르겠지만.

그 당시의 모리젠은 아직 의사라고 할 수도 없는 학생 신분이었
다. 그녀의 가느다란 숨이 겨우 남아 있는 상황에서 할 수 있는 건
아무것도 없었다. 가문의 주치의들이 바쁘게 그녀의 침실을 오가
며 치료하는 것을 바라볼 뿐이었다.

그때의 형님은 죽은 사람과도 같았다. 식사를 권해도, 말을 걸
어도 대답이 없었다. 그저 카르나의 숨이 나오고 들어가는 것을 끊
임없이 지켜볼 뿐이었다.

모리젠은 그저 저택의 가운데에 홀로 서 있었다. 의식이 멀어져
가는 카르나의 위태로운 숨소리. 안테가 그녀의 손을 잡고 이불 속
에 머리를 파묻는 소리. 엄마의 품을 찾느라 우는 아루의 울음소
리. 주치의들이 주변을 뛰어다니는 소리. 그는 가족의 위기에서 자
신의 쓸모없음에 절망했다.

아무것도 변하지 않은 상태에서, 카르나는 떠났다.

지금까지가 가족의 위기였다면 그 이후에는 파멸이었다. 햇살과
도 같은 그녀가 떠난 자리는 어둠과 습기밖에 남지 않아서, 모두가
제 앞을 보지 못했고 부딪히고 망가져 갔다. 가장 많이 망가졌던
것은 역시, 안테였다.

시간이 흘러, 가문의 어른들이 새로운 신붓감을 그 앞에 들이밀
었을 때 그는 온 집 안의 장식품을 집어 던지며 분노했을 정도로

그녀에 대한 그리움을 전혀 덜어 내지 못하고 있었다.

'카르나를 대신할 것은 필요 없다!'

혼담을 청하며 보내온 초상화도 내던져졌다. 저택의 모든 장식품은 안테의 성질 덕분에 남아나는 것이 없었다. 모두가 안테는 미치광이가 되었다고 손가락질했고, 그의 곁을 지키던 이들도 곧 그의 난폭함을 견디지 못하고 등을 돌렸다. 마지막까지 그의 옆에 남아 있던 사람은 모리젠뿐이었다.

'형님.'

모리젠이 그의 어깨를 짚었고, 안테는 모리젠의 손을 강하게 틀어쥔 채 바닥에 주저앉아 울음을 터트렸다. 아이처럼, 서럽게. 그의 입은 고장 난 것처럼 카르나의 이름만을 부르고 있었다.

'형님…….'

무서웠다. 이대로 망가진 형님은 그대로 사랑을 따라서 가 버릴 것 같았다. 마음을 정하면 누구보다도 맹목적으로 향하는 사람이니까. 자신도 모르게 형님을 꽈악 붙드는 것 말고는 할 수 있는 것이 아무것도 없었다. 기억하면 기억할수록 그때의 자신은 너무나도 무능했다.

모든 상황이 형제를 죽음 직전까지 몰아가는 것만 같았다. 하지만 영원히 뜨지 않을 것 같던 태양이 다시 돌아온 것은 그때였다.

무척이나 작은 그 태양은 존재감만큼은 확실해서, 조금이라도 마음에 차지 않는 것이 있으면 뒤로 넘어가면서 앙앙 울었다.

'흐아아앙!'

유모의 품에서 그리 울다가도, 안테나 모리젠이 안아 주면 울음을 뚝 그치고 방긋방긋 웃었다. 마치 제 가족을 알아보기라도 하듯.

'흐아!'

아무리 몸이 좋지 않은 날에도 카르나가 제 손으로 키워 낸 아이였다. 아마 이 아이는 본능적으로 가족의 향기를 기억하는 것이 아닐까? 작은 아루는 아버지와 숙부의 품에서 꼼지락거리다가도 곧 잠이 들었다.

다시는 만날 수 없다고 생각했던 평화가 그 얼굴에는 넘치도록 가득해서 형제는 함께 아이를 안고 울었다. 그들의 보석, 하나뿐인 공주님, 살아갈 수 있게 하는 힘.

그들에게 아루는 더욱 특별해졌다. 순수하게 기뻐하며 웃는 사람이라곤 저택에서 그 아이 하나였다. 모리젠은 그 웃음소리를 듣는 것이 좋아 시간이 날 때마다 조카를 안고, 업고 돌아다녔다. 그녀의 머리를 묶어 주고, 옷을 골라 입히는 일도 모두 즐거웠다.

아루가 조금 더 잘 걷게 된 이후로는 손을 잡고 어디든 끌려다녀 주었다. 아이가 멋대로 집 안을 걸어 다니기 시작하자 안테도 더는 장식품을 집어 던지거나 쉽게 화를 낼 수가 없었다. 애초에 아루의 얼굴을 보면 우울했던 기분도 전부 날아가 화를 낼 필요도 없었지만.

아이의 활동 범위만큼 저택에는 다시 웃는 사람이 생겨났다. 카르나가 남겨 준 커다란 태양의 힘은 무엇보다도 강했다.

똑똑. 노크 소리가 들려왔다. 모리젠은 상념에서 벗어나 자세를 고쳐 앉았다. '네에.' 하는 대답과 동시에 문이 열렸다.

"숙부님, 아니 모리젠 선생님!"

아루가 세비의 손을 질질 끌며 들어오고 있었다. 제 손을 잡고 어설픈 혀 짧은 소리로 '수—부? 수—부?' 하던 아이는 어느새 저렇게 자라 기세 좋게 남자 친구까지 사귀었다.

"세비 군이 밀려서 넘어졌사와요. 선생님께서 봐 주시어야 할 것 같사와요."

"아루, 알겠으니 교실에 돌아가 있어 줄래?"

나이가 몇 살이든 좋아하는 여자 앞에서 아픈 꼴을 보이고 싶은 남자는 없을 거다. 모리젠은 세비를 위해 참견쟁이 아루를 일단 돌려보내기로 했다. 아루는 치료를 지켜보지 못하게 하는 것이 불만인 듯했지만, 세비까지 나서서 돌아가 있어 달라고 부탁해 오니 어쩔 수 없는 듯 살짝 뚱해진 얼굴로 돌아섰다.

"일단 여기 앉아 보자."

세비를 가까이에 있는 환자용 침대에 앉혀 둔 뒤에 그는 무릎을 굽혀 앉아 세비의 다리 상태를 확인했다. 다행히 가벼운 타박상이었다. 잘 소독하고 약만 발라 주면 금방 나을 수 있을 것이다.

"어쩌다가 다쳤어?"

"그게요."

보육원 의사로 일하면서 가장 멋진 순간은 '어쩌다가 다쳤어?'라고 물어보면 아이들이 사건의 처음부터 마지막까지 제가 가진 어휘를 총동원하여 설명해 준다는 것이다. 뭐랄까, 그렇게 열렬한 환자들을 만날 수 있는 것은 여기뿐인 것 같아서 모리젠은 항상 다치게 된 경위를 상세히 물어보는 편이었다.

"그게, 동생 반에서 갑자기 난입해서 달려드는 바람에……."

"음? 그래서?"

소독하고 약을 바르면서 그는 세비의 이야기를 재촉했다.

"아루가 아기 역을 하고 있어서 바닥에 몸을 웅크리고 있었는데, 동생들이 그걸 못 보고 달려들더라고요."

"흐응, 그래서 세비 왕자께서 나서서 막아 주셨다는 거네?"

고마운 녀석. 덜 쓰라린 연고로 발라 주마.

"선생님."

"……왜?"

아픔을 참아 내듯 입술을 깨물고 있던 세비가 한참 만에 다시 입을 열었다. 뭔가 고민되는 듯 이야기는 쉽게 이어지지 않았고, 모리젠은 차분하게 기다려 주었다.

"반쪽짜리 백작위로는 여공작님께 구혼할 수 없을까요?"

반쪽짜리 백작이라. 어른들의 사정이 섞인 질문에 모리젠은 잠시 주춤했다. 세비의 경우는 어머니 쪽이 작위를 가진 여백작님이고 아버님은 유명한 액세서리 디자이너였으나 평민이었다. 스스로 '반쪽짜리'라고 말하는 것으로 보아 어지간히 출신에 대한 놀림을 받은 모양이다.

"음. 나는 네가 참 마음에 드는데 말이다."

설명하기 어려운 문제다. 어린아이에게는 더더군다나.

"작위만 놓고 보면 모르겠지만, 그건 앞으로 네가 어떤 사람이 되느냐에 달렸지."

그러고 보니 좋은 예가 바로 그 앞에 있다는 걸 잊을 뻔했다.

"너희 부모님의 로맨스도 유명하잖니."

어찌 보면 세비와 아루 이상으로 심한 신분의 차이가 있었으니까. 세비의 상처 처치도 때마침 끝났다. 의료실을 나서며 세비는 굳게 결심한 얼굴로 모리젠에게 선서하듯 맹세했다.

"그러면, 포기하지 않을게요. 좋아하니까."

호오. 그건 꽤 남성 보호자의 본능을 자극하는 말이구나. 조금은 형님의 마음이 이해될 것도 같았다.

불발로 끝나 버린 소풍을 아쉬워했던 아이들이 모두 돌아가고 난 이후, 의료실 문을 두드리는 이가 있었다. 그 다소곳한 소리만 들어도 누구인지 알 수 있었다.

"퇴근하지 않으세요?"

로미였다. 예상대로.

"아, 저도 나가요."

모리젠은 책상 정리를 서둘렀다. 급한 마음에 물건들을 대충 밀어 두다가, 펜이나 서류 따위가 바닥에 우르르 떨어지고 말았다. 그리고 함께 떨어진 붕대 하나가 하얀 선을 그리며 길게 늘어져 로미의 바로 앞까지 굴러왔다. 로미는 웃으면서 그것을 주워 들고는 능숙한 솜씨로 둘둘 말아, 모리젠에게 내밀었다.

"여기요."

모리젠은 지저분하게 늘어진 책상이 부끄러웠다. 붕대를 받아 드는 그의 얼굴이 조금 붉어졌다. 로미는 그의 기분이 상하지 않도록 조심스럽게 물었다.

"정리…… 조금 도와 드릴까요?"

모리젠이 의술로 돈을 버는 것처럼 로미도 정리하는 것으로 돈을 번다. 이왕이면 잘하는 사람의 손을 빌리는 것이 훨씬 효율적일 것이다.

"……부탁드려도 돼요?"

그렇지 않아도 정리의 끝이 보이지 않아 곤란하던 차다. 좋아하는 사람에게 흉한 꼴을 보이고 싶지는 않지만, 어쨌든 모든 일은 전문가에게 맡기는 것이 가장 좋으니까.

"그럼요!"

로미는 밝게 웃으며 책상과 수납공간을 확인한 후, 약간의 구상

과정을 거쳐 착착 실행에 옮겼다.

"감사합니다. 부인."

"별말씀을요. 여보."

처음 들었을 때는 굉장히 설레는 느낌이었는데, 이렇게 또 들으니까, 그저 서로 놀리는 가벼운 느낌만 남아 버렸다. 괜히 좋은 추억을 건드린 느낌이라 모리젠은 조금 아쉬워졌다.

무거운 것이나 높이 있는 것은 로미의 지휘에 따라 모리젠이 정리하고, 작고 가벼운 것은 로미가 직접 옮겨 두었다. 두 사람이 같이 달려드니 어지러웠던 책상 따위는 금방 반짝반짝 제 빛을 찾게 되었다. 모리젠은 뿌듯한 얼굴로 의료실을 둘러보았다.

"로미 씨, 우산 있으세요?"

온종일 그치지 않는 비. 반짝이는 햇살에 구름이 드리워서, 그다지 늦은 시간이 아닌데도 어쩐지 길은 어둑어둑했다. 여자 혼자 걸어 다니기에 좋지 않은 날씨였다. 그녀를 바래다주고 싶은 마음에 슬쩍 우산을 핑계로 운을 떼 보았다.

"네."

그러나 로미의 대답은 그의 은근한 기대를 완전히 무너뜨렸다. 생각해 보면 로미는 준비성이 좋은 편이었다. 예비용 우산을 하나쯤은 구비해 두었을 법했다. 모리젠은 한숨을 쉬며 깔끔히 포기했다. 요즘 들어 한숨만 늘어났다.

그는 의료실 창가의 어두운 커튼을 닫았다. 가까이 들렸던 빗소리가 한 걸음 멀어져 갑자기 귓가가 고요해지는 기분이 들었다. 커튼의 끝을 잡은 손에 느껴지는 묘한 감각은 아마 깊은 어둠에 단둘이 있다는 검은 유혹이 그의 손끝에 닿았기 때문일 것이다.

검은색의 마음은 그의 심장 한구석에 언제나 있었다.

아침에 그녀와 인사를 나눌 때도, 같이 식사를 하거나 우연히 손끝이 닿았을 때도. 그는 검은색의 마음을 누르고 상냥하게 웃어야 했다. 그저 단순히 좋아하는 여자가 아니었다. 조금 더 복잡했다. 조카인 아루가 이상할 정도로 따르는 여자. 철벽같은 형님이 특별하게 생각하는 사람.

상처 후 '카르나를 대신할 것은 필요 없어.' 라고 말하며, 지겹도록 밀려드는 혼담을 전부 거부했던 형님이 처음으로 간절한 상대를 만나게 되었다. 아마도 형님은 정말로 로미 씨가 아니면 안 되는 어떤 이유가 있는 것인지도 모른다.

모리젠은 자신을 생각해 보았다. 형님 같은 쓰린 상처도, 절절한 사연도 없었다. 지극히 평범한 마음으로 두근거리는 심장을 가지고 있었을 뿐이다. 형님에 비하면 자신의 사랑은 너무나도 작고 흔해 보여서 로미 씨 앞에 자신 있게 내보일 수가 없었다.

형님에게 욕심 운운했지만 정작 욕심을 부리고 있는 것은 자신이 아닐까. 모리젠 한 명이 손을 떼고 기쁘게 포기하는 것만으로도 저 세 사람은 금방 예쁘게 가족이라는 원을 그려 낼지도 모를 일이다.

그녀에게 흑심을 내보일 기회는 몇 번이나 그에게도 있었다. 모리젠은 오늘도 그 기회를 삼켰다.

스스로 '검은색의 모리젠' 이라 정의한 감정을 눌러둔다. 검은색의 모리젠은 나쁘다. 하얀색으로 가리면 회색으로, 붉은색으로 가리면 갈색으로 결국에는 제 존재를 드러낸다. 모리젠은 가지고 있는 모든 색을 더해 검은색의 모리젠을 가리고, 덮고 숨겼다. 그러나 한동안 잠시 다른 색이 되었다가도 결국 돌아오는 색은 또 검정. 검은색인 것이다.

"선생님?"

모르겠다. 정할 수가 없다.

"선생님?"

좋은 동생, 멋진 삼촌, 괜찮은 남자. 가장 먼저 버릴 수 있는 것은 무엇일까?

"가죠, 로미 씨."

문고리를 잡아 돌리는 손에 질척질척한 아쉬움이 묻었다. 옷자락에 그것을 탁탁 가볍게 털어 냈다. 오늘도 그렇게 흘려보낸 기회가 내일도 다시 와 줄까. 노력 없는 바람이라 자신도 그저 웃고 만다.

며칠이 지나 유난히도 맑은 날이었다. 아루를 무사히 데려다준 안테는 성큼성큼 복도를 지나 교수들의 회의실로 들이닥쳤다.

"무슨……?"

한창 오전 회의 중이던 교수들이 동시에 고개를 돌려 물었다. 약속도 없이 찾아오는 이가 아니었는데, 모두의 눈동자가 의아함으로 가득하였다.

"날씨가 기가 막히다."

그의 첫마디. 앞뒤를 잘라먹은 그 한마디를 이해할 수 있는 사람은 아무도 없었다.

"그래서요?"

제일 나이가 많은 교수가 설명을 재촉했다.

"소풍을 가라!"

"……."

"날짜를 미리 골라 둔 것이 바보 같은 짓이었다."

"……공작님."

"아침에 날씨를 확인하고 날이 좋으면 가면 되는 것 아닌가!"

"저기……."

"마침 오늘은 날씨가 기가 막히다. 아이들을 데리고 나가라!"

"안 됩니다."

"어째서!"

"오늘은 이미 계획된 일정이 있습니다. 분명히 주간 보육 계획안을 드린 것으로 기억하는데요?"

안테는 사무실 한복판에 걸어 둔 그 계획안을 떠올렸다. 물론 아이들의 교육을 생각한 훌륭한 커리큘럼이었다. 하지만, 그의 아루가 바라는 것은 소풍이었다. 소풍날 아침, 마차에서 두근두근하며 기대에 차 있던 그 얼굴을 다시 돌려받고 싶었다.

"안 됩니다."

교수들은 단호했다.

"도, 도시락을 지원하겠다."

"안 됩니다."

무척 단호했다.

"그늘막! 그래 그늘막을 쳐 주겠다!"

"안 됩니다."

그들은 한 치의 양보도 없었다.

"……어떻게 해야 허락을 해 줄 텐가."

"다시 날짜를 잡아 보시죠. 좋아하시지 않습니까. 계획 세워서 서류 작성 하는 것."

안테는 머릿속에 점쟁이와 사관과 학자들을 떠올렸다. 그러고는 곧 고개를 저었다. 그들은 글러 먹었다.

"알았다. 딱 기다려라."

이제는 외부 세력의 조언 따위는 필요 없었다. 생각해 보니 가장 좋은 조언자가 그의 곁에 항상 있지 않았나.

"쿠디안!"

"네, 공작님."

"8월 중 비가 안 올 것 같은 날을 알아내라."

쿠디안은 손끝으로 적당히 아무 날짜나 짚어 냈다. 어차피 비도 안 오는 8월. 아무 날이나 짚어도 비는 오지 않을 것이다. 지난번 하루 비가 온 이후로 다시 비 따위는 내리지 않고 있었으니까.

"좋아."

안테는 다시 기가 막힌 소풍 계획을 세웠다. 그리고 쿠디안이 손끝으로 대충 찍어 낸 그날. 황실에서는 하늘의 은혜를 기리는 작은 감사제가 열렸다. 은혜로운 단비가 지독하게 내려 준 덕분이었다.

쿠디안은 온종일 옥상으로 대피했다. 안테의 주먹에 맞느니 비를 맞는 것이 나으리라는 생각에서였다. 산책 나온 달팽이가 그의 손끝에서 꾸물꾸물 위로해 주는 8월이었다.

〈진짜 일기는 마음속에 적어 두어요. — 8월〉

갑작스럽게 열린 감사제는 맛있는 음식도, 반가운 사람들도 많았지만, 저는 전혀 즐겁지 않았어요. 비가 오는 것을 축하해야 한다니. 소풍을 못 갔는데.

"나도 가히 즐겁지는 않아."

"네?"

옆에서 들려오는 목소리에 저는 얼른 고개를 들었습니다. 아, 어쩌죠. 표정으로 전부 기분을 드러낸 모양이에요. 이런 자리에서는 그리하면 안 되는 것이었는데.

"공녀와 함께 있으면 광대라도 된 것 같은 기분이라."

폐하의 명으로 황자 전하는 국가적인 행사가 있을 때마다 저와 함께 사람들 앞에 나서곤 합니다. 하지만, 사람들이 우리를 힐끗힐끗 바라보면서 의미심장한 미소를 짓는 일이 많은 탓에 기분은 그다지 유쾌하지 않아요.

"공녀께선 작은 왕국의 여왕님이 되셨더군."

"작은 왕국이요?"

"보육원에서 시작되는 소문이 적지 않아. 내게도 들리더군."

"여왕이라니, 당치 않은 것이어요. 저는 그저……."

"권력을 탐하는 공작가의 영애일 뿐이라는 건가?"

부정할 수 없었습니다. 아버님께서 어머님께 권력을 바쳤다는 이야기를 들은 이후부터 저는 권력을 사랑하게 되었으니까요.

"어쨌든, 오늘은 소풍을 가지 못하여서 우울한 것뿐이어요."

"그것참 귀엽기도 하셔라."

"두 번이나 취소된 것이어요. 아마 세 번째 계획은 생기지 않을 것 같사와요."

저는 주스 잔을 꼭 쥐었습니다. 소풍에서 배우기로 했던 새로운 놀이에 대한 미련이 아직도 남아 있는 탓입니다.

"공녀."

어른스러운 차분한 목소리. 저보다 겨우 두 살밖에 많지 않은 전하이지만, 이런 제가 그저 어린아이 같으실 거예요. 남다르신 분이니까요.

"진짜 권력자는 그런 얼굴을 하지 않아. 그리고."

전하의 얼굴이 가까워졌습니다. 그분의 진지한 얼굴에 긴장한 저는 침을 꿀꺽 삼키고 말았어요.

"최선의 수가 이루어지지 않아도 공녀께는 아직 남은 것이 있겠지."

네? 차선책의 이야기인가요? 하지만 소풍에 차선이라니.

"공녀께서는 똑똑하시니 잘할 거야."

아무리 똑똑해도 소풍의 차선 같은 것은 모르는 것이어요! 무엇이죠? 무엇인가요?

"그게 무엇이죠? 룩스 오라버님!"

……아앗! 여섯 살 이후로 접어 두기로 했던 호칭이 나와 버리고 말았어요! 어쩔 수 없는걸요. 전하라고 부르기 시작한 지는 얼마 되지 않았단 말이어요. 아이 같은 말투에 부끄러워져서 소풍에 대한 생각은 쏙 들어가고 말았습니다. 어쩐지 고개를 들 수 없어서 바닥만 바라보게 되었어요.

룩스 오라버님이, 아니, 아니 황자 전하께서 머리를 쓰다듬어 주셨습니다. 정말 여섯 살이 된 것 같은 기분이 들었어요.

우울해요.

9월
마디의 이야기

여름 동안 길게 하늘에 떠 있던 해가 조금 짧아지기 시작했다. 아이들이 돌아갈 무렵이 되면 성급해진 하늘은 붉게 물들어 버리고 만다. 조금씩 차가워진 바람과 길어지는 옷자락에서 사람들은 문득 시간을 느꼈다.

아이들은 더 자랐다. 처음 보육원에 왔을 때와는 비교할 수도 없었다. 그것은 신체뿐 아니라 그들의 마음 역시 그랬다. 아이들 간의 관계도 더욱 부드러워졌다. 서로 어떻게 대해야 할지 몰라 어색함을 보이던 모습은 더는 찾아볼 수 없었다.

뛰어노는 것을 반대했던 부모들도 있었으나 이제 그런 목소리는 많이 잦아들었다. 어른들이 말하는 소위 더러운 놀이. 이를테면, 벌레를 잡으러 돌아다니거나, 흙 사이로 자라난 식물을 관찰하는 것들을 시작한 이후 아이들은 더 건강해졌다. 감기도 잘 걸리지 않았고, 혹시 그렇게 되더라도 빨리 나았다.

그리고 최근에 아이들은 '친구의 부모님'에게 관심을 두기 시작했다. 평민이든 후작이든 공작이든 관계없이 아이를 데리러 오면 평등하게 장난의 대상이 되었다. 다행히 이제는 모든 부모가 보육원의 방침을 전부 알고 있어, 아이들 앞에서 권위나 신분을 내세우는 이는 없었다. 무엇보다 안테가 결코 그런 모습을 보이지 않으니 그보다 낮은 작위의 귀족이 함부로 행동할 수 없었던 것도 있었다.

세상 모든 것은 다양한 기준으로 순위가 매겨지기 마련인데, 아이들 사이에서도 '같이 놀기 좋은 부모님'의 순위가 존재했다. 그 영광스러운 1위는 세비와 쥬리의 아버지였다. 세비와 쥬리를 합쳐 통칭 '세리 아빠', '세리 아버님'으로 불렸다.

그는 쌍둥이를 모두 제 손으로 키워 낸 육아의 달인으로 통했다. 상냥한 성격은 아니었지만, 아이들의 시선에서 충분히 대화해 주는 시간을 귀찮게 여기지 않았다. 더불어 손으로 액세서리를 만드는 직업을 가진 사람답게, 아이들이 원하는 것은 어떤 재료로도 뚝딱 만들어 낼 수 있었다.

그리고 무엇보다 그는 보육원 아버지 중 가장 어렸다. 이제 겨우 20대 후반에 접어들었을 뿐이다. 육아에 꼭 필요하다고 할 수 있는 체력이라면 누구보다도 넘쳐 나니, 아이들이 전속력으로 달려와 공격을 하여도 거뜬히 집어 던지며 놀아 줄 수 있었다.

그런 세리 아버지는 최근 부인이 아닌 새로운 여자에게 관심을 두기 시작했다.

"세리 아버님은 세리 어머님을 어째서 좋아하시어요?"

그 상대는 바로 아루. 그의 아들이 완전히 푹 빠져 있는 귀여운 여자아이였다. 처음에는 그저 그 귀여운 관계가 좋아 시선을 두기 시작했으나, 아루와 이야기하면 할수록 그 똑 부러지는 매력에 빠져들었다.

함께 대화하는 시간이 즐겁게 느껴졌고, 그는 보육원에 갈 때마다 이렇게 아루와 소소한 이야기를 나누는 것을 큰 기쁨으로 여겼다.

"어째서라. 음, 역시 외모가 아름다워서 좋아하는 거겠지."

"그것이 전부여요?"

세리 아버지는 자신 있게 고개를 끄덕였다. 그는 제 부인의 아름다운 외모를 그 무엇보다 최고로 생각했다. 어쩔 수 없었다. 어릴 때부터 예쁘고 아름다운 것만 눈에 들어왔다. 생존 본능에 가까운 감정이었다. 하지만 세상 사람 대부분은 그의 생각을 '얼굴을 밝히는 나쁜 것'으로 치부했다. 그는 그런 취급이 조금 억울했다.

"저는……. 세비 군이 만약 그런 이유로 저를 특별하게 생각한다면……. 조금 실망……할 것 같사요……."

속삭이는 것 같은 목소리는 그의 눈치를 보고 있었다. 혹여 그녀의 말이 그의 기분을 상하게 할까 싶었던 모양이다.

세리 아버지는 잠시 고민했다. 그저 아빠를 닮아서 아름다운 것만 좋아하는 아들을 위해서 어떤 식으로 변명을 해 주면 좋을지.

"외모가 마음에 든다는 것은 아주 좋은 일이지."

"어째서요?"

세리 아버지는 귀여운 여자아이의 머리를 쓱쓱 쓰다듬어 주었다.

"나는 예쁜 액세서리를 만드는 사람이란다. 알고 있지?"

"물론이어요! 항상 아름다운 것을 만드셔서, 바라보는 것만으로도 행복하게 되는 것이어요."

"아름다운 것은 우리 같은 사람들에게는 영감을…… 음……그

러니까, 무언가를 만들어 내고 싶다는 기분이 들게 하기 때문이
지."

"네?"

"그 아름다운 사람이 곁에 있으므로 인해, 더욱 멋진 작품이 만
들어질 수 있어. 그러니까, 결국."

아루는 여전히 고개를 갸웃거릴 뿐이다. 그는 조금 더 직접적으
로 말해 주기로 했다.

"네 아름다움이 세비를 살아가게 한다는 뜻이야."

경험에서 나온 이야기이니 누구보다도 자신 있게 말할 수 있었
다.

내내 갸웃거리기만 했던 아루의 얼굴에서 마침내 밝은 빛이 나
왔다. 세비 아버지도 그녀를 따라서 웃었다. 그는 아루를 처음 보
았던 순간부터, 확신할 수 있었다. 제 아들은 분명 저 작은 여왕님
께 어울릴 만한 것을 만들어 내지 못해 안달할 것이 뻔하다고.

그녀와 세비가 함께 있는 한 그는 아무것도 걱정할 필요가 없어
보였다. 그 둘은 분명히 세상에 둘도 없는 아름다운 것들을 잔뜩
만들어 놓을 것이다. 그것은 비단 액세서리에 국한된 것은 아닐 것
이고.

쿡쿡. 웃음이 나왔다.

기분 좋은 바람이 불어오는 계절. 네모난 사무실에서 네모난 서
류들에 갇혀 지내느라 딱딱하게 각이 진 머리를 가지게 된 행정부
의 노예들에게도 상큼한 헛바람이 들기 시작했다. 직원들은 아무

런 이유 없이 밖으로 기어 나와 으헤헤헤 웃으면서 기뻐했다. 특별히 좋은 일이 있는 것이 아니었다. 그저 사무실이 아닌 곳에 제 존재가 있는 것이 좋은 모양이었다.

안테는 틈만 나면 행정부의 좁아터진 앞뜰을 의미 없이 배회하고 벤치에 처박혀 있는 부하들의 괴상한 가을 타기를 넓은 마음으로 이해해 주었다. 사계절 내내 미쳐서 사는 사람도 있는데 겨우 한 계절 미치는 것 정도야 자연스러운 일이라고 여겼다.

다만 일에 지장을 주어서는 안 되었다. 어쩔 수 없이 악마 같은 상관이 되어 오전 1회, 오후 2회로 방황 시간을 제한했다. '너무합니다!', '가을입니다!', '날씨가 좋습니다!' 라며, 미친놈들의 민심이 요동쳤으나 이런 일은 언제나 권력과 돈을 쥐고 있는 사람이 이길 수밖에 없었다.

그 대신 안테도 그 횟수 제한에 스스로 동참했다. 권력의 즐거움은 공평함이라는 의무를 갖는다. 자신의 신념이었다. 그가 먼저 나서서 모범을 보이니 민심은 금방 또 적응하여 순응했고, 곧 행정부의 가을 타기 소동은 조금 잠잠해졌다.

안테의 오후 휴식 시간.

그는 홀로 벤치에 앉았다. 휴식을 취하는 상관의 옆에 알랑대는 미친 짓을 하는 이는 쿠디안뿐이니, 그의 주변은 항상 조용했다. 담배 대신 시나몬 스틱을 입에 물고, 혀로 까딱까딱 움직였다. 그것이 박자가 되고 저도 모르게 노래 하나를 흥얼거리게 되었다.

고개를 뒤로 젖혔다. 구름이 기분 좋게 흘러간다. 그 속도가 오늘따라 유난한 것이 바라보는 재미가 있다. 구름이 흘러가는 방향대로 바람이 불어왔다. 한차례 더 빨라지는 구름. 안테의 회색빛 머리카락이 조금 살랑였다. 날씨 좋네. 흔해 빠진 말이 절로 나왔다.

"아버님!"

딸에게만 작동하는 그의 신경이 반짝하고 반응했다. 지금 아루는 보육원에 있을 시간이다. 그 깜찍한 목소리가 행정부의 뜰에서 들려올 리 없었다. 그러나 착각이라고 하기에는 소리가 꽤 분명했다. 그는 목소리가 들려온 방향으로 고개를 돌려 한참이나 아루를 찾았다.

"아루?"

그는 아이들의 무리 속에서 아루를 발견했다. 날씨가 좋으니 같은 반 친구들과 함께 가을 산책을 나온 모양이었다. 본래 보육원 앞뜰에서만 산책을 즐기곤 했으나, 부쩍 자란 아이들은 조금 더 멀리, 오랫동안 걷고, 즐기고 싶어 했다. 새로운 것을 만나고 싶어 하는 것은 물론이었고. 이제 산책은 행정부의 뜰까지 길게 이어졌다.

아이들의 앞과 뒤에는 교수들이 따라붙어 철저하게 인솔을 하고 있었다. 작은 병아리들이 어미 닭을 따라다니는 것 같은 귀여운 광경이었지만 한 가지 거슬리는 것이 있으니.

"또 저 녀석의 손을 잡고 있네."

아루와 세비가 손을 잡고 걷는 것이 무척이나 싫었다. 아직 아이들과는 제법 거리가 있었기 때문에 안테는 마음 놓고 불평했다. 언제부터인가 아루가 눈에 띌 때마다 저 금발 머리 소년이 뭐라도 되는 양 아루의 손을 붙들고 놓지를 않았다. 어린 금발 늑대. 안테는 세비의 별명을 그렇게 지어 불렀다.

예쁜 여자의 손을 붙잡고 좋아하는 남자의 마음을 모르는 것은 아니지만……. 그 예쁜 여자가 제 딸인 이상 그것은 결코 허용될 수 없는 행위였다. 앞으로 어떤 놈이 아루를 그에게서 빼앗아 간다는 생각을 하면, 지금 당장에라도 눈물이 쏟아질 것만 같았다.

심지어 그는 '나중에 아버님과 결혼할 것이어요.'와 같은 말을 들어 보지도 못했다. 다른 딸 가진 아버지들은 죄다 들어 보았다던데, 오직 안테만이 그 귀여운 말을 듣지 못한 것이다. 더욱 참을 수 없는 것은 삼촌인 모리젠은 그 말을 들었다는 것이다. 어째서, 그의 딸은 안테와 결혼하겠다는 이야기를 하지 않는 걸까?

이제 산책하는 아이들의 무리가 행정부 건물의 바로 옆을 지나갔다. 직원들의 시선이 자연스럽게 귀여운 아이들에게로 향했다. 피곤에 찌든 어른들의 모습과는 달리 아이들은 노오란 모자에 귀여운 옷으로 아주 싱그러운 모습이었다. 그저 씩씩하게 걷는 모습을 바라보는 것만으로도 모두의 마음을 꼬들꼬들 뽀얗게 정화시켜 주었다.

직원 한두 명이 아이들을 향해 손을 흔들어 주었다. 눈치 좋은 아이 몇 명이 그 인사를 받아 주며 같이 손을 흔들자, 곧 귀엽다며 탄성이 터져 나왔다. 그다음부터는 너도나도 신이 나서 아이들에게 손을 흔들고 소리를 지르기 시작했다.

안테는 부하들의 추한 행태를 가만히 지켜보았다. 다들 일이 고되기는 했던 모양이다. 별것도 아닌 아이들의 모습에 이렇게까지 좋아하다니. 그동안 너무 괴롭혔던 걸까?

그날 이후 아이들의 가을 산책 행진은 행정부에서 대단히 인기가 있는 하루 일정이 되었다. 낮잠을 마치고 오후 간식까지 맛있게 먹은 아이들이 산책을 시작하면, 옥상에서 망을 보며 땡땡이를 치던 연락책이 행정부 사무실로 달려와 모두에게 외쳤다.

"보육원 오후 산책 시작합니다!"

그 순간부터 직원들은 업무를 손에서 놓은 채, 자리를 박차고 일어나 창가로 달려갔다. 일부 직원들은 아예 건물 밖으로 나가서 아이들 주변을 서성거렸다. 소중하게 아껴 두었던 오후 땡땡이권을 사용하는 것이니 그 누구도 그들을 탓할 수는 없었다.

"얘, 너 이름이 뭐니?"

용기 있는 직원의 행동으로 한 아이의 이름이 밝혀지고 난 이후에는 다들 어떻게든 검은 연줄을 이용해 각자 자기가 가장 귀엽다고 생각한 아이의 이름을 알아내려 애썼다.

조금만 더 지나면 아이들별로 팬클럽이라도 생길 것 같은 위협적인 분위기가 감돌기 시작했고, 인기의 중심에 있는 아루는 이 상황을 적절히 이용하고 싶어졌다. 아버님께서 읽어 주신 병법서에 적혀 있었다. 적절한 시작점이 가장 중요한 것이라고. 아루는 그것이 바로 지금이라 확신했다. 여왕님의 새로운 프로젝트를 향한 두 뇌는 바로 빙글빙글 가동되었다.

보육원의 아이들은 지난번 '돈이 없으니 꽃을 못 사 준대.' 사태 이후로 고민이 많았다. 돈이 없다. 돈이 없다는 것이 무슨 뜻이지? 아이들에게는 이해가 어려웠다. 신분과 관계없이 보육원의 아이들은 부족함이 없는 환경에서 자랐다. 진심으로 갖고 싶다고 생각한 것이나, 혹은 필요한 것이 없어서 고생한 적은 없었다.

교수님들과 각 가정의 부모들의 끊임없는 설명으로 아이들은 이제 어렴풋이 돈에 대한 새로운 개념을 얻을 수 있게 되었다. 돈이란 부모의 지갑에서 뚝딱뚝딱 무한으로 생성되는 것이 아니었다. 없다고 해서 어딘가에서 가져올 수 있는 것도 아니었고.

충격적이었다.

어느새 아이들 사이에서는 '돈 걱정'을 하는 것이 유행처럼 번

지기 시작했다. 그리고 그 걱정은 현실이 되었다. 아이들이 옳았다. 색종이의 재질이 점점 거칠어지고, 일주일에 한 번씩 들여오던 새 장난감이 한 달에 한 번으로 파격적으로 줄어들고, 인기 있는 핑크색 색연필의 품귀 현상이 극심해졌다.

아루는 시국선언을 했다.

"이대로는 하트를 핑크색으로 마음껏 칠할 수 없는 모든 아이가 짜증을 낼 것이어요!"

때마침 행정부에서 아이들의 인기가 오른 것은 좋은 기회였다. 돈이 없으면 돈을 벌어 오면 되는 것이다. 처음에는 무언가를 만들어서 판매하자는 의견이 제일 먼저 나왔다. 주는 것과 오는 것이 있어야 한다는 생각은 좋았으나, 아루는 좀 더 효율이 높은 것을 원했다. 무언가를 만드는 데 드는 노력과 시간에 비해 그럴싸한 것이 나올 가능성은 적었으니까.

최종적으로 아이들은 행정부 앞뜰에서 전시회를 열기로 했다. 아이들이 그린 그림이나 조형물들은 보육원에 널리고 널려 있으니 그저 가져가기만 하면 되고, 명색이 전시회인 만큼 둘러본 사람들이 동전 하나라도 기부할 것은 분명했다. 그저 저들은 그 앞에서 방긋방긋 웃고 있기만 하면 되는 것이다.

"제일 사람이 많은 시간에 노래라도 불러 주지 뭐."

어디에선가 길거리 음악가를 보고 깊은 인상을 받았던 아이가 지나가듯 이야기했고, 뜻밖에 그 의견은 반응이 좋았다. 보육원에서 음악 수업을 착실하게 진행해 온 덕분에 모든 아이가 함께 부를 수 있는 노래는 얼마든지 있었다. 교실에 있는 작은 마라카스나 북을 가지고 나가서 착착착 둥둥둥 박자도 맞춰 주면 더욱 그럴듯한 모습이 될 것이다.

"이번 일이 성공하면 핑크색 색연필을 마음껏 쓸 수 있게 되는 것이어요!"

아루는 가장 매혹적인 말로 아이들을 독려했다.

"새 장난감도 들어오고."

핑크색 색연필의 매력을 모르는 아이들을 위해 세비가 설명을 덧붙였다.

교수들은 아이들이 먼저 제안해 온 기획에 박수를 쳤다. 스스로 문제를 생각하고, 해결하기 위해 함께 노력했다는 점을 몇 번이나 칭찬해 주었다. 그리고 일사천리로 필요한 물품들과 협조 요청 서류를 준비해 주었다. 프로젝트 담당자에는 아루가 예쁘게 사인을 했다.

안테는 보육원의 협조 요청 서류를 보고 의아함을 감출 수 없었다. 길쭉한 어른용 테이블과 천막······? 전부 행정부의 창고에 있는 것이니 빌려주기 어려운 것도 아니었다. 하지만 아이들이 어른용 테이블을 뭐에 쓴단 말인가? 서류를 여기저기 둘러보아도 새 프로젝트 활동에 필요하다는 이야기뿐이었다.

또 뭔가 흑막이 있겠지.

어쨌든 돈이 들지 않는 것이라면 얼마든지 협조할 수 있었다. 안테는 기분 좋게 결재란에 사인을 휘갈겼다. 그러니까 앞으로도 이렇게 돈이 들지 않는 것을 요청하란 말이야.

테이블과 천막은 제법 무게가 나가는 물건이었다. 보육원에서 유일하게 젊은 남자라고 할 수 있는 모리젠은 힘쓰는 일을 자처하여, 행정부의 창고로 향했다. 안테의 명령으로 창고에서 물건을 꺼내주던 쿠디안은 모리젠의 가느다란 몸을 살피고는 혀를 끌끌 찼다.

"혼자서 옮길 수 있겠어요?"

"뭐, 어떻게든 되겠죠."

그가 가느다란 팔을 흔들면서 의욕 있게 말했지만, 어쩐지 더욱 믿음이 가지 않았다. 멀쩡한 총각의 허리를 보내 버리는 꼴이 될 것 같았으니 인심 좋은 직원들이 그를 도와주기로 했다.

사실 모리젠은 매일 아침 운동을 하고 있으므로, 사무실에서 미동도 하지 않고, 구부정한 자세로 일하는 직원들보다 훨씬 건강한 상태였다. 하지만 굳이 그들의 호의를 거절하지 않았다.

무거운 짐은 행정부 직원들이 보육원까지 들어다 주었고, 모리젠은 그들의 뒤에서 제일 가볍고 부피만 큰 천막을 옮겼다. 그다지 힘을 쓰지도 않았는데, 로미가 고생했다고 차도 한 잔 내어 주었다. 손 안 대고 코를 푼다는 게 이런 느낌일까. 행복했다.

한편 쿠디안은 보육원에 테이블을 전해 주고 나오는 길에 오후 땡땡이를 매우 여유롭게 즐기고 있는 안테와 바로 마주쳤다. 언제나 그렇듯 그의 주변에는 사람이 없어 조용했다. 쿠디안은 안테의 그런 점이 좋아 항상 가까이 다가가게 되었다.

"공작님! 동생분은 예쁘게 생기셨던데요?"

"내 동생은 손대지 마라. 쿠디안."

아무래도 남자를 좋아한다는 그의 소문은 사실인 것 같았다.

"아니, 우와 진짜, 저 여자 완전 좋아해요! 그것도 예쁜 여자. 저 좋아하는 여자도 있어요!"

그런데 왜 남자를 좋아한다는 소문이 돌지. 남자랑 단둘이 카페에서 케이크 따위를 사이좋게 나눠 먹었다는 이야기도 들은 기억이 나는데. 동생에게 새로운 세계를 보여 주고 싶은 마음이 없으니 안테는 의심스러운 눈길을 거두지 않았다.

"……그래, 그래서 누군데?"

이놈의 상대가 누군지 알면 동생을 남자에게 보낼지도 모른다는 불안한 감정이 사라질지도 모르니 궁금하지도 않은 것을 꼬치꼬치 캐물었다.

"어, 음…… 그건 말 못 해요."

머쓱하게 웃는 모습이 도리어 의심을 키웠다.

"……내 동생 손대지 마라."

"아 진짜 아니라고요. 저 정말 여자 좋아해요. 남의 집 부인이라서 그렇지."

안테의 손이 거침없이 쿠디안의 뒤통수를 가격했다. 이 멍청한 자식! 좋아하는 것마다 제대로 된 것이 없어! 차라리 내 동생을 좋아해!

"아우 씨……. 왜 때리세요. 그냥 좋은 게 좋아서 좋은 걸 어쩌라고요. 유부녀는 유부녀인데 어어—엄청 예쁜 유부녀. 지금도 가끔씩 볼 때마다……."

"심지어 만나서 불륜까지 저지르고 다니고 있는 거냐."

"아이참, 제가 아무리 막 나가도 그런 짓은 안 해요. 가끔 보육원에 오는 거 훔쳐보는 정도예요."

"……."

안테는 어쩔 수 없이 그를 한 번 더 때릴 수밖에 없었다. 신성한 보육원에 저런 변태가 엿보러 오는 것은 안 될 말이다. 그나저나 보육원에 자녀를 보내는 사람 중 이 녀석이 칭찬한 대로 엄청 예쁜 어머님이……. 아…… 있다.

"안 되는 마음은 좀 빨리 접어라."

"알아요……."

그답지 않게 잔뜩 풀이 죽어서 바닥을 내려다본다. 안테는 반질 반질한 뒤통수를 두 번이나 신나게 갈겨 준 것이 조금은 미안해졌다.

"근데, 아주 예전부터 좋아했던 거니까."

"안다."

모를 수가 없었지. 한때는 연인 비슷한 모습으로 안테에게 인사한 적도 있었으니까. 이제는 시간이 꽤 흘러 아무도 쿠디안의 과거를 기억하지는 못하지만 한때는 사교계에 큰 소문이 돌기도 했다.

"……그렇잖아요. 사랑하는데 갑자기 '아 오늘로 마음 끝!' 하면서 그 마음이 사라지진 않잖아요……."

"그렇다고 안 될 마음을 키우면 쓰나. 벌써 이게 몇 년이나……."

안테는 시간을 말하려다 그만두었다. 카르나를 잊지 못하던 시절에 그가 가장 듣기 싫어하는 말이기도 했다. 어느새 그의 마음은 완전히 치유되어 다른 사람의 사랑에 이런 소리를 다 하게 된 모양이다.

"미안하다. 실수였다."

"괜찮습니다. 그리고 이 마음, 제가 키운 거 아닙니다, 뭐."

쿠디안의 발이 의미 없이 몇 번 바닥을 쓸어 냈다. 발끝을 따라 먼지가 피어났다.

"그냥…… 자라는 거지."

미소 같은 것 지어 주지 않아도. 이야기를 나눌 수 없어도. 그저 같은 공간에서 얼굴을 볼 수 있다는 그것 하나가 마지막까지 그의 사랑에 양분이 되어 주었다. 참 끈질겼다. 의식적으로 짓밟고 누르고 외면해도 그 사랑은 끝까지 그의 마음에서 작은 싹을 틔웠다.

"가끔 자연스럽게 인사라도 주고받은 날에는…… 설레어서 더 커지고. 만나지 못하는 날에는 그리워서, 또 커지고. 몰래 뒷모습이라도 본 날은 또 비밀스러운 사랑의 성취감이 느껴져서 더 좋아하고……."

"어디가 그렇게 좋은데?"

"저도 모르겠습니다."

그걸 알면 벌써 잊는 데 성공했을지도 모르겠다. 이 집착 같은 마음이 어디에서 생겨나는 것인지.

"그냥 이루어지지 않은 것 자체에 매달리나 보죠. 흐흐."

제 마음을 비하하는 것은 괴롭다. 하지만 희망 없는 마음을 그대로 두는 것도 못할 짓이었다. 쿠디안은 장난스럽게 흔들던 발을 멈추었다. 피어올랐던 먼지도 모두 가라앉았다.

그가 뜻밖에 자신을 냉철하게 진단하고 있다는 점에서 안테는 매우 놀랐다. 그의 슬픈 얼굴은 금방 지워졌다. 그 특유의 장난스러운 미소가 금방 다시 살아났다.

"그러니까 공작님은 잘 좀 해 봐요. 로미 씬가? 그럭저럭 귀엽던데."

방금 본인이 좋아하는 여자는 '엄청 예쁜 유부녀'라고 해 놓고 로미에게는 '그럭저럭 귀엽다'라니. 그 불공정한 수식어에 안테의 표정이 찌푸려졌다. 뭐 어쨌든 사랑에 빠진 멍청한 놈의 시선은 그렇다고 해 두자. 지금 그게 중요한 것이 아니니까.

"나도 글렀다."

스스로 알리듯 그렇게 내뱉는 말이 쓰다.

"왜요?"

"……나중엔 미움받을 예정이라."

욱하는 심정으로 어떻게든 묘하게 분위기를 끌어오기는 했는데,

천천히 이성이 돌아오고 나니 그야말로 앞도 뒤도 막혀 오도 가도 못하는 신세가 되어 버렸다.

"보육원 때문에요?"

머리 좋은 놈은 대화하기 참 좋다. 하나하나 설명하지 않아도 어느 정도는 파악이 끝난 모양이다. 이제 위로의 표정을 짓는 것은 쿠디안이 되었다.

"그건 분명히 가망 없네요. 지금부터 확실하게 포기하세요."

사망선고도 내려 주니 참 고마워서 뒤통수를 안 때려 줄 수가 없었다. 그러나 오늘따라 유난히 안테가 뒤통수 가격을 남용한 덕분에 쿠디안은 그 기운을 읽고 피하는 것이 가능했다. 자리에서 일어난 그는 허리를 반쯤 숙이며, 공손한 자세로 그에게 인사했다.

"어서오십쇼. 궁상맞게 차인 남자의 세계로!"

"초대하지 마라."

안테가 작게 중얼거렸다.

보육원의 기금 마련을 위한 전시회를 바로 앞둔 날 밤.

로미는 아무도 시키지 않은 야근을 조용히 자처하고 나섰다. 아이들의 미술 작품은 지금 이대로도 무척이나 예뻤지만 어쨌든 사람들 앞에서 돈을 받고 선보이는 이상, 조금 더 잘 정리된 형태로 만들어 주고 싶었다.

많은 돈을 쓸 수는 없었다. 그저 그림마다 테두리를 둘러 주기도 하고, 조형물은 쓰러지지 않도록 받침대를 만들어 주는 것뿐이었다. 아주 약간의 정성이 더해진 것뿐인데, 작품은 조금 더 그럴듯해 보였다.

창밖으로 만월이 보였다. 야근하겠다고 아무에게도 말하지 않았는데, 이렇게 일을 하는 날이면 귀신같이 알고 찾아오는 이가 있었다. 어떻게 알고 왔던 걸까? 오늘도 혹시 올⋯⋯까? 로미는 자신도 모르게 교실 문을 바라보게 되었다. 시선을 돌리지 않으려고 애를 써도 어쩔 수 없이 본능이 시키는 일이었다.

"길들여졌나⋯⋯."

그래 이런 것이 바로 길들여졌다는 거겠지. 그가 말했던 것처럼. 야근을 자처하는 성실함 너머에는 아마도, 그런 만남을 기대하는 마음도 조금은 섞여 있는 것이 아닐까. 갑자기 피식 웃음이 나오는 것을 보니까 그런 음흉한 생각이 아예 없던 것은 아닌 모양이다.

심장이 뛰었다. 평소와 다른 박자인 것은 말할 것도 없었다.

이 감각이 처음인 것은 아니었다. 과거에도 몇 번 비슷한 감각으로 누군가를 바라보았다. 그 감정의 일부는 자연스럽게 사라지기도 했고, 썩은 생선처럼 그 살이 흉하게 문드러지기도 했다.

지금의 마음은, 어떻게 될지 아직은 상상조차 할 수 없었다. 진득한 것에 빠져서 허우적거리느라 숨을 쉬는 것을 잊지 않는 것이 고작이니까. 로미는 잠시 허리를 쭉 펴며 숨을 길게 내뱉었다. 힐끗 바라본 문은 여전히 단단히 닫혀 있을 뿐이다.

"오늘은 왜⋯⋯."

묘하게 뾰로통한 마음이 들었다. 그렇게 들락거리면서 참견하고 잔소리하는 걸 좋아하더니, 최근에는 어쩐지 예전처럼 오는 것 같지가 않았다. 아침에도 서둘러 돌아가기 바쁘고.

생각에 너무 오래 빠져 있었던 걸까, 가위질이 꽤 오랫동안 멈춰져 있었는데 스스로도 깨닫지 못하고 있었다. 로미는 괜한 기대감은 접어 두고 가위질에 집중하려고 노력했다. 그러나 집중한다는 생각이 도리어 청각을 밝게 만들었고, 복도의 소리에 더욱 귀를 기울이게 했다. 누군가의 발소리가 들리지 않을까, 기대하며.

끼익.

조용히 마찰하는 문소리가 들렸다. 곧 저벅저벅 걸어오는 발소리도 들렸다.

그 소리의 주인을 깨닫게 된 순간. 가위를 든 손은 다시 멈추었다. 그렇게나 예민했던 청각은 어디로 가 버린 걸까? 로미는 이제 제 심장 소리 말고는 아무것도 들리지 않았다. 백번도 넘게 문을 향해 돌아갔던 얼굴이 이제는 굳어 버렸는지, 조금도 움직여지지 않았다.

드륵.

교실 문이 열렸다. 로미는 어깨가 뻣뻣하게 굳어 버리는 것 같았다.

"그대는 야근이 너무 잦다."

로미는 무언가가 툭— 하고 떨어지는 기분이 들었다. 심장이라도 떨어진 걸까. 입가가 올라가는데 웃고 싶은 건지 울고 싶은 건지 기분의 판별이 어려웠다. 그저 고개를 깊이 숙이며, 그가 이 혼란을 눈치채지 못하길 빌었다.

그의 발걸음 소리가 가까워졌다. 단단히 힘이 들어간 그녀의 어깨 위로 그의 따듯한 손이 부드럽게 올라왔다.

"어디, 안 좋은가?"

"아, 흠흠. 아니에요……."

그는 아쉬울 정도로 담백하게 그녀의 어깨에서 손을 떨어뜨렸고, 익숙하게 가위를 찾아 꺼내어 로미가 오려야 하는 다른 종이를 집어 들었다.

그는 별다른 말은 하지 않았다. 이제는 조금 익숙해진 자그마한 어린이 의자에 엉덩이 끝만 겨우 걸터앉아, 로미가 그려 놓은 선을 따라서 조용히 가위질을 시작했다. 요 몇 달 사이에 그의 가위질 솜씨는 몰라보게 향상되었다. 커다란 손으로 서걱서걱 잘라 내는 속도며, 종이 위에 그려 놓은 모양에 딱 맞추어 잘라 내는 정확성까지.

"능숙해지셨네요."

처음 아루의 작품을 고쳐 주러 왔을 때 책상 위에 놓여 있던 그의 어설픈 가위질의 결과를 로미는 똑똑히 기억했다.

"뭐든 계속하면 좋아진다."

그렇게 말하는 그는 진심으로 자신의 가위질에 자부심이라도 가진 것처럼 보였다. 서걱서걱 소리와 함께 두 사람의 가위질에는 속도가 붙었다.

"야근하는 거, 어떻게 알고 오셨어요?"

기다린 주제에 이렇게 말하는 것도 이상하지만, 로미는 야근한다는 것을 아무에게도 말하지 않았으니까. 이렇게 그가 찾아온 것이 이상했다. 그녀가 일하지 않았다면 그저 비어 있는 교실만 보고 갔을 것이 아닌가.

"그냥……."

안테의 말이 끝난 것이 아니라 길게 늘어진 느낌이라 로미는 조금 더 기다렸다. 그는 가위질을 한차례 마무리하고 다른 종이를 새롭게 들어 올리고 나서야 이야기를 이어 갔다.

"그럴 것 같았다. 네 성격이."

"제 성격이……?"

"나라도 이렇게 했을 테니까."

명색이 전시회를 여는데 그냥 그림을 척척 붙이지는 않을 테고, 액자는 요청하지 않았으니 가지고 있지도 않을 것이고, 남은 것은 현실적인 대안인 종이 액자.

"피곤한 성격이지. 그대와 나."

확실히 그렇다. 어린이들 그림 주변에 붙은 하얀 테두리 따위 아무도 신경 쓰지 않을지도 모르니까.

"그렇다고 해서 저는……."

"알아. 눈에 빤히 보이는 일을 안 하면 안 되겠지……. 나도 그러니까."

한동안 또 서로 말이 오가지 않았다. 서걱서걱 가위질 소리와 팔랑팔랑 종이 소리. 이따금 들리는 숨소리가 공간을 메웠다.

"그때는…… 미안했다."

"안테 님."

그때라는 말이 유난히 엷었다. 특별히 설명하지 않아도 그것이 가리키는 순간을 알아챌 수 있었다. 로미가 카르나의 존재를 깊이 깨닫게 되었던 그날이리라. 로미는 고개를 저었다. 그가 사과해야 할 일이 아니었다. 기대했던 것 이상으로 그는 마음을 보여 주었고, 로미는 그것으로도 충분하다고 생각했다.

"과거는, 각자의 것이니까요."

그리 말할 때 로미도 떠오르는 다른 사람의 얼굴이 있었다. 아마 평생 그 이름을 입에 담게 되지는 않을 것이다. 그녀만의 감정으로 깊숙한 곳에서 혼자만 열어 보게 될 것이다. 영원히 그녀만의 것. 아무도 침범할 수 없는 것.

그리고 반대로 그 감정 역시 지금의 그녀를 침범할 수 없었다.

그 사이에는 무엇보다도 단단한 벽이 있고, 그녀는 제 발로 그 벽을 넘어왔으니까.

"하지만. 나는⋯⋯."

"안테 님. 저도."

안테가 자신의 과거를 또 입에 담을까, 그게 그 자신에게 상처로 남을까 로미는 얼른 입을 열었다.

"사랑하는 사람이 있었습니다."

갑작스러운 로미의 이야기에 그의 시선이 변했다. 그 색은 질투일까. 그랬으면 좋겠다. 로미가 그의 과거를 인정하지만, 내심 질투하듯 그도 그리했으면 좋겠다.

"혼인과 그 무게는 다르다 하시겠지만⋯⋯. 저는 그 사람에 대한 감정이 사랑이었음을 부정하지 않습니다. 제 모든 감정과 생각이 다 타고 남은 것이 없을 정도로."

깊었다. 암흑과 같이.

"그런 제가 이제 싫으신가요?"

로미는 고개를 들어서 안테를 바라보았다. 그저 '당신의 과거는 내게 중요하지 않아요.'라는 말로 설명하는 것보다 조금 더 그의 마음에 깊이 닿기를 원했다.

"그대로 충분하다."

그는 대답했다. 그녀의 이야기에 조금은 울컥했지만, 곧 깨달았다. 그녀는 접어 둔 괴로움을 자신을 위해서 잠시 쥐어짜 낸 것이다. 그에게 그녀의 마음을 이해시켜 주기 위해서.

"저도 같아요."

로미는 부끄러운 듯 살짝 웃었다.

"로미."

안테는 들고 있던 가위를 내려놓은 후, 몸을 돌려 로미를 정면으로 바라보았다. 그녀의 손이 꼭 쥐고 있는 가위를 내려놓게 한 후에는, 그 손끝을 조금 쓰다듬었다. 붉게 부어오른 손. 굳은살이 박인 것도 모자라, 날카로운 흉터까지 가득한 손.

그녀가 최선을 다해서 살아왔다는 증거는 너무나도 찾기 쉬웠다. 그와 닮은 그 모습에 끌렸던 걸까. 다시는 움직일 것 같지 않았던 이 마음을, 이 작고 거친 손은 너무나도 쉽게 옮겨 두었다.

마주친 눈빛에, 길들여진 심장이 반응하고 있었다. 그 소리만으로도 이미 어지러웠다. 복잡한 생각은 잠시 접어 두자, 사라지지 않던 불안이 잠시 자리를 비웠다. 어쩌면 지금이 기회인 걸까. 솔직하게 말할 수 있는 처음이자 마지막 기회.

그는 겨우 닿아 있던 손을 움직여, 그녀의 손을 완전히 감싸 안았다.

"이대로 그대의 손안에 두겠다. 나의 마음과 미래까지, 전부."

그가 그리 말하는 순간, 그의 손에서 무언가가 전해지고 있었다. 보이지 않아도 알았다. 그것은 분명히 거기에 있었고, 로미는 그것을 제 손에 쥐었다.

"나는 공작이다. 그렇기에……"

닿은 손에 힘이 들어가는 것이 느껴졌다.

"……자신이 없다. 나는 모두에게 공정해야 하니…… 그대에게도. 그래서……"

안테는 잠시 머뭇거렸다.

"그러니, 혹시……. 아주 혹시……. 그대에게 건넨 내 마음이 보잘것없어서…… 그대가 나의 마음을 그대로 돌려준다고 하더라도……."

목소리는 점점 줄어들었다. 그의 시선도, 고개도 전부 함께 바닥을 향해 기울어졌다.

"그렇다고 하더라도…… 나는……."

'괜찮다.'라는 말은 차마 나오지 않았다. 거짓말이니까.

안테는 사라지는 모든 것이 두려웠다. 이제 더는 도려낼 심장도 남아 있지 않았다. 그는 눈을 질끈 감았다. 이대로라면 로미에게 부담을 줄 뿐이었다. 괜찮다고, 편하게 생각해 달라고 말해야 했다.

그가 차마 그리 말하지 못하고 머뭇거릴 때, 사락사락 머리카락에 닿는 다정한 손길이 있었다. 고개를 숙이고 있어 그녀의 표정은 보이지 않았지만, 이 손길과 어울리는 다정한 얼굴을 하고 있을 것이 분명했다. 그가 아는 로미 보는 그런 여자였다. 그래서 반했던 거고.

"감사합니다."

따뜻한 목소리가 그의 일렁이는 마음을 차분하게 해 주었다.

"저는 안테 님이……."

"내일. 내일 들려주어라."

안테는 굳이 그녀의 말을 막아섰다.

"아직…… 조금 더 전해야 할 말이 남았다. 내일까지만 기다려 다오."

그의 얼굴이 애원하는 것만 같아, 로미는 그것이 무엇인지 물으며 재촉하지 않았다. 겨우 하루일 뿐이다. 고작, 하룻밤이 지나면 될 일이다.

황제의 앞에 선 안테는 그 어느 때보다도 당당하였다. 강제로 떠맡아 진행한 보육원 프로젝트였지만 어쨌든 그는 최선을 다했다. 그가 할 수 있는 모든 도리를 다하였으나, 결국 이렇게 될 수밖에 없었다.

"프로젝트 종료를 확인 부탁드립니다."

안테가 건네는 서류를 한 장씩 넘길 때마다 황제의 얼굴은 복잡하게 구겨졌다. 그 서류에는 보육원이 계속 운영될 수 없는 이유에 관해서 서술되어 있었고, 앞으로 어떤 절차로 문을 닫을지에 대한 계획이 세워져 있었다.

"벌써 9월입니다. 임시 차출 인력이라고는 해도 3개월 전에는 이동 통보를 해야 합니다."

모리젠과 로미는 본래부터 황실에 소속된 인원이다. 언제든지 그 배치는 조정할 수 있지만, 고급 인력에 속하는 교수들은 달랐다. 다시 그들이 일하던 대학으로 돌려보내는 절차는 끔찍하도록 복잡할 것이다. 법으로 정해진 3개월의 시간을 주지 않으면 크게 반발할 것이 빤하니 안테는 폐원 결재를 서둘렀다.

"공작."

마침내 서류의 마지막 장이 넘겨졌다. 황제는 최대한 자애로운 미소를 가장하며 그를 구슬렸다.

"한 해만 더 해 보는 것은 어떨까?"

"싫습니다."

"이대로는 아쉬운데."

"결과는 충분히 보여 드렸습니다."

황제가 실험하고자 했던 두 가지에 대한 답은 천천히 나올 것이다. 아이들은 신분 고하와 관계없이 잘 어울리게 되었다. 그것이 성년이 되어서까지 이어질지는 계속된 추적 조사를 통해 보고를 올리면 될 일이다. 이대로 학교에 진학하는 아루를 중심으로 모두 같은 곳으로 보내어 지속해서 안테가 직접 지켜볼 예정이다.

그리고 보모를 따로 둘 수 없는 여성들은 이 보육원 제도에 상당히 만족하고 있었다. 물론 보육원이 있다고 하더라도, 육아와 일을 완벽하게 병행하기는 어려웠다. 사회와 가족의 도움 그리고 나아가서는 각 일자리 동료들의 이해가 필요한 부분도 분명히 있었다.

"그래. 기대 이상이었어. 그러니까, 한 해만 더 해 보도록 하지."

"전하."

안테는 한숨을 쉬었다. 사실 그는 여전히 보육원 프로젝트를 고집하는 황제를 이해할 수 없었다.

"보육은 부모의 몫입니다. 낳은 자에게 그 책임이 온전하게 있을 뿐입니다. 어째서 나라의 돈으로 아이들을 거두시는 것입니까?"

"그 아이가 결국 이 나라의 희망이기 때문이다. 보육은 부모와 나라 모두의 몫이다."

"세금 낭비입니다. 아이들의 장난감 따위를 위한 세금이 아니란 말입니다."

나라에서 아이들을 돌보고 싶다면, 형편에 따라 먹을 것과 적당한 수당을 지급하는 것만으로도 충분하다. 안테는 부모가 충분한 재력을 가지고 있는데도 굳이 나라의 돈을 이용하여 아이를 키우는 것은 불합리하다고 생각했다.

"공작. 짐은 모든 이가 핏줄과 관계없는 어떤 가능성을 가지고 있다고 믿네."

마치 선황이 빵집 주인의 소질을 타고났던 것처럼.

"그 가능성을 실현할 수 있다. 신분은 중요하지 않다. 그렇게 알려 주고 싶단 말이지……."

하지만 신분제의 역사는 너무나도 길었다. 분명히 존재하는 유리천장이 몇 번이고 많은 사람을 좌절시켰다. 빵집을 하고 싶어 하는 황족도, 나랏일을 하고 싶어 하는 평민도.

"선황과 짐은 그 사이의 유리를 깨는 것에 애쓰고 있네."

하지만 여전히 같은 자리에 유리가 있을까 걱정하여 몸을 부딪쳐 도전하기를 주저하는 이가 있어서는 아니 된다.

"어릴 때부터 같은 공간에서 자라면서 감각으로 깨달을 수 있도록 하고 싶네. 모두가 같다고. 귀족이든 그렇지 않은 이든."

진심으로 하고 싶은 것에 손을 뻗기를 주저하지 않는 곳.

"단순한 보육 지원이 아니네. 새로운 가치관을 만드는 미래에 대한 투자네."

"미래를 맡기는 곳이기 때문에 행정부에 맡기시면 안 됩니다. 전문가의 힘이 필요한 일입니다."

"자네는 잘해 줬어."

"운이 좋아 여기까지 온 것뿐입니다."

안테는 서류를 뒤적거려, 몇 가지 내용을 다시 짚어 냈다.

"소방점검을 통과했다고는 하나 그 기준이 과연 그 나이대의 아이들에게 적합한지 검증이 되지 않았습니다. 또한, 사소한 시설 구매 시에도 전문가의 조언이 없어 결국 아이들에게 적합하지 않은 모서리가 날카로운 가구 등이 반입되어 있었던 점, 고질적인 예산 부족, 노쇠한 교수들의 체력적인 문제를 해결하기 위한 젊은 보조 교사 도입의 필요성 검토 등 아직 논란이 되는 것이 많습니다."

이렇게 많은 문제를 끼고도 지금까지 아무런 큰일이 없던 것에 안테는 진심으로 감사했다.

"현장에서 일하는 사람들의 협조가 있었기에 가능했던 것입니다. 프로젝트의 마지막에 그들을 치하하셔야 할 것으로 생각됩니다."

황제는 조금 더 시간을 끌어 보고 싶었다. 그러나 그렇게 중요한 보육원이라면 좀 더 체계를 갖추어 안전하게 운영하는 게 옳다는 그의 의견을 반박할 수는 없었다.

"알겠다. 지금까지 고생했다."

폐원이라는 단어 위로 황제의 붉은 인장이 박혔다.

날씨가 좋았다. 안테가 날짜를 정해 주지 않았기 때문일지도 모른다. 항상 나른했던 행정부의 아침은 오랜만에 축제 분위기로 시끄러웠다. 출근길에 모두가 발견한 귀여운 포스터 덕분이었다.

아이들의 솜씨로 삐죽삐죽 그려 낸 그림, 공들여 쓰려고 노력한 것이 빤히 보이는 글씨. 오늘 오후에 미술품 전시와 작은 음악회를 여니 반드시 찾아와 달라는 귀여운 문구. 일에 찌들었던 이들의 마음은 아이들의 귀여운 노력을 보는 것만으로도 치유되었다.

그래서인지 업무 시간이 되어서 모두가 일하는 중에도, 이따금 창밖을 내다보는 이가 많았다. 아이들이 열심히 작품을 들고나와 진열하고 꾸미는 광경을 구경하는 것은 무척 재미있었다.

"다들 그 눈에 욕망이 들끓는구나."

안테가 한숨 쉬며 직원들을 지적했다.

"가는 것은 좋지만, 한 번에 몰려가면 아이들도 당황할 수 있으니 적당히 시간 차를 두고 나가도록 해라. 나가는 순서는 알아서 정하도록."

쿠디안이 제비뽑기를 준비해서 직원들 사이를 돌아다녔다. 그 순서가 빠르고 느림에 따라 직원들의 희비가 엇갈렸다. 이미 일은 뒷전이 된 모양이다. 안테는 지적할 힘도 남아 있지 않아 그대로 두었다. 이런 날도 있어야지. 황제께서 한 번에 폐원을 허락해 주신 덕분에, 오늘은 조금 한가한 편이니까.

드디어 아이들의 전시회가 시작되었다. 제비뽑기에서 우선권을 얻은 직원들이 한달음에 달려 나갔다. 아이들은 줄을 서서 예쁘게 인사도 하고, 무엇을 그리고 만들었는지 설명도 해 주었다. 보통은 그 귀여움에 감탄하고, 동전 몇 개를 기부하는 것으로 관람이 끝났지만 아이들의 귀여운 작품을 살 수 있는지 물어보거나, 간식을 사 와서 손에 쥐여 주는 사람들도 있었다.

아이들도 소풍을 온 것처럼 신이 났다. 평소에 산책으로 체력을 다져 둔 것이 오늘 무척이나 도움이 되었다. 보육원이 아닌 바깥에서 활동하는데도 아이들은 지친 기색 하나 없이 거뜬해 보였다. 물론 천막으로 그늘을 만들고 의자를 가져와 아이들이 쉴 수 있도록 만반의 준비는 해 놓았다. 로미도 아이들이 지치지 않게 주기적으로 물을 마실 수 있도록 도와주었다.

하지만 아이들을 기운 나게 해 주는 것은 그런 그늘이나 물 따위가 아니었다. 행정부 직원들이 보내는 관심과 애정이 그들을 더욱 즐겁게 했다. 그리고 그중에 사욕을 챙기는 이도 더러 있었다.

"이거 아루 공녀님 그림이지?"

"어머, 쿠디안 님 안녕하시어요. 맞아요. 소녀가 그린 것이어요."

"멋진 하트다! 굉장해! 아루 공녀님은 하트 그리기의 달인이야!"

큰 소리로 외친 쿠디안은 슬쩍 뒤를 돌아보았다. 그의 언행에 만족한 안테가 슬쩍 웃고 있는 것으로 보아서, 오후 땡땡이권을 하나쯤은 더 획득할 수 있을 것 같았다.

직원들의 퇴근 시간이 되었을 때 아이들은 모두 천막을 빠져나와 두 줄로 길게 줄을 맞추어 섰다. 악기를 들고 있는 아이가 먼저 박자를 맞추기 시작하자 곧 모두가 즐겨 부르는 노래를 불렀다. 퇴근하던 사람도, 일하던 사람도 모두 나와서 그 앞에서 멈춰 섰다.

바람의 흐름에 따라 멀리 퍼지는 아이들의 목소리. 꾸미지 않은 솔직한 음색에 사람들은 미소 짓지 않을 수가 없었다. 맹목적인 희망을 이야기하는 꿈같은 노랫말. 퇴색되어 버린 가치를 끌어안고 있는 노랫말. 허황하다 여긴 것들에 설득력을 부여하고 결국 마음을 움직이게 하는 것은 그저 아이들의 기교 없는 노랫소리였다.

로미는 아이들을 바라보는 무리의 가장 뒤에 서 있었다. 자신은 항상 아이들을 바라보며 즐겁게 살고 있으니까, 이번만큼은 다른 사람들에게 그 가까운 자리를 양보하고 싶었다. 아이들의 사랑스러움을 알게 된 사람들이 이제 보육원을 좀 더 운영해도 좋겠다는 생각을 해 줄지도 모를 테고.

"로미."

그녀를 부르는 소리에 뒤돌아보았다.

"안테 님."

"드디어 마지막이군."

아이들도 강행군이었다. 본인들은 피곤한 줄도 모르고 노래하고 있겠지만, 집으로 돌아가면 저녁 식사도 잊고 곯아떨어질 것이 분명했다.

북적이는 인파 사이, 아이들의 아름다운 노랫소리 가운데에서 안테는 로미의 손을 잡았다. 손가락 하나하나를 소중하게, 마치 연인과 같은 모양으로 깍지 꼈다. 다른 사람들 앞에서 이렇게 하는 것은 처음이었다. 로미는 혹여 누가 볼까 부끄러움을 누르는 것이 힘들었고, 안테는 되레 당당했다.

하지만 그들을 바라보는 이는 아무도 없었다. 아이들의 음색이 사람들의 시선을 모두 가져가 버렸기 때문일까. 서로 달랐던 손가락의 체온이 같아지고 나서야 로미는 붉게 물들었던 얼굴이 진정되었다. 안테는 조금 더 손에 힘을 주었다. 절대로 놓을 수 없도록.

제발 오늘 단 하루, 그녀가 먼저 이 손을 놓지 않기를.

그는 이루어질 수 없는 기도를 했다. 마음만큼은 간절했고, 이성은 그것을 비웃으며 울었다. 고개를 돌려 서로 닿는 눈빛이 예뻤다. 아무 말도 할 수 없어서 그저 서로 바라보았다가 아이들의 노래가 바뀌는 순간에 시선을 떨어뜨렸다. 이어진 손은 점점 뜨거워져 갔다.

"로미, 해야 할 말이 있다. 그……."

용기를 내어 겨우 움직이려는 입술이 다시 멈추었다. 바보 같은 목소리가 머릿속을 스쳤다. '나리, 그 일은 그만두시는 게 어떻습니까?' 언젠가 날씨를 묻기 위해 점쟁이를 찾아갔을 때 그가 했던 말이었다.

'소중한 것을 잃습니다.'

알고 있다. 결론은 이미 그 앞에 놓여 있었다. 그때는 분명 각오한 일이라고 생각했었는데, 그 단단한 결심은 어디로 가 버린 걸까?

"……그?"

안테가 주저하자 로미가 아무것도 모르는 순수한 눈동자로 다음을 재촉했다. 안테는 그 시선을 받아들이는 것이 힘겨웠다. 눈을 돌리고 싶었다. 하지만 돌려서는 안 되었다. 중요한 이야기를 전할 때는 눈을 맞추는 그녀의 신념에 그는 따라야 했다. 로미의 눈이 천천히 감겼을 때, 안테는 결심했다. 저 눈동자가 전부 드러나서 그를 담아 줄 때, 모든 것을 이야기하기로.

짧은 순간의 유예. 나무와 닮은 눈동자가 드디어 그를 향했다.

"로미."

나는 그대를…… 다시 울리게 될까?

"정식으로, 보육원의 폐원이 결정되었다."

그 낯선 소리만이 세상에 남아 버린 것 같았다. 놀라움에서 경악으로 변하는 그녀의 표정을 차마 끝까지 바라볼 수가 없었다. 안테는 눈길을 돌리고 말았다. 경악에서 이어지는 표정이 어떤 것일까. 저를 경멸하는 것일까, 상상조차 할 수 없어서 바라볼 용기도 나지 않았다.

"거, 거짓말……이죠?"

로미는 그의 말을 이해하는 데 한참의 시간이 필요했다. 보육원을 폐원시키겠다. 어차피 그가 매일같이 하던 말이었다. 너무나도 많이 들어서 이제는 지겨운 말이었고 아무도 믿지 않는 말이었다.

"안테 님!"

그런데 어째서 이렇게 말끝이 흔들리고 마는 걸까. 늘 듣던 이야기가 새삼스럽게 진짜일지도 모른다는 생각이 드는 건 왜일까. 그가 아무런 대답을 하지 않기 때문일까.

보육원이 곤란한 일이 있을 때 가장 먼저 도와주는 것은 안테였다. 그런 그가 진심으로 폐원을 시킬 리 없을 것이다. 그저 습관적으로 내뱉는 늘상 하는 말일 것이다. 로미는 애써 생각을 고쳐야 했다.

"거짓말이죠……?"

재차 확인하는 그녀의 감정은 수십 번씩 바뀌었다. 안테는 고개를 저었다. 그것이 그녀의 심장에 칼날이 되리라는 것은 쉽게 짐작할 수 있었다.

"사실이다."

깔끔하게 단정 지어 말하는 목소리. 로미는 다시 그를 바라보았다. 무뚝뚝한 얼굴에서는 아무런 감정도 느껴지지 않았다. 그의 다정한 얼굴은 어디로 사라진 것일까? 가위로 색종이를 능숙하게 잘라 내는 모습이나, 구석구석 꼼꼼하게 풀칠을 하는 모습. 그리고 아이들에게 어색하게 인사를 건넬 때마다 언뜻 보여 주었던…….

"……좋아하셨잖아요."

아루가 즐거워하는 곳을, 또 로미가 가꾸는 곳을 그는 최선을 다해서 지켰다. 그의 행동, 모든 곳에 애정이 깃들어 있음을 누구나 알았다.

"좋아한다."

지금도 그 마음은 여전했다. 안테는 보육원을 좋아하게 되었다. 하지만 그것과 공적인 일은 전혀 관계가 없었다.

"그런데 어째서!"

"사유는⋯⋯ 나중에 제대로 된 서류를 보내겠다."

"설명해 주세요!"

"⋯⋯미안하다."

말할 수 없었다. 누구보다도 열심히 일해 온 사람에게 '부적합 사유'를 늘어놓을 수는 없었다. 물론 그녀가 원인인 일은 하나도 없었다. 되레 그녀가 있기에 지금까지 유지가 될 수 있었다. 하지만 깊은 소속감을 느끼고 있는 그녀에게는 상처가 될까 두려웠다. 비겁했다. 제 입으로 그녀를 상처 입히기 싫어 서류를 보내겠다는 꼴이라니.

안테에게 고정되었던 로미의 시선도 이제 다른 곳을 향했다. 두 사람을 이어 주는 것은 아직도 강한 힘으로 죄고 있는 손끝뿐이었다.

"저는⋯⋯ 갈 곳이 없어요."

"그대가 다른 곳에서 일할 수 있도록, 3개월간 준비를 해 둘 것이다."

"갈 곳이 없다는 게, 그런 뜻이⋯⋯!"

정말로 일을 할 장소가 없다는 뜻이 아니었다. 마음을 주고, 보람을 얻을 수 있는 곳은 오직 보육원뿐이었다. 로미는 다시 어딘가에서 예전과 같은 취급을 받으며 일하게 될지도 모른다는 것이 끔찍했다.

정말이지 보육원은 모든 것이 다 좋았다. 잃어버렸던 미소와 행복이 전부 여기에서 그녀를 기다리고 있었던 것처럼. 그동안 힘들었던 것이 모두 이 일을 만나기 위해서라고 생각했을 정도로. 그녀뿐만이 아니었다. 교수들도, 아이들도 보육원을 사랑했고, 각자 새로운 의미를 찾아내었다.

그러니까, 이럴 수는 없었다. 폐원하게 할 수는 없었다.

어떡하면 그의 마음을, 모든 일을 되돌릴 수 있지? 로미는 그에게서 그녀가 매달릴 수 있는 곳을 헤집어 찾았다.

"안테 님은 저를……."

저를, 마음에 두셨잖아요. 고백해 주셨잖아요.

로미는 끝까지 말할 수 없었다. 그것은 그녀에게 남아 있는 유일한 말이지만 최악의 말이기도 했으니까.

"미안하다."

맞잡은 손에서 로미의 손이 하나씩 하나씩 스르륵 힘없이 풀려 갔다. 안테는 그 손을 다시 잡을 용기가 나지 않았다. 멀어지는 안타까운 체온을 그리며 손가락 끝이 흔들릴 뿐이었다. 로미는 지긋하게 입술을 깨물었다. 못된 마음이 드는 것은 어쩔 수 없었다. 상처를 받고 곤란해진 만큼 상대에게 돌려주고 싶어지는, 아무것도 남지 않는 그저 악질적인 할큄.

"만약에…… 만약에…… 이걸로 제가 당신을……."

"그대의 선택을 존중한다."

그의 목소리는 흔들림이 없었다.

어제의 달콤함은 전부 잊은 것만 같은 태도에 그녀의 마음이 다시 찢겼다. 로미는 자신도 모르게 그의 옷자락을 잡아당기며 물었다. 오랫동안 떨어져 있었던 둘의 시선이 다시 이어졌다.

"그건 우리가 어찌 되어도 관계없다는 이야긴가요?!"

"어쩔 수 없다는 이야기다."

로미의 입이 벌어졌다. 무언가 더 말하고 싶었지만, 할 수 있는 말이 없었다. 그저 숨소리만 빠져나올 뿐이었다. 그의 마음을 모르겠다. 어제는 모든 것을 뛰어넘을 수 있는 소중한 마음을 고백하는 것처럼 이야기하더니.

안테가 로미 대신 다시 이야기를 시작했다.

"폐하께 폐원을 간청드리면서, 나도 각오했던 일이다."

좋아하는 여자의 일터를 빼앗으면서, 그런 표정을 짓게 하면서. 그 마음까지 감히 욕심내는 사람이 있을까.

"네 마음이 탐나지 않는 것이 아니라⋯⋯."

서로의 눈동자가 어긋나기 시작했다. 제대로 바라보지 않으니 마음도 보이지 않는다. 이제 두 사람의 방향은 틀어지고 있었다.

"모든 것을 바로잡을 뿐이다."

그렇기에 어제 말해 두었다. 자신은 최선을 다하여 공정해야 할 의무를 갖는 사람이라고. 권력이란 보편과 상식을 지키기 위해, 모두가 안테에게 힘을 빌려준 것뿐이었다. 처음부터 그의 것이 아니었으니, 안테가 그녀의 사정을 이해했다고 하여 그 가치를 쉽게 바꿀 수는 없었다.

"어째서⋯⋯. 어디가 그렇게 못마땅하셔서⋯⋯."

"애쓰지 마라. 이미 결정된 사안이다."

안테의 걱정과는 달리 로미는 꿋꿋하였다. 눈물이 흐르리라 생각한 눈동자에서 분노가 흘러나오니 우스울 정도로 안심이 되었다.

"네 마음을 담보로 내게 협박하여도 결과는 같다."

그래 차라리 나를 미워하여라. 울지 말고⋯⋯.

"이 일이 그 감정을 막을 정도라면, 그만두어도 좋다. 그리고 네가 그만둔다면⋯⋯."

부디 울지 말아라. 로미.

"⋯⋯나도 기꺼이 그만두겠다."

거기까지가 한계였다.

안테는 몸을 돌렸다. 아주 잠시 시선이, 서로의 팔이 스쳤다. 이렇게라도 닿는 것이 마지막이라는 예감이 들었다.

그의 소망대로 로미는 울지 않았다. 대신 그 눈물은 안테를 따라갔다. 그때와 똑 닮은 것이 눈에 맺혀 사라지지 않고 계속 내렸다. 그마저도 로미의 것이라 생각하면 소중하여 미칠 것 같은 자신이 보였다.

행정부 직원들의 박수 소리가 들렸다. 곧이어 아이들이 밝게 웃으며 인사하는 소리가 들린다.

끝난 모양이다.

〈진짜 일기는 마음속에 적어 두어요. — 9월〉

"그런 표정 짓지 말아라. 나야말로 귀찮구나."

룩스 오라버니께서 전시회에 와 주시었어요. 물론 평소에 입는 옷이 아니라 조금 더 평범한 옷을 입고 와 주셨습니다. 하지만 이 근처에 시종까지 거느리고 행차하는 어린이가 흔하지 않으니, 모두 그가 평범한 사람이 아니라는 것은 쉽게 눈치챘을 것이어요. 어쨌든 이런 자리에서 황자 전하라고 할 수는 없으니 다시 옛날과 같은 호칭으로 부르기로 했습니다.

"오라버니께서 오신 것을 무어라 하는 것이 아니어요."

"유령 그림을 유령이라고 하는데, 왜 그리 불경한 표정인가."

"유령이 아닌 것이어요! 세상에서 가장 아름다운 핑크색 하트인 것이어요."

오라버니는 유심히 제 그림을 다시 들여다보기 시작했어요. 그

과장된 행동에 저는 살짝 얼굴을 찌푸리게 되었습니다.

"뭐, 그렇다고 쳐주지."

으, 오라버니께서 말씀하실 때마다 약이 바짝바짝 오르는 것은 어째서일까요. 왜 이렇게 미운 말씀만 하시는 걸까요.

"얼마 안 남았지만, 열심히 해 보라고. 작은 왕국의 여왕님."

"무슨 말씀이시어요?"

"무엇이?"

"얼마 안 남았다는 말씀이요."

"그런 말을 했던가?"

"하시었어요."

"음, 모르겠군."

"전하!"

다급한 마음에 저도 모르게 전하라는 말이 나오고 말았습니다. 저는 얼른 손으로 입을 막았어요. 참 이상한 일이에요. 전하라고 불러야 할 때는 오라버니라는 말이 나오고 오라버니라고 불러야 할 때는 전하라는 말이 나오다니요. 정말이지 어떻게 된 걸까요.

제 목소리를 들었는지, 모두가 이곳을 바라보기 시작했어요.

"죄, 죄송한 것이어요."

모두 그를 의아하게 생각하긴 했어도 이 나라의 두 번째 황자라고 생각하기는 어려웠을 것이어요. 고위 귀족들만 있는 자리가 아니면 잘 나타나지도 않으시니.

"뭐, 괜찮다. 돌아갈 참이었으니."

오라버니께서는 제 머리를 몇 번 쓰다듬어 주신 후에 곧 돌아가셨습니다. 뒤를 따르던 시종이 기부금 상자에 봉투 하나를 넣었어요. 물론 저는 우울한 기분 한가운데에서도 그 봉투가 얇지 않다는 것을 확인했고요.

으. 제 그림이 조금 모욕당하기는 했지만, 기부금은 많이 받아서
다행이에요. 이걸로 보육원을 계속 지켜 나갈 수 있겠죠? 아까 들
은 '얼마 남지 않았다.'는 말이 이상하게 신경이 쓰이긴 하지
만……

"누구야?"

어느새 다가온 세비 군이 제게 물었습니다.

"아, 저, 저분은."

뭐라고 설명해야 할까요? 솔직하게 황자 전하라고 말해도 될까
요? 아니면 그냥 어렸을 때부터 알고 지낸 가까운 오라버니라고
해야 할까요.

"누군데."

어? 세비 군의 표정이 이상합니다.

"화, 나시었어요?"

"아니."

그렇게 말하는 말투는 지금까지 들어 본 적 없을 정도로 무뚝뚝
합니다. 어째서일까요?

"저분은 룩스 오라버니여요."

"오라버니?"

"그러니까, 아기 때부터 친하게 지내서……"

"사촌이야?"

곤란할 정도로 꼬치꼬치 캐묻기 시작했어요! 어, 어쩌죠? 그야
조금만 역사를 거슬러 올라가면 분명히 황자 전하와 저는 혈연관계
비슷한 것이 되긴 하겠지만, 이미 그 피는 완전히 흐려지고 없어진
걸요.

"사, 사촌은 아니지만……."

"아니지만?"

세비 군이 어딘가 집요해요. 그런 눈으로 바라보지 마세요!

"아루."

"……네."

"나는 궁금해서 그래."

무, 무엇이 그렇게 궁금하신가요. 제발 그만 물어봐 주세요. 곤란단 말이에요. 황자 전하의 정체를 제 마음대로 말해도 좋을지, 모르겠단 말이어요!

"네 머리를 그런 표정으로 쓰다듬는 그가 누구인지."

"네?"

어, 어떤 표정이었길래?

"신경이 쓰이니까."

"어떤 표정이었어요?!"

또 악마 같은 얼굴을 했을 것이 틀림없을 것이어요. 저는 그의 손이 닿았던 머리를 짚어 보았습니다. 최근까지 잊고 있었는데, 다섯 살 때쯤에 오라버니가 잼이 잔뜩 묻은 손으로 제 머리를 만져서 찐득거리게 하였던 악몽이 다시 생각났습니다!

"어떤 표정이었는지 알려 주시어요! 당장!"

저는 확인하듯 머리를 구석구석 만지며 세비 군을 재촉했습니다.

어, 어쩌죠? 세비 군의 표정이 더 무서워졌어요. 지금 뭔가 잘못되고 있는 거죠?!

10월
풀잎의 이야기

보육원의 폐쇄와 그 이후를 논의하는 회의가 열렸다.

안테를 마주한 교수 중에 반발하는 자는 없었다. 새삼스럽게 놀라는 이도, 되묻는 이도 없었다. 언제부턴가 그들도 보육원의 임시 운영 기간은 1년. 그리 생각하고 있었던 모양이다.

다만 운영 기간이 생각 이상으로 즐거웠다. 아이들도 부모들도 변하고 성장했다. 처음 건립을 계획했을 때보다 조금 더 긍정적인 결과가 나왔으니, 혹시 조금은 연장될지 모른다는 어렴풋한 희망을 품고 있었으나, 역시나 안 되는 모양이라며 쉬이 포기했다. 약간의 아쉬움이 있을 뿐이었다.

로미는 눈에 띄게 슬퍼했다. 아이들이 있는 곳에서는 평소와 같이 행동했지만, 그렇지 않을 때는 깊은 한숨을 몇 번이나 쉬었다. 그 누구도 그녀의 태도를 무어라 할 수 없었다. 그녀의 사랑과 정성이 얼마나 많이 이 안에 녹아 있는지, 모두가 알고 있었기 때문이다.

교수들은 로미에게 애써 즐거운 이야기도 들려주고, 또 폐원 이후에도 이따금 식사를 함께하자는 이야기를 했지만, 그녀의 미소는 그때뿐이었다.

안테는 로미의 우울한 모습이 싫었다. 그가 위로해 줄 수 없는 상황은 더욱 마음에 들지 않았다. 그가 로미를 위해서 할 수 있는 것이라고는 그저.

"안녕하세요. 로미 씨."

"안녕. 아루!"

반가운 그들의 인사가 끝나기 무섭게 돌아서는 것. 될 수 있는 대로 그녀의 시선 안에 들지 않도록 노력하는 것뿐이었다. 자신은 그녀에게 끔찍한 상황을 다시 불러오게 한 사람일 뿐이니까.

사실 이렇게 하는 건 그 자신을 위한 것이기도 했다. 마주친 그녀의 눈빛에서 그 어떤 감정도 남아 있지 않다는 것을 확인하는 것이 두려웠다. 아직도 그의 안에 가득하게 흐르는 로미에 대한 마음은 조금도 정리되지 않았다. 그녀의 다정한 눈길이 사라졌다는 것을 확인하는 것만으로 더는 살아갈 수 없게 될지도 모른다.

하지만 가끔, 그저 보고 싶다는 마음이 드는 것은 어쩔 수 없었다. 잠시라도, 조금이라도.

도망치듯 나온 보육원 앞에서 그는 담배를 물었다. 불붙지 않은 담배에서 나오는 향이 이리도 쓸쓸했던가. 가까이 닿을 적에 혹여 그녀가 싫어할까, 얼굴을 찌푸릴까 봐 필사적으로 참았던 것이었다. 이제는 다시 마음껏 피울 수 있게 되었는데도 그의 손은 불을 붙이기를 주저했다.

아직도 미련이 남았나. 이 상황에서도 희망이란 게 남았나.

결국, 그는 담배를 구겨 넣었다. 시나몬 스틱을 잘근잘근 씹으며 행정부 건물로 들어갔다. 몇 명의 직원들이 인사를 건넸지만 그다지 귀에 들어오지도 않았다.

"안테 님 안녕하세요!"

하지만 이 남자의 촐랑거리는 목소리는 마법처럼 선명하게 들렸다. 빌어먹을, 어디 들을 것이 없어서 사내놈 목소리를.

"쿠디안."

"일찍 오셨네요."

"그건 내가 그대에게 할 말인 것 같은데."

"저는 항상 일찍 옵니다. 봐야 하는 것이 있거든요."

봐야 하는 것? 그가 아침 일찍부터 보는 것이 뭐가 있지? 쿠디안의 말을 되짚어 보던 안테는 문득 지난번에 그가 이야기한 것이 떠올랐다.

'아이참, 제가 아무리 막 나가도 그런 짓은 안 해요. 가끔 보육원에 오는 거 훔쳐보는 정도예요.'

젠장. 헛소리로 치부했던 것이 왜 이제는 솔깃하게 들리는 걸까? 미친놈의 마법에라도 걸린 모양이다. 안테는 업무 시간 내내 쿠디안을 주시하기 시작했다. 그가 조용히 주변을 휙휙 둘러보고, 자연스럽게 자리를 뜨자 안테도 그의 뒤를 따랐다. 무슨 생각으로 따라가는 걸까? 자신도 모를 일이다. 그저, 쿠디안이 보육원을 훔쳐보는 방법이 조금은 궁금했을 뿐이다. 특별히 함께 훔쳐보거나 할 계획은 전혀 없었다. 정말이다. 모든 것은 보안을 위해서였다.

"변소까지 감시하러 가십니까?"

뒤따라오는 것을 쉽게 눈치챈 쿠디안은 몰래 숨어 안테의 앞으로 갑작스럽게 나타났다. 민망해진 안테는 벽에 기대어 손으로 부채질하며 딱 잡아떼었다.

"크, 흠! 그게 아니다!"

"아니긴요. 오늘 종일 저를 뜨거운 시선으로 바라보셨잖아요."

"안 봤다!"

"차였다고 해서 남자로 취향을 바로 갈아타실 줄은 몰랐네요."

"안 차였다! 안 갈아탔다! 나는 그냥 궁금한 것이!"

"솔직하게 말하세요. 제 마음이 궁금하다고."

"네 마음 따위가 왜 궁금하겠나!"

"그게 신경 쓰여서 종일 저만 보셨으면서."

"아니다! 나는 그저, 네가 어디에서 보육원을 보나……! 아니다.
아니다. 신경 쓰지 말아라."

그가 가볍게 걸려들자, 쿠디안은 회심의 미소를 지었다. 모든
것을 들키고도 바로 발끈하는 이 귀여운 공작님을 어떻게 하면 좋
을까? 보육원을 폐쇄하기로 확정 지은 이후 그는 눈에 띄게 상태
가 나빠졌다. 다른 사람들은 그가 일이 너무 많아서 피곤한 것뿐이
라고 생각했지만, 쿠디안은 생각이 달랐다.

좋아하는 여자를 자주 못 봐서 이상해진 남자의 말로야 뻔하지
않은가. 쿠디안은 씨익 웃으면서 그를 환영해 주었다.

"어서 오세요. 훔쳐보는 남자의 세계는 처음이시죠?"

"안 간다!"

"몇 개의 뷰 포인트가 있어요."

"……."

쿠디안이 손가락으로 적당히 허공에 선을 그으며 설명을 곁들였
다.

"보고 싶은 앵글에 따라 조금 다르긴 한데, 일단 제가 제일 선

호하는 곳은 보육원에서 이렇게 돌아 나와서 계단을 올라가면 말이죠!"

안테의 눈동자가 그의 손끝을 열심히 따라갔다. 머릿속으로는 자연스럽게 지도가 그려졌다. 보육원과 행정부의 건물 주변이라면 작은 샛길까지도 모두 그의 머릿속에 들어와 있으니까, 쿠디안의 복잡한 설명을 따라가는 것은 어렵지 않았다.

"운이 좋으면 현관에서 신발을 벗는 모습을 볼 수 있는데 그게 또⋯⋯ 야릇하죠."

"⋯⋯그게 왜 야릇한가? 신발인데."

"유일하게 제 앞에서 벗어 주는 게 신발뿐이라⋯⋯."

안테는 살짝 얼굴을 찌푸렸다. 이쯤 되면 병원행이 아닌가. 여러 가지 정신적 질병을 의심해 볼 수 있을 것 같다.

"게다가 여름에는 발목이 보인단 말입니다! 그 하얗고 가느다랗고 가녀린 것이!"

"⋯⋯너는 발목이냐."

"가슴을 볼 수 있었으면 가슴이었겠죠. 공작님처럼. 동생분이 그러시던데요? 여자 가슴 보는 버릇 있으시다고."

"⋯⋯."

이제 반박할 힘도 남아 있지 않았다. 하나밖에 없는 아우를 때릴 수도 없고.

"뭐 어쨌든 환영합니다. 언제 한번 같이 가시죠."

살다 살다 미친놈의 조언을 다 귀담아듣는 날이 있다니. 안테는 자신의 판단력에 의심이 들기 시작했다. 세상에 좋아하는 여자의 하얗고 예쁜 발목을 보겠다고, 그 불편을 감수하는 녀석이 어디 있단 말인가.

뭐, 백번 양보해서 정말 보고 싶으면 그럴 수도 있다. 그러나 그가 보고 싶은 것은 가슴도 발목도 아니다. 그저 일하는 모습이 보고 싶었다. 아이들을 대할 때의 즐거운 얼굴이.

가슴이 아니라고! 모리젠!

다행히 그의 인내심이 바닥나기 전에 공식적으로 그녀를 볼 기회가 생겼다. 안테는 내심 안도의 한숨을 쉬었다. 조금만 더 시간이 지났다면, 쿠디안이 알려 준 뷰 포인트를 향해 전속력으로 달려갈지도 몰랐다.

"듣고 있나?"

황제는 1분 동안 30번도 넘게 표정이 변하는 안테에게 걱정스레 물었다.

"무, 물론입니다."

"보육원 프로젝트 관계자들에게 가벼운 만찬 자리라도 마련해 주라는 말이 그렇게 공작의 혼을 빼놓을 줄은 몰랐는데."

"어쨌든 마땅한 일정을 짜서 올리겠습니다."

안테는 '프로젝트 관계자'라는 말의 범위를 생각했다. 황궁에서 기꺼이 차출을 나와 준 시녀 역시 포함되겠지? 어쨌든 그녀는 보육원의 한 축을 담당했다고 해도 과언이 아닐 정도로 일해 주었으니까. 황제의 치하를 받기에 부족한 이는 아니었다.

안테는 참석 리스트에 '로미 보'라는 이름을 올려 두었다. 설마 황제의 만찬에 빠지는 일은 하지 않겠지. 아주 약간 권력이 남용되는 것 같은 느낌은 있었지만, 윤리적으로 문제가 되지 않는다며 그는 자신을 이해시켰다.

안테는 준비를 서둘렀고, 예쁜 리본까지 달린 초대장이 보육원의 교수들과 로미에게 도착하기까지는 오랜 시간이 걸리지 않았다.

교수들은 그 초대장을 열어 보고는 기쁨을 금치 못했다. 황제가 직접 여는 연회에 참석할 수 있다는 것은 매우 영광스러운 일이었다. 가문의 영광이라 하는 이도 있었고, 당장 옷을 사러 가야겠다고 환호하는 이들도 있었다.

"옷?"

로미는 작은 목소리로 중얼거리고는 가까이에 있는 교수님께 조용히 물었다.

"뭔가 갖춰 입어야 하나요?"

"어머나. 당연하지. 폐하를 뵙는 자리인데, 가장 좋은 옷을 입고 가야지."

로미는 한숨을 푹 쉬었다. 이럴 줄 알았으면, 지난번에 옷을 빌릴 것이 아니라 하나 사 둘 걸 그랬다. 얼마 남지 않은 기간 안에 제대로 된 옷을 구할 수 있을지 자신할 수 없었다.

"큰일이네."

이번에는 안테와 모리젠의 호의에 기댈 수도 없었다. 그도 그럴 것이 안테와 그런 일이 있었으니까. 물론 모리젠은 여전히 그녀에게 다정다감했고, 그녀가 부탁하면 얼마든지 이 곤란함을 해결하기 위해 최선을 다해 줄 것을 안다. 하지만, 그의 그런 마음을 이용하고 싶지는 않았다.

결국, 제대로 된 장갑 한 짝 구하지 못한 채 연회 당일이 되었다. 로미는 제 방에서 초대장을 들고 전전긍긍했다. 황제의 초대장을 받고도 가지 않는 불경한 일 따위는 벌일 수 없었다. 지난번처럼 귀여운 요정 대모님이 나타나 주는 것도 아니었고.

똑똑.

요정 대모님? 정말 곤란할 때마다 나타나 주려는 것은 아니겠지. 로미는 두근거리는 마음으로 문고리를 잡아당겼다.

"로미 보."

로미는 제 방을 찾아온 이를 바라보았다. 자글자글한 주름과 깐깐한 표정, 그리고 살짝 배가 나온 귀여운 체형은 요정 대모님의 특징과 가까웠지만, 안타깝게도 그녀의 방을 찾아온 이는 요정이 아니었다.

"시녀장님."

로미는 얼른 고개를 조아렸다.

"들었다. 오늘 저녁 만찬에 초대받았다지?"

아마 행정부에서 그녀의 상관이 되는 시녀장에게도 이야기를 전해 둔 모양이었다. 로미는 고개를 끄덕이며 조금은 걱정했다. 또 뭔가 한 소리 듣는 것은 아닌가 싶어서.

"가난한 시골 계집아이가 변변한 걸 들고 있을 것 같지도 않으니 따라오너라."

"네?"

"나도 좋아서 이러는 건 아니네. 두 번 말하게 하지 말게."

경멸에 가까운 눈동자가 로미를 위아래로 쓸었다. 어째서 그런 눈으로 바라보는 걸까? 로미는 허리를 꼿꼿하게 폈다. 부정한 일을 한 적이 없으니 그런 시선을 받아도 당당하게 되받아칠 뿐이었다.

시녀장은 자신의 방으로 그녀를 데리고 들어갔다. 벽에 걸려 있는 세 벌의 드레스가 로미를 기다리고 있었다. 아마 이것 때문에 자신을 불러들인 것이라고 단번에 알 수 있었다. 미안하지만 시녀장의 체형에 들어갈 수 있는 것들이 아니었다.

"어느 것으로 하겠나?"

"이건 어디에서……?"

"알 필요 없는 것이다. 어서 고르기나 하거라."

로미는 드레스를 찬찬히 살폈다. 언젠가 안테의 저택에서 드레스를 고를 때가 떠올랐다.

첫 번째 드레스는 안테가 골랐던 것과 같이 앞이 조금 파여 있었다. 물론 지나친 수준은 아니었다. 두 번째 드레스는 모리젠이 골랐던 것과 같이 등이 파여 있었다. 로미는 일단 이 두 가지는 안 되겠다고 생각했다. 뭘 입어도 그때가 생각날 것이다. 다행히 세 번째 드레스는 앞도 뒤도 잘 막혀 있었다. 로미는 그것을 집어 들었다.

"이것으로 입겠습니다."

"이쪽으로 서라. 내가 직접 도와주도록 하마."

"혼자 입을 수 있습니다."

"시끄럽다."

시녀장은 로미를 재촉해서, 옷을 입는 것을 도와주었다. 말없이 저를 꼼꼼히 도와주는 시녀장을 보면서 로미는 잠시 고민했다. 자신을 싫어하면서 이렇게까지 도와주는 이유는 무엇일까. 그녀의 뜻이 아니라면 누구의 뜻으로 이런 일을 하는 것일까?

"누구신가요?"

돌아오는 대답은 없기에, 로미는 재차 물었다.

"시녀장님. 누가 이걸 보내셨나요?"

"모른다."

그것은 곧 말할 수 없다는 뜻이었다. 그녀의 입을 막을 수 있는 존재는 의외로 많지 않았다. 시녀장은 모든 소문의 정점을 틀어쥐고 있는 여인이므로. 그녀에게 명령을 내릴 수 있으면서도, 또 로미의 곤란함을 알고 있는 사람.

로미가 알고 있는 한 그런 사람은 세상에 단 한 명뿐이었다.

로미는 눈을 감았다. 심장이 무어라고 끊임없이 말을 걸어오는 것만 같았다.

황제의 센스는 온갖 귀한 술이나 산해진미를 준비한 데에 있지 않았다. 그의 참모습은 진심 어린 감사의 말을 전하고, 세상에서 가장 짧은 건배 제의를 한 뒤 미련 없이 그 자리를 떠나는 데서 가장 강한 빛을 발했다.

그가 있는 자리에서 그 누가 고기를 물고 뜯고 술을 퍼마실 수 있을까. 고생한 사람들이 즐기라고 준비한 자리이지, 벌을 주려고 마련한 자리가 아니니 황제는 이들과 어울리고 싶은 마음을 살짝 접어 두었다.

사실은 황제도 이들에게 묻고 싶은 것이 많았다. 세세한 운영 상황은 모두 알고 있었지만, 실무자의 생생한 이야기를 듣는 것과는 분명한 차이가 있을 테니까. 아이들의 관계는 어떻게 달라졌는지, 학습 능력에서 차이는 없었는지, 무슨 놀이를 가장 좋아했는지 등 보육원 전반에 걸친 부분에서 이야기를 나누어 보고 싶었다. 그의 관심은 어린 백성에게까지 고루 뻗어 있었으니까.

그리고 무엇보다, 제 수족이 되어 준 아우 같은 공작의 마음을 뒤집어 놓다 못해 아주 못쓰게 하여 놓은 대단한 시녀와 이야기해 보고 싶었다. 어떤 매력을 가진 여자인지. 하지만 그 잘난 신분 차이 덕분에 황제는 로미의 정수리밖에 보지 못했다. 자세히 좀 보려고 하면 할수록 그 고개가 조아려지니 답답한 노릇이었다.

결국, 그 총명하다는 눈동자 한번 보지 못하고 황제는 자리에서 일어나야 했다. 제 곁에 있는 사람이 마음에 둔 여자 하나 제대로 구경조차 못하는 재미없는 직업에 그는 회의감이 들었다.

"허, 이거 술병이 크리스털이야!"

"조심하게, 크리스털이 문제가 아니다. 그 안에 들어 있는 술이 얼마나 귀한 것인지 알고 있나?"

"잘 봐, 귀한 것과 맛있는 것이 있을 때는 먹는 순서가 제일 중요한 법이야."

감탄으로 시작한 술자리가.

"빌어먹을, 아이들 색종이 재질이 왜 그따위야! 종이를 오리는 것인지 뜯어내는 것인지 알 수 없을 정도로 거칠잖나!"

"좋은 도구에서 좋은 교육이 나오는 것도 아닌데, 왜 그리 성질이야?"

아수라장으로 변하기까지는, 오랜 시간이 걸리지 않았다. 그렇지 않아도 이야기하기를 좋아하는 교수들은 술을 마시니 더욱 말이 많아졌다. 그들을 독려하기 위해 앉아 있던 안테는 이제 그들의 잔소리를 듣는 존재가 되어 그저 구석 자리에서 다소곳하게 앉아 빨리 시간이 지나기만을 바랐다.

참자. 참자. 오늘은 이들이 주인공이니까.

안테는 슬쩍 로미에게로 시선을 돌렸다. 아무도 그의 시선 따위 신경 쓰지 않을 텐데, 당당하지 못한 마음이 모든 것을 조심스럽게 만들었다.

예쁘다. 젠장.

시녀장에게 특별히 부탁한 보람이 있었다. 황실에서 비상용으로 구비하는 드레스라면 썩어 나고 있을 테니, 황제가 준비한 만찬 자리에 초대받은 그녀를 신경 써 달라고 말했을 뿐이다. 아주 작정을 해서 꾸며 보낼 줄은 몰랐다.

갈색 머리카락이 예쁜 물결을 그린다. 그 굴곡에 따라서 빛이 함께 요동쳤다. 그녀가 고개를 돌리거나 어깨를 움직일 때마다 함께 흔들리는 그 경쾌함이 그저 좋았다. 즐거워 보였다. 핑크빛으로 칠한 입술은 미소만을 그렸다. 이따금 그것이 벌어지고, 작은 소리로 새어 나오는 목소리는 언제나처럼 맑았다. 다행이다. 본심과는 다르게 의식하여 되뇌는 말이 아프다.

한편 로미는 앞에 놓은 음식들이 그야말로 그림의 떡이나 다름없기에, 꿔다 놓은 보릿자루처럼 조용히 자리만 지킬 뿐이었다.

"로미 씨, 왜 안 먹어요?"

바로 옆에 앉은 모리젠이 물었으나, 로미는 살짝 숨을 들이마시며 어색하게 웃을 수밖에 없었다. 그에게 '속옷이 너무 조여서 아파요. 먹으면 체할 것 같아요.'라고 말할 수는 없지 않은가.

"아, 속이 안 좋아서요."

항상 일하기 좋은 편안한 옷을 입은 탓일까. 이렇게 불편한 드레스는 아무리 시간이 지나도 적응이 되지 않아서, 그저 얌전히 앉아 있는 것이 최선이었다.

"아쉽네요."

"뭐가요?"

"로미 씨에게 술을 먹여 보려는 원대한 계획을 세워 왔는데."

"뭐예요. 그게!"

로미는 모리젠의 한쪽 팔을 찰싹 때렸다. 그의 어이없는 말에 로미는 자신도 모르게 웃음이 튀어나왔고, 불편한 옷 때문에 굳어 있던 몸이 조금은 풀리는 기분이 들었다.

"뭐긴 뭐예요."

모리젠은 그녀가 때린 부분을 쓰다듬으며 웃었다. 로미를 향해 살짝 숙인 얼굴에 그림자가 드리워지고, 서로의 얼굴은 조금 더 가까워졌다.

"흑심이죠."

그리 말하면서도 그의 미소가 상큼하기만 했다. 흑심이라고는 아주 조금도 없을 것 같은 얼굴.

"농담하지 마세요."

"음? 농담 아닌데."

"그렇게 웃으면서, 대놓고 흑심이라고 말하는 사람이 세상에 어디 있어요?"

"역시 표정이 문제인가요. 저?"

모리젠이 살짝 인상을 찌푸렸다. 생긴 것과 다르게 꽤 이런저런 흑심이 있는 편인데. 역시 순하게 생긴 것이 이럴 때는 전혀 도움이 되지 않는 것 같았다.

"잠깐 바람 쐴래요?"

교수들의 목소리는 여전히 실내를 울리고 있었다. 아무래도 밤은 길어질 듯하다. 굴러다니는 술병의 개수를 슬쩍 세어 보니 잠깐 자리를 비운다고 하여, 눈치챌 것 같지도 않다.

모리젠은 용기를 내어 로미에게 손을 내밀었다. 잡아 주지 않으면 무척 민망했을 텐데 상냥한 로미는 그의 손을 부끄럽게 하지 않았다. 올려진 하얀 손에서 무게가 실려 왔다. 그러고 보니 모리젠은 오늘 로미가 입은 드레스도 제대로 보지 못했다. 자리에서 일어나는 그녀의 옷자락으로 시선이 가는 것은 어쩔 수 없었다.

앞이든 뒤든 목 언저리까지 얌전하게 올라오는 드레스. 같은 재질의 천을 꼬아서 덧댄 장식이 몸의 선을 따라서 우아하게 흘렀다. 확실히 이런 옷이 로미의 이미지와는 잘 맞지만, 모리젠 개인적으로는 역시 등이, 하얀 천으로 빈틈없이 막혀 있는 등이 아쉬웠다.

그리고 그녀를 향한 질척이는 시선이 하나 더 있었음을 깨달았다. 모리젠은 고개를 돌렸고, 곧 제 형님과 눈이 마주쳤다. 묘한 승리감. 유치하기 짝이 없는 감정이지만, 그는 미소가 나왔다.

"공작님."

"왜 그러나."

곁에 앉은 교수가 안테를 찾았다.

"저기, 평소에는 부탁드리면 뭐든 안 된다고 하시니까 지금 슬쩍 여쭤 보는 겁니다만."

교수의 입에서는 술 냄새가 진동했다. 뭔 부탁이기에 술을 이렇게 진탕 먹어야 겨우 건넬 수 있는 말이란 말인가.

"아이들이 고양이를 키우고 싶어 합니다."

그게 무슨 개소린가. 아니, 고양이 소리라고 해야 하나.

"키우게. 자네 집에서 고양이를 키우든, 사냥개를 키우든 내 허락이 무슨 상관이란 말인가."

"그게 아니라, 보육원 말입니다. 얼마 전부터 길고양이 한 마리가 자주 찾아오니 아이들이 간식 같은 것을 주고 싶은 모양입니다."

"이제는 세금으로 고양이까지 보듬으란 뜻이냐. 아이들의 짧은 호기심에 하나하나 다 응해 주는 것은 좋지 않은 것 같다. 고양이도 싫어할 것이 아니냐."

"뭐, 아이들이 동물과 함께 자라는 것은 정서적으로 좋다는 연구 결과 때문에 저도 호기심이 동한 것뿐이긴 합니다만."

"안 된다. 찾아오는 동물을 내쫓으라고 하지는 않겠지만, 그 동물에 대한 책임을 갖는 짓은 하지 말아라."

교수는 풀이 죽었다. 아무래도 논문으로 입증된 동물과 함께하는 교육을 꼭 실현해 보고 싶었던 모양이다. 안테는 다시 고개를 돌려 로미를 찾았다. 모리젠과 일어서는 것까지는 보았지만 어디로 사라졌는지 머리카락 끝조차 보이지 않았다.

그녀를 찾아다녀도 좋을지 고민하던 안테는 결국 자리에서 일어나지 못했다. 머릿속에서는 온갖 상상이 난무했다. 제 아우가 그녀의 손을 잡는다. 팔을 두른다. 닿는다. 키스한다. 온갖 달콤한 동사가 그의 머리를 휘저었지만, 제 눈으로 확인할 용기는 나지 않았다.

술에 취한 교수들의 헛소리에 가까운 부탁들은 이후에도 다양하게 이루어졌고, 안테는 결국 마지막까지 한심한 소리만 듣다가 그 자리를 빠져나올 수 있었다.

작은 연회는 늦은 새벽까지 이어졌다. 술에 만취한 교수들을 챙겨서 집으로 돌려보내고, 안테와 모리젠은 함께 저택으로 돌아왔다. 피로감으로 아무것도 하고 싶지 않은 안테와는 달리 모리젠은 어딘가 들뜬 모습이었다.

"형님."

그 감정을 주체할 수 없었던 걸까. 그는 바로 잠들지 않고, 안테의 방을 찾아왔다. 한 손에는 술을 그리고 나머지 한 손에는 두 개의 잔을 챙겨서 든 채.

"축배를 들 정도로 기쁜가?"

좋아하는 여자에게 형님이 미움받는 것이. 동생이 건네는 잔을 받아 들며 쓰게 웃었다.

"그런 거 아닙니다."

그러면서 왜 피식피식 웃고 있을까. 안테는 모리젠의 표정 하나하나가 신경 쓰여 죽을 판이다. 그렇다고 대놓고 그것을 표현할 수 없는 탓에 얼굴 근육이 어색하게 움찔거렸다. 안테는 술잔을 기울였다. 작은 술잔을 입에 대고 있으면 어색한 표정은 사라졌다. 마시고, 또 마셨다.

한참 만에 다시 이야기를 시작한 것은 모리젠이었다.

"처음이었죠. 형님."

카르나가 떠나고 나서……라는 말이 생략되어 있었지만, 충분히 이해할 수 있었다. 안테는 다시금 모리젠을 바라보았다. 무언가 조심스러워하는 표정이다. 그것만으로도 동생의 감정이 전해졌다. 로미에게 빠져 허우적거릴 때는 미처 느끼지 못했던 것.

동생의 배려.

아픈 시간을 겨우 딛고 일어난 형님의 마음을 헤아려 주었던 착한 동생. 쓸데없을 정도로 가족을 생각하는 동생이다. 조금 더 이기적으로 행동해도 좋으련만.

"그래. 처음이었다."

과거형이지만 차라리 솔직하게 말해 버리니 속이 시원했다. 안테는 또다시 술 한 잔을 금방 비워 냈다.

"사랑했다."

본래는 그녀에게 돌아갔어야 할 고백을 새로 채워지는 술잔에

동실동실 띄운다. 안테가 그것을 홀짝일 때마다 조금씩 삼켜지고 소화되고 결국에는 사라질 것이다.

"편하게 생각하기로 했다."

급히 마신 탓일까, 오랜만에 찾아온 입에만 사는 그놈이 멋대로 튀어나와 이야기를 꺼낸다.

"네 말대로 공작부인 자리에 어울리는 여성이 아니야. 겨우 지방 하급 남작의 딸. 땍땍거리는 노인네들의 반발이 지긋지긋하게 나를 괴롭히겠지. 에둘러 말하는 것도 모르고 적당히 기분 맞출 줄도 모르는 데다 폭력적인 여자다."

모리젠이 말없이 한 잔 더 또르르 따라 주었다. 예쁜 갈색빛의 술이 떨어지는 그 짧은 순간에 또 바보같이 마음이 바뀐다. 뭐 이런 병신 같은 머릿속이 다 있나.

"……거짓말이다."

알고 있습니다. 형님. 고개를 끄덕이는 모리젠은 말을 아꼈다.

"미안하다. 모리젠."

나를 위해 주춤거린 너의 마음을 알고도…….

"미안하다."

내 입으로 너에게 그녀를 부탁한다고 말하는 것이 아직 아프다.

"네게 모든 것을 맡기겠다."

모리젠의 눈동자가 커졌다. 착해 빠진 녀석이다. 형님을 신경 쓰느라 이러지도 저러지도 못한 모양이다. 모리젠은 무언가 하고 싶은 말이 있는지 한참을 고민하는 모습이었다. 안테는 상냥한 그의 말을 감히 짐작하며 한 번 더 자신을 상처 입혔다.

"맡기겠다."

"……돌려 드리지 않을 겁니다."

그도 결정에 마침표를 찍은 걸까. 목소리가 달라졌다.

"애초에 내 것도 아니었다."

마지막으로 비운 잔에는 아무것도 남아 있지 않았다.

먼저 취한 모리젠은 자신의 방으로 돌아가지 않고, 그대로 안테의 침대에서 잠이 들었다. 잠시 망설이던 안테도 그의 반대편에 누웠다. 어차피 그의 침대는 무척 넓었다. 푹신한 베개에 누워 모리젠의 얼굴을 바라보았다. 그의 하얀 얼굴이 낯설었다. 서로 나이가 들어 버린 이후로는 이렇게 가만히 얼굴을 바라보는 일도 없었기 때문일지도 몰랐다.

어릴 때부터 모리젠은 형을 존중했다. 아니, 조건 없는 희생을 해 주었다. 그의 영역을 침범하는 일 따위도 없었다. 욕심이 많아서, 갖고 싶은 것은 손안에 넣어야 직성이 풀리는 안테와는 달리 모리젠은 내어 주는 것에 익숙해 있는 아이였다.

어느새 자신도 모리젠의 그런 상냥함을 당연하게 여기고 있었던 것은 아닐까.

모리젠은 로미를 특별하게 생각한다. 그 감정이 자신의 것과 닮았다. 아마 더 크지도 작지도 않은 마음일 것이다. 그런데도 모리젠이 선뜻 나서지 않았던 것은 안테의 마음을 눈치채고 조금은 망설였기 때문이겠지. 항상 그런 아이였다.

자신이 바쁠 때는 카르나를 돌봐 주었다. 슬픔에 빠져 있을 때는 아루를 키워 주었고. 로미에 대해서는 한발 물러나 주었다. 그렇기에, 안테는 다시 오지 않으리라 생각한 시간을 가질 수 있었다.

'안테 님은 왜…… 저를 길들이시는 거죠?'

'과거는, 각자의 것이니까요.'

머릿속에서 하도 꺼내 보고 접어 두기를 반복하여, 이제는 너덜너덜해진 기억. 분명히 우리는 서로를 길들였다. 언제 어디서 서로 마주치게 될지, 어떤 말을 하게 될지 전부 짚어 낼 수 있을 정도로. 아니, 이제 정말 그만두자. 그만 생각하자. 설레고 익숙해지고 기대하는 것 '따위'. 여인에게 닿고 싶고 원하고 마는 남자의 깊은 욕망 '따위'.

사랑이라는 말을 꾸역꾸역 밀어내고 겨우 끼워 넣은 '따위'라는 저급한 단어가 너무나도 아파서, 어울리지 않아서. 안테는 몇 번이나, 그 단어에서 고개를 돌렸다. 그러나 곧 그래서는 안 된다는 것을 알았다. 제 머릿속에 강제로 그 말을 넣었다. 로미에 대한 감정 따위. 설레었던 시간 따위. 닿았던 순간 따위는 아무것도 아니었다고. 어떤 의미도 되지 못했다고.

사랑, 그 아름다운 단어는 이제 카르나에게 온전히 바치기로 한다. 로미에게 잠시 맡겨졌던 미래와 마음은 영원히 그만의 것이 될 것이다.

안테는 이불을 끌어 올렸다. 이렇게 형제가 함께 이불 속에 있으니, 장난을 치고 키득거리던 어린 시절이 떠올랐다. 멀리서도 선명하게 닿아 오는 동생의 온기를 빌려 그는 가까스로 잠이 들 수 있었다.

너는 나를 믿어야 한다. 다른 이들은 이 억울함을 몰라 주더라도 너는 나를 믿어야 한다.

'그대는 나를 믿지? 그렇지?'

눈동자는 서로를 담았다.

'믿어요.'

하지만 어째서일까. 희망은 밟아도 밟아도 그 싹을 틔워 냈다.

새벽같이 깨어난 모리젠은 두어 번 눈을 깜빡였다. 꿈과 현실의 모호한 경계에서 벗어나는 데 제법 시간이 걸렸다.

지독한 꿈을 꿨다. 아니, 아니, 어떤 의미로는 굉장히 좋았지만…….

"꿈이구나."

제 입으로 그리 말하고 난 이후에는 얼굴이 화락 달아올랐다. 벌떡 일어나 얼굴을 무릎 사이에 처박았다. 세상으로부터 가려진 얼굴은 어딘가 헤벌쭉해졌다.

"아후. 정말. 미쳤나."

이런 꿈을 꾸게 된 이유는 알기 쉬웠다. 흑심만 가득한 검은 모리젠을 너무 오랫동안 꾹꾹 눌러둔 부작용 같은 것이다. 쓸데없이 기억력만 좋은 촉감과 시각이 그의 뇌를 마구마구 주물러 판타지를 만든 굉장한 결과물이다.

잠깐, 잊기 전에 확실하게 머릿속에 저장해 두어야지.

기쁘고도 우울하다. 망상으로 설레는 자신이 한심했다. 늦은 밤에 산책 따위를 함께하는 것이 아니었다. 조금 어두운 낯선 장소, 평소보다 더 예쁘게 꾸민 그녀, 그리고 가벼운 취기에서 이루어지는 산책은 그의 인내심의 끝을 보여 주었다. 손끝이 멋대로 나가려는 것을 눌러두기 위해 몇 번이나 허공을 짚어 냈는지 모른다.

역시, 참지 말 걸 그랬다. 누가 상을 주는 것도 아닌데…….

으악, 정신 차려라. 모리젠. 그는 자신의 얼굴을 손으로 착착 두드리며 검은 모리젠을 꼭꼭 밀어 넣었다. 그러나 조금 더 맑은 정신이 돌아왔을 때는 또 다른 생각이 그를 복잡하게 만들었다. 그러고 보니 어제 형님과 분명히 그녀에 관해 대화했었다. 형님과의 대화. 그것은 꿈이었나? 현실이었나?

"흔들지 마라. 머리 아프다."

모리젠의 버둥거림이 거슬렸는지 안테가 눈도 뜨지 않고 웅얼거렸다. '다 큰 사내새끼랑 자는 취미는 없는데…….' 라고 괜한 말을 덧붙이는 것도 잊지 않았다.

"형님."

어떻게 하면 어제의 대화가 꿈이 아니었다는 것을 증명할 수 있을까?

"정말로, 정말로. 돌려 드리지 않을 겁니다."

"알았으니까. 나가라, 시끄럽다."

꿈이, 아니었다.

'그렇다면 이제부터 검은 모리젠으로 활개를 쳐 주마! 나쁜 손은 언제라도 준비되었다.' 라는 각오를 다졌어도 달라지는 것은 전혀 없었다. 그녀에게 잘 보이고 싶다고 쌓아 온 순한 이미지가 벽이 되었다. 갑자기 시커멓게 변하여 하고 싶은 대로 마구 달려들다가 그대로 거절을 당할 수는 없는 노릇이었다.

그녀에게 닿기를 주저할 때에는 이런저런 기회가 왔었던 것 같다. 욕망을 억누르며 참아 낸 시간이 지금은 그저 아까워 죽을 지경이었다. 막상 이렇게 '기회가 오기만 해 봐라!' 라는 기세를 가지니, 닿기는커녕 얼굴을 지긋하게 바라볼 기회조차 없었다.

아이들을 좋아하는 로미니까, 아이들과 함께 있으면 뭔가 기회가 오지 않을까 싶어서 바쁜 와중에도 아이들 사이에 묻혀서 시간을 보내기도 했다.

"얘들아, 우리 가족놀이 할까?"

음흉한 마음을 품고 제안해 보기도 했지만.

"선생님 저희는요 마차놀이 하고 싶어요! '말' 해 주세요! 말!"

아이들은 호락호락 그의 행복을 위해 움직여 주지 않았다.

결국, 그는 한 마리의 말이 되어 담요 위에 앉은 아이들을 질질 끌며 보육원 복도를 돌아 주어야 했다. '한 바퀴 더요!' 어린 악마들은 의사 귀한 줄 모르고 그를 마음껏 부렸다. 그가 복도를 다섯 바퀴 정도를 돌고 나서야 마차놀이는 겨우 끝날 수 있었다. 아이들이 질려서가 아니었다. '말'이 복도에 그대로 널브러졌기 때문이다.

"허억……. 허억……."

아침에 운동 안 해도 되겠어. 이제. 모리젠은 사람이 오가는 복도 한가운데에서 완전히 뻗어 있었다. 어차피 이 복도는 로미가 매일 쓸고 닦아 놓은 덕분에 세상 어디보다도 깨끗했다. 실제로 아이들은 이렇게 복도에서 데굴데굴 구르며 인간 쌓기 놀이를 하기도 했다. 아……. 제 생각이 인간 쌓기 놀이에 다다랐을 때 불안한 예감이 들었다.

푸억.

아니나 다를까, 아이 한 명이 그의 등 위로 날아올랐다. 6~7세의 아이들은 절대 가볍지 않았다. 약 20kg에 달하는 아이들이 점프를 뛰어 몸 위로 올라오니, 내장이 파열될 것 같은 고통이 수반되었다. 하지만 아이들은 그의 사정 따위는 몰랐다. 이미 놀이로 흥분해 있는 상태였으니까.

모리젠이 정신을 차리기도 전에 드센 남자아이들은 모두 모리젠 위로 마구마구 올라갔다. 모리젠은 비명도 못 지르고 윽, 윽 소리만 겨우 내며, 바닥을 탕탕탕탕 치는 것 말고는 할 수 있는 일이 아무것도 없었다. 살려 줘, 살려 줘, 이러다가 나는 압사당할지도 몰라. 아직 결혼도 못 했는데. 청혼도 못 했고, 연애도 하지 않았는데.

주마등처럼 못다 한 일들이 지나갔다. 마침내 마지막 순간에서 그를 구해 준 것은,

"얘들아, 그렇게 하면 선생님께서 힘드시잖아."

로미였다.

로미의 한마디에 모리젠 위에 올려져 있던 굉장한 무게감이 마법처럼 스르륵 사라지기 시작했다.

"로미 씨……."

멋있게 보이고 싶은 날이었는데…….

"괜찮으세요?"

바닥에 처절하게 엎드려서 훅훅 숨을 고르는 모습이나 보여 주게 되었다.

"아뇨……."

"도와 드릴까요?"

하얀 손이 눈앞에 들어왔다. 하다 하다 이제 좋아하는 여자의 부축까지 받게 생겼다. 정말 망가질 대로 망가졌구나. 하지만 그녀의 손을 거절할 수는 없었다. 이제부터는 기회가 있을 때마다 덥석덥석 물기로 했으니까. 얼른 제 손을 내밀어 그 위에 올렸다. 살짝 굳은살이 느껴지는 그녀의 손은 언제 잡아도 감격스럽다. 로미가 끼잉— 소리를 내며 모리젠을 잡아당겼다.

워낙에 선이 고운 모리젠이지만 그래도 남자였다. 로미가 애쓴다고 해서 그가 들어 올려질 리는 없었다. 꼭 잡은 손에 힘을 모아 최선을 다해 그를 끌어 올리려는 모습이 신선하고 한편으로는 귀

엽기도 해서 모리젠은 히죽히죽 웃었다. 힘을 너무 써서 붉어진 로미의 얼굴이 터질 것 같아 결국에는 그가 웃샤! 하고 일어났다.

"도와주어서 고마워요. 로미 씨."

그리고 그는 아이들의 머리를 차례로 쓰다듬어 주었다.

"그럼, 아버지는 출근하러 가마."

이제 이 말은 모리젠이 아이들과 놀이를 마치고 돌아갈 때마다 하는 인사말이 되었다. 아이들도 그의 인사에 맞춰 주며, 귀엽게 대답해 주었다.

"안녕히 다녀오세요."

"다녀오세요."

때마침 아이 한 명이 뜰에 놀러 온 고양이를 발견하고는 조용히 친구들을 불러 모았다.

"고양이다!"

때때로 보육원에 놀러 오는 길고양이가 오늘도 산책을 나온 모양이다. 아이들은 약속이나 한 듯 모두 입을 꼭 다물고, 살금살금 걸어 고양이의 근처로 다가갔다. 혹여 고양이가 자신들의 소리를 듣고 멀리 도망가 버리지는 않을까 싶어서였다.

실내를 왕왕 울리던 아이들의 소리가 잦아들자, 침묵에 가까운 고요함이 감돌았다. 이렇게나 많은 아이가 함께 소리를 죽이는 일은 쉽지 않은 일이다. 모리젠은 귓가의 평화를 가져다준 고양이에게 잠시 감사했다.

"조용하네요."

로미도 같은 생각을 했던 걸까, 조금 어색한 얼굴로 어깨를 흔들며 웃었다. 그 아무것도 아닌 순간에 모리젠은 제 심장의 흔들림을 새삼 느꼈다. 선명했던 주변이 흐릿해졌고, 오직 예쁜 선을 그려 낸 그녀의 입술과 총명한 눈동자만이 선명하였다. 이렇게 시선이 바뀌고 마는 것은, 주변의 소리가 바뀌었기 때문일까?

그리고 충동이 일었다. 닿고 싶다. 계속 그리하고 싶었다.

딱히 은밀한 곳이 아니어도, 그냥 어딘든 좋았다. 머리카락이든 하다못해 그 머리카락에 매달린 리본의 끝자락이든. 그녀를 이루는 것 단 하나만이라도 지금 만지고 싶었다.

참지 못하고 올라간 손이 닿은 곳은 붉은 뺨이었다. 기분 좋은 온기를 간직한 그 부드러움에 손마디가 녹아드는 기분이었다. 감각이 새로이 아로새겨졌다. 말랑거리는 촉감, 그의 손을 간질이는 것 같은 엷은 솜털까지. 다양한 감각을 지나며, 어느새 손끝은 그녀의 볼을 타고 올라가 귓가에 닿았다. 가녀린 목선이 마치 이쪽이야, 하고 그의 손을 끌어 내리는 것 같았다.

아무도 없다고는 해도, 일하는 곳에서 이렇게 노골적으로 닿으면 안 될 텐데. 누가 복도로 나올지도 모르고. 그러나 아슬아슬한 순간까지 욕심을 부리고 싶어 하는 손을 모리젠은 그대로 내버려 두었다. 너무나도 오랫동안 간절했던 것이었다.

"저, 선생님……."

현실을 깨닫게 하는 로미의 목소리에도 그는 손을 차마 거둬들이지 못했다. 쉽게 포기하고 돌아서던 과거의 자신과 완전히 이별하기로 하지 않았나.

"조금만 더, 안 돼요?"

애교일까, 애원일까. 미묘한 경계에 선 목소리에 로미가 주춤했다.

"되게 기분 좋은데."

여자들의 피부는 어째서 이렇게 촉감이 다른 걸까? 케이크에 크림까지 얹어 놓은 것을 맨손으로 만지고 있는 것 같아. 그저 이렇게 꼬옥 누르고 쓰다듬는 것만으로도 좋았다.

"로미 씬 싫어요? 역시 내 손은 너무 **뻣뻣**한가?"

그는 여전히 로미의 얼굴을 쓸어 내며, 살짝 과장되게 미간을 찌푸렸다.

"아뇨, 그게 아니라."

"**뻣뻣**하지 않으면, 그러면?"

모리젠은 한 걸음 더 가까이 다가갔다. 자신도 모르게 검은 마음이 손끝까지 번져 간 모양이다. 그녀의 뒷덜미로 손을 넣으며 조용한 목소리로 묻게 되었다.

"기분, 좋아요?"

낮고 서늘해진 목소리 때문일까, 아니면 낯선 손길 때문일까, 로미는 황급하게 한 걸음 물러났다. 그의 손은 아주 쉽게 그녀를 놓아주었다. 굳이 고집하고 잡아 둘 마음은 없었다.

"서, 선생님! 정말! 놀리지 마세요!"

"전에도 말씀드렸지만, 저는 로미 씨를 놀리거나 하는 건 아니에요."

"그럼 이건⋯⋯."

로미가 붉게 달아오른 얼굴로 자신의 목덜미를 감싸 안았다. 그가 신경 쓰인다기보다는 그저 누군가가 이렇게 닿는 것이 익숙하지 않은 탓이었다.

"하지 마세요! 정말로!"

"알았어요. 알았어요."

그는 두 손을 천천히 위에서 아래로 내리며 그녀를 진정시켰다. 살짝 짜증이 섞인 목소리로 소리를 지르는 모습이 왜 이렇게 귀여운지 모르겠다. 상냥한 모리젠에게는 절대 보여 주지 않았던 모습이기 때문일까. 어쩐지 재미있기만 했다. 모리젠은 반성의 기미도 없이 씩 웃었다. 어쩌면 보육원에서 아이들과 놀아 주면서 그 유치함이 옮아 버린 것일지도 몰랐다.

왠지 조금 더 괴롭히고 싶어졌다.

"앞으로는 장난치지 마세요!"

"알았어요. 로미 씨에게 장난으로 손대지 않을게요. 맹세."

그는 한 손을 올리며 엄숙하게 대답했다. 사실 지금 손을 댄 것도 장난은 아니었지만.

한편 아이들의 관심을 한 몸에 받던 고양이는 순식간에 날렵한 몸을 돌려 어디론가 사라졌다. 아이들은 탄식하는 소리를 내었고, 보육원은 다시 예전과 같은 시끌벅적한 소리가 울려 퍼졌다.

때마침 교수님들이 새로운 노래를 배워 보자고 제안해 왔다. 아이들은 차례로 손을 씻으며 교실로 들어갔고, 로미는 그 틈에 끼어서 함께 교실로 들어가 버리고 말았다. 복도에 홀로 남은 모리젠은 괜스레 머리를 긁적였다. 로미가 인사도 없이 가 버리는 것을 보니 꽤 기분이 상한 모양이다.

"큰일이네."

그러나 그의 표정만큼은 꽤 즐거워 보였다.

차가워진 바람은 조금 더 일찍 밤을 데려왔다.

해가 짧아진 것을 염려하여 귀가 시간을 앞당긴 가정도 있지만, 일이 많은 부모는 그런 선택지 따위는 가지고 있지 않았다. 정해진 퇴근 시간에 바로 나오고 싶어도 일이 발목을 잡는 경우도 많이 있어 때때로 조금 늦게 아이를 데리러 오기도 하였다.

기본적으로 정해져 있는 보육원의 운영 시간은 저녁 8시까지. 물론 이것은 서류상의 것이고 보통은 오후 4시에서 6시면 거의 모든 아이가 돌아가고 없었다.

하늘에 붉은 기운이 감도는 6시쯤, 오늘도 남아 있는 아이들은 많지 않았다. 어쩐 일인지 교수들도 오늘은 일찍 퇴근하여 아이들을 돌보아 주는 이라고는 로미뿐이었다. 아루는 아버지가 올 시간이 다 되어 가자 로미에게 다가갔다. 집으로 돌아가기 전에 어떻게든 그녀에게 부탁하고 싶은 것이 있었다.

"로미 씨."

아이들의 놀이를 지켜보며 교실의 창틀을 닦아 내던 로미의 옷자락을 아루가 잡아당겼다.

"무슨 일이니?"

손에 들고 있던 청소 도구를 근처에 내려놓고, 그녀는 살짝 무릎을 굽혀 앉았다. 눈높이가 같아지고 나서야 아루는 다시 이야기를 시작했다.

"다이아 때문이어요."

다이아. 아이들이 결국 그 길고양이에 이름을 붙이고 말았다. 반짝이는 눈동자가 예쁘다며 여자아이들이 붙여 준 이름이었고, 곧 모두가 그 이름으로 고양이를 부르기 시작했다.

"다이아를 위해서 먹을 것을 조금 준비해도 되는 것일까요?"

"아루."

"친구들이 작은 것이라도 무언가 해 주고 싶어 하는 것이어요."

로미는 아루의 머리를 쓰다듬어 줄까 하다 그만두었다. 청소하고 있던 더러운 손이니, 아이에게 닿아서 좋을 것이 없었다. 로미가 손을 거두려고 하는 순간에 아루가 그녀의 손을 덥석 잡았다.

"로미 씨. 제발 교수님께 잘 말씀드려 주시어요."

그리 말하는 것을 보니 이미 한 번 교수님들께 거절당한 모양이다.

"아루. 교수님께서 허락하지 않으신 것을 내가 바꿀 수는 없어."

"하지만 이해할 수 없는 것이어요. 친구와 음식을 나누는 것은 당연한 일인 것이어요."

로미의 반응에 실망했는지 아루는 그녀의 손을 놓고 팔짱을 끼며 새침하게 말했다.

"아마 길들일까 봐 그러신 걸 거야."

로미는 교수들의 마음을 짐작해 보았다.

"길들인다고요?"

아루는 되물었다. 들어 본 적 없는 말이었다. 지금까지 들어 본 말 중에서 비슷한 게 있을까 생각해 보았지만, 딱히 와 닿는 것은 없었다.

"그래. 그 고양이가 너희들에게 익숙해지고, 마음을 주게 되고, '여기에 있으면 먹이와 친구가 있으니 즐거워.' 라고 생각하게 될까 걱정하신 거야."

"좋은 일이 아니어요? 서로 친구가 될 수 있는 것이어요! 저희가 원하는 것이 바로 그런 일인데……."

로미는 조금 곤란해졌다. 설명이 어려워지고 있었다. 게다가 아루의 해석도 그다지 틀린 것은 아니었다. 약간의 관점의 차이랄까.

"너희들은 곧 학교에 가잖니."

로미는 보육원이 문을 닫을 것이라는 말은 피했다. 아직 아이들에게는 정식으로 전하지 않은 상황이었다.

"친구가 사라지면 다이아도 당황할 거야. 신발장 프로젝트를 해야 했을 때 우리가 친구들을 그리워한 것처럼."

"제가 종종 들러서 다이아와 시간을 보내면 되는 것이어요. 그게 아니라면 저택으로 데려가서 키우면……."

"아루."

똑똑한 아이는 로미의 엄격한 부름에 제 말이 얼마나 무책임한 것인지 금방 알아챈 모양이다.

"……조금 더 가까워지고 싶은 것뿐인데, 안 되는 것이어요?"

아루는 기어들어 가는 목소리로 조심스럽게 다시 이야기했다.

"그저 멀리서 바라보고, 감탄하는 것이 아니라 제대로 알려 주고 싶은 것이어요. 우리는 다이아를 좋아하고 있다고……."

로미는 단호하게 고개를 저었다.

"나쁜……. 나쁜 마음이어요? 이건, 가져서는 안 되는 마음이어요?"

"아냐. 그건 아니야 아루. 너희들의 마음은 아주 예뻐."

"그런데 어째서 표현할 수 없게 하시는 것이어요?"

"……그건."

'왜 나를 길들이고 있지?'

'안테 님은 왜…… 저를, 길들이시는 거죠?'

같은 말에 너무나도 깊은 의미와 추억이 담겨 있던 탓일까. 로미는 쉬이 대답할 수 없었다. 왜 표현을 하면 안 되느냐고? 왜 서로를 길들이면 안 되느냐고?

어느 한쪽은 분명 그녀처럼 텅 비어 버리고 말 테니까.

익숙한 따뜻함이 사라지고 차가운 바람이 온몸을 감싸 안아도,

그 온기가 다시 올 것이라고 미련하게 믿어 버리게 되었다. 필요하지도 않은 야근을 하고, 새벽같이 출근하여 아루의 마중 길에는 반드시 현관에 서 있었다.

그에게 길들여진 거리에서, 그녀는 홀로 발을 굴렀다.

오지 않는 그를 원망하여 괜한 마음에 홀로 심통을 부리고, 짜증을 내다가도 시간이 조금 지나고 나면 저릿한 손끝에서부터 떠오르는 것이 있었다. 안테는 그의 마음과 미래를 그녀의 손에 맡겨 두었다.

어쩌면 그 마음과 미래는 여전히 그녀의 손안에 있을지도 모른다. 하지만 용기도 확신도 없었다. 로미도 상처가 두려웠다. 얇아진 심장이 그의 손에 구겨져 완전히 사라질 것 같았다.

"로미 씨."

손끝에 닿는 작은 손길에 로미는 깜짝 놀라, 다시 아루에게로 시선을 돌렸다.

"아, 응?"

"곤란하게 해 드려서 죄송한 것이어요."

아루는 고개를 숙이며 사과했다. 로미의 표정을 보고 얼른 제 말을 거두려는 것이 틀림없었다.

"아냐, 아냐 곤란한 것이 아니라……."

"다이아를 괴롭히는 일이 될지 모르니, 함부로 다가가지 않도록 하겠사와요."

"괜찮겠니? 다들 엄청 좋아하게 되었지?"

아루는 작게 고개를 끄덕였다.

"그 마음이 다이아를 괴롭힌다면, 참지 못할 것도 없어요. 정말 정말 좋아하니까!"

그렇게 웃는 얼굴에는 아쉬움이 가득했다.

"고마워."

"하지만 로미 씨."

아루는 한 걸음 물러서서 단단한 표정을 지어 보였다.

"저는 기다리고 있을 것이어요. 그리고 만약 다이아가 혹시 제게 먼저 다가와서 인사해 준다면, 그때는."

소녀는 결심을 굳힌 모양이다.

"그때는, 교수님의 허가와 관계없이 그 아이를 끌어안아 줄 것이어요. 좋아하고 있었다고, 기다리고 있었다고 다이아에게 솔직하게 말해 줄 것이어요."

그것만큼은 누구도 말릴 수 없을 것이다. 다이아가 먼저 아이들의 손길을 바라며 다가오는 것을 누가 막을 수 있을까.

"계속 기다릴 것이어요."

거기까지 이야기했을 때였다.

현관이 열리고, 누군가가 교실로 향해 걸어 들어오는 소리가 들렸다. 특별히 내다보지 않아도 그것이 누구의 것인지를 알았다. 로미는 얼른 청소 도구를 집어 들었다. 아니, 곧 다시 내려놓게 되었다. 교수님께서 시키신 일이 있었다. 아이들이 고양이에게 관심을 두기 시작했는데, 혹시 고양이 털에 예민하게 반응하여 붉은 자국이 나는 아이가 없는지 꼭 확인해 달라고 모든 부모에게 공지하라 하셨다.

그에게 먼저 말을 건다.

이야기의 내용과 목적과 관계없이 그 사실만으로도 로미의 심장이 불안하게 뛰었다. 그의 발소리가 가까워질 때마다 그녀의 손끝이 더욱 강렬하게 떨려 왔다.

"아루."

"아버님!"

로미의 곁에 붙어 있던 아루가 조르르 달려 나갔다. 안테는 두리번거리며 교실을 훑었다. 아마 담당 교수를 찾는 것이리라. 로미는 잠시 고민하다 겨우 한 걸음 내디딜 수 있었다.

일 때문이야. 전해야 할 이야기를 해야 해. 일이니까.

고개 숙인 로미는 그의 바짓단을 바라보면서 겨우 첫마디를 건넬 수 있었다.

"고, 고양이가……."

"보고된 서류로 알고 있다. 시녀들에게 아루를 지켜보라고 하겠다."

딱딱하게 돌아오는 대답에는 그 어떤 감정도 실려 있지 않았다. 로미는 차마 고개를 들어 그의 얼굴을 볼 용기조차 나지 않았다.

"그러니, 앞으로도 내게 하고 싶지 않은 말을 억지로 할 필요는 없다. 이곳에 대한 것은 전부 안다."

"아버님!"

아루가 나서서 안테에게 소리를 질렀으나 그는 말이 없었다. 아루의 손을 잡고 획 돌아서는 그 모습에는 약간의 미련도 보이지 않았다.

멍하게 서 있던 로미는 애써 시선을 돌렸다. 이럴 때 해야 할 일이 있다는 것은 얼마나 다행인 것일까. 그녀는 다시 하얀 천으로 투명한 창을 닦아 내었다. 작은 얼룩 하나 남지 않도록, 처음부터 여기에는 아무것도 없었던 것처럼.

어깨가 아파져 올 정도로 창을 박박 문지르던 로미는 문득 건물 구석에서 오후의 햇빛을 즐기는 다이아를 발견했다. 고양이의 새침한 시선은 아이들을 물끄러미 바라보고 있었다.

로미는 창틀에 비스듬하게 몸을 기대었다. 손끝에 걸린 긴 천이 바닥까지 흘러내린 것도 눈치채지 못한 채, 다이아를 바라보는 그녀의 얼굴이 걱정으로 물들었다.

아이들의 호기심이 저 고양이에게는 그저 귀찮은 것이기를,

부디 저 고양이가 길들지 않기를.

다른 아이들도 차례로 귀가하고 이제 남아 있는 아이는 세비와 쥬리뿐이었다. 사이좋은 쌍둥이들은 특별한 돌봄을 필요로 하지 않았다. 그들의 깊은 유대감이 서로를 단단하게 지켜 주기 때문일까.

보육원을 시작했던 3월쯤, 두 아이는 약간 고립된 상태였다. 두 사람만의 세계가 완전히 자리 잡혀 있어서, 그 사이에 타인이 끼어들기는 어려웠다. 하지만 그 한가운데에 아무렇지도 않게 들어가 버린 아이가 있었으니 바로 아루였다. 그녀를 매개로 하여 다른 아이들도 점차 쌍둥이를 이해하고 친구로 받아들이게 되었다.

세비가 유난히 아루를 특별하게 생각하는 이유도 거기에 있었다. 그들에게 아루란 새로운 세상을 열어 준 특별한 존재였으니까.

"오, 큰아들 집 지키고 있었나?"

퇴근 전에 잠시 교실에 들른 모리젠이 둘을 발견하고 손을 흔들어 주었다. 교실 안을 두리번거리던 그는 로미를 발견하고는 또 신이 나서 달려왔다.

"로미 씨! 교수님은요?"

"아, 그게 갑자기 일이 생기셨다면서 부탁하고 가셨어요. 허가도 받았고요."

교수의 일을 부탁받는 시녀. 그녀가 신임받는 것은 좋은 일이지만, 어째 그녀의 성실함을 교수들이 이용하고 있는 것만 같아서 모리젠은 조금 신경이 쓰였다.

"아드님께서 몸이 안 좋아졌다고 연락을 받으셔서……. 일부러 그러신 것은 아니에요……."

아이들을 가르치는 교수들도 집으로 돌아가면 모두 누군가의 부모이고 자식이었다. 가족의 일은 무엇보다도 우선시해야 할 일. 모리젠은 비로소 고개를 끄덕이며 이해했다.

이미 태양은 반쯤 모습을 감추고 있었다. 슬슬 아이들도 배가 고파질 시간. 어차피 모리젠도 이후의 일정이 없었으니, 로미의 야근에 동참해 주기로 했다. 얼른 퇴근하라며 등을 떠미는 로미의 말에도 그는 꿈쩍하지 않고 자리를 지켜 냈다.

"음, 뭔가 먹을 것이라도 만들어 올까요?"

모리젠의 제안에 두 아이의 눈동자가 급속도로 반짝반짝해졌다. 성장기의 아이들은 항상 먹을 것을 원했다. 배가 고프면 짜증도 더 심해졌다.

"만드……신다구요?"

"네."

귀족들은 직접 요리를 하지 않는다. 하급 귀족인 로미 역시도 제대로 된 요리는 해 본 적이 없다. 하물며 공작가의 도련님이 음식을 만들어 온다는 이야기를 꺼낼 줄이야. 로미의 의아함을 눈치챈 모리젠이 웃으면서 설명했다.

"대학에서 공부할 때 말이죠. 친구들이랑 새벽에 배가 고파질 때면 어쩔 수 없이 아무거나 넣고 볶아서 아무렇게나 만들어 먹곤 했거든요."

대학에는 시종을 데리고 갈 수 없으니 결국 제 손으로 해결해야 하는 것이 많았다. 늦은 시각의 야식이 특히 그러했다. 어려운 것은 할 수 없으니까 단순히 있는 재료를 넣어 다 함께 볶는 것이 좋았다. 빨리 배를 채우고 다시 공부해야 했던 그 시절에는 보이는 재료면 아무것이라도 다 휘릭휘릭 볶아 먹었다. 적당히 간만 맞으면 전부 맛있었다.

모리젠은 보육원의 식량 창고에 들어가 적당한 것을 찾아서 집어 들었다. 아이들이 먹을 것이니 채소는 다양한 영양을 섭취할 수 있도록 알록달록 색깔별로. 그리고 쑥쑥 자라날 수 있도록 고기 또한 집어 들었다. 세비는…… 고기를 많이 먹어야 할 것 같았다. 아루는 안테를 닮아 분명히 쑥쑥 자라날 테니까. 자신도 모르게 계속 고기를 집어 들고 있었다.

그는 아이들이 먹을 것이라고 해서 작게 썰어 주는 친절 따위는 베풀어 주지 않았다. 크면 큰 대로 자르고, 베어 먹고, 씹어 먹게 하는 것이 훨씬 아이들에게 이롭다는 것이 그의 생각이었다. 작게 자르는 것이 귀찮아서가 아니었다. 결코.

오랜만에 하는 요리에 어설픈 칼질이 이어졌고, 재료를 바닥에 조금 흘리기도 했다. 그래도 칼과 나무 도마가 닿는 소리나 달구어진 팬에 재료가 익어 가는 소리는 여전히 경쾌하고 즐거운 박자를 만들어 냈다.

"……잘되세요?"

어느새 찾아온 로미가 문을 열고 살짝 고개를 내밀었다.

"로미 씨."

"세비가 불안하니 보고 와 달라고 부탁해서요. 교실에 얌전히 있기로 약속하고 잠깐 온 거예요."

고놈 참 좋은 아이일세. 모리젠은 세비의 눈치에 감탄했다. 로미의 눈은 달궈진 팬에서 떨어지지 않았다.

"그럼, 잠깐 가까이 올래요?"

꽤 흑심에 차서 한 말이었지만, 요리에 정신이 팔린 로미는 아무런 경계심 없이 가까이 다가와 주었다.

"재미있는 거 보여 줄까요? 학교 다닐 때 친구들이랑 장난으로 자주 했던 건데."

로미가 얼떨떨한 얼굴로 고개를 끄덕이자, 모리젠은 가볍게 팬에 스냅을 주었다. 안에 들어 있는 채소와 고기들이 잠시 공중에 떠올랐다가 다시 팬 위로 착! 내려앉았다. 여기저기에서 흔하게 볼 수 있는 모습이지만, 로미는 일단 작게 박수를 쳐 주었다.

"로미 씨, 지금 '뭐야 이게. 시시해.'라고 생각했죠?"

"아, 아니에요. 그렇지 않아요."

"표정에서 빤히 보이는데요. 뭐, 조금 더 높게도 가능해요! 볼래요? 볼래요? 자아, 합니다!"

그는 조금 더 강하게 힘을 주어 휘두른 뒤, 알고 있는 모든 수학, 물리적 지식을 이용해 마땅한 지점에서 팬을 놓고 기다렸다. 채소들이 모리젠의 키만큼 높이 올라가자 로미의 입 모양이 동그랗게 변했다. 그래, 그런 얼굴이 보고 싶었다. 모리젠은 미소 지었다.

그러나 채소가 떨어지는 순간. 모리젠의 기대와는 달리 일부 채소들이 바닥으로 힘없이 툭. 툭. 떨어져 내렸다. 물론 반 이상은 팬 안에 무사히 안착했지만.

"……"

뭔가 되다 만 것 같은 성공.

"뭐, 뭐예요! 프흐흐흐흣……."

로미는 웃음을 참으려고 입을 막았지만, 어쩔 수 없이 그 소리가 손가락 사이로 살롱살롱 새어 나왔다. 모리젠은 괜한 마음에 얼굴이 조금 붉어졌다. 정말 멋있게 성공하려고 했는데, 짠! 하고 보여 주고 싶었는데!

"아니, 이게 지금 제가 쓰던 팬이 아니라서 그렇지, 제가 진짜! 와! 정말 제일 잘했는데, 완전 진짜!"

팬을 들고 변명을 늘어놓지만, 로미는 웃음을 멈출 수 없었다.

"제가 실패한 게 로미 씬 그렇게 좋아요?"

모리젠은 팬을 불에서 내려놓고 남은 열에 채소가 타지 않도록 부지런히 복작복작 뒤적였다.

"아뇨, 아니에요. 그냥 자신 있게 시작하셨는데…… 이렇게 되니까……."

로미의 웃음이 쉽게 멈추지 않았다. 요새 계속 우울한 얼굴만을 봤기 때문일까, 비록 채소가 조금 아깝게 되었지만, 로미의 웃음값이라고 생각하면 얼마든지 내어 줄 수 있었다. 자신의 창피함까지도.

"평소에도 이렇게 웃으면, 좋을 텐데……."

"네?"

"요즘 로미 씨……. 묘하게 우울해하는 것 같아서……."

"저도 노력한다고 생각했는데, 역시 모두를 신경 쓰이게 했나 봐요. 죄송해요."

"모두가 아니에요."

한 김 식은 팬을 그는 조리대 위로 올려 두었다. 모리젠은 로미를 향해 몸을 돌렸다. 치이익거리는 팬의 소리가 잦아들자 비로소 고요함이 찾아왔다. 문 너머로 아이들의 장난감 블록이 쓰러지는 소리와 로미의 옷자락이 스치는 소리만이 겨우 들렸다. 같은 공간에 둘만 존재한다는 실감이 비로소 든 탓일까.

"저예요. 로미 씨를 신경 쓰는 사람."

그는 등 뒤로 감춘 손으로 조리대의 모서리를 꽈악 쥐었다.

"저뿐이에요."

로미의 표정이 변하는 것을 그는 단 하나도 놓치지 않았다. 곤란함이 가득한 표정은 상처를 주었지만 머뭇거리는 입술에서 작은 희망을 찾았다. 그는 조리대에 살짝 기대었던 몸을 일으켰다.

가까이에 있는 접시에 음식을 조금씩 덜어 내었다. 미리 준비해 둔 빵과 우유까지 함께 쟁반에 올려 두니 그럴듯한 식사로 보였다.

"선생님, 저는……."

고민 끝에 시작된 그녀의 말을,

"아. 이거 고백하는 건 아니에요."

모리젠은 잽싸게 끊어 내었다.

"물론 언젠가는 하겠지만."

거기까지 이야기한 그는 얼른 쟁반을 집어 들었다. 아이들끼리 교실에 오래 둘 수는 없으니까 어서 돌아가야 했다.

"음, 이렇게 말했으니까. 앞으로 조금은 저를 의식해 주실까요?"

교실에 들어설 때까지 로미는 어떤 대답도 할 수 없었다. 모리젠은 테이블 위에 쟁반을 조심스럽게 올려 두었다.

"그렇게 해 줬으면 좋겠는데."

그의 중얼거림을 들은 세비가 "뭐가요? 선생님?"이라고 물어 오자 그는 작은 아이의 예쁜 금발을 쓰다듬어 주었다.

"엄마, 아빠의 비밀이야."

능청스러운 말에 로미의 손이 그의 등을 찰싹 내려쳤다. 생각보다 꽤 아팠지만, 모리젠은 바보처럼 히죽 웃었다. 그의 말을 의식한 그녀의 부끄러움이 그 안에 분명히 있었다고. 그렇게 느껴졌으니까.

〈진짜 일기는 마음속에 적어 두어요. ― 10월〉

한 달 뒤면 어머니의 기일이 다가옵니다. 매년 아버님의 옷자락 뒤에서 우울하게 보냈던 날이지만 올해는 조금 특별하게 보내고 싶어졌어요. 그도 그럴 것이 저도 이제는 저만의 친구들이 생겨서 어머니를 위해 무언가 준비할 수 있을 것 같다는 자신감이 생겼거든요.

"세비 군. 액자 같은 것도 만들 수 있는 것이어요?"

"액자? 물론 만들 수 있지만, 왜?"

"저, 다름이 아니오라."

저는 세비 군에게 설명했습니다. 보육원으로 놀러 오지 못하시는 어머님을 위해 친구들과 제 모습을 그린 그림을 넣어서 선물하고 싶다고 말이죠.

"예쁜 액자에 넣고 싶은 것이어요."

제 그림은 멋지지 않으니까요. 액자라도 멋진 것으로 하고 싶어요. 어머니께서 보고 기뻐하실 만한 결과물이 나올 수 있도록 말이어요.

"물론 공방에서 만들면 예쁜 액자가 나오겠지만, 친구들을 전부 그린 그림을 넣을 만한 것이라면 크기도 클 거고, 엄청 비쌀 것 같은데."

"차라리."

탁, 소리와 함께 책을 덮은 쥬리 양이 도움을 주기 위해서 다가와 주었어요.

"지난번 전시회 때처럼 종이 액자로 하는 편이 나을 것 같은데?"

"하지만, 일 년에 단 한 번뿐인 선물을 그렇게 할 수는 없는 것이어요. 뭔가 정성을 더하고 싶은 것이어요."

"으음."

제 고집에 쥬리 양은 다시 생각에 빠져들었어요. 하지만 아무리 생각해도 종이 액자보다는 정성스럽고, 공방에서 만든 액자보다 합리적인 것은 없었습니다.

결국, 쥬리 양은 생각을 포기하고 읽고 있던 '어린이 셜록 홈스'라는 책을 다시 집어 들었어요.

"차라리 로미 씨에게 물어보는 것이 어떨까 싶은데."

"하긴 로미 씨는 모르는 것이 없으니까."

쥬리 양의 말에 세비 군이 동조했지만 저는 차마 고개를 끄덕일 수 없었어요.

"로미 씨……에게는 상담할 수 없는 것이어요."

"어째서?"

두 사람이 동시에 물었습니다.

"저도 잘 모르겠사와요. 어쩐지 요즘에는 말할 수가 없게 된 것이어요."

"다이아를 돌보는 걸 반대해서 그런 거야?"

"아니어요. 결코, 그런 것은 아니어요."

저는 대답을 찾을 수 없었습니다. 세비 군과 쥬리 양에게 양해를 구하고 잠시 뜰로 나와서 산책을 했어요. 요즘 이상할 정도로 저는 로미 씨를 조금 불편하게 여기게 되었습니다. 이유는 아마도.

아버님이 로미 씨를 피하는 것 같아서……? 제가 지금까지 로미 씨를 좋아한 것은 아버님의 모습을 따라 했던 것뿐이었을까요? 아니어요. 그럴 리 없어요. 로미 씨는 어머님의 노래도 알려 주고, 또 아버님을 웃게 해 주신 고마운 분이어요. 제게 소중한 친구여요.

야옹—

갑작스럽게 들려오는 소리에 저는 얼른 고개를 돌렸어요.

"다, 다이아?!"

어느새 다이아는 근처에서 둥글게 몸을 말고 햇볕을 쬐고 있었습니다. 물론 그 이상 가까이 다가오지는 않았어요.

"고마워."

하지만 충분히 가까운 거리에서 다이아는 말해 주었습니다.

나는 여기에 있어.

아무래도 그 그림은 조금 더 커질 것 같아요. 다이아를 그려 넣어야 한다는 중요한 사실을 깜빡 잊고 있었거든요.

11월
봉오리의 이야기

"추운 날씨를 대비해야 할 것 같은데요."

보육원의 회의 시간, 한 교수의 발언에 모두의 시선이 안테에게 쏠렸다. '뭘 준비해야 하죠?' 라는 뜻을 담은 시선에 안테는 한숨을 쉬었다. 반 푼짜리 교수들을 챙기는 일에도 이제 이골이 났다.

교수들은 계절이 바뀌면 무엇인가 준비를 해야 한다는 것을 알았지만, 구체적으로 어떤 것을 마련해야 하는지 전혀 몰랐다. 지금까지 그들은 그런 것들을 전혀 신경 쓰지 않아도 때가 되면 누군가가 두꺼운 코트를 건네주었고, 바닥에는 온화한 색의 카펫이 깔려 있었으며 장작은 높이 쌓여 갔었다.

"창고에 있던 카펫을 꺼내 두었다. 나중에 가져다줄 테니까 적당히 깔아 쓰도록."

하지만 이미 안테는 겨울 준비를 서두르고 있었다. 카펫뿐 아니라, 아이들의 겨울 담요나, 필요한 장작들도 이미 넉넉하게 준비해 두었다. 쓸데없이 보육원에 드나드는 시간이 줄어들어서 그런지 모든 일은 순조로웠다.

"설마 그 카펫이 털이 긴 것은 아니겠지요?"

이렇게 교수들이 하나하나 꼬집어 귀찮게 굴지만 않는다면 말이다.

"길다. 푹신푹신하여 무척 기분이 좋아지는 최고급품으로……."

"안 됩니다!"

교수가 책상을 치며 벌떡 일어났다. 안테는 인상을 찌푸렸다. 비싼 거 좋아하길래 제일 비싼 거로 꺼내 두었더니 이번에는 또 뭐가 못마땅한 건가.

"먼지가 많이 나는 것은 아이들에게 해롭습니다."

"그걸 청소하기 위한 시녀도 고용해 준 것으로 기억하는데."

"그래도 이왕이면."

"어차피 한 달 정도면 쓸 일도 없을 것 아닌가."

그의 말이 옳았다. 12월 중순이면 모든 과정이 종료되고, 보육원은 문을 닫을 예정이니 아이들이 이곳에서 보내는 겨울은 무척이나 짧았다.

"그리고 아이들의 자율 프로젝트가 한 번 남았던가?"

"네, 아이들의 회의가 끝나는 대로 예산을 신청하겠습니다."

회의는 또 다른 방향으로 이어졌다. '어차피 다음 달이 마지막이니까.' 라는 대전제는 모든 이야기를 빠르게 종결시켰다. 반절 이상 줄어든 회의 시간에 안테는 흡족해하며 일어섰다. 쓸데없이 보육원을 훑어보는 시간도 갖지 않았다.

그리고 그날 저녁, 퇴근 시간쯤에는 쿠디안이 직접 카펫을 들고 보육원에 찾아와 주었다. 그는 "우와~ 공작님! 차였다고 해서 이제 저를 보육원에 너무 자주 보내려는 거 아닙니까!"라고 반항했지만, 무거운 카펫이 그의 얼굴로 던져진 이후에는 말없이 낑낑대며 그것을 옮겨 줄 뿐이었다. 일은 일대로 하고 욕은 욕대로 먹는 것 같다며 그는 한참이나 투덜거렸다.

모리젠이 머쓱한 얼굴로 카펫을 받아 입구 근처에 적당히 내려놓았다.

"엄청 기분 좋네요."

로미가 쪼그리고 앉아 그 카펫을 쓸어 내며 황홀한 얼굴로 중얼거렸다.

"비싼 거라고 하긴 했는데, 정말 그런 모양이야."

교수들도 그녀 옆에 앉아 카펫을 만져 보고는 비슷한 얼굴이 되었다. 묘하게 중독성이 있는 촉감. 한번 누워 버리면 일어나고 싶지 않을 것 같은 느낌이 드는 그런 카펫이었다. 교수는 안테에게 이 카펫을 반대한 것이 조금 미안해졌다.

"교실에는 언제 깔아 둘까요?"

"일단 오늘은 이미 늦었으니 다들 퇴근하고, 내일 저녁에 다 같이 남아서 교실마다 깔아 두자고."

로미는 고개를 끄덕였다. 급할 것이 없는 문제였다. 추워졌다고는 하지만 아이들이 머무는 낮에는 따뜻한 햇살이 교실까지 내려오고 있었으니까.

다음 날 아침 일찍 출근한 로미는 저보다 먼저 출근해 있는 어떤 존재로 인해 무척이나 당황하게 되었다.

야옹―

다이아는 입구에 늘어놓은 카펫이 마치 제 것이라도 되는 양 당당하게 다리를 뻗고 누워 있었다. 당황한 로미는 다이아를 빤히 쳐다보았지만, 다이아는 자리에서 일어나지도, 도망가지도, 하다못해 미안해하는 기색도 없었다. 되레 당당하게 한 번 고개를 돌려 야옹하며 말해 주었다. 이제야 왔냐며 타박을 주는 모양이었다.

"다, 다이아?"

어디로 들어온 거지? 아니 그 전에 저 당당한 태도는 뭐지? 그녀가 당황하는 것과 관계없이 다이아는 카펫 위로 늘어졌다. 아침 햇살이 들기 시작하자 그 동그란 등까지 따뜻해져 더욱 기분이 좋은 모양이었다.

추위를 피해 이곳으로 숨어든—아니, 침범한— 고양이를 다시 밖으로 내칠 수도 없고, 그렇다고 이대로 둘 수도 없어 로미는 잠시 고민에 빠졌다. 무엇보다 다이아의 발에 묻어 있던 흙 따위가 그대로 카펫에도 진득하게 들러붙어 일도 하나 더 늘어난 참이다.

"안녕하세요. 로미 씨."

현관의 문이 열리고, 모리젠이 밝게 인사하며 들어왔다. 그리고 곧 그도 로미와 비슷한 표정으로 눈앞의 사태를 바라보기 시작했다.

"다이아!?"

야옹—

다이아는 꼬리를 살랑이며 모리젠에게도 대답을 해 주었다. 도도하신 고양이님께서 반겨 주시는 것은 정말 감사한 일이지만, 무서울 정도로 당당한 태도에 만물의 영장인 인간은 할 수 있는 말이 전혀 없었다.

햇살이 다시 높게 오르자 다이아는 사라졌다. 마침내 다이아와 함께 지낼 수 있게 되었다며 기뻐했던 아이들은 크게 실망했다. 카펫에 묻은 다이아의 흙빛 발자국을 지우는 것은 온전히 로미의 일이 되었다.

모리젠의 도움을 받아서 무거운 카펫을 뜰에 걸어 두었다.

"이거, 어떻게 세탁하실 거예요? 엄청 무거우니까, 물에 젖어도 짤 수 없고."

"일단 최대한 팡팡 털어 본 다음에 떨어지지 않는 흙은 물을 묻힌 천으로 닦아 내 보려고 해요."

"좋아요. 간단하네요. 자, 이리 주세요."

모리젠은 로미가 들고 있던 나무 막대를 빼앗아 들었다. 그가 카펫을 막대로 팡팡 때릴 때마다 어마어마한 양의 먼지가 공기 중으로 퍼져 나왔다. 언뜻 보기에는 예쁜 눈이 내리는 것같이 보이기도 했지만 결국 먼지는 먼지. 모리젠과 로미는 한참이나 콜록거리는 소리를 내어야 했다. 여러 번 때리고 나니 확실히 쏟아지는 먼지의 양도 줄었다.

로미는 얼른 깨끗한 천에 물을 묻혀 왔다. 천 하나는 모리젠에게 내어 주고 그녀 역시 다른 천으로 카펫을 꼼꼼하게 닦아 나가기 시작했다.

"음, 아예 저를 확실하게 부려 먹기로 하신 거예요?"

모리젠이 장난스럽게 묻자, 로미는 웃으면서 대답해 주었다.

"그야, 제일 높은 곳은 제 손이 닿지 않으니까요. 도움을 받을 수밖에 없는걸요."

이따금 부는 바람 때문에 하얀 카펫이 흔들려 얼굴에 닿기도 했다. 커다란 카펫 뒤로 진 작은 그늘은 마치 세상과 별도로 떨어진 다른 세상 같았다. 개방된 장소이지만 아무도 보이지 않고, 아무도 그들을 볼 수가 없는.

"밑에는 흙이 눌어붙은 게 별로 없는 것 같아요."

로미의 시선이 카펫의 위쪽을 향하다 문득 모리젠과 정면으로 마주치게 되었다.

"아, 그……."

위에는 어떠냐고, 닦아 낼 것이 많이 있는지 물으려고 하는 순간, 어째서인지 그의 시선에 숨이 턱 막혔다. 햇살이 닿지 않는 곳에서 바라보는 그의 눈동자가 달라 보였다. 무엇 때문일까. 이게 언젠가 그가 말한 것처럼, 그를 의식하게 되는 과정인 걸까. 마음이 변하고 있는 걸까.

"음, 그렇게 보면 조금 부끄러워지네요."

그리 말하는 그의 얼굴은 조금도 부끄러워 보이지 않았다. 되레 붉어진 쪽은 로미였다.

"아니, 저 바, 발판을 가져오면, 위쪽까지 제가 할 수……."

당황하여 입술이 멋대로 내뱉는 말은 어조도 들쑥날쑥하고, 논리도 없었다. 그녀를 돕고 싶었던 바람이 카펫을 향해 강하게 제 몸을 부딪쳤다. 펄럭이는 하얀 것이 로미와 모리젠 사이로 깊이 밀고 들어왔다. 곧 로미의 시야는 오직 하얗고 보송한 것으로 완전히 가려지게 되었다.

카펫은 로미의 얼굴을 부드럽게 쓰다듬었고, 간지러운 감촉은 혼란을 달래 주었다. 짧은 한숨으로 당황스러운 마음을 쏟아 내고 곧 평소의 로미로 돌아올 수 있었다. 그녀의 안정을 확인한 바람과 카펫은 다시 제자리로 돌아가 주었다. 하얗기만 했던 시야에 다시 들어온 것은, 지나치게 가까워진 얼굴과 선명한 숨소리였다. 깜짝 놀란 로미는 저도 모르게 눈을 꼭 감아 버리고 말았다.

"눈 떠요. 로미 씨."

간지러운 목소리가 귓가에서 울리고, 애써 마음을 다잡아 눈을 떴을 때는 이마 한가운데에 닿는 낯선 감촉이 있었다. 부드럽고 습한, 무엇보다도 다정하고 따듯한.

"전부터 말하고 싶었는데."

천천히 입술을 떼어 내며 모리젠은 속삭였다.

"제 앞에서 이렇게 눈 감지 말아요."

"……네?"

"착각하잖아요."

그는 빙긋 웃으면서 말했다. 로미는 얼른 몸을 돌려 아무것도 묻지 않은 카펫을 괜히 천으로 문질렀다.

"다음에는 착각으로 넘기지 않아요."

로미는 그의 시선이 다시 제게 닿는 것을 알았다. 그가 바라보는 곳마다 뜨거워 차마 고개를 돌릴 수 없었다.

"그러니까 그때는."

로미는 입술을 살짝 깨물었다. 마침내 그의 집요한 시선이 그곳에 닿았음을 알았기 때문일지도 모른다.

"키스할게요."

바람이 한 번 더 카펫을 들썩였다. 하얗게 된 시선 너머로 보이는 모리젠은 다시 좀처럼 떨어지지 않는 말라붙은 흙 따위와 씨름을 하고 있었다.

이제 아이들에게도 한 달 뒤에 있을 폐원 이야기를 하지 않을 수 없었다.

어차피 아루와 친구들은 올해가 지나면 정식 교육 과정을 위해 이곳을 떠날 예정이었지만, 소중한 추억이 가득한 장소가 사라진다는 것은 무척 슬픈 일이었다. 제집이 사라지는 것처럼 우는 아이도 있었고, 우울한 얼굴로 바닥을 바라보는 아이도 있었다. 슬픈 소식을 전해야 하는 교수들의 마음도 편치만은 않았다.

"그 대신 너희들의 마지막 프로젝트만큼은 무엇이든 지원해 주기로 약속받았단다."

마지막이니 인심 쓴다는 식의 이야기마저도 큰 위로는 되지 못했다. 되레 정말 끝이라는 생각만 더욱 강하게 들었을 뿐이다. 항상 여러 가지 의견이 가득했던 아이들의 회의 시간은 조용했다. 서로가 눈치를 보며 무엇을 말해야 할지 몰랐다. '마지막'의 무게를 깨달은 아이들은 그 어떤 프로젝트도 이곳의 마지막을 장식하기에는 너무나도 보잘것없다고 생각했다.

"편지나 쓸까? 감사했다고⋯⋯."

보다 못한 쥬리가 의견을 내놓았다. 이별에 편지는 필수적인 것이니 아마 그럭저럭 받아들여지리라 생각한 모양이었다.

"싫어."

한 아이가 고집스럽게 대답했다.

"대단하고 특별한 것이어야 해. 마지막이니까."

세비도 이야기를 보탰다. 정작 그 대단하고 특별한 것이 무엇인지는 아무도 몰랐지만. 다시 교실은 조용해졌고, 한참 동안 고민에 빠져 있던 아루가 힘겹게 입을 열었다.

"하고 싶은 것이 아니라, 할 수 있는 일을 해 보는 것은 어떠시어요?"

그녀의 입술에 걸린 미소에는 묘한 힘이 있어서 제대로 된 설명을 듣기 전부터 세비는 분명하게 알 수 있었다. 그녀의 생각은 분명히 그들이 생각조차 할 수 없는 대단한 것이라고, 그리고 그것은 모든 상황을 뚫고 나갈 수 있는 유일한 빛이 되어 주리라고.

"마지막 프로젝트가 정해진 것이어요."

아루는 조용히 교수들을 찾았다.

"그래, 어떤 거지?"

상냥하게 물어 오는 그들에게 아루는 고개를 저었다.

"교수님께는 말씀드릴 수 없는 것이어요."

아루는 결심을 굳힌 얼굴로 제 주먹을 꼭 쥐었다.

"아버님을 아니, 공작님을 뵈러 갈 것이어요."

"어떤 것을 하기로 했는지 알려 주지 않으면 네 청을 들어줄 수가 없단다."

"교수님. 이것은 청을 드리는 것이 아니어요."

그녀는 제 의사를 조금 더 확실하게 밝혀 두기로 했다.

"아이들의 대표로, 공작님을 뵙기를 요구하는 것이어요."

어른들의 사정이야 어찌 되었든 이 모든 프로젝트의 당사자는 결국 아이들이었다. 가장 크게 영향을 받았으며, 앞으로도 그들의 행동은 어쩔 수 없이 주목받게 될 것이다. 가장 큰 수혜자임과 동시에 피해자였다. 그것을 이해하는 교수들은 그녀를 막을 수 없었다.

안테는 갑작스럽게 찾아온 딸을 당황스레 맞이했다. 행정부 직원들이 귀여운 아루의 주변으로 몰려들어 감히 그 고귀한 몸에 손을 대고 머리를 쓰다듬으려 들자, 안테는 얼른 딸을 안아 올려 아무도 없는 가까운 회의실로 들어갔다.

"무슨 일이냐?"

안테는 아루를 내려놓으며 물었다. 얼핏 바라 본 딸의 표정이 사뭇 진지하여 그 역시도 긴장되었다. 그러고 보니, 오늘 아이들에게 폐원에 관해 설명한다고 했던가. 회의 시간에 들었던 교수들의 이야기를 떠올리며 그는 쓰게 미소 지었다. 제 딸이 찾아온 목적을 조금은 알 것 같았다. 하지만 사랑하는 그의 딸이 떼를 쓰고 눈물을 흘린다고 하더라도 이미 결정된 것은 돌이킬 수 없었다.

그는 폐원을 결정하면서 딸의 미움까지도 예상했다. 그 아이가 어른들 사이에서 작은 외로움을 안고 있었다는 사실을 보육원에 보내고 나서야 알았다. 이미 제 딸에게는 깊은 의미가 되어 버린 장소였다. 그곳은 그녀의 작은 왕국이었고, 그녀는 하나뿐인 여왕이었다. 소중한 곳을 무너뜨린 적군을 누가 사랑할 수 있을까.

로미와 마찬가지로 그를 용서할 리 없다고, 그렇게 각오했다.

아루는 회의실을 가로질러 창가를 향해 걸어갔다. 두 사람 사이의 거리가 멀어지며, 안테는 새삼 제 품에 있던 아이가 훌쩍 자랐음을 느꼈다. 굳건하게 다문 입술도, 총명한 눈동자도, 빛을 따라가는 걸음에서 배어나는 기품도.

마침내 창가에 도착한 아루는 한눈에 내려다보이는 보육원을 눈에 담았다. 한참이나 소중하게 그 공간을 새겼다. 조금 더 힘을 낼 수 있도록.

"오늘…… 들었사와요."

조용히 시작하는 이야기. 아루는 우아하게 뒤를 돌아 안테를 바라보았다. 작은 발이 앞으로 걸어 나오며 회의실의 가장 상석을 짚어 내었다.

"저는 폐하께서 임명하신 보육원 아이들의 대표여요."

이 의자에 앉을 수 있는 명분은 충분했다. 아루는 제 몸집보다

두 배나 더 큰 의자에 기대앉았다. 작은 아이임에도 어색함은 없었다. 안테는 아루에게서 카르나의 모습을 보았다. 그녀와의 첫 만남도 이런 느낌이었다. 어떤 상황에서도 잃지 않았던 우아함과 거만함. 그것은 왕족의 피에 자연스럽게 유전되는 본능인 걸까.

"그러니."

아루는 팔걸이에 제 팔을 올려 두었다. 등을 곧게 세우고 천천히 턱을 당겼다. 비로소 그 입술이 움직였다.

"말씀해 보시어요. 공작께서 생각하신 차선책을."

그 대답을 기다리는 얼굴에는 확신에 찬 미소가 걸렸다. 아루는 끝까지 제 아버지를 믿었다. 최선이 될 수 없었던 첫 번째 안이 완전히 무너진 이상 그가 차선책을 생각해 두었으리라, 그리 생각했다.

그녀가 아는 아버지는 언제나 그랬다. 실수에서 얻은 것을 무기로 변화시켜, 차선책의 계획에 편입시키는 사람이었다. 그녀에게 그것을 가르친 사람이 안테였으니 누구보다도 그녀가 잘 알았다.

도리어 놀란 것은 안테였다.

"오직, 폐하께만 고한 일이다. 아무것도 결정되지 않았다."

확실하지 않은 계획은 함부로 발설할 수 없었다. 더구나 황제가 가장 중요하게 생각하는 국가사업이고, 그의 딸이 가장 열망하는 것이기도 했다. 불확실한 희망을 함부로 주는 것이 나중에 더 큰 상처가 될까. 그는 그저 조심스러웠다.

"그러니 네게, 이야기해 줄 수 있는 것은 아무것도 없다."

얼마나 많은 계획이 그대로 계획으로만 남게 되는지 그는 누구보다도 잘 알았다. 모든 일에는 우선순위가 있는 법이니.

그의 분명한 거절에도 아루는 실망하지 않았다.

"공작께서는 잊으시었어요."

아이들에게는 권한이 있었다. 그것도 안테와 교수들이 스스로 아이들에게 건네주었던 것이었다. 그리고 아루는 그들의 대표로 그 권한을 사용하기로 마음먹었다.

"분명, 마지막 프로젝트만큼은 '무엇이든' 지원해 주기로 약속받았사와요."

무엇이든. 안테는 제 말을 되짚었다. 분명 그리 말했다. 마지막이니 즐거운 추억을 만들어 주고 싶었던 그의 배려였다. 그저 고급스러운 종이나, 장난감 따위를 사 달라는 요청이 들어올 것이라 기대했지만, 그것이 국가의 계획을 털어 내는 데 쓰이게 될 줄은 몰랐다.

"저희는 공작의 차선책을 도울 것이어요. 그것이 저희가 정한 마지막 프로젝트의 내용이어요."

딸의 미소에 안테는 구원을 받은 것 같은 기분이 들었다. 그가 최악의 상황을 직면할 때마다 이 어린 여왕은 언제나 그를 끌어올려 주었다. 달려가 그녀를 안아 올려 영원한 충성을 맹세할 수밖에 없었다.

행정부에서 돌아온 아루는 친구들을 모았다.

"마지막 프로젝트를 준비할 것이어요."

마지막이라는 단어가 주는 무거움은 다시 아이들의 기분을 푹푹 가라앉게 했다. 아루가 손뼉을 짝짝 치며 모두의 시선을 모았다. 이렇게 감상에 젖어 있을 때가 아니었다.

"우리가 즐거웠던 이곳을 언젠가는, 꼭! 반드시! 부활시킬 것이어요."

이곳은 필요한 장소다. 다른 누구보다도 아이들이 그 사실을 잘 알고 있었다. 배운 것과 깨달은 것이 있었고, 무엇보다 행복의 결정체와도 같은 장소였다.

"이곳의 존재가 결코 틀린 것이 아니었다고, 우리가 직접 보여 주어야 하는 것이어요. 우리밖에는 할 수 있는 사람이 없는 것이어요."

이 프로젝트는 실패하여 끝나는 것이 아니다. 도리어 이곳이 정말 필요한 곳임을 깨닫게 되었다. 다만, 무척이나 까다로운 준비가 동반되어야 한다는 것도 함께 알아 버린 것뿐이다. 아루는 모두에게 이 프로젝트의 성공을 알려야 한다고 생각했다. 이대로 안테의 차선책이 무너지지 않도록, 다른 바쁜 일들에 묻혀 영원한 어둠 속으로 사장되지 않도록.

"가장 긴 프로젝트여요."

아루는 세비와 쥬리의 힘을 빌려 커다란 종이를 아이들 사이에 펼쳐 내었다.

"우리는 진짜 꿈을 이곳에 담아 둘 것이어요."

신분도, 재능도 관계없이. 원하고 동경하며 바라는 것. 자유로운 사고 안에서 태어난 것을 그 안에 그대로 담아 둘 것이다.

"그리고 우리는, 평생에 걸쳐 그것을 이룰 것이어요."

아루는 알고 있었다. 이곳을 유지하기 위해 1년간 안테와 모든 사람의 수고가 있었음을. 아루뿐만이 아니라 모든 아이가 그것을 느끼고 있었다. 아이들이 그들에게 감사의 마음을 담아 보낼 수 있는 최고의 보답은……

잘 자라나는 것이었다.

아루가 먼저 색연필을 들었다. 스스로 쟁취해 낸 가장 아끼는 핑크색 색연필이었다. 꾹꾹 눌러쓰는 단어는 '권력자'였다. 다른 아이들이 보았을 때는 이미 충분히 이룬 것 같은 꿈이지만 아루의 이상은 좀 더 높았다.

그녀의 아버지가 그리했듯, 모든 사람을 제 손으로 돌보고 싶었다. 세상에서 가장 고지식하게 권력을 사용하는 아버지의 모습을 아루는 깊이 존경했다.

다른 아이들도 각자 좋아하는 색연필을 골라 비어 있는 곳을 찾아 자신의 꿈을 적어 내려갔다. 커다란 종이는 금세 아이들의 글씨와 그림으로 가득 찼다. 이루고 싶은 꿈은 한 가지가 아니었다. '허황된 것이다.', '닿지 않는 것이다.', '어울리지 않는 것이다.' 라는 말을 들어도 결코 마음속에서 지울 수 없었던 것들을 아이들은 하나씩 꺼내어 적어 내려갔다.

미래와 꿈. 그것을 이야기하는 것만으로도 무거웠던 분위기는 한 번에 사라졌다. 다시 아이들의 웃음소리가 교실을 채웠다.

"세비 군. 어째서 적지 않는 것이어요?"

하지만 단 한 명, 세비만큼은 색연필을 들고 곤란해하고 있었다. 그의 꿈은 그 누구보다 확실했다. 아루가 대신 적어 줄 수 있을 정도였다. 그는 항상 아버지보다 더 뛰어난 장인이 되고 싶어 했으니까.

"세비 군?"

"아루."

세비는 아루의 손을 잡아 제 손 위에 가지런하게 올려 두었다. 하나뿐인 뮤즈의 손을 소중하게 쓸어내리면서도 그는 그저 어쩔 줄 몰라 하며 고개를 두리번거렸다.

"말씀하시어요."

"저기."

좀처럼 하기 어려운 말을 그는 겨우 용기 내 시작할 수 있었다. 그녀의 명령은 절대적이니까.

"내 꿈을, 부디 네가 용서해 주었으면 좋겠어."

"네?"

"우리들의 마지막 프로젝트를 위해 기꺼이 나의 소망을 여기에 담을 거야. 무슨 일이 있어도 네 말대로 그걸 이루려고 하겠지만……."

세비의 눈길이 작고 가느다란 아루의 손가락을 향했다.

"청하는 반지도 없이 너와의 미래를 각오하는 것을 용서해 주길 바라."

자신은 반쪽짜리 귀족. 그리고 그녀는 왕가의 피를 이은 유일한 공녀님. 게다가 굉장한 신분으로 보이는 연적까지 있었다. 아루와 세비, 두 사람의 거리는 지나치게 멀었다. 아마 보육원에 오지 않았다면 영원히 이런 관계도 될 수 없었을지도 모른다. '꿈'이라는 말에 어울릴 정도로 아득했다.

하지만 몇 번의 약속은 그에게 힘이 되어 주었다. 평생 그의 뮤즈로 함께하겠다는 아루의 말은 무엇보다도 기쁘고 소중했다.

반지가 끼워져야 할 손가락에 입을 맞추었다. 언젠가 그녀에게 어울리는 가장 아름다운 반지를 그의 손으로 직접 만들어 전할 것이다. 머릿속에 떠오르는 디자인은 얼마든지 있다. 그것을 실현하는 기술이 아직 따르지 못할 뿐이다.

세비는 아루의 손을 잡고 꿈을, 아니 어쩌면 이미 정해진 미래를 적어 내려갔다. 핑크색으로 적혀진 '권력자'라는 말 바로 옆에, '영원히 아루와 함께. 가장 아름다운 액세서리를 만들어 바친다.'

색연필을 내려놓는 손이 조금은 덜덜 떨리기도 한다. 하지만, 다른 손은 괜찮았다. 아루가 웃으며 지탱해 주고 있었으니까.

"저기, 있잖아."

부끄럽지만 해야 하는 말이 있었다.

"좋아해."

지금까지 어른인 척, 멋있는 척 애썼지만, 이 말만큼은 어쩐지 어린 소년의 고백 그 자체라 어딘가 조숙한 그녀에게 건네는 것이 부끄러웠다.

"저도……."

한 치의 망설임도 없이 바로 돌아오는 대답은,

"좋아하고 있사와요……."

소녀의 부끄럼이 묻어나서 무척이나 좋았다. 쥬리가 박수를 치기 시작하자, 다른 아이들도 함께 동참해 주었다.

아이들이 모두 돌아간 뒤, 교수들과 로미 그리고 모리젠은 교실마다 카펫을 깔아 두었다. 꽤 시간이 걸릴 것으로 예상했지만 여러 사람이 함께 힘을 모으니 꼭 그렇지도 않았다.

단순히 바닥에 보송보송한 것이 더해진 것뿐인데, 분위기가 아주 달라 보였다. 내일 아이들이 등원하면, 분명히 이 작은 변화에 기뻐할 것이다. 기분 좋은 감촉을 만끽하며 데굴데굴 구를 아이들을 상상하는 것만으로도 웃음이 나왔다.

할 일이 있으니 조금 더 일하고 돌아가겠다는 교수들에게 인사를 하고 로미는 먼저 퇴근했다. 햇살은 숨어들었다. 어스름하게 남아 있는 붉은빛의 발자국만이 그곳에 따스함이 있었다고 작은 색으로 속삭였다. 어둠을 부르는 바람은 그저 차갑다. 로미는 몸에 두른 숄을 꼭 쥐었다.

계절이 변했다. 지금 확실하게 그렇게 느꼈다.

하늘에 떠 있는 구름의 질감이 바뀌었고, 바람은 조금 더 날을 세웠다. 기숙사에 돌아가면 가장 깊숙한 곳에 넣어 두었던 두꺼운 옷을 꺼내야 할 것 같았다.

"로미 씨!"

익숙한 목소리에 로미는 걸음을 멈추었다. 어떤 얼굴을 해야 할지 몰라 잠시 고민했지만, 곧 미소를 지었다.

"모리젠 선생님."

"뒷정리하고 있었는데, 인사도 안 하고 먼저 가는 게 어디 있어요?"

"죄송해요. 어두워질까 봐."

거짓말. 로미는 어두운 시간에 퇴근하는 일이 많았다. 모리젠은 그녀의 어설픈 거짓말을 모르는 척 미소로 넘겨 주었다.

"선생님, 그런데 이렇게 입고 오신 거예요?"

그의 하얀 가운이 바람에 펄럭였다. 분명히 아침에 두꺼운 코트를 걸친 모습을 보았던 것 같은데, 이렇게 얇게 입어서야 그가 또 감기에 걸릴 것만 같아 걱정되었다.

"어?"

그는 그제야 제 차림을 알아차린 모양이다. 목덜미부터 제 몸까지 손으로 짚어 보고는 적잖게 당황하기 시작했다.

"아니, 저, 그게 급하게 달려 나오다가……."

그는 머쓱했는지 머리를 살짝 긁적였다.

"저기 실은."

"실은?"

"아, 아니에요."

모리젠은 한숨을 쉬었다. 그가 싸늘해지는 날씨를 얼마나 기다렸는지 아무도 모를 것이다. 머릿속의 망상으로만 해 보았던 것들을 죄다 실현해 보고 싶은 생각에 방한용품도 이것저것 구매했었다. 예를 들어 목도리 같은 것들을.

로미가 퇴근길에 추워하면 자연스럽게 둘러 주는 모습을 상상하며 혼자서 연습도 했었다. 어떻게 해 주어야 예쁘게 둘러 줄 수 있나 싶어서. 그런데 죄다 보육원에 버려둔 채 달려오고 말았다. 모리젠은 아쉬운 마음에 다른 것이라도 권해 보기로 했다.

"날씨가 추운데 마차로 모셔다드릴까요?"

"아뇨."

얄미울 정도로 딱 잘라 거절한다. 모리젠은 실망하여 살짝 입술이 나왔으나 곧 그만두었다.

"가까운 거리는 걷는 것이 좋대요."

"누가요?"

"음, 전에 어떤 의사 선생님이 그러셨는데."

물론 걷는 것은 건강에 좋다. 모리젠도 진료하게 되는 환자마다 걸어 다니기를 권하곤 했다. 하지만 단 한 번도 로미에게 말했던 적은 없었다.

"의사 누구요? 언제요?"

그녀가 다른 의사와 이야기를 했다는 게 왜 이렇게 불쾌한지 모르겠다. 모리젠은 추위도 잊고 그녀를 몰아세웠다.

"음, 얼마 전에 행정부 의료실에서 뵌 분이었는데, 조금 살집이 있으시고 검은 안경을 쓰신 분이었어요."

모리젠은 그녀가 말하는 의사가 제 동기임을 기억해 냈다. 로미에 대해서 신경 쓰지 말라고 의기양양하게 선언까지 해 두었는데, 지금 그녀가 그에게 진료를 보았다고 한다. 젠장.

"왜 저한테 안 오시고요."

"그게⋯⋯."

로미는 조금 머뭇거렸다. 보육원 의료실 앞에서 고민했던 것도 사실이었다. 하지만 문을 열 수는 없었다. 모리젠에게 진료를 보는 것이 망설여졌던 탓이다. 로미가 아프다고 말하면, 그는 깊이 걱정할 것이 분명했다. 그 걱정이 단순한 의사의 것이 아님을 로미는 잘 알고 있었고, 그것이 무척 불편했다.

"그때 선생님이 안 계셨던가, 싶은데."

그러니 나오는 말은 또 거짓말이었다. 그의 마음을 받아 줄 수 없으면서 직접적인 말로 상처를 주는 것은 싫었다.

"그, 그랬구나. 미안해요. 내가 하필이면 또 우리 로미 씨 아플 때 자릴 비웠을까."

머쓱하게 웃는 그를 바라보는 것이 괴로웠다. '저는 당신을 좋아할 수 없어요.' 라고 말해 주어야 하는데, 그럴 용기도 없었다. 이제 모리젠과도 어색해져 버리면 정말로 설 곳이 없어질 것 같았다. 아니, 이것마저 거짓말이었다.

사실은 사랑받는 것이 좋았다.

그의 따뜻한 시선이나, 저를 향한 두근거리는 소리를 듣는 것이 좋았다.

"날씨 추우니까, 그만 붙잡을게요."

모리젠은 숄을 쥐고 있는 그녀의 손이 붉어지는 것이 신경 쓰이기 시작했다. 이대로라면 저 가느다란 손이 꽁꽁 얼어 버릴 것만 같았다.

"잘 가요. 로미 씨."

그가 손을 흔들어 주기 시작하여, 로미는 깊이 고개를 숙여 인사했다. 몸을 돌리는 순간에도, 그리고 한 걸음씩 앞으로 나아가는 순간에도 그의 끈질긴 시선이 그녀의 몸에 닿는 것을 알았다.

그를 의식하기 시작했다.

날씨만큼이나 꽤 확실하게 알아차렸다. 이대로 그에게 순조롭게 끌린다면, 이 마음의 방향도 바뀌게 될까.

옛사랑을 잊고 안테를 바라보게 되었던 것처럼, 이번에도 그를 잊고 모리젠을 바라보게 될 수 있을까. 그는 공작가의 귀한 핏줄이기는 하지만 후계자는 아니었다. 훌륭한 제 직업이 있고, 무엇보다 그녀에게 지극정성이었다. 어떻게 보아도 과분한 분이 아닌가. 이렇게 가까이에서 존재할 수 있다는 것이 놀라울 정도로.

복잡한 가정사에 작위까지 두루 갖추고 있어 절대로 넘볼 수 없던 누구와는 확연하게 달랐다. 과거의 사랑과 비교하며 심장이 아파야 할 일도 없으며, 그것을 괜찮은 척 넘기는 멋진 여자를 연기하지 않아도 되었다.

로미는 문득 발걸음을 멈추었다.

지금 굉장히 비겁한 생각을 하고 있었음을 깨닫고, 머리를 휘휘 저었다. 약해진 마음이 내뱉는 헛소리일 뿐이다. 로미는 '현혹되어서는 안 돼.' 라고 애써 생각을 정리했다.

'이대로 그대의 손안에 두겠다. 나의 마음과 미래까지, 전부.'

잡은 손에서 전해지던 그 감각이 어떤 것이었더라? 차가운 손끝은 아무것도 기억해 내지 못했다. 그저 유일하게 따스함을 주는 숄을 감싸 쥐고 있을 뿐이었다.

'그러니, 혹시…… 아주 혹시…… 그대에게 건넨 내 마음이

보잘것없어서…… 그대가 나의 마음을 그대로 돌려준다고 하더라도…….'

그녀가 그에게 마음을 돌려준 것일까? 아니면 그가 다시 마음을 거두어 간 것일까? 결론 맺지 못한 애매한 관계는 아직도 그녀를 괴롭혔다.

그녀가 편안함을 느낀 유일한 장소를 부정하는 사람. 괴로운 장소로 다시 돌려보내는 사람. 그런 사람을 사랑할 수 있을 리가 없다. 로미는 눈을 감았다. 아직도 선명한 얼굴은 사라지지 않았다. 멍청한 눈동자가 아직도 그리워하는 것이다. 어쩐지 발걸음 소리도 들려오는 것만 같았다. 그녀가 야근할 때마다 다가와 주었던 그 다정한 소리가.

들릴 리가 없을 텐데.

순식간에 다가온 인기척은 붉어진 그녀의 손끝을 따뜻하게 쥐었다. 미처 눈을 떠 확인을 하기도 전에 상대는 로미를 당겨 안았다. 얼굴에 닿는 심장의 고동 소리와 미묘한 소독약 향기만으로도 그가 누구인지 알았다.

그가 어째서 달려왔는지 묻지 않았다. 아마 미묘하게 들썩이던 어깨를 들킨 것일지도 몰랐다. 그의 눈은 항상 그녀에게 닿아 있었고, 세심하게 살피곤 했으니까.

로미는 안테에 대한 그리움을 안은 채 모리젠의 품에서 눈물을 흘렸다.

부조리하기 짝이 없는 상황. 로미는 그의 어깨를 밀어냈다. 하지만 아무리 애써도, 그의 어깨를 때려도 결코 벗어날 수는 없었다. 이건 모리젠을 위한 눈물이 아니었다. 그의 품에서 흘린다는 것은 말도 안 되는 일이다. 로미도 필사적이었다.

"제발, 선생님."

애원해도 그는 꿈쩍도 하지 않았다. 되레 더욱 고집스럽게 로미를 안았다.

"이쪽이에요. 로미 씨."

"……네?"

씩씩하게 걷던 그녀의 발걸음이 멈추었을 때, 그리고 곧 작은 떨림이 보이기 시작했을 때부터 모리젠은 그녀의 감정을 지배하는 자가 누구인지 확실하게 알았다.

그녀의 마음이 아직도 깊어서 형님을 조금도 잊지 못한다는 것까지 훤히 보였다. 그런데도 모리젠은 그녀를 내버려 둘 수가 없었다. 이렇게 추운 날 그녀가 바람에 기대어 울게 할 수는 없었다.

저를 위한 눈물이 아니라도 좋았다. 천천히 기다리기로 마음먹었으니까.

하지만 얌전히 안겨 오지 않는 엉망진창의 얼굴을 마주한 순간에 그의 감정도 함께 헝클어졌다. 차분차분 천천히 다가가리라는 생각이 한순간에 무너졌다. 어째서 형님이 아니면 안 되는 걸까.

"제 옆에 있어요."

울음소리는 곧 잦아들었다. 그는 로미의 어깨를 짚어 살짝 몸을 떼어 냈다. 저를 제대로 봐 주지 않는 텅 빈 눈동자를 바라보는 것이 아팠다.

"……모리젠 선생님."

"제발, 딱 한 번만."

가까운 거리에서 그는 애원했다.

"로미 씨, 눈 감아 줄래요?"

로미는 고개를 저었다. 약속이 있었다. 그 앞에서 그녀가 눈을 감으면 어떤 행동을 허락한다는 의미로 받아들이겠다는. 로미는 끝끝내 그를 밀어내었다. 강하게 죄던 팔은 더는 그녀를 강제할 수 없어 스르륵 풀려나갔다.

"저는⋯⋯."

너무나도 무거운 그녀의 말투에서, 멀어지고 있는 눈길에서 끝이 보이는 것만 같다. 모리젠은 마음이 다급해졌다. 저 밉도록 예쁜 입에서 분명한 거절의 말이 나와 버린다면, 어떻게 해야 할까? 바보같이⋯⋯ 쓸데없이 차곡차곡 쌓아 왔던 마음은⋯⋯.

"로미 씨!"

그의 심장이 그녀를 찾았다. 그러나 그녀는 도리어 뒷걸음질을 쳤다. 무엇이 그녀를 두렵게 하는 것일까? 깨져 버릴 모리젠과의 관계? 그것도 아니면 부담스럽도록 무거운 상대의 마음? 아니면 지키고 싶은 감정?

"가지 말아요."

멈춰 선 로미는 어디에 시선을 두어야 할지 몰랐다. 한참을 돌아 다시 모리젠에게 돌아온 눈빛에서는 혼란이 가득했다.

"로미 씨 괜찮아요. 거기서, 그대로 들어 주세요."

닿지 못하는 마음. 닿지 않는 마음. 말하고 싶은 말이 너무 많았다. 전염병으로 바쁠 때 우연히 마주친 서로의 지친 얼굴에 웃어 주었던 일, 긴 머리를 매만지고 예쁘게 묶어 주었던 일, 그의 책상 정리를 함께했던 일, 특별한 사건만 기억나는 것이 아니었다. 하루하루가 아직 그의 머릿속에서 생생하게 되살아났다. 사소한 인사와 미소, 숨소리까지.

"로미 씨 앞에서 항상 뒤로 삼켜야 했던 말이 있어요."

삼키고 삼킨 말이 그의 마음에 쌓여 이제 그의 마음에는 더는 자리가 없었다. 그녀의 눈길이 다른 곳을 향하는 것을 두 눈으로 지켜보면서도, 가득 차 버린 마음은 감히 다른 감정을 갖게 허락하지 않았다.

이제는 덜어 낼 수도 더할 수도 없는 감정. 그곳에 담긴 단 하나의 말.

"저는 로미 씨를 사랑하고 있습니다."

하고 싶은 말이 넘쳐 났었다. 애써 참아 온 시간이 너무 길고 아득하여 그것을 다 전하고 싶었다. 두근거린 시간을 모두 알려 주고 싶었다.

"로미 씨를 깊이, 아주 깊이……."

그런데도 이 한마디가, 모든 것을 끌어안았다. 그의 고민도 지난 시간도 모든 마음도.

"사랑합니다."

한 마디, 한 마디 소중하게 고백하는 말은 그녀의 귀가 간지러울 정도로 달콤했다. 그의 마음의 깊이가 그대로 느껴질 정도로. 로미는 심장 근처에 손을 모았다.

솔직한 마음을 보여 준 그에게 그녀가 전할 수 있는 것은 애매한 친절도, 덧없는 기대감도 아니라는 것을 알았다. 그의 미움을 사게 되는 일이 있더라도 그녀의 올곧은 마음을 들려주어야 했다.

"저는 나쁜 생각을 했어요."

"로미 씨가요?"

그녀는 작게 고개를 끄덕였다.

"이대로 흔들리고 싶다는 생각도, 그리고 이끌려 가고 싶다는 생각도 했어요."

너무나도 강렬했던 감정이 보이지 않기를, 가려 주길, 지워 주길 바랐다.

"제가 전부 잊을 수 있게 해 드릴게요. 기다릴 테니까!"

그의 말이 전부 끝나기도 전에 로미는 고개를 저었다.

"저를 이용한다고 하셔도 원망하지 않을게요. 그러니까 로미 씨!"

"……모리젠 선생님."

두 사람 사이에는 다시 한 줄기 바람만이 남았다. 로미는 깊이 호흡했다. 그의 깊은 마음이 선명하게 보일수록 그녀 역시 절실하게 깨닫게 되는 것이 있었다.

"그 누구도 이 마음을 대신 지워 줄 수는 없어요."

감정은 오직 로미만의 것이었다. 그것을 가리는 것도 지우는 것도 오롯이 그녀가 혼자 감당해야 할 몫이었다.

"그러니까, 이런 마음으로는 선생님의 마음에……."

"로미 씨!"

"응할 수가 없어요."

모리젠이 몇 번이나 그녀의 이름을 부르며 이어지는 거절의 말을 끊으려고 했다. 정말로 모든 것이 끝나 버릴 것만 같아서 두려웠다. 아직 해 주고 싶은 것이 너무 많았다. 그의 책상 위에 남겨 둔 목도리와 같이.

"조금만 더 이기적으로 굴어 주면 안 돼요?"

물론 그녀의 마음이 갖고 싶었다. 하지만 이렇게 끝날 바에야 마음은 상관없었다. 어떻게든 곁에 있을 구실을 원했다. 그들 사이가 이렇게 결론 날 수는 없었다.

"아직, 드리지 못한 게 너무 많아요."

"그건 아마……."

그의 이야기는 지독하도록 포근하다. 로미는 다시 모진 말을 하는 것이 힘들어 입술을 깨물었다. 상처를 주려 각오하는 건 너무나도 어려웠다.

"제 것이 아닐 거예요."

잠깐의 정적을 지나 다시 로미가 입을 열었다.

"그건 선생님에게 가장 예쁜 마음을 건네는 사람이 받아야 해요."

"로미 씨에게 드리고 싶은……. 제 마음은요. 제 감정은……."

"선생님은 제게 다른 소중한 것을 가르쳐 주셨어요. 저는 이제 그걸로 충분해요."

로미는 아직 얼굴에 남아 있던 눈물 자국을 지워 냈다.

"제가 단 한 번도 받아 본 적 없는 가장 아름다운 사랑을 주셨어요. 사람이 사람을 사랑하는 것이 이렇게 달콤하다고, 예쁜 것이라고 알려 주셨어요."

비록 그녀가 그 마음을 받아들이지 않는다고 하더라도, 그 감정의 빛이 사라지는 것은 아니었다.

"저도 그렇게 사랑할게요. 이제는 비겁한 변명을 들어 마음을 막아서거나 하지 않을게요."

로미는 자세를 고쳤다. 중요한 이야기를 전할 때는 서로의 시선을 주고받는다. 그녀의 원칙이었다.

"모리젠 선생님은, 제게 사랑하는 방법을 가르쳐 주셨어요."

끝일까, 모리젠의 입에서 새어 나오는 한숨이 길었다. 오랜 세월 애태웠던 마음이 이렇게 결론 나는 걸까.

그녀는 이제 눈물을 흘리지도 고민하지도 않았다. 곧은 눈동자에는 확신이 가득했다. 그 안에 그의 자리가 없음은, 이어지는 대답을 듣지 않더라도 알았다.

그의 올곧은 마음이 도리어 그녀를 밀어내었다. 그의 마음이 정직할수록 그녀도 더욱 투명하고 진솔해졌다. 불필요할 정도로 솔직한 사람. 그가 사랑했던 그녀였다.

"평생 소중한 것으로 기억할게요."

흔들리지 않는 눈동자는 가만히 모리젠을 바라보았다. 참 이상한 일이다. 이렇게 잔혹한 이야기를 듣고 있는데도.

"그리고 죄송합니다."

그녀가 무척이나 사랑스럽다고 생각되는 것은.

황제께서는 무척이나 즐거우셨다. 온종일 미소가 떠나지 않아 사관은 오늘의 역사에 그의 얼굴에 꽃이 핀 것만 같다고 기록해두었다. 그렇다면 그 이유는 어째서일까? 사관은 눈을 부릅뜨고 황제의 행동을 관찰했다.

"아 거 좀, 적당히 들여다보게."

시선을 느꼈는지, 황제는 슬쩍 몸을 돌렸다. 뭔가 당당하지 못한 것이라도 받은 것일까. 역사적 의무감에 불타오른 그는 더욱 빛나는 눈으로 황제를 올려다보았다. 그것은 그에게 주어진 권한이며 의무였다. 황제는 그의 눈과 손을 결코 막을 수 없었다.

"아주, 개인적인 일일세."

"어제 황태자 전하께 황제는 개인이 아니라 모두의 집합체라고 하셨지요."

"아 거 좀, 적당히 적게! 이러다가 내가 하루에 볼일을 몇 번 보는지도 쓰겠네!"

"물론 적고 있습니다."

"아 거 좀!"

황제는 서랍 밑에서 부스럭거리며 봉투를 꺼냈다. 사관의 사각거리는 펜 소리가 들렸지만 무엇을 적고 있는지 신경 쓰지 않기로 했다.

비밀 펜팔 친구의 편지를 읽는 아주 즐거운 순간이다. 저 참견쟁이 할아범에 대한 생각으로 그의 유일한 위안거리를 망칠 수는 없었다. 오늘따라 봉투가 두툼한 것으로 보아, 꽤 긴 내용의 편지가 들어 있는 듯했다. 절로 콧노래가 나왔다.

그는 책상 위로 편지를 올려 두었고, 사관을 제외한 모든 이들을 물러서게 했다. 혼자만의 즐거운 시간을 다른 이들의 시선 속에서 보낼 수는 없었다. 근엄한 가면을 벗고, 곧게 세웠던 등을 둥글게 말고, 삐딱하게 의자에 기대어 편지를 집어 들었다. 사관의 펜 소리는 더욱 바빠졌다.

귀여운 아루의 글씨로 가득 채워져 있는 평범한 편지. 그는 아주 느릿한 속도로 그것을 한 줄씩 음미했다. 그 어떤 시인도 이보다 감동을 주는 글을 쓰지는 못할 것이다.

평범한 인사로 시작한 편지는 곧 마지막 프로젝트에 관한 이야기로 이어졌다. 아루와 아이들의 갸륵한 생각이 담긴 그 계획에 황제는 웃음을 감출 수가 없었다. 이 정도의 열렬한 편지를 받았다면 차후 선황을 뵙게 되었을 때 떳떳할 수 있을 것 같았다. 이게 다 비밀 펜팔 친구인 귀여운 우리 아루 덕분이지.

어서 빨리 이 아이가 내 며느리로 시집을 와야 하는데. 그래야 공작의 눈치를 보지 않고 어화둥둥 할 수 있을 텐데. 아루가 열다섯 살이 되면 바로 둘째 황자와 약혼식을 하고, 열여덟 살이 되는 날에 결혼식을 올리리라 예전부터 정해 두었다. 아, 세월은 지독히도 길다.

그는 탄식하며 봉투에 남아 있는 커다란 종이를 꺼내 들었다. 아루가 말했던 아이들의 꿈이 적힌 종이인 모양이었다. 모두가 안 된다고 말하더라도 결코 심장에서 꺼질 수 없었던 꿈이 이 얇은 한 장에 들어 있다고 생각하니 그 무엇보다도 무겁고 소중했다.

그 작은 아이들은 곧 황제의 아들딸들이나 다름없었다. 그는 모든 아이가 제 꿈을 이루는 나라를 만들어야 하는 의무가 있었다.

미래. 그래 이 종이는 모든 것의 시작이며 미래다. 그는 각오를 다지며 그것을 펼쳐 들었다.

가장 먼저 눈에 들어오는 것은 '권력자'였다. 익숙한 글씨체 덕분에 그것이 아루의 것이라는 사실은 쉽게 눈치챌 수 있었다. 황제에게 감히 권력을 원한다고 당당히 적어 보내다니, 누군가는 불경스럽다고 화를 낼 만한 일이었다. 특히 그녀의 아비라면 그러고도 남을 것이다.

하지만 황제는 되레 그 말이 반가웠다. 이미 그는 권력이라는 무게에 지쳐서 도망갈 궁리만 잔뜩 하고 있었으니. 그녀 외에 다른 아이들의 이야기도 그는 찬찬히 읽어 내려갔다. 그리고 드디어 그것을 발견하고 말았다.

「영원히 아루와 함께. 가장 아름다운 액세서리를 만들어 바친다.」

"뭐, 이 자식이?"

'황제께서 저급한 말로 화를 내셨다.' 사관은 재빠르게 받아 적었다.

"누, 누구 집 아들이냐! 감히 짐의 며느리를 넘보는 녀석은!"

황제는 종이를 구석구석 살폈으나 그 이름은 적혀 있지 않았다. 이래서야 이 강력한 연적이 누구인지 알아낼 재간이 없지 않은가? 끔찍한 것은 이미 두 사람은 보육원에서 반년 이상을 매일같이 얼굴을 보고 지냈다는 것이다. 그리고 더욱 무서운 것은 보육원 출신 어린이들의 동향을 관찰하기 위해 앞으로도 주욱 같은 학교로 진학시킬 예정이고.

"이럴 수가."

황제 자신의 프로젝트가 그의 꿈과 로망을 망치고 있었다.

이대로는 위험하다. 누구든 그렇게 오랫동안 얼굴을 마주 보고 살다 보면 정이 들고 정이 들면 결혼하는 법이지. 논리적인 비약이 심하다는 것은 그다지 큰 문제가 되지 않았다. 무엇이든 최악의 상황을 염두에 두고 준비를 해야 했다. 빠른 손놀림으로 종이를 착착 접어 서랍에 넣었다.

이럴 때가 아니라며 그는 자리에서 벌떡 일어났다. 멍청하게 당하고만 있을 수는 없었다. 그래, 그래, 이것은 국가적인 위기라고 할 수 있었다. 그의 마음에 오랜만에 경고등이 들어왔다. 발걸음은 자연스럽게 작은아들의 거처로 향했다.

멀쩡하게 책을 읽던 작은 황자님께서는 씩씩거리며 들어오시는 아버님을 그저 물끄러미 바라보았다.

"지금 이럴 때가 아니니라!"

"아바마마, 어찌……."

체통을 잊으셨습니까, 하는 말이 나올 새도 없었다.

"너도 명색이 사내라면 선포된 전쟁은 피하지 말아야 할 것이니라."

"무슨 말씀이십니까."

"감히 나의 아루에게 망측한 선언을 하다니!"

폐하께서 훨씬 더 망측하십니다. 황자는 말을 삼켰다.

"용서할 수 없는 일이다. 네가 가서!"

"싫습니다."

"왜!"

"저는 그녀에게 조금도 관심이……."

"없을 리가 있나!"

"없습니다."

황자, 룩스는 살짝 인상을 찌푸리는 것도 잊지 않았다. 폐하께서 말씀하시는 소년이 누구인지도 대충 짐작은 갔다. 지난번 전시회 때 저를 무시무시하게 쏘아보던 그 소년이겠지. 라토르 백작가의 장자였던가.

"그렇게 시끄럽게 짹짹대는 공녀께 관심이 있을 리가 없지 않습니까."

룩스는 차라리 그의 등장이 반가웠다. 아루에게 휩쓸려 다니는 모든 생활이 청산될 수 있을 테니까.

"이 멍청한 녀석! 지금 그렇게 부끄러워할 시간이 어디에 있느냐!"

"별로 부끄러워하고 있지는 않습니다."

아루와 그 녀석은 분명히 함께 나란히! 사이좋게! 상급 학교로 진학하여, 또 매일같이 얼굴을 마주 볼 텐데! 룩스의 반응이 미지

근하니 황제는 더욱 애가 탔다.

"그래. 내, 내가 너를 그곳으로 보내야겠다."

황가의 사람은 모두 궁 안에서 교수를 초빙하여 교육을 받는다. 그러나 그런 방법으로는 이 전쟁에 참여조차 할 수 없게 된다. 황제는 비밀 펜팔 친구 아루를 위해서라면 얼마든지 권력을 휘두를 마음이 있었다.

"교육부를 만든다. 모든 교육 기관은 그곳에 속하게 될 것이야. 당장 내년까지 황자들이 다니기에 부족함이 없을 정도로 완벽하게 체계를 갖추어라!"

소리 없이 황제를 따르던 사관이 씨익 웃으면서 그의 말을 받아 적었다. 그의 사족이 포함되었음은 말할 것도 없다.

「아루 디안, 그녀는 이미 최고 권력자의 자리에 안정적으로 올라섰다.」

"아, 로미 씨!"

교수가 부르는 소리에 로미는 정리하던 서류들을 내려놓고 다가 갔다.

"오늘 아루가 조금 일찍 갈 거라고 해요. 아마 점심 이후쯤일 것 같아요."

아루가? 로미는 처음 듣는 소리에 고개를 갸웃거렸다. 아루는 크고 작은 일들을 모두 로미에게 이야기하는 아이인데.

"네, 일찍 준비시킬 수 있도록 할게요."

"고마워요. 우울해하지는 않아요?"

"네?"

로미는 오늘의 아루를 떠올려 보았다. 특별히 달라 보이는 점은 없었다. 언제나처럼 요조숙녀 같은 발랄함이 매력적인 아이.

"네, 괜찮아요. 무슨 일이 있나요?"

"오늘이 아루 어머님 기일이라고 해서요. 혹시 신경 쓰는 게 아닐까 하고요. 아루는 어머님을 항상 그리워하잖아요?"

"아루 어머님……이라면."

"그래요. 공작부인이자, 그 나라의 공주님 말이에요. 참 안된 사람이죠."

교수는 혀를 끌끌 차면서 다시 읽고 있던 책으로 고개를 돌렸다. 로미는 잠시 카르나에 대해서 떠올려 보았다. 이 나라의 사람들은 그녀를 비운의 공주로 기억하고 있지만, 그 나라의 백성들은 잘 알고 있었다. 그녀가 얼마나 행복하게 살고 있었는지, 그 행복을 나누어 주기 위해 얼마나 노력했는지를.

로미는 시계를 보았다. 아이들은 식사 중일 테니, 아직 시간이 조금 남아 있었다. 아루가 가져갈 수 있도록 오늘 만든 그림 따위를 먼저 챙겨 주면 얼추 시간이 맞을 것 같았다. 로미는 조심스럽게 교무실에서 나왔다.

카르나 공주님, 그 이름이 머리에서 떠나지 않았다. 솔직해지기로 마음먹었으니, 이 감정의 답은 쉽게 나왔다. 자신은 그녀를 질투하고 있었다. 비교할 수 없을 정도로 고귀하고 대단하신 분, 그리고 누구보다도 아름다웠던 마지막 공주가 연적이라니.

로미와 같이 평범한 사람은 절대로 이길 수 없을 것만 같다. 어쩐지 웃음이 나왔다. 그런 분과 자신을 나란히 놓고 생각하는 것 자체가 말도 안 되는 일이기 때문이겠지.

텅 비어 있는 교실에서 아루의 작품을 찾아 가방 안에 모두 넣어 주었다. 아루는 그림 실력이 참 많이 늘어서, 이제 동물의 모습도 제법 잘 그리게 되었다.

로미는 잠시 교실의 고요함에 녹아들었다.

세상 어느 곳보다 시끄러웠던 이 장소도 이제 2주 정도가 지나면 이런 고요만이 남게 될 것이다. 남은 행복이 너무나도 짧다. 이제 모든 꿈같은 인연들도 끝나게 될 것이다. 제 신분에 어울리지 않는 분들과 동등하게 얼굴을 마주하고 대화하는 일 따위는 영원히 없을 것이다. 그렇게 생각하니 이 장소가 더욱 특별하게 여겨졌다.

로미는 창밖을 살폈다. 또 놀러 온 다이아가 창틀에 몸을 기대고 잠을 청하고 있었다. 햇살이 닿은 털이 반짝였다. 보육원에서 따로 먹을 것은 챙겨 주지 않는데도, 어딘가에서 물이나 음식을 잘 먹고 다니는 모양이다. 뚱뚱하지도 마르지도 않은 건강한 몸으로 항상 기운 좋게 돌아다니는 것을 보면.

"어떻게 하지, 여기가 텅 비어 버리면 네가 슬퍼할 것 같은데."

잠이 들어서 로미의 말을 듣지 못하는 걸까. 다이아는 꼼짝도 하지 않았다.

"그러니까, 너무 자주 오지는 마."

고양이의 기억력은 좋을까? 나쁠까? 아마 여기를 잘도 찾아오는 것을 보면 꽤 영리한 것 같은데. 부디 이 작은 고양이가 텅 비어 있는 보육원을 발견하고 혼자서 야옹야옹 우는 일이 없기를 바랐다.

드르륵.

문이 열리는 소리가 들렸다. 아이들이 식사를 마치고 돌아오는 모양이었다.

"금방 먹었……."

친근하게 이야기를 걸며 고개를 돌린 그곳에는,

"……그대로군."

안테가 있었다.

로미는 조금도 움직일 수 없었다. 그의 목소리와 시선이 자신을 향하는 것이 무척이나 오랜만이기 때문일까. 그게 아니면, 말끔하게 빗어 내린 그의 머리와 깔끔한 검은 예복 때문일까. 완벽하게 모든 것을 갖춘 그의 모습은 그야말로 '공작님'이었다. 로미는 자신도 모르게 고개를 조아리게 되었고, 곧 먼지가 달라붙은 제 옷의 소매가 보였다.

"주, 준비를 미리 해 두라고 하셔서."

"그런가."

나른하게 돌아오는 목소리. 그 입술에 제 것이 닿았었다는 것이 그리고 그녀의 이름을 그리도 간절하게 불러 주었다는 것이 이제는 믿기지도 않았다. 꿈이었다고 생각하는 것이 되레 논리적이었다.

"고맙다."

그는 아루의 가방과 외투 따위를 직접 챙겨 들었다. 그가 다시 나가는데도 얼어붙은 입은 아무 말도 할 수 없었다. 뭔가, 아주 사소한 말이라도 하고 싶었다. 시녀인 로미가 아니라, 한때는 그의 마음을 쥐었던 여자의 자격으로.

하지만, 뭐라고. 뭐라고 해야 할지. 아직 제 손에 당신의 마음이 있을까요? 나오지 못하는 말이 머릿속에서만 울렸다.

야옹—

창밖에서 들리는 낯선 소리에 안테의 발이 멈추었다. 분명히 보육원에서 고양이를 돌보지 말라고 했었다.

"다이아?!"

교실을 향해 인사하듯 울어 준 다이아는 낮잠 시간이 끝났는지 긴 꼬리를 살랑이며 순식간에 자리에서 사라졌다.

"뭐야, 로로였나."

안테는 안도하는 목소리로 말했고, 로미는 의아하여 다시 물었다.

"로로요?"

"쿠디안이 옥상에서 돌보는 고양이다. 보육원에 고양이가 출몰한다더니 로로였군. 괜한 걱정을 했다."

"아, 행정부의 고양이였구나."

이제야 특별히 음식을 나누어 주지 않아도 늘 건강한 모습인 이유를 알 수 있었다. 따로 정성껏 돌보는 이가 있었던 것이다.

"행정부의 고양이. 뭐, 직원들이 다 같이 돌보니까 틀린 말은 아니지만, 오해의 소지가 있군. 로로의 음식은 직원들의 사비로 충당한다."

"네, 어련히 세금을 아끼시는데, 고양이에게 예산을 주시겠어요."

"뭔가, 그 비웃는 것 같은 말투는."

"비웃지 않았어요."

"내가 쪼잔하다고 말하는 것 같았다."

"쪼잔하다고도 말하지 않았어요."

다시 조용해졌다. 무척이나 오랜만에 편안하게 서로 이야기를 나누었다는 것을 조금 뒤늦게 깨달았기 때문일까.

"아루는 다이아라고 불러요."

"……그대를?"

농담인가 싶어 다시 그의 얼굴을 바라보았다. 하지만 그의 얼굴이 사뭇 진지하여, 로미는 되레 웃음이 나왔다. 자신이 다이아라니 어울리지 않는다. 이렇게 먼지가 가득한 옷을 입고 있는데.

"말도 안 돼요. 제가 아니라 로로를 그렇게 부른다는 뜻이에요."

"왜 말도 안 되지?"

"그건……."

오늘의 그는 무척이나 빛이 났다. 로미는 그와 대비되는 자신의 어둠이 조금 부끄러웠다.

"초라……해서?"

"모리젠이 그리 말하던가?"

"네?"

갑자기 모리젠의 이름이 어째서 나오는 걸까? 의도를 알 수 없는 질문에 로미는 차마 긍정도 부정도 할 수 없었다.

"모리젠이 그대가 초라하다 하던가?"

"아니, 저 그게 왜 갑자기 모리젠 선생님의 이름이……."

"그야 그대와 모리젠이."

이야기는 또 막혔다. 어째서 이렇게 두 사람의 사이에는 벽이 많은 걸까?

"연인이니까."

동생의 연인. 항상 염두에 두었던 것이지만, 본인을 앞에 두고 떠올리니 새삼스러울 정도로 끔찍했다.

안테는 단 한 번도 로미에게서 시선을 뗄 수가 없었다. 쿠디안과 같은 변태가 어째서 양산되는지 확실하게 알았다. 떳떳하지 못한 마음과 사랑하는 마음의 타협점은 그저 훔쳐보는 것밖에 나오지 않았다.

괴로워도 지켜볼 수밖에 없었다. 모리젠이 그녀의 손을 쓸어 내거나, 얼굴을 쓰다듬거나 하는 것들. 그리고 그 이마에 키스를 바치는 모습까지. 전부 지켜봤다. 둘의 사이는 순조로워 보였다.

"선생님과 저는!"

변명일까, 로미는 다급하게 말을 꺼냈다. 흔들리고, 기대고 싶었던 순간이 있었지만 분명하게 그 사이를 정리했다고. 결론을 내었다고.

하지만 안테는 끝까지 들어 줄 수 없었다. 그는 이미 모든 인내심을 사용했다. 그녀의 입으로 모리젠의 이름마저 듣고 싶지 않았다.

"그대는 초라하지 않아."

대신 그녀가 착각하는 것은 확실하게 짚어서 알려 주었다.

"드레스나, 장신구 따위는 필요 없다. 지금 그곳이 그대에게 퍽 잘 어울려."

다양한 색채를 가진 아이들의 그림이 그녀를 감싸는 풍경. 아이들의 몸집에 맞추어진 작은 가구들 사이에 서 있는 그녀.

"그저 그대로 좋다."

그 순간 와아! 소리와 함께 교실의 문이 열렸다. 식사를 마친 아이들이 기운이 충만하여 교실로 달려드는 것을 그 누구도 막을 수 없었다. 두 사람 사이에 있었던 묘한 공기도 그 소란에 휩쓸려 모습을 모두 감추었다.

마지막이 얼마 남지 않은 겨울의 초입. 11월은 그녀에게 아무런 답도 알려 주지 않고 그대로 지나갔다.

<진짜 일기는 마음속에 적어 두어요. — 11월>

오늘은 조금 일찍 보육원에서 나왔어요. 오후에 재미있는 쿠키가게 놀이를 한다고 하여 무척이나 아쉬웠지만 괜찮습니다. 이런 시간에 아버님을 만나서 함께 마차를 타니까 조금 특별한 기분이 들었거든요.

하지만 아버님께서는 우울해하세요. 평범하게 행동하시지만 어쩐지 제 눈에는 전부 보이는걸요. 아마 어머님께서 제게 물려주신 어떤 능력일지도 몰라요. 아버님을 기쁘게 해 드리고 싶어서 제가 그린 그림을 보여 드렸어요. 제 어설픈 그림 솜씨를 가리려고, 친구들이 많이 도와주어서 그럭저럭 예쁜 그림이 되었답니다.

"어떠시어요? 어머님께 오늘 보여 드리고 싶어서 그려 온 것이어요."

"고양이까지 그렸구나."

"네! 이름은요……."

"다이아. 알고 있다."

아버님이 다이아의 이름을 알고 계셔서 무척 놀랐습니다. 하지만 아버님은 항상 모르는 것이 없으신 분이에요. 당연할지도 모르겠어요.

"교수님들도 모두 그린 것이어요."

"잘했다. 그림이 많이 늘었구나."

"실은 친구들이 도와준 것이어요."

"도움을 받을 수 있는 것도 중요한 능력이지."

아버님은 제 머리를 쓰다듬어 주시면서 한참이나 그림을 들여다보셨습니다.

"그런데."

"네?"

"음, 아니다."

뭔가 문제라도 있는 걸까요? 어째서 얼굴을 살짝 찌푸리시는 걸까요?

"무언가 마음에 들지 않으시어요?"

"아니다."

저는 다시 그림을 들여다보았습니다. 특별한 점은 찾을 수가 없었습니다. 아이들이 제일 앞에, 그리고 뒤에는 교수님, 모리젠 숙부님, 로미 씨까지 모두 다 함께 사이좋게 그려져 있었으니까요.

"아."

그리고 한순간에 깨닫고 말았습니다. 아이참, 아버님을 기쁘게 해 주고 싶다고 했으면서 이렇게 바보 같아서야 그 마음을 위로해 드릴 수가 없잖아요.

저는 저택에 도착하자마자 그만 예의도 잊고 제 방으로 달려갔습니다. 아버님의 호통과 잔소리가 멀리서 들려왔지만 멈출 수는 없었어요. 아주 중요한 것을 잊었거든요.

저는 색연필을 다시 꺼냈습니다. 모두의 미소와 같은 표정을 가진 한 사람을 더 그려야 했거든요.

마침내 정말로 완성되었습니다. 아버님은 그림 안에서 무척이나 행복하게 웃고 계셨어요. 친구들과 제가 있는 이 풍경을 즐겁게 바라보면서 말이에요. 너무나도 아버님다운 모습이라서, 저 자신도 살짝 감탄했습니다.

정말 그림을 조금 더 잘 그리게 된 것 같아요!

12월
꽃의 이야기

눈이 내렸다. 아이들은 얼마 남지 않은 기간보다도, 하늘에서 내리는 하얀 놀잇감이 더 중요했다.

"공격이어요!"

모리젠은 아이들 사이를 오가며, 체온을 확인하려다 눈싸움에 말려드는 봉변을 당했다. 그래도 여름에 당했던 물과는 달리 눈은 금방 축축해지지도 않고, 탁탁 털어 내면 그만이니 다행이라고 생각하며, 그 역시 작은 전쟁을 즐겼다. 그러나 즐거움도 잠시.

퍽.

꼭꼭 뭉친 눈덩이가 그의 얼굴을 가격했다. 얼마나 아팠는지 눈물이 찔끔 나올 지경이었다.

"너희들 진짜!"

그는 눈을 뭉칠 틈도 없이 눈이 손에 잡히는 대로 흩뿌렸다. 다 큰 어른이 소리를 지르며 달려드니 아이들은 와아! 소리를 내며 도망갔다가도 또 눈덩이들을 들고 다시 그를 공격하며 놀았다.

그 결과, 낮잠 시간에는 모든 아이가 뻗어서 잠이 들었다. 교수들은 모리젠의 공을 칭찬하며 직업을 바꿔 보는 것은 어떠냐고 진지하게 물었지만, 그는 제 몸에 연고를 바르면서 필사적으로 고개를 저었다. 아예 직업으로 하라니. 끔찍했다. 세상에서 가장 어려운 일인 것만 같아서 도저히 도전할 용기가 나지 않았다.

교수들은 이제 고개를 돌려 로미에게 물었다.

"로미 씨는 다시 황궁으로 돌아가나요?"

"아, 네. 아무래도."

"어디서 일하게 될지는 정해졌어요?"

"아뇨, 아직 아무것도……."

"큰일이네요. 이제 여기도 일주일 정도밖에 남지 않았는데."

시녀장과 안테는 그녀의 다음 발령지를 아직 정하지 못한 듯했다. 일이 많은 연말이기도 하고 또 일손이 부족하다고는 해도 이미 로미를 좋아하지 않는 곳도 많아서, 자리를 만들기는 어려우리라 짐작했다.

"정해지면 알려 주시겠죠."

편하게 생각하기로 했다. 발령지가 정해지지 않으면 기숙사에서 책이라도 읽으면서 보내면 그만이다. 바쁜 연말을 편안하게 보내는 게 몇 년 만일까.

"나중에 공작님이 아루를 데리러 오시면 슬쩍 여쭤 보든가요. 그래도 거의 1년을 부려 먹어 놓고 설마 인제 와서 나 몰라라 하진 않으시겠죠."

"음. 그럴게요."

로미는 적당히 고개를 끄덕였지만, 사실은 그에게 먼저 말을 꺼낼 용기 같은 것은 없었다. 그저 어색하고 부끄러웠다. 모리젠 선생님은 정말 대단했구나, 하는 생각이 들었다. 그렇게까지 열렬하게 마음을 표현할 수 있으려면 얼마나 많은 용기를 내어야 했던 걸까? 그녀는 남은 용기를 전부 꺼내어도 어렵기만 한데.

로미는 다시 복도로 나와서 살금살금 아이들의 상태를 살폈다. 모두 오전의 놀이로 어지간히 피로했었나 보다. 좀처럼 낮잠을 자지 않는 큰 아이들까지 완전히 깊은 잠에 빠져들었다.

"로미 씨……."

작은 목소리가 들려왔다. 친구들을 깨울까 걱정이 되었던 걸까. 잠이 들지 못한 아루는 속삭이는 목소리로 로미를 찾았다.

"아루."

"괜찮으시어요?"

그것은 로미가 아루에게 할 말이었다.

"아루야말로 피곤하지 않니?"

"저는 충분히 쉬었사와요."

"잠이 오지 않으면, 노래…… 불러 줄까?"

어떤 노래인지 설명하지 않아도 아루는 충분히 이해한 모양이다. 그녀는 고개를 저었다.

"괜찮사와요."

하긴, 이제 아루도 어리지만은 않았다. 어머니의 자장가가 없어 잘 수 없는 것은 아니겠지.

"대신, 부탁이 있는 것이어요."

"음?"

"저기."

아이는 머뭇거렸다.

무엇이 그리 이야기하기 어려운 걸까. 보들보들한 이불의 끝을 손으로 만지작거리며 주저하는 모습. 로미는 조금 더 기다려 주었다.

"로미 씨께서 싫지 않으시다면."

"응."

한참 뜸을 들이던 아이의 볼이 붉게 물들었다. 평소의 당당한 모습은 어디로 갔는지, 살짝 고개를 숙이고 작은 목소리로 겨우 이야기를 시작했다.

"저와…… 계속 친구가 되어 주시겠어요?"

아이의 눈동자는 간절했다. 이렇게 깊은 진심을 모른 척할 수는 없었다. 그녀의 아버지나 숙부와 관계없이 로미는 이 작은 친구가 무척이나 마음에 들었으니까.

"아루는 계속, 계속 나의 친구일 거야."

"약속해 주시는 것이어요?"

"그래. 약속해."

"헤헤, 로미 씨를 만나서 기쁜 것이어요."

"나도 아루를 알게 되어서 행복해."

"다행이어요."

아루는 여전히 부끄러운지 이불 속에 있는 위안 인형 아리아를 꼭 끌어안고 헤헤 웃었다.

"용기 내기를 잘한 것이어요."

얼마나 마음을 졸였길래 이런 얼굴을 하는 걸까. 이 한마디가 뭐가 그리 어렵다고……. 로미가 아루를 얼마나 소중하게 여기는지, 두 사람이 함께 지낸 과거의 모든 기억이 그 마음을 증명하고 있었다.

"나는 네게, 단 한 번도 거짓이었던 적이 없었단다."

"로미 씨……."

"그래서 네 용기가 기뻐. 당연한 말이라도 이렇게 들으면 기쁘다는 걸 알려 줘서 고마워."

로미는 소녀의 결 좋은 머리카락을 쓰다듬어 주었다.

"더 자렴."

소녀는 금방 잠이 들었다. 마음을 제대로 전했기 때문일까, 평온한 표정에는 작은 걱정도 하나 없어 보였다.

과거의 모든 기억이 증명하는, 마음.

로미는 아루와 약속을 하며 떠올렸던 말에 완전히 발목이 잡히고 말았다. 일하는 내내 그 '과거의 기억'이 무척이나 구체적으로 떠오르고 마는 것이다. 현관에서 나누었던 소소한 이야기. 보육원에서 늦은 시간까지 게임을 했던 순간. 우연한 마주침과 따뜻한 품속. 입술에 닿았던 온도와 입김이 그리는 모양. 간지러웠던 심장.

그 기억도 마음의 증거라고 부를 수 있을까.

'그대는 나를 믿지?'

그 물음은 아직도 유효한 것일까. 로미는 퇴근을 위해 보육원을 나섰다.

달빛마저 없는 차가운 겨울밤. 두꺼운 코트 자락이 살짝 바람에 휘날렸고, 로미는 바람 소리에 기대어 작은 목소리로 속삭였다. 입김이 그 모양을 따라서 허공에 마음을 수놓았다.

"믿어요."

저는 당신을 믿어요. 부디 이 깊은 믿음을 당신이 칭찬해 주길.

연말은 바쁘다. 그 말은 마음이 복잡한 안테에게 참 좋은 변명이 되어 주었다. 일에 매달리다 보면 어지러운 마음에서 도망칠 수 있었으니까. 하지만 그저 제 밑에서 죽어나는 직원들에게 조금 미안하기는 했다.

황제가 아루의 어떤 작전에 녹아 버렸는지는 몰라도 교육 사업에 더욱 열을 올리기 시작했다. 그러나 보육원이 다시 운영되는 것은 아직 먼 훗날의 일일지도 몰랐다. 이번 시험 운영에서 너무나도 많은 허점이 드러났으니.

폐원 준비는 원만하게 진행되고 있었다. 아이들의 졸업하고 난 후에 해도 될 일이었으나 그는 굳이 모든 것을 서둘렀다. 교수와 모리젠은 모두 그들이 왔던 곳으로 되돌아갈 것이다. 아이들의 장난감은 대부분 기부하는 것으로 모든 서류 절차를 준비했다. 사용하던 책상이나 서랍 등은 행정부에서 인수해서 사용할 예정이었다. 다음 주에는 새 서류 보관함이 올 것이라는 소식은 직원들을 춤추게 했다.

문제는 로미였다. 일할 장소는 많았지만, 어디도 그의 눈에 차지 않았다. 가능하면 신체적으로도 정신적으로도 고생을 시키고 싶지 않았다. 하지만 소위 우아한 시녀의 일을 할 수 있는 곳은 집안이 좋은 아가씨들로 이미 빼곡하게 채워져 있었다. 안테는 되레 그런 곳이 그녀에게 좋지 못할 것을 알았다. 어쨌든 빨리 정하기는 해야 했다. 이대로 그녀의 발령 기간이 만료되면 그는 그녀에 대한 권한을 완전히 잃을 것이고, 그 끔찍하도록 깐깐한 시녀장의 손아귀로 로미를 다시 보내야 할 테니까.

마음 같아서는 행정부에서 적당히 일할 수 있게 해 주고 싶었다. 하지만 행정부에는 그녀가 맡을 일이 없었다. 더구나 이런 방법은 그녀의 성격에 전혀 기뻐하지 않을 것이고, 그의 가치관에도 반하는 짓이었다. 그렇게 고민을 이어 오다가 결국 12월. 그리고 곧 폐원. 그는 마지막까지 마음을 굳히지 못해서 어찌해야 할지 몰랐다.

고민은 오늘도 여전했다. 아루를 데려다주기 위해 보육원에 갈 때마다 로미가 저를 붙잡고, 앞으로의 일을 물어볼까 두려울 정도였다. 뭐라고 설명해야 하나.

내 사심이 너를 아무 곳으로도 보낼 수 없게 한다고, 그리 말할 수도 없는 노릇이 아닌가. 집에서도 안정되지 않으니 그는 퇴근 후에도 다시 출근하기 일쑤였다. 아루가 아쉬운 얼굴로 바라보았지만 어쩔 수 없었다. 연말이라 바쁘다는 말 뒤에 또 숨어 버리고 말았다.

쌓아 올려진 서류를 하나씩 들여다보고 검토하다 보면, 그럭저럭 시간은 잘 흐르는 편이다. 새벽이 오는 것도 금방이었다. 작게 하품이 나왔고 그는 겨우 일어설 마음이 들었다.

책상에 늘어놓은 것들을 깔끔하게 정리한 후 외투를 챙겨 들었다. 그는 내일 출근하면 바로 처리해야 할 일을 순서대로 떠올리며, 집무실 문고리를 잡아당겼다. 그러나 그것은 꿈쩍도 하지 않았다. 마치 누군가가 그것을 문밖에서 필사적으로 쥐고 있는 것처럼.

"저기……."

들려오는 목소리는 거의 숨소리에 가까운 것이었다. 그러나 좁은 문틈으로 새어 나오는 목소리가 누구의 것인지 모를 리가 없었다.

"로미."

문밖에서는 대답이 없었다. 그도 더는 어떤 말을 할 수가 없어 그저 문고리를 쥐었던 손을 풀어내었다.

"저기."

아까보다는 조금 더 분명한 목소리였다. 고민 끝에 겨우 말한 것이 분명한 그 갸륵한 소리를, 그는 애써 외면해야 했다. 약속했었다. 이제는 동생의 행복을 위해서 제 욕심을 버리겠다고.

"황실 의료원에 연락을 넣어 주겠다."

"……네?"

"모리젠은 아마 거기에 있을 거다."

마음에도 없는 말은 괴로웠다. 서로 얼굴이 보이지 않아 다행이라고 생각했다. 그는 제 입술을 깨물어 쏟아져 나오려는 말을 겨우 참았다.

아무도 없는 늦은 밤. 저를 찾아온 그녀를 그저 순수하게 바라만 보기에는 그의 억눌린 욕망이 깊었다. 차라리 얼굴을 보지 않으면, 그녀를 동생의 여자인 체 대한다면 아무것도 들키지 않을 것만 같았다.

"그게, 아니라. 저는."

"그리고 이렇게 늦게까지 일하는 것도 그만두어라."

몇 번이나, 늦은 시간까지 그녀가 그 안에 남아 있는 것을 지켜보았다. 그저 일이 좋아서, 일이 많아서 남은 것뿐이라는 것을 알고 있었다. 하지만, 어쩐지 꼭. 꼭 그녀가 저를 기다리는 것처럼 보이니까, 그의 미련이 그것을 양분 삼아 자라나고 만다.

"오늘은 아이들이 쓴 편지를 정리하느라, 조금 늦었어요."

끊어질 듯 이어지는 소곤거리는 목소리. 그 이야기 사이에 들려오는 작은 숨소리 하나도 안테는 놓치지 않고 귀에 담아 두었다. 예쁜 입술이 소곤거리는 모양을 상상했다. 긴 머리카락이 허리 근처에서 흔들리고, 총명한 눈동자가 내는 빛을 떠올렸다.

"그대는…… 야근이 너무 잦다."

무심코 나온 말이 그녀에게 고백하던 그날 밤과 같아 그는 당황했다. 그 뒤로도 똑같은 말이 이어질까 두려워졌다. 안테는 얼른 말을 바꾸어야 했다.

"나는 모리젠에게 그대를 맡겼다."

분명하게 전하는, 거짓말. 밖에서는 이제 아무 소리도 들리지 않는다. 그의 이성은 희망했다. 작은 발자국 소리 하나 내지 않고 그녀가 돌아갔기를. 부디 그리했기를.

로미는 문가에 몸을 기대어 눈을 감았다. 무엇부터 이야기해야 할까? 모리젠과는 아무런 사이가 아니라고 그리 말하는 것이 우선일까, 아니면 그녀의 진심을 말해야 하는 걸까.

미운 사람이다. 쓸데없이 진지하고, 분위기도 없고, 어딘가 바보 같은 데다가, 결혼 경력까지 있다. 전 부인을 너무 사랑해서 권력이든 뭐든 다 가져다 바치고. 딸바보에, 일중독에, 지독한 원칙주의자. 그리고 그녀가 유일하게 좋아하는 장소를 끝끝내 사라지게 했던 사람.

한때는 배신감에 그를 용서할 수 없다고, 다시는 보지 않겠다고 씩씩거렸다. 우연히라도 그와 마주치는 순간에는 시선마저 맞추지 않으려 했다. 그러다가 시간이 지나서 겨우 알게 된 것은, 여전히 그의 위로를 기대하는 자신의 모습뿐이었다.

그러나 기다림은 길어졌고, 부풀었던 마음은 이제 터질 것만 같아서 더는 자라날 수도 없게 되었다.

"모리젠을 불러 주겠다. 돌아가라."

변하지 않는 대답. 어설픈 거짓말. 새벽의 고요함은 그의 말끝에 담긴 작은 떨림까지도 한꺼번에 드러냈다.

"저는 믿어요."

솔직하게 전하는 한마디가 제발 마법을 가져다주기를.

"……그대는."

"잠시 흔들렸지만, 그래도 이제는 확실하게 말할 수 있게 되었어요."

로미가 기댄 문에서 인기척이 느껴졌다. 어쩌면 그도 이 문에 몸을 기대었는지도 몰랐다.

"보육원이 문을 닫고 나면, 다시는 만날 수 없게 될지도 모른다는 생각이 들어서. 그러니까 조금이라도 가까이 다가갈 수 있는 지금, 말할게요."

로미는 깊은숨을 들이마셨다.

"안테 님을 믿어요. 항상 믿고 있었어요."

로미는 제 주먹을 조금 더 세게 쥐었다.

"그러니까, 저도 안테 님의 손안에 둘게요."

소중한 곳을 으스러트린 사람. 그 사람이 그 장소만큼이나 소중하기 때문에,

"저의 마음과 미래를."

그에게 바치지 않을 수 없었다.

안테는 이제 더 견딜 수 없었다. 문고리를 잡아당기는 순간에는 아무런 생각도 들지 않았다. 그의 여신이 지금 기꺼이 그 귀한 것을 내어 주겠다 전하는데 그저 멍청하게 서 있을 수는 없었다.

그 순간 문에 기대어 있던 로미의 몸이 중심을 잃고 뒤로 쓰러졌다. 바닥에 닿을 것 같은 순간에도 그녀는 조금도 걱정하지 않았

다. 당연하게 '이쪽이다.' 라며 잡아끌어 주는 이가 있을 것이라 믿었으니까.

기대에 부응하여 아슬아슬한 순간에 그녀를 받아서 끌어 올리는 팔. 그리고 뺨에 닿는 품이, 귓가에 닿는 깊은 숨소리가 어떤 의미를 담고 있는지, 로미는 이해할 수 있었다.

손끝이 뻐근하였다. 어디에도 사라지지 않고 숨죽여 있던 그의 마음도, 그의 미래도 여전히 그녀의 손에 있었다.

'그러니, 혹시……. 아주 혹시……. 그대에게 건넨 내 마음이 보잘것없어서…… 그대가 나의 마음을 그대로 돌려준다고 하더라도…….'

"안테 님의 것은 돌려 드리지 않아요."

로미는 그의 옷자락을 쥐며 웃었다. 안테는 그녀를 손에 쥐고 있다고 생각했던 자만심이 부끄러웠다. 멋대로 그녀를 모리젠에게 보낸다고 생각했던 그 마음이. 오히려 쥐어져 있었던 쪽은, 그녀의 자비로운 선택의 순간을 기다리고 있었던 것은 안테 자신이었다.

한참을 그의 품에 안겨 있던 로미가 작은 목소리로 속삭였다. 어쩐지 이 말이 조금 더 부끄러워졌다.

"저기, 담배 냄새가……."

안테는 그녀의 이 말이 일종의 허락임을 직감했다. 그녀가 원하는 대답을 해 주어야 했다. 무척 중요한 말이다. 가까이에 있는 그녀의 어깨를 가볍게 밀어내어 그 눈에 자신을 담는다. 오랜만에 닿는 눈빛에 심장이 설레어 그는 곧바로 입을 열 수 없었다.

"참았다."

여전히 담배를 끊은 것은 아니었다.

그의 손이 그녀의 볼을 타고 내려갔다. 도톰하고 말랑거리는 입술에 닿은 손이 몇 번인가 그곳을 쓸어내리며 슬프고 달콤했던 그날의 감각을 깨웠다.

"가까이⋯⋯. 닿을지도 모르니까."

"지금 그게 문제가 아니잖아요."

이어지는 잔소리에 안테는 자세를 고쳐 앉았다. 한 시간 전만 해도 제 품에서 예쁜 말만 속삭이던 여인은 일 이야기가 나오자 한순간에 돌변하여 자신을 몰아세우고 있었다. 지금 시각이 몇 시인지는 알고 있는 건가. 늦은 시간에 단둘이 있다는 자각이 있긴 한 건가.

"당장 일주일 뒤에 일할 곳이 어디가 될지 모르는 게 얼마나 무서운 일인지 아세요?"

"안다."

아무래도 쌓인 것이 많은 모양이다. 하지만 안테는 아무런 말도 해 줄 수가 없었다. 아직은 모든 일이 비밀리에 처리되고 있었다.

'신분과 관계없는 관계 형성'이라는 큰 틀을 완성하기 위해서는 보육원 개설은 필수적인 것이 된다. 보육원에서 누구보다도 훌륭하게 일을 해 온 로미의 경력은 그들에게는 꼭 필요한 것일 테고. 안테는 가능하면 로미를 그곳에 보내고 싶었다. 그녀의 꼼꼼한 성격이나 서류를 꾸며 내는 솜씨를 보면 안다. 어떤 일을 맡겨도 충실하게 최선을 다해서 해낼 것이다.

그는 로미를 보육과 관련된 일자리로 이동시킬 수 있도록, 권력을 멋대로 이용해 볼까 하는 계획을 세우기도 했다. 물론 그 전에 그녀가 여러 시험에 합격해야 한다는 전제 조건이 있지만, 로미는 잘하리라 믿었다. 쓸데없는 것까지 전부 기억할 정도로 기억력이 좋아 보였으니까.

그러나 아직 결정된 것은 아무것도 없었다. 저를 바라보는 예쁜 마음을 알게 되었다고 하더라도 함부로 일을 발설하는 것은 그의 가치관에 반하는 일이다.

그는 할 말이 없어, 풀이 죽었다. 그의 모습이 신경 쓰였던 걸까. 가까이에서 상냥한 목소리가 들려왔다.

"믿어요."

그가 듣기 좋으라고 하는 말이 아님을 알았다. 강한 의지가 담겨 있었으니까. 진실로 그가 하는 일을 기대하고 있다는 뜻일 것이다.

"잘은 모르지만, 믿어요."

로미는 당장 일주일 뒤의 운명도 알 수 없는 상황이지만 더는 막막한 기분은 들지 않았다. 어쩐지 정말로 안심할 수 있었다.

모리젠은 침대 위에 몸을 던져 게으름을 피웠다.

보육원은 곧 문을 닫을 테고, 오늘은 그 전에 있는 꿀 같은 마지막 휴일이었다. 요즘 그는 그 어떤 것에도 의욕이 없었다. 황실 의료원으로 돌아오라는 요청도 굳이 거절하고 다른 발령처를 찾았다. 혹시라도 로미와 마주치는 것을 원하지 않았기 때문이다.

홀로 사랑했던 시간이 벌써 1년이 조금 넘어간다. 아직도 그 마음은 여전했다. 그녀가 지나간 자리를 더듬고, 뒷모습을 바라보며 작은 행복을 느끼는 자신이 있었다. 미련한 감정이 아직도 그의 상처를 매일매일 헤집어 두니, 마음이 성할 리가 없었다. 그는 항상 지쳐 있었다.

무심코 올라간 팔이 그의 눈을 가렸다. 어둡고 좁아진 시야에 차라리 마음이 편해졌다. 정말로, 진짜로, 진실로 잊기로 했다. 완전히. 보이지 않을 정도로. 그럴 수밖에 없었지만, 거기에 자신의 의지가 들어 있다고 생각하면 조금은 기분이 나아졌다.

앞으로 지금보다 더 깊이 애절하게 누군가를 사랑할 수는 있을까? 감히 짐작하건대 그녀는 그의 인생에서 가장 큰 마음을 차지한 이였다. 아마 다시는 이렇게 누군가를 사랑할 수 없을 것만 같았다.

하지만 아무리 그의 마음이 깊다 하여도 그녀가 그것을 받아 주어야 하는 의무는 없었다. 절절하게 순정을 바치면 언젠가 이루어질지도 모른다는 소년 같은 상상은 더는 하지 않기로 한다.

형님이 결국 카르나 님을 뒤로하고 새로운 사랑으로 행복하게 된 것처럼, 자신도 그런 사람을 만날 수 있을까? 손끝에 닿을 누군가가, 사랑한다고 소중하다고 말해 주며 웃어 주는 사람이 정말로 있을까?

아무도 안아 주지 않는 몸이 시렸다.

"숙부님."

몸이 흔들렸다. 어느새 잠이라도 든 걸까? 가까스로 뜬 눈에 아루가 보였다. 습관적으로 미소가 지어졌다.

"들었사와요."

모리젠이 황실 의료원을 거절하고 가게 된 곳은 아루가 가는 상급 학교의 의료실이었다. 학교에 상주하여 학생들의 찰과상 따위를 돌보는 꿀 보직이지만, 성공과는 거리가 멀어 지원하는 이가 별로 없기도 했다.

"우리 공주님 지켜 드리러…… 가야지……."

너무 오랫동안 누워 있었던 탓일까. 갈라지는 목소리가 새어 나왔다. 아루가 빙긋 웃으며 침대 위로 올라와서 와락 안겼다. 목을 감싸고 들려오는 웃음소리와 애교 어린 몸짓 덕분에 비로소 그도 진심으로 웃을 수 있었다.

"아버님보다 숙부님이 더 좋은 것이어요."

지금은 그렇게 말하면서 형님에게는 "아버님이 제일 좋은 것이어요."라고 말하는 요 여우의 속을 누가 모를까.

"음, 그러면, 오랜만에 머리 묶게 해 줘."

"허락하겠사와요."

"아후……. 귀여워라. 나중에 숙부랑 결혼할까?"

어릴 때는 이렇게 말하면 "수부— 조아—." 하며 안겨 왔었다. 그 미소가 너무 귀여워서 꽤 많이 물어보았던 말이다.

"……."

그런데 왜 대답이 없니? 조카여.

"그, 그건 좀 곤란할 것 같사와요!"

그렇게 말하면서 떨어져 나가는 저 얄미운 계집아이. 먹이고, 재우고, 안아서 키워 놨더니 이제 다 컸다고 다른 남자한테 쪼르르 가겠단다. 순순히 보내 줄 수는 없었다. 그것은 남성 보호자라면 누구나 갖는 본능 같은 것이었다.

"나보다 좋은 사람 아니면 허락 안 해. 내가 전부 검사할 테니까……."

같이 누워서 마주 보며 나누는 대화는 점점 즐거워졌다.

"숙부님이 데려오시는 분도 제가 전부 검사할 것이어요."

"우리 공주님 눈에 안 차는 여자랑은 안 만나."

"당연한 것이어요."

"그러니까, 이제 나 좀 다시 안아 줘……. 응?"

"싫사와요."

"왜!"

"검은 것이 보여서, 여자로서 위협이 느껴지는 것이어요."

모리젠은 벌떡 일어났다. 검은 모리젠 따위는 이미 저 세상으로 여행을 떠났으면 떠났지 이제 더는 여기에 없다!

"그럼 여기 뽀뽀해."

그는 제 볼을 아루 앞에 내밀어 손끝으로 톡톡 쳤다. 분명히 어렸을 때는 몇 번이나 뽀뽀를 해 주었다. 모리젠이 원할 때는 언제라도!

"싫사와요."

"왜!"

"아직 검은 것이어요!"

그렇게 말하면서도 결국 아루는 몸을 일으켜 모리젠에게 포옥 안겨 왔다. 아루는 그의 품에서 얼굴을 비볐다. 이 사랑스러운 숙부님은 아직도 자신이 없으면 안 되는 것이다. 얼른 이 잘생긴 숙부님을 이리저리 챙겨서 밖으로 내보낸 다음에 괜찮은 아가씨를 찾아서 다시 한번 밀어 주어야 할 것 같다.

아이참, 손이 많이 가는 숙부님이어요.

어릴 때의 아루는 가족의 향기를 기억하여 안테나 모리젠이 안아 주어야 비로소 울음을 그쳤다. 이제는 아루에게서 나오는 따뜻한 가족의 향기가 모리젠을 위로하고 있었다.

마지막의 마지막까지. 보육원의 야근은 끝나는 법이 없었다. 로미와 마주 앉아 침묵 속에서 차근차근 가위질하던 안테는 결국 제 성질을 이기지 못하고 잠시 폭발하고 말았다.

"그대는 야근이 너무! 지나치게! 심각하게! 잦다! 야근 수당을 노리고 그러는 것이라면 그만둬!"

작은 투정이랄까, 이제야 겨우 마음을 알았는데, 매일같이 만나서 하는 일이 가위질과 풀칠이다. 그나마 가끔 운이 좋아 보육원의 일이 없으면 행정부의 일이 그의 발목을 잡았다. 로미는 능숙하게 나비를 오려 내며 대답했다. 얼마나 집중하고 있는지, 안테에게는 시선조차 주지 않았다.

"눈앞에 보이는 일을……."

그녀의 말이 채 끝나기도 전에 안테가 끼어들었다. 지긋지긋한 말이었다.

"알아, 젠장, 안 할 수는 없겠지! 그래서 나도 매일 야근이고!"

"……지금 화내시는 거예요?"

로미가 가위를 내려놓고 근처에 있던 빗자루를 쥐었다. 물론 연인에게 하는 가벼운 장난이었다.

"……아닙니다."

안테는 명치 위로 두 손을 공손하게 모았다. 저 빗자루는 흉기였다. 지난번 저것으로 얻어맞은 이후로 한동안 내장이 꼬여 들 것 같은 고통 속에 살았다. 로미는 이제 그가 빗자루에 반응하는 것을 알아챘는지, 툭하면 그쪽으로 손을 뻗었다.

젠장 이러다가 빗자루에 길들여지게 생겼다.

로미는 다시 가위를 들고 마치 아이들을 대하는 것 같은 말투로 차분하게 그를 설득했다.

"어쩔 수 없어요. 아이들이 원한 일이니까, 최선을 다해서 들어 주어야죠. 이제 마지막이잖아요?"

그리 말하는 로미의 앞에는 아이들이 그려 낸 그림이 어마어마하게 쌓여 있었다. 그림 속의 아이들은 무척이나 다양한 활동을 하고 있었다. 모두 보육원에서 있었던 일이다.

다 함께 노래를 부르거나 빗속에서 뛰어놀던 모습. 서로 인사를 나누고, 안아 주는 모습. 고집을 피우며 우는 아이와 안아 주며 달래는 아이들. 부모님을 애타게 기다리는 모습까지. 그림마다 추억하는 순간은 다양했다.

그것이 모두 1년 안에 이루어진 일이라고 믿을 수 없을 정도로.

"벽이 가득 찰 것 같다."

"그러기를 소망하면서 그린 것이에요."

그리고 그 그림의 사이로 붙여 놓은 색종이 장식들이 그림을 돋보이게 해 줄 것이다.

"이제 붙여 볼까요?"

로미는 일어나서 길게 기지개를 켰다. 그리고 교실 한편에 잘 모아 두었던 초대장이 그녀의 눈에 들어왔다. 신나서 가위질하느라 깜빡 잊고 있었던 것이었다.

"아 참, 이거 가져가 주세요. 아이들이 행정부에 보내는 초대장이에요. 직원분들을 초대하고 싶다고 해서요."

안테는 초대장을 찬찬히 살펴보고는 울상을 지었다. 물론 직원들은 좋아할 것이다. 그들은 죄다 귀여운 아이들의 열렬한 팬이니까. 보육원이 사라지면 출근하는 낙이 없어질 것 같다고까지 말하는 자들도 있었다. 마지막 순간을 함께 공유한다고 하면 일이고 뭐고 전부 내던지고 달려갈 것이다.

안테는 그들이 한 번에 우르르 나가는 일이 없도록 땡땡이 시간을 조율해 주어야 했다. 벌써 머리가 아프다. 12월은 원래 바쁘고 정신없는 달이다. 거기에 더해 교육부의 신설로 일부 인원도 빠져나가 더욱 손이 모자라는데, 이런 행사까지 벌어지다니.

그는 한숨을 쉬었다. 뭐, 좋다. 이것보다 더 힘들 때도 있었으니까. 일이라는 것은 하다 보면 언젠가는 끝이 나게 되어 있고, 직원들은 땡땡이친 만큼 더 열심히 일할 것이다.

하지만 이래서야 데이트는 언제 한단 말인가!

황제도 직원들도 모두 제 욕심을 알뜰하게 차리고 있는데, 그는 정작 제 욕심은 전혀 채우지 못하고 있는 것이 화가 났다. 특히 로미와 흔한 식사 한번 못 해 본 것에 안테는 애가 탔다. 모리젠도 벌써 여러 번 해 보았다고 하는 것을 자신은 단 한 번도 못 했다니!

"식사하자."

"⋯⋯지금요?"

이렇게 일거리를 두고? 로미가 쌓여 있는 그림을 가리켰다. 안테는 울상을 지었다. 어쩔 수 없이 아이들의 그림을 집어 들어 하나씩 벽에 붙이기 시작했다. 하나라도 더 많이, 빨리 붙여야 로미의 일이 끝날 것이고, 그래야 이 알록달록한 보육원이 아닌 바깥에서 그녀를 볼 수 있을 테니까.

"같이 식사하고 싶다."

"네에, 네에."

안테는 아이들의 작품을 끊임없이 벽에 붙이면서도 입으로는 뾰로통한 말이 쉴 새 없이 쏟아져 나왔다.

"같이 미술관도 가고 싶다."

"네에, 네에."

로미는 적당히 맞장구쳐 주었다.

"같이 연극도 보러 가고 싶다."

"네에, 네에."

참 바쁘신데 하고 싶은 것이 이렇게 많으셔서 지금까지 어떻게 살아오셨는지 모르겠다.

"……나, 담배도 참았다."

"네에, 네에…… 네?"

"담배. 참았다고. 끊은 게 아니라."

열심히 움직이던 로미의 손이 멈추었다. 그의 말을 되짚어 보는 걸까, 잠시 고개를 갸웃거렸다.

"여기…… 보육원인데요?"

그의 제안이 싫은 것은 아니었지만, 역시 때와 장소는 가리는 것이 중요했다.

"안다."

그도 아이들이 머무는 공간에서 그런 짓을 할 수 있을 거라고는 생각지 않았다.

"그럼, 보육원만 나가면 관계없는 거군."

"그거야. 뭐……. 일단은 그렇……죠?"

이번에는 반대로 그의 페이스에 로미가 말리고 있는 느낌이다. 굉장히 손해 보는 것 같은 느낌이었지만, 논리에 오류는 없었다.

"우습게 보지 마라. 이 몸은 공작이시다."

가위질과 풀칠은 이미 단련되고 특화되어 남들의 몇 배는 빠르게 해낼 수 있지. 아이들의 작품을 전시하는 일 따위 순식간에 끝내 주마. 안테의 손에 속도가 붙었다. 그는 이제 열심히 오려 둔 색종이 장식들을 하나씩 붙여 주기 시작했다. 안테의 손을 따라서 다양한 모양이 제자리를 찾아갔다.

"전에도 궁금했는데, 이건 뭐예요?"

안테의 역작인 '풀빛 리본이 달린 밧줄'을 가리키며 로미가 물었다. 언젠가 그가 그녀를 대신해서 아이들의 작품을 장식해 주었을 때도 비슷한 것이 있었다.

"딱 보면 모르나?"

"네. 전혀."

로미는 두 눈을 동그랗게 뜬 채 고개를 저었다.

"그대는 미술적인 감각이 전혀 없군."

"안테 님보다는 있는 편인데요."

"그대는 요즘 말투가 무서워졌다!"

어디 말투만 무서운가. 빗자루를 집어 드는 모습을 볼 때마다 온몸을 움찔움찔하게 하는 괴력은 도대체 어디서 나오는 건지! 무서워서 말은 못 하지만!

"이쪽이 진짜 성격이에요."

"나를 속였군! 얌전한 줄 알았는데!"

나긋나긋한 환경에서 지내면서 많이 얌전해지긴 했지만, 오랜 세월 괴롭힘을 받으며 살아온 로미의 성격이 그저 순할 리는 없었다. 진짜 배신이라도 당한 듯한 안테의 표정에 로미는 얼른 뭔가 긴급하게 처방해야 한다는 것을 본능적으로 깨달았다. 역시 시달리면서 살다 보면 늘어나는 것은 눈치뿐일지도.

"음 그래도, 저는 안테 님을 좋아해요."

그의 표정은 살짝 뾰로통해진 정도로 완화되었다. 제대로 통한 모양이다.

"……나는 그대를 사랑한다."

피곤함에 찌든 얼굴로 사랑을 고백하는 사람. 오랜만에 교실에 달빛이 들었다. 바랜 회색빛의 머리카락이 비로소 은빛으로 빛나기 시작했다. 로미는 그의 머리카락을 헤집듯 쓰다듬어 주었다.

"잘하셨어요. 공작님."

"그러니까, 공작님이 아니다!"

"……아루 아버님?"

"그건 제발 그만둬라."

"알아요."

많은 사람에게 불려 다니면서도 정작 제 이름을 불릴 기회가 없어 우울해하는 사람. 그녀의 입으로 이름을 불러 줄 때마다 지어 오는 미소가 조금은 멋있어서, 그걸 바라보는 것이 부끄러워서 이렇게 다른 이름으로 불렀다고는 말할 수 없었다.

"저도 사랑해요. 안테 님."

안테는 들고 있던 풀과 가위를 적당히 내려 두었다. 어딘가 그 손길이 다급해 보이는 것은 착각일까. 그는 로미를 향해 저벅저벅 다가왔다. 조금은 붉게 물든 것 같은 그의 얼굴이 잠시 고민하다 그녀의 턱을 제 쪽으로 끌어왔다.

"……미안하다."

"네?"

안테는 그러니까 최소한의 상식은 있는 남자였다. 일하는 곳에서, 그것도 신성한 보육원에서 개인의 욕구를 누르지 못할 만큼 한심한 사람은 아니었다.

단 하나의 문제는.

"그렇게 말하는 네 얼굴이 나빴다."

살포시 웃는 얼굴. 머리카락 사이로 보이는 둥근 이마. 통통하게 모인 입술. 머리카락을 넘기는 가느다란 손가락을 따라서 보이는 작고 동그란 귀가 모두 예쁜 탓이다. 단언컨대 안테는 조금도 죄가 없었다. 오히려 그가 피해자였다. 심장이 멈추어서 그 자리에서 영원한 이별을 할 뻔했다. 보상이 필요한 일이다. 마땅한 보상이.

긴장이 가득한 손으로 당겨 온 그녀의 턱은 너무나도 순순하게 그의 손을 따랐다. 곧 그녀의 숨결이 그의 얼굴에 닿을 정도로 서로의 간격은 좁혀졌다. 그의 시선에 그저 붉고 부드러운 것이 들어왔다. 그를 사랑한다고, 오물오물 움직였던 그 모양을 다시 보고 싶었다.

그러나 그의 입술이 조금 더 먼저였다. 겨우, 이제야 가까스로 허락받은 것이었다. 그리웠던 것을 탐하지 않을 길이 없었다. 살캉거리는 예전의 감촉을 확인하고도 그는 조금 더 닿기를 원했다. 달콤함이 이어지는 길을 따라, 그는 깊은 곳까지 부드럽게 그녀를 확인했다.

서로 숨결의 조각을 찾아가는 시간의 끝에 그는 잠시 입술을 떼어 냈다. 아스라하게 닿을 듯한 거리에서 그는 속삭였다.

"다시 말해라."

어째서일까, 이렇게나 간절한 목소리로 청하여도 그녀는 그가 원하는 답을 주지 않았다. 그는 다시 그녀의 입술을 몇 번이나 깨물고 헤집었다. 한차례의 키스가 끝나고 안테는 다시 간청했다.

"제발, 로미. 다시…… 다시 말해라."

그 목소리와 입술을 영원히 그에게 새겨 두고 싶었다. 로미의 입이 벌어지며 나는 눅진한 소리가 그의 귀를 간지럽혔다. 그 입술이 천천히 움직이는 순간이 아득하게 길었다. 그는 입술의 움직임 하나까지 놓치지 않았다.

"사랑해요……."

안테는 로미를 깊이 끌어안았다. 불안정한 호흡이 서로 같은 박자로 안정을 되찾는 순간까지 그는 다정하게 그녀의 등을 토닥여 주었다. 비로소, 그녀가 온전히 제게 와 주었다는 실감이 들었다.

"……로미."

나의 고백에 그대는 어떤 것을 느낄까? 부디, 서로가 향하는 방향이 같기를. 이대로 영원히 이어지길. 그의 입술이 그녀의 귓가에 닿았다.

보육원을 떠나기 전에 친구들과 해야 할 일이 많다며, 조금 더 빨리 등원하려는 아루 덕분에 안테는 평소보다 일찍 행정부에 출근하게 되었다. 이래서야 부모의 출근 시간에 맞춘 보육 시간이라는 홍보 문구 따위는 거짓말이 되지 않겠는가. 부모가 아이의 놀이 시간에 맞춰서 일찍 나와야 한다니.

"공작님, 일찍 오셨네요?"

밤을 새운 직원 몇 명이 너절한 몰골로 그를 맞이했다. 최소한 씻기는 해야지! 그 떡진 머리와 시커먼 손은 어떡하면 좋단 말인가.

"보육원 초대에 응할 사람은 최소한 씻고 가라."

"에이, 이틀 정도 안 씻는다고 무슨 일 안 생겨요."

이틀이나 안 씻었단 말인가! 안테는 그의 머리를 쥐어박고 싶었으나 차마 그 더러움이 옮겨붙을까 손을 뻗지 못했다.

"아이들은 쉽게 병이 걸린다! 웃기지 말고 그 더러운 몸뚱어리를 벅벅 씻고 가라. 안 씻는 놈은 오늘 땡땡이권을 회수하겠다."

"우와! 공작님 그거 엄청난 권력 남용이에요!"

"나도 이제 좀 남용하면서 살아 보려고 한다. 왜? 안 되나?"

민심이 요동하기 시작했다. 반발하는 목소리의 절반 이상은 그저 장난이었으니 안테는 웃어넘겼다. 삭막하기 짝이 없는 서류들 사이에서 이런 헛소리하는 재미라도 있어야지 일할 맛이 나겠지.

"그나저나 쿠디안은?"

제일 큰 목소리로 쿠데타를 일으킬 것 같은 녀석이 없으니 조금 허전했다. 미운 정이라도 단단히 든 걸까.

"유일하게 땡땡이권을 오전에 사용한다고 나갔습니다."

안테는 한숨을 쉬었다. 그러고 보니 그 녀석의 훔쳐보는 남자의 세계도 곧 끝나 간다. 뭐 현관 조금 들여다본다고 뭐라고 하고 싶지는 않지만, 언제나 작은 범죄가 큰 범죄로 이어지는 법. 짝사랑하는 그녀를 볼 수 없게 된 그가 잘못된 선택을 할까 봐 조금은 걱정이 들었다.

어쩌니 저쩌니 해도 이래저래 쓸모가 많은 녀석이다. 뭘 그렇게 뒤에서 몰래몰래 처리하고 다니는지, 기특하기도 하고. 안테는 곧장 옥상으로 올라가 쿠디안을 찾았다. 그의 뷰 포인트 중에 한 군데는 이미 확실하게 알고 있으니 금방 만날 수 있었다.

"작작 좀 훔쳐봐라."

그는 보육원을 뚫어지게 바라보고 있는 쿠디안의 뒤통수를 후려 갈겼다. 갑작스러운 공격에 깜짝 놀란 그가 안고 있던 다이아를 놓치고 말았다. 다이아는 부드러운 몸놀림으로 바닥에 착지했다.

"로로!"

쿠디안은 다이아를 로로라고 부른다. 사실은 그 고양이의 이름이 항상 그가 훔쳐보는 여인의 이름에서 살짝 따왔다고 한다면, 아마 이 공작님은 그를 정말 사형에라도 처하게 할지도 몰랐다. 불경한 놈이 살아서 눈을 뜨고 돌아다닌다면서.

"쿠디안. 내가 생각해 봤는데."

"네?"

"아무리 생각해도, 라토르 여백작의 이름을 따서 고양이 이름을 지은 건 심했다."

"아, 알고 계셨습니까아?"

"어찌 모르겠나. 나 원."

안테는 혀를 끌끌 차며 아끼는 부하의 머리를 쓰다듬어 주었다. 사내놈의 머리를 쓰다듬는 취미는 전혀 없었지만, 사정이 딱하지 않은가. 차인 남자의 세계에 홀로 남아 버린 것이.

"내일이 마지막 날이다."

"압니다."

"잊을 거냐."

당연히 돌아오는 대답은 없었다. 그의 표정을 살피던 안테는 잠시 뒤에 그의 질문이 얼마나 바보스러웠는지 깨달았다. 노력으로 지울 수 있는 감정은 없는 것인데.

쿠디안을 이 마음에서 구해 줄 수 있는 것은 아마도,

"어느 한순간."

모든 것을 휘어잡는 어느 한순간뿐일 것이다.

안테도 그러하지 않았나. 카르나를 제외하고는 세상의 그 어떤 것도 필요 없다고, 그녀를 다시 살려 놓으라 돌려 놓으라 애원하던 시간이 있었다. 그 긴 애절함까지 한 번에 끌어당기는 이가 생겼던 것과 같이, 쿠디안에게도 그런 인연이 나타날 것이다.

"어이없을 정도로 느닷없이 네 시선을 빼앗아 가는 이가 생길 거다."

어떤 절차나 양해도 없이. 정말이지 무방비한 상태에서 그대로 당해 버리고 마는 것. 아마 그때나 되어야 잊을 수 있을지도 모른 다.

"그렇게 될까요?"

"그럼. 내가 보장하마."

"예쁘겠죠?"

"음, 발목이 예쁜 여자는 흔치 않은데."

"발목 두꺼워도 좋으니 유부녀만 아니었으면 좋겠습니다."

"연속으로 유부녀를 좋아하고 있으면 당장 윤리 위원회에 보내 주마."

전前 유부남의 관점에서, 이렇게 유부녀를 좋아하고 있는 녀석 을 보고 있는 것이 어째 마음이 편치 않은 것은 사실이니까. 음, 다시 유부남이 될 수도 있고. 아마도.

"그러니까, 저는 그녀가 결혼하기 훨씬 전부터, 어릴 때부터 좋 아했었다니까요?!"

"어쨌든 지금은 순조롭게 유부녀에게 순정을 바치는 파렴치한이 되어 있지 않나."

"와, 남의 숭고한 사랑을!"

안테는 그의 어깨를 토닥토닥 두드렸다. 격려가 아니라 이제 땡 땡이 시간이 끝났으니, 내려가서 노동에 힘쓰라는 신호였다. 그가 해야 할 일은 얼마든지 있었다.

"오늘부터 신입들 들어오니까, 잘 가르쳐 놔. 금방 쓸 만해지도 록."

"다른 때보다 인원이 더 많은 것 같던데요?"

안테가 사람이 모자라 죽을 것 같다고 하소연을 한 것이 이제야 빛을 발했다. 통상 뽑는 인력보다 조금 더 여유 있게 사람을 뽑아 준 것이다.

물론 새 사람이 온다고 하여 바로 일이 줄어드는 기적은 일어나 지 않을 것이다. 되레 그들을 교육하기 위해 기존 인력이 빠지니, 더욱 빡빡한 일정이 될 것은 분명했다.

그러나 시간이 지나고, 그들도 일이 손에 익으면 분명히 상황은 지금보다 더 나아질 것이다.

"그래. 그러니까, 제대로 만들어 놔라."

안테는 쿠디안의 등을 툭툭 두드리며 격려했다. 어쨌든 그는 우 수한 직원임은 틀림없으니 믿고 맡길 수 있었다.

안테와 쿠디안은 신입들을 모아 두었다는 회의실로 들어섰다. 잘 손질된 정장에, 긴장된 자세로 앉아 있던 이들이 자리에서 벌떡 일어나서 몸을 숙였다.

"안녕하십니까!"

정중한 인사에는 군기가 바짝 들어가 있었다. 안테는 새삼 권력맛을 느끼며 흐뭇하게 웃었다. 오랫동안 그와 함께 일한 직원들에게서는 느낄 수 없었던 것이었다.

그는 가장 상석에 앉아, 신입 직원들을 쭉 둘러보았다. 제발 이번에는 많은 수가 버텨 주길, 버티더라도 이상한 녀석은 되지 않기를 빌었다.

"앉아라."

안테가 자리에 앉으며 권하자, 모두가 절도 있는 동작으로 자리에 앉았다. 단 한 명만 제외하고. 모두가 앉은 자리에 홀로 서 있는 자가 있으니, 모두의 시선이 당연히 그쪽으로 쏠렸다.

그 신입 직원은 여성이었다. 그녀는 무척이나 곤란한 얼굴을 하고 있었는데, 생전 처음 보는 남자가 제 손을 붙잡고 놓아주지 않았기 때문이리라.

"쿠디안."

안테가 그녀를 붙든 쿠디안을 나무라며 이름을 불렀지만, 이미 그의 귀에는 들리지 않는 듯했다.

"저……."

그 여성은 당황하여, 손을 빼내려고 했지만, 쿠디안은 그녀의 손을 절대로 놓아주지 않았다.

"있잖아요."

한참 동안 그녀의 얼굴을 감상하던 쿠디안이 드디어 입을 열었다. 안테는 급속도로 불안해졌다. 무엇을 말하고 싶든지 간에 제발 닥쳐라.

"유부녀예요?"

안테는 체면도 잊고 책상에 머리를 처박았다. 저 미친놈 때문에 되는 일이 없다. 지금 그가 말을 거는 아가씨는 수석으로 이 자리에 앉은 기대주란 말이다. 기대주를 내쫓을 셈인가!

여직원은 인상을 찌푸렸다. 공작님과 함께 들어오기에 선배인가 싶어서 최대한 인내심을 갖고 참고 있었으나, 이건 그저 여직원을 희롱하는 미친놈이 아닌가. 예로부터 미친놈은 매로 다스리라고 했다. 그녀는 쿠디안을 향해 팔을 힘껏 휘둘렀고, 작지만 단단한 주먹이 그의 복부를 찍어 눌렀다. 학업뿐 아니라 운동에도 능한 그녀는 적은 힘으로도 어떻게 효율적인 공격을 가할 수 있는지 상세하게 알고 있었다.

"사적인 질문은 공적인 자리에서 받지 않습니다."

배를 감싸 쥐고 괴로워하는 쿠디안의 머리 위로 그녀는 싸늘하게 대답했다. 안테는 얼른 그녀의 서류를 훑었다.

'제미아 데이라', 미혼이었다.

안테는 쿠디안을 향해 작게 고개를 끄덕여 주었고, 쓸데없는 것만큼은 귀신같이 이해하는 쿠디안은 괴로움에 발버둥 치는 와중에도 헛소리를 지껄였다.

"윤리 위원회는 면했네요. 다행이다."

……유부녀였어도 반한 마음은 접지 않았을 것이란 소린가. 도무지 안심할 수 없는 녀석이라며 안테는 머리를 짚었다. 제미아 양에게는 미안하지만, 세상 모든 유부남의 정신적 평화를 위하여 저 미친놈과 평생 어울려 주길 바라는 수밖에 없을 것 같았다.

"안녕, 아루."

"안녕하시어요. 로미 씨."

"이런 보육 시설의 시녀……. 크흠흠……."

보육원의 문이 열리고 두 사람은 언제나 같은 말로, 한 사람은 묘하게 끊긴 말로 서로에게 인사를 전했다. 로미는 무릎을 굽혀 아루와 눈높이를 맞추었다. 중요한 말은 눈동자를 바라보며 전달한다. 그녀의 신념이었다.

"아루, 마지막 날이야."

로미는 아루를 끌어안았다. 오늘 로미는 아루뿐 아니라 모든 아이를 한 번씩 끌어안고, 이렇게 작은 인사를 건네기로 했다.

"항상 고마웠어."

아루도 팔을 뻗어서 로미를 안아 주었다.

"마지막이 아닌 것이어요."

"응?"

"이제부터 시작되는 것이어요. 폐하께서 제게 그리 말씀하시었사와요."

아루는 로미의 볼에 말랑말랑한 제 얼굴을 다정하게 비비며 말했다.

"그리고 앞으로 로미 씨는 제가 지킬 것이어요."

"응?"

"역시 아버님께 맡기는 것은 불안한 것이어요."

안테는 기고만장한 딸의 모습을 보며 입맛을 다시면서도 딱히 할 말이 없었다. 모든 상황을 바꾸고 있는 바람은 아루와 그 친구들 사이에서 나오고 있었으니까. 그는 한숨과 함께 힘없이 가정 보육 서류를 찾아서 로미에게 건네줄 뿐이었다.

아루가 로미의 품에서 빠져나오자 안테는 무릎을 굽히고 앉아 가방을 메어 주었다. 매일같이 했던 이 일도 오늘로 끝이라고 생각하니 조금 아쉬웠다. 어쨌든 언제나 그렇듯 가방끈을 오른쪽 왼쪽 번갈아 가면서 메어 주는 것이 중요하다. 아루의 균형 잡힌 아름다운 어깨를 위해서! 그런데 오늘이 오른쪽이던가? 왼쪽이던가? 잠시 헷갈리는 중에 뒤에서 들려오는 소리가 있었다.

"오늘은 오른쪽입니다. 아버님."

세비였다. 아버님이라는 말이 거슬렸지만, 안테는 그것을 지적할 수 없었다. 별다른 말 없이 아루의 가방을 조심스럽게 메어 주었다.

"안녕히 다녀오십시오. 아버님."

기다리고 있었다는 듯 세비가 안테에게 공손하게 인사를 건넸다.

"나는 아직 가지 않는다."

마지막 날이기도 하고, 모처럼 여유 있는 아침이니 로미의 얼굴도 조금 더 보고, 차도 한잔 얻어 마시고 갈 생각이었다.

"아버님 안녕히 다녀오시어요."

아루도 다시 스커트 자락을 잡아 우아하게 인사했다.

"……모두 제대로 들어라! 이 나라의 공작이신 내가 아직은 가지 않는다고 이야기하고 있으니!"

허공에만 닿는 소리였다.

"네, 안녕히 다녀오세요."

로미는 허리를 깊이 숙여 인사했다. 그는 인상을 찌푸렸다. 로미는 방긋 웃을 뿐이다.

"내일, 다시 이야기하지."

안테가 졌다. 언제나처럼 무성의하게 손을 들었다 놓는다. 한숨을 내쉬며 문을 열고 무거운 발걸음을 내디딘다. 안테의 뒷모습이 사라지는 것을 확인한 아루가 로미를 바라보며 밝은 얼굴로 다시 이야기를 건네 온다.

"아버님은 로미 씨가 좋아서 어쩔 줄 모르는 것이어요."

아루는 손을 모아 간절한 표정을 지었다.

"그러니까, 아버님을 잘 돌보아 주시어요."

〈진짜 일기는 마음속에 적어 두어요. ― 12월〉

죄를 지었습니다. 저는 큰 죄를 짓고 말았어요. 슬퍼서 눈물이 나와 버리고 말았습니다. 로미 씨가 공작가에, 그것도 제 방에 놀러 와 준 즐거운 날에 이렇게 울어 버리다니, 정말 창피한 일이에요.

"아루."

깜짝 놀란 로미 씨가 저를 안아 주었습니다. 익숙한 품은 기분 좋은 나무 향이 났어요. 토닥토닥 등을 두드려 주는 손길에 저는 조금씩 감정을 가다듬었습니다. 제가 훌쩍임을 멈출 때까지, 로미 씨는 그 손을 멈추지 않았어요. 정말이지 상냥하신 분이에요. 아버님과 저는 로미 씨의 그런 점을 사랑하게 되었어요.

시간이 지나도 로미 씨는 제게 이유를 묻지 않으시었어요. 아마 제가 이야기를 해 줄 때까지 기다려 주시는 것 같았어요. 하지만, 말할 수 없습니다. 로미 씨를 상처 입힐 테니까요.

"괜찮아. 정말로 괜찮아. 아루."

대신 로미 씨는 저를 격려해 주셨습니다. 마치 제 마음을 전부 들여다보고 있는 것처럼요.

"나를, 배려해 주려던 거지?"

로미 씨의 말에 저는 깜짝 놀라서 고개를 들었습니다. 어쩌면 정말로 제 마음을 들켰는지도 모르겠어요. 저는 작게 고개를 끄덕였습니다.

"고마워."

로미 씨는 제 이마에 키스해 주었습니다. 그리고 자리에서 일어나 제 침대 옆에 둔 작은 탁자로 다가갔어요. 로미 씨가 그곳에 가까이 갈 때마다 제 심장은 쿵쿵 뛰었습니다.

"하지만, 괜찮아. 그 누구도 아루에게서 이 마음을 빼앗을 수는 없을 테니까."

로미 씨는 탁자 위에 엎어 둔 액자를 예쁘게 세워 주었습니다. 작은 액자 안에는 어머니의 아름다운 초상이 담겨 있었어요. 어여쁜 티아라를 쓰고 화사하게 웃고 있는 모습이 좋아서 제가 가장 아끼는 초상입니다.

하지만 로미 씨가 찾아온다는 이야기에 저도 모르게 어머니의 초상을 살짝 엎어 두고 말았어요. 그러니까……. 어쩐지 들키고 싶지 않았던 것 같아요. 하지만 이 마음은 죄예요. 낳아 주시고 길러 주신 어머니를 부정하는 짓이니까요.

"고맙습니다. 공주님. 허락하실지 모르겠지만, 저는 아루의 친구가 되었답니다."

로미 씨는 액자의 앞에서 정말 다정한 목소리로 말해 주었습니다. 저는 자리에서 벌떡 일어났습니다.

"어머니는 상냥하시어요! 로미 씨를 분명히 좋아하실 것이어요!"

물론 저는 어머니에 대한 기억이 없습니다. 하지만 알 수 있어요. 가장 깊은 곳, 누구도 알 수 없는 비밀의 길로 어머니와 저는 이어져 있다고 믿으니까요.

"그럴……까?"

하지만 언제나 당당한 로미 씨라도 그것만큼은 자신이 없어 보였습니다.

"저는 아버님과 어머니에 대한 것이라면 무엇이든 알고 있는 것이어요! 정말이어요!"

저는 자리에서 일어나 로미 씨의 손목을 꽉 붙잡았습니다. 그리고 경박하게도 복도를 달리기 시작했어요. 쿵쾅쿵쾅 발소리가 들리니 보육원을 달리는 기분이 들었습니다.

"아버님!"

복도의 끝에서 저는 아버님의 그림자를 발견하고 크게 소리를 질렀습니다. 잠시 반가운 표정을 지어 주셨던 아버님은 곧 조금 곤란한 얼굴이 되었습니다. 아마 제가 로미 씨를 끌고 전속력으로 달려가고 있기 때문이겠지요.

"아루. 보육원도 졸업한 아이가, 이렇게 온 집 안을……."

"아버님, 아버님은 로미 씨를 좋아하시지요?"

아버님의 말씀이 길어지기 전에 저는 얼른 의기양양하게 물었습니다. 하지만 돌아오는 대답이 없습니다. 이대로는 제가 아버님과 어머니에 대해 무엇이든 알고 있다고 말한 것이 부끄러워질지도 몰라요. 저는 아버님을 재촉했습니다.

"좋아하시지요? 무엇보다 소중해졌지요? 그런 것이지요?"

로미 씨가 저를 뒤로 당기기 시작했어요. 안 돼요! 이대로라면 로미 씨가 제 말을 믿지 못할 테니까요.

"아루, 그만하고 이제 방으로……."

저는 필사적으로 버티려고 했지만, 로미 씨의 힘을 이길 수는 없

없습니다. 한 걸음 정도 뒤로 밀려나게 되었을 때는 조금 한숨을 쉬어 버리고 말았습니다. 어머니께 나쁜 짓을 한 거도 모자라서, 로미 씨에게 거짓말까지 한 아이가 되었어요.

"로미."

그때였어요. 침묵을 지키시던 아버님께서 드디어 입을 열어 주셨습니다. 곤란한 듯한 표정이었지만 그래도 솔직하게 말씀해 주셨습니다.

"아루의 말대로, 무척 좋아한다. 그리고."

제 손목을 잡은 로미 씨의 손이 스르르 풀려나갔습니다.

"무엇보다도 소중하게 여기고 있다."

역시 제 생각이 옳았어요. 저는 의기양양한 얼굴로 로미 씨를 돌아보며 말했답니다.

"그것 보시어요! 저는 뭐든지 알고 있는 것이어요! 어머니의 마음도! 아버님의 마음도! 전부 제 안에 있는 것이어요!"

다행입니다. 이걸로 로미 씨는 저를 믿어 주시겠죠? 그런데 어째서 이렇게 분위기는 이상해져 가는 걸까요? 아버님도 로미 씨도 어쩐지 바닥을 보고 있을 뿐입니다. 저는 조금 곤란해졌어요. 제가 두 분을 불편하게 해 드린 걸까요?

그때 마음속에서 들려오는 어머니의 목소리가 무언가 중요한 충고를 해 주시는 것 같았어요. 네? 제가 여기에 있지 않은 편이 좋겠다고요? 어째서요, 어머니?

이해할 수 없는 충고였지만 저는 그대로 따르기로 했습니다. 어머니께서는 제게 나쁜 말씀은 전혀 하지 않으시니까요. 조용히 두 분에게서 멀어지고 나니, 멀리서 작은 웃음소리 같은 것이 들리는 것 같았습니다.

그 소리는 제가 세비 군과 있을 때 들려오는 웃음소리와 똑같았습니다. 어쩐지 저도 따라 웃고 말았습니다. 눈물 자국이 지워지기도 전에 이렇게 웃을 수 있다니. 역시 로미 씨와 함께 있어서 다행입니다.

로미 씨! 부디 계속, 계속 저희와 함께 계셔 주시어요!

— fin

작가 후기

안녕하세요. 루미아리아입니다.

공작님의 등원길에 함께해 주신 여러분 감사합니다.

〈등원하세요, 공작님!〉은 어느 날 문득 보게 된 보육 관련 뉴스에서 시작했습니다.

'만약, 내가 좋아하는 저쪽의 세계에 보육원이 생긴다면?' 얼토당토않은 호기심이 든 저는 그 질문에 하나씩 답을 달아 보았습니다.

그 답변이 길어지고, 변명이 붙고, 감정이 실리고, 애정이 담겨 이런 세계가 만들어지게 되었습니다.

신분제 사회의 보육원이라니. 얼마나 제멋대로인 상상일까요. 하지만 이런 이야기도 즐거웠다고 말씀해 주시고, 응원해 주신 독자님들께 감사의 인사를 드립니다.

　무엇보다 상상의 바탕이 되어 주셨던 모든 보육교사 선생님께도 감사를 전합니다. 눈싸움을 마친 모리젠 선생님께서 제일 힘든 일인 것 같다고 이야기한 것에 저도 전적으로 동의합니다. 또한, 아이들을 돌보는 일이 곧 미래를 키우는 일이라는 말은 아마 판타지뿐 아니라 현실에서도 적용되는 말이겠지요.

　이야기를 쓰고, 교정하는 내내 응원과 채찍질을 해 주신 가족과 친구들 그리고 로미보다 더 성실하신 것 같은 박경희 편집자님에게도 감사를 전합니다.

　언젠가 또 다른 세계에서,
　다시 만나 뵐 수 있기를 바랍니다.

　감사합니다.

루미아리아　드림

등원하세요,
공작님!

1판 1쇄 찍음 2017년 4월 17일
1판 1쇄 펴냄 2017년 4월 24일

지은이 | 루미아리아
펴낸이 | 정 필
펴낸곳 | (주)뿔미디어

편집장 | 박경희
기획 · 편집 | 심은지, 박경희

출판등록 | 2002년 9월 11일 (제1081-1-132호)
주소 | 경기도 부천시 원미구 소향로 17, 303(두성프라자)
전화 | 032)651-6513 / 팩스 032)651-6094
E-mail | scarlets2012@hanmail.net
블로그 | http://blog.naver.com/dahyangs
비북스 | http://b-books.co.kr

값 9,000원

ISBN 979-11-315-7935-0 03810